有一種母愛不存在

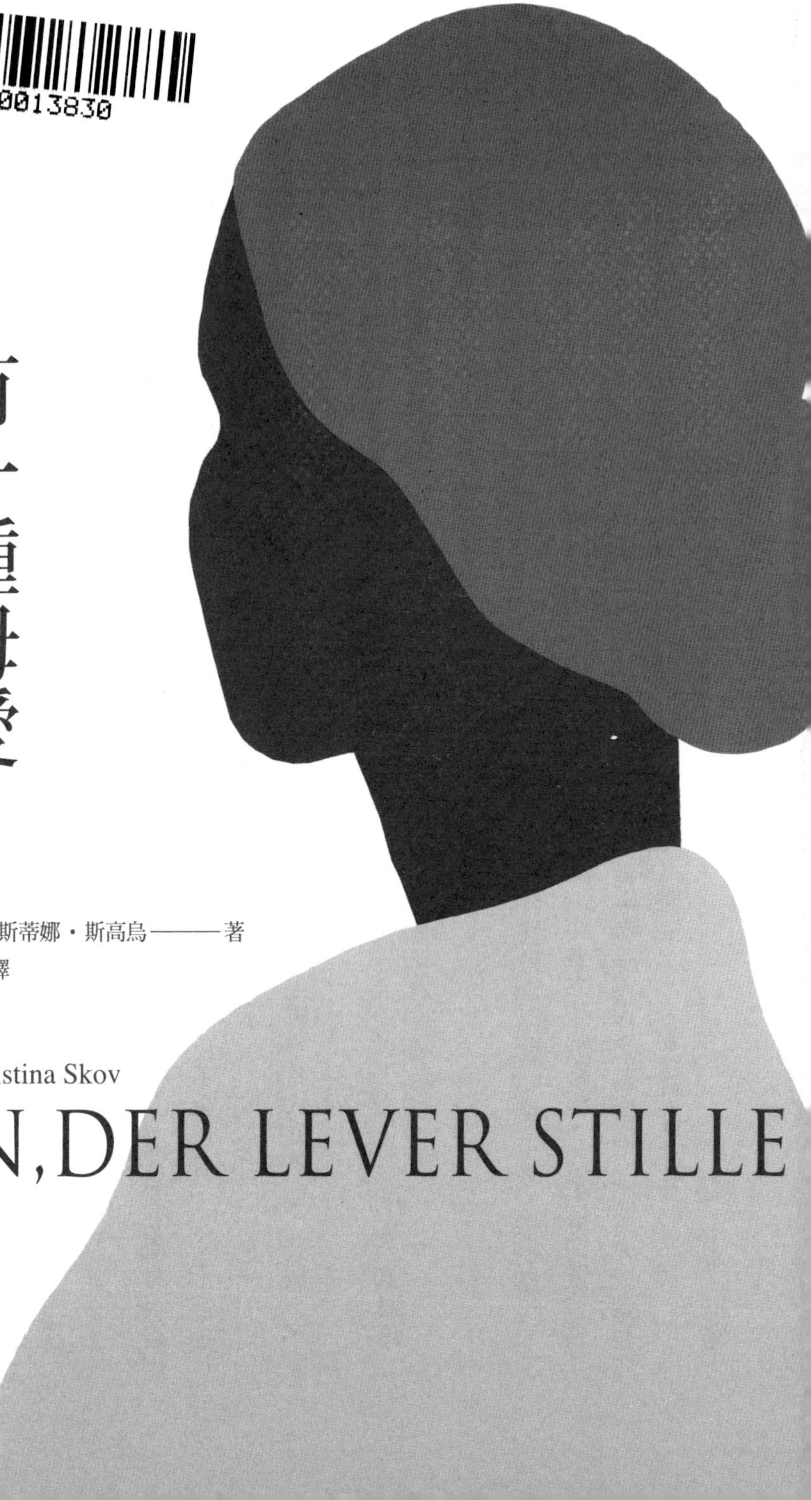

萊昂諾拉・克里斯蒂娜・斯高烏——著
郗旌辰——譯

by
Leonora Christina Skov

DEN, DER LEVER STILLE

國內名家推薦

母愛真的是人類會自然湧出的情感嗎？當女人的生心理健康狀況被忽略，生育的恐懼與困難被視而不見，無法去愛孩子的母親因而誕生，但一個家庭裡受苦的角色不會只有一人。不被接受、不受歡迎、不被愛的孩子，以為自己必須更努力「讓父母好起來」，以為自己一定能「變正常」。這本書想告訴這樣的孩子，雖然有人無法愛你，但這世上總會有人愛著你，請放下不知道怎麼愛你的父母，好好活下去。

——作家／**諶淑婷**

寫作絕對是零和遊戲。然而被寫作捨棄的事物為何，往往要到書寫行動已經完成，起手無回，才遲遲揭曉。這或是《有一種母愛不存在》吸引我的原因：作者太了解寫作，太了解情感債務不能成為道德免罪的理由。遂亦步亦趨在「家醜不可外揚」與「寫作之為療傷」間，完成艱難的演出。而死亡作為和解，則再次提醒我們關於生存的重要信念——愛總是條件性的產物。

——作家／**楊婕**

「我寫的不是一本復仇的書，而是一本重生的書。」本書呈現出普世性的主題——人子對愛的渴盼與匱乏。然而，書中的母愛並非「不存在」，而是「給不出」，主角克里斯蒂娜的母親受困於自己的童年創傷與情緒困擾，所以給不出她自己所欠缺及不曾經歷過的「無條件的愛」。主角透過書寫面對陰影與「家醜」，整理自己，完成生命中最重要的一次和解。最終明白：原諒，不是為了母親，而是為了自己、為了擁有平靜安和的人生而做的選擇。

——國立臺東大學兒童文學研究所副教授／**黃雅淳**

目錄

與死神面對面

安寧療養院的牆面是鵝黃色的，母親躺在床上，可我根本沒認出她來。她兩頰緊繃，腦袋光禿，嘴巴就像臉上的一道傷口。眼睛又大又黑，眨也不眨地盯著我。我以為她已經死了。醫院裡的酒精味道刺痛我的鼻子，天地彷彿在旋轉。我來遲了，克莉絲汀姑姑在身後掛起外套。

「克里斯蒂娜來了，多好啊！是吧，英爾麗莎？」她那平靜的護士語調總讓我想起剛熨過的床單。母親竟然發出了聲音，是一聲很深沉的「啊」，可以解釋成無數種意思。我靠到牆上，直到屋子在眼前靜止下來。母親還是沒有眨眼，她的身體已經被掏空，永遠也不會告訴我到底發生了什麼，也不能再指責我。我用外人的眼光打量著自己：衣服太花稍，金色的斑點鞋太誇張。父親坐在窗邊，不停翻動《日德蘭郵報》。他站起身，手臂鬆垮垮地垂在兩邊，臉色灰白，就像身上的針織衫一樣。

「我跟你媽說，她可不能在你新書發行的日子死，結果還真的撐過來了。是吧，克莉絲汀？我們跟她說，要她等克里斯蒂娜來。」

我十五年前就把名字從克里斯蒂娜改成萊昂諾拉，所以克里斯蒂娜感覺好像不是我的名字，也不是我。但這時候倒正合適，因為我的魂好像留在別的地方，在這裡的並非本人。我悄聲對父親說，新書怎麼也不會比媽更重要，他應該讓我昨天來的，或者按我原先的意思，上個週末就過來，即使不受歡迎也要來，我怎麼說也是他們唯一的孩子。

「媽不願意見我這件事，讓我很難過，你能明白嗎？」我上個星期每天給他打電話，問他這個問題，他說能夠理解。現在回想起來，我們的對話都太過簡短。我瞥了一眼床頭上方的掛鐘，剛過中午十二點。一個真正的女兒應該早就哭倒在母親的病床上，但是我這麼多年來都是那個一直犯錯的女兒，可能從出生的那一刻就是。而且母親從來不喜歡身體接觸。所以我小心地走向她，努力把臉上的震驚收回去。

「嗨。」

我其實想說的是「嗨，媽」，但是「媽」字卡在喉嚨裡。這張床看起來太孤單，被子太重，被單太白。一陣疼痛穿過她的身體，白色睡衣下面的骨頭凸顯出來。

「啊……」她把頭轉向我。近看起來她的眼睛那麼幽深，好像整個人都被捲起來鎖在瞳孔裡，好像她在用一種我不懂的語言對著我嘶喊。我突然意識到自己從來沒見過別人經歷如此劇烈的痛苦。相較於眼前的景象，以前那些根本微不足道。我想伸出手去撫摸她彷彿燒焦一樣的頭，化療之後僅剩下的最後一縷頭髮。但我只是看著她的眼睛。

「怎麼能這麼疼呢？真沒道理。」我坐到克莉絲汀推給我的椅子上。她知道自己該幹什麼，而我則相反。我哪裡見過什麼死亡？僅有的幾次還是在文學作品裡，在報紙上、電話裡，還有馬路上。有一回是走在街上，那次的場景我現在也不願回想；反觀克莉絲汀，她卻像專業的舞蹈演員一樣熟練。

「我整個晚上都在給她注射越來越多的嗎啡，但是不管用。現在得換更強的藥了，你說是吧？」克莉絲汀說著拍了拍我的肩膀。「醫生馬上來了。」

「他現在就得過來。」

前一晚的折騰在她臉上留下了倦容。

「我猜他們應該在辦手續。你媽半個小時前才進來。」

我上一次見到母親是十天前。她戴著灰色的假髮，披著紅色的針織披肩，坐在斯文堡新蓋的房子裡。還是那把椅子，在又小又暗卻被他們當成客廳的房間裡。那裡整日昏暗，讓母親抑鬱。其實他們另有一間客廳，又大又明亮，帶著落地窗，卻偏偏只在來客人的時候用，使用次數很少。母親的椅子旁邊是窗戶，窗台上擺著一盆粉色的蘭花，旁邊是四隻表情痛苦的娃娃。一個頭痛，一個肚子痛，一個耳朵痛，還有一個忍受著牙痛。

「把它們擺在這裡是不是太顯眼了？」我問她。「這些可憐的娃娃哪裡都痛，你每天自己還痛得不夠嗎？」

「啊，我從來沒這麼想過。」她看著那個痛得把耳朵摀起來的娃娃。「都是你那些姑姑在我們結婚之前送的。不過你說的可能也有道理。」

奧施康定這種止痛藥讓她迷迷糊糊，忽遠忽近，打不起精神。

「有人會給他們配上小翅膀，」我說：「或者小帽子。」

「嗯，那應該很好看。」她說。我們聊著瑣碎的事情：我的新書發行，她的下一次放療。當還來得及的時候，我努力地擦拭、抛光，讓一切看起來都很閃亮。幾乎沒人會察覺母親的呼吸繞開了那些擴散的腫瘤，坐著時把重心從一個褥瘡移到另一個褥瘡。父親給我們做午飯，端上咖啡和蛋糕，而我們就坐在那裡，保持著一樣的姿態，盡量享受在一起的時光。現在，一週半後，死亡觸手可及。父親在身後說這安寧療養院真明亮，而且風景好，到了夏天可以坐在外面。

「她來這裡真好。」他說。那些鵝黃色的牆壁在母親的皮膚上投下綠色的陰影。

「現在只要給她止痛，所以應該……」

但是一切不該是這樣。母親躺在那裡，臉上帶著像是嘶喊的表情，就像是體內尖叫聲太過刺耳，傳不出來。她躺在那裡就像個陌生人，事實也的確如此。我邊想邊努力把這些念頭推開，想想別的。萬一她現在可以讀出我的心思怎麼辦？有一瞬間我彷彿真的感覺到了什麼。

「安寧療養院還有很多活動。」父親輕聲說，就像他這麼多年來對母親都用一樣的聲音——他的「你不准哭」的聲音；「如果我們假裝什麼都沒發生，那就是什麼都沒發生」的聲音——他說：「讓護士帶你逛逛，都是新的。」

「好。」我說著走向全景窗，讓自己稍微從這裡脫離——好什麼好？一切都不好。父親這時走向我。

「艾娜德呢？」他低聲問。艾娜德是我過去十二年的女朋友，過去八年的妻子。

「她在克莉絲汀那兒，」我回答說：「我們猜她在這裡可能不受歡迎。」

從二十一歲到現在，我所有的女性伴侶都沒受過歡迎。很多年以來，我都只能在大型的家庭聚會上見到父母，要不然就根本見不到。可自從癌症從母親的胸部擴散到肺到骨頭到肝之後，我開始單獨拜訪他們。每次父親打電話給我而被艾娜德接到的時候，他就介紹自己然後馬上請求跟我講話。母親從不會打電話來。我本以為她幾個月後就會死去（畢竟癌症末期就是這個意思），但是現在她的末期已經達到兩年四個月。這次艾娜德堅持要租輛車一起來。

「不是為了你父母，是為了你。」她說：「你一個人已經承受得夠多了，不該再加上這次。」

父親清了清嗓子。

「艾娜德也可以過來，」他說：「你媽已經打不起精神了，也說不出話來。」

所以一直以來抵觸我同性戀身分的是母親，不是你？我按下了艾娜德的電話，請她立刻過來。

我常常安慰自己說我們母女的手腳長得一樣，門牙之間的縫隙也一樣，我們還是血脈相通的。現在她的手比我的白，好像蠟像，卻突然動了一下。克莉絲汀拍了拍那隻蠟像手，彷彿在告訴我我也可以。我小心地把手放到母親手上，她沒有抽回去，這可能意味著她不再厭惡我了，或者只是沒有力氣。但應該不是後者，因為她突然抬起被子下的一條腿，稍微挪動了一下。我跳了起來，這多半是因為驚恐。

「你想躺高一點？」我邊問邊把她身下的枕頭擺好。腦子裡我的聲音在說，我本應念醫學，而不是什麼文學。我那時在想什麼？文學應該是世界上最無用的學科——錄取的時候，母親也說過相似的話：「多奢侈的專業啊！在非洲可沒人教孩子這種東西！」

「這樣好一點嗎？」我問。「想再添些枕頭嗎？」

母親只是盯著我，我讓自己退回到椅子上。

「你能用它做什麼。」她在我腦子裡說。「你，你，你，你只想著自己。先是『我自己』，然後『我自己』，最後還是『我自己』，對吧？」

「你媽是個多好的人啊！」父親的聲音在我的腦子裡補充道。「她總是先想著別人，然後才是自己。要是你拚一點，幸運的話說不定能成為一個和她一樣優秀的人。」

母親的手越過被子，放到我手上。可能她錯把它當成別人的手了，我等著，但是她的手還是放在那兒。我很抱歉沒能成為你想要的那個女兒，我想。現在這麼多年過去了，我們都沒談起這件事。感覺就像我把你留在路邊，然後獨自前行。好像我逃避了自己的責任，我降臨到這世上的責任：要讓你開心，或者努力讓你開心。你還記得那些真正開心的日子嗎？就像在我出生前那些老照片上的日子，你看起來好快樂？一九七〇年，你從烹飪學校畢業。你和你的朋友英歌坐在第一排，一樣美麗，一樣耀眼，頭髮高高束起，穿著白色的罩衫。

口袋裡的手機響起來。朋友瑪莉亞問我有沒有看到新小說《七人島》獲得了好評，她已經複製了一些下來，問我是否需要。我把手機放回包包裡，眼前浮現出母親的樣子。我找到她和父親剛戀愛時的黑白照片，攝於一九七一年，幾個月以前，我把這張照片拍給她，她回了短信給我說裙子是藍色的，而且鞋子與它相配。母親喜歡搭配好的衣服，喜歡對稱。她的短信裡沒有表情符號，我覺得是不好的預兆，最後也應驗了。她給我的最後一則訊息是在一個月前，是則回訊：包包是外婆的，七〇年代末在摩洛哥買的。

父親把《日德蘭郵報》的第一版放下，打開運動版，母親的目光在閃著，好像她在體內無聲地嘶喊著。應該就是現在，我應該讓別人都出去，然後告訴她我愛她，為她高聲朗讀愛的讚歌，做我朋友說過他們在父母死去時會做的事情。但我只是靜靜地坐著。他們的故事變成了透明的塗寫紙，思緒在上面亂畫一通。我突然不知道時間過了多久。

醫生走進病房，看到我母親的時候深吸了一口氣。他應該看過上百個人死去，但是臨死之人還是會讓他一驚。他朝我伸出手。

「你好。」

「你好，我叫克里斯蒂娜，英爾麗莎的女兒。」

我的聲音聽起來就像三流的電視劇裡那種只有一句臺詞的配角。他毫無表情地點了點頭。

「很痛嗎？」他問。母親清楚地發出了一聲「啊」。這一下子感覺她好像離我們很近。我在想她是否總是給人這種柔弱的感覺，沒人能對她有所期待，她什麼都做不了，只要想想她在學校的成績有多差，還有被人嘲笑的次數就知道了。可是直到昨天她都靠著強大的意志力，坐在椅子上，假裝得到的只是普通的癌症；儘管已經瀕臨死亡，奧施康定也毫無作用。現在她躺在這裡，強迫自己聽別人講話。她其實和外婆一樣意志力強大，要是我早知道這點就好了。

「我們有一種叫氯胺酮的藥。」醫生的聲音很嚴肅。又是一個配角，如果可能的話，我真希望能關上電視，不去看這部爛劇。「這種麻藥能帶走你的疼痛，但要是打了，你就會失去意識。你希望用這種藥嗎？」

父親放下報紙，走到床邊。

「如果止痛放療馬上起作用，她就不用打氯胺酮，可以直接回家？」他問。醫生點了點頭。

「那是如果。」醫生說。

「但是我們說好了的。」

「英爾麗莎就要死了。」

「是，是，但是說好的是……」

父親收了收下巴，他希望醫生能記起他兩個星期以前承諾過的：這只是一個暫時的臨終關懷治療，穩定疼痛，不是永久性的。醫生還在等著。

「還剩幾天或是幾週？」最後父親問。

「現在是按小時算。」

我看著父親咧了咧嘴，目光呆滯地凝視著前方，心裡很同情他。這麼多年來他就像是顆圍著母親轉的行星，而她馬上就要耗盡，他也越轉越快。

「我相信媽想要止痛。」我嘗試著解讀她的眼神，但其實不知道她想要什麼。「你不想再這麼疼了，對吧？」

「啊……」她回應。還是可以理解成任何意思。你跟爸之前怎麼沒有討論過這件事？癌症得了十二年，你肯定知道自己剩下的日子不多了。為什麼把這麼大的決定留給我呢？你甚至都不喜歡我。我二十一歲那年你就把我一筆劃去，說不再有我這個女兒，那我現在又為什麼坐在這裡，替你做決定？

只要我稍一鬆口，所有老故事就傾瀉出來。不行，現在還不行。

「我最好還是出去給你那些弟弟打電話吧。」我說著站起身。

「啊……」母親出聲。她緩緩地眨著眼。一次，兩次。此時，產生想打將死之人的想法是罪惡的，就算只是想抓住她的雙肩，來回搖晃也不行。我到走廊上，找了一個角落，那裡有幾把椅子，一張小桌，就好像為一場沒人想參加的會議做準備。我猜母親最小的弟弟應該知道事情緊急，我以前從沒給他打過電話。

他清了清嗓子。

「喂，我是克里斯蒂娜，」我說：「是我媽媽的事，她……」

「我正在布隆德開會。能等一等嗎？」

「不能，我媽就要死了，正在安寧病房。我想你要是加快動作，說不定還能趕上說聲再見。」

話筒裡是長久的靜默。

「我們週末的時候去看了她，看得出情況不妙。我想那時候我已經在和她告別了。」他聽起來不帶任何感情。

「所以你不來？」

「我說了我在布隆德開會。」

幾個辦喪事的人拉著棺材從一間病房裡走出來。前臺的護士站起來，我也起身，在母親的手機裡找她大弟弟的號碼。過去有段時間，我總是很高興聽到舅媽來電話，現在她的聲音好像很遙遠。

「喂，安娜-瑪麗家。」

我跟她說了目前情況，她放下話筒，過一會兒又走了回來。訊號不好，總是劈里啪啦地響。

「卡爾．彼得已經上床了，」她說：「說他想睡覺，我該怎麼辦？」

腦子裡母親的聲音響起。「我了解卡爾，他受不了生病的人。克里斯蒂娜，沒辦法的，你知道。」但是我想他現在也該知道輕重吧。現在才下午兩點半，而且他大姐就要死了。

「那你把他叫醒，要他馬上過來？」我問安娜-瑪麗。但是從她的聲音裡可以聽出他們也不想來。除了克莉絲汀，沒有家人願意來，可能母親也希望這樣。或許她想擁有安寧。

一九七二年，在我出生四年之前，父母結婚，搬到離哥本哈根一小時車程的赫爾辛格（極少數人會坐火車往返，那樣就要花上一個半小時）。赫爾辛格的市中心很古老，有教堂和小池塘，還有很多的日用品商店，為周邊那些度假屋服務。除此之外這座城市沒有像齊斯維勒萊厄一樣奢侈的沙灘生活，或者像吉利勒傑一樣如畫的海港。富人住在阿勒湖邊的安尼瑟北部，而在赫爾辛格住的都是薪水收入中等或者更低的人，窮人則聚集在國王路和橋界的集合式公寓裡。七〇年代，很多中產階級都搬進了市中心旁的獨棟家庭住宅。其中就有我的父母，因為土地便宜搬到這座城市。他們在兩家超市中間的一片新區角落裡蓋起一棟紅色小樓，樓前有一條新種的籬笆牆。社區的路都是以樹命名：松樹路、榆樹溝、落葉松路和雲杉大道。我們的路是個特例，叫市沼路，因為之前這裡是一片沼澤，也因為這個原因，旁邊鄰居的房子很快就開始下陷。但是我們家的房子建在土堆上，所以比周圍的都高出一點。

「這是赫爾辛格最漂亮最好的房子，斯高烏先生。」我母親總這麼說，父親也同意。可能其他人都沒意識到，但是我父母心裡清楚，這再重要不過了。

坐在安寧療養院裡，那座房子好像紙模一樣在我眼前展開。那是我上一年級的前一天晚上，媽媽坐在鋪著棕色瓷磚的浴室裡，在浴缸的邊上給我講外婆逼她請所有同學來過生日的故事。她們要在科靈旁邊的斯特農場裡舉行生日會，於是親手寫邀請卡，做了生日蛋糕，擺滿了一桌好吃的，一切都準備好了，但是班上沒有半個人來。

「一個都沒有？」我問道。我和艾妮塔是幼稚園紅班裡最受歡迎的女孩，而回到家，我和隔了三棟房子的弗朗索瓦絲最要好。她有一口荷蘭口音，爸爸住在沙烏地阿拉伯。我從沒想過其他小朋友會那麼不喜歡我。

「沒有。我是被孤立的那個，所以當然沒人來。」媽媽用毛巾擦乾我的頭髮。「上學放學的路上我被艾德爾和日塔欺負，而你外婆要我一定得跟她們一起走。當時的情況糟透了，但是外婆只忙著整理花園，從來沒有注意到。我不能煩她，得讓她一個人好好照顧園子。十歲那年，我決定不去上學的時候她才發現不對勁。」

「然後她怎麼做？」我試著從慈愛的外婆身上想像出當年那個粗心大意的母親，但是做不到。

「他們把我轉到了科靈的私立學校。」母親說著拔掉浴缸的水塞。「我和安娜瑪格麗特成為了朋友，但還是感覺很孤立，沒有人陪我念書或者為我讀故事。要是我想畫畫，就只能在報紙的角落畫。」

父親走進來。那個時候他的頭髮是棕色的波浪捲，戴著鐵框眼鏡，精心保養的鬍鬚遮住了下巴的稜角。

「媽媽把自己沒得到的都給了你。她一直都在家，確保你一直有畫筆、紙、書、玩具和乾淨的衣服。無論如何不能讓你缺少什麼，這就是你媽媽最關心的事情。」

他在最後一句上加重了語氣。

「還有所有的內疚感。」媽媽加上一句：「你外婆一次又一次威脅我，說如果我不按她說的做，她就會心臟病發死掉，或者對我很失望。我可不希望你也經歷這些。」

我不知道當時的自己明不明白她的意思。

「但是你為什麼被欺負呢？」我問。眼見她的眼淚就要流出來，我趕緊換個話題，但是我明白了一件事：我應該努力別去相信別人。其他人不會願意我過得好，我應該獨立起來。最好的活法就是一個人待著，因為我要努力像自己的媽媽才是最重要的。不然的話，我知道她和爸爸絕不會愛我。

此時想到這些，我深吸了一口氣。這些不過是回憶，是插進來的故事，是暫時將我困住的插曲。我接著給父母的鄰居打電話，請他們過來。

「你確定嗎？」鄰居的妻子問。她聽起來很驚訝，我能理解，因為她也不怎麼認識我母親。

「嗯，現在就只有我爸、姑姑和我。」我說著朝艾娜德揮了揮手，她在停車場那邊，正從計程車裡下來。她的豹紋夾克和粉色皮靴越來越近，我的艾娜德也越來越近。

「你舅舅他們呢？」

「一個在開會，一個要睡覺。」

這太可悲了，我無法忍受。母親臨終的床前只有三個人，還沒一個真的了解她。我對鄰居說，要是能多幾個人再好不過了。話筒裡靜了一下。

「我們馬上過去。」鄰居說。這時，一位駝背的老人和護士從病房裡走出來。她領他走到點著蠟燭的聖壇前，遞給他一盒火柴。艾娜德走過來，摟住我的肩膀。她的臉頰很涼。我打電話的時候，她正在外面給鳥兒拍照。

「你還好嗎？」她鬆開我，「你媽還活著嗎？」

「嗯，但我其實認不出她了。」我說著看向艾娜德那稍顯曚曨的藍灰色眼睛。「我很想為她做點什麼，但是我不知道該做什麼。我甚至連她想不想讓我待在這裡都不知道。」

自從我們相識，艾娜德就一直聽著我分析母親各種可能的想法，無窮無盡。但是這也沒讓我更了解母親。沒什麼能讓我走近她。

「無論如何，最重要的是你願不願意待在這裡。」艾娜德說。她朝母親的病房努了努嘴。

「她躺在那裡？」

我點點頭。

「我很高興你能來。」我在她前面走進病房。這麼多年來我都是自己故事的唯一證人。一個人瘋狂地拍照、標日期，寫幾千頁的日記，反覆記下重要的事情，還有發生的年月日，好像如果忘掉了最小的細節，我就有消失的危險。我的記憶是我的堡壘，就算是童年時期，我也清楚記得什麼時候發生了什麼。母親看著我們，緩緩地眨著眼睛，一次，又一次。艾娜德站在那裡，一言不發，然後她悄悄轉過身，用袖子把眼淚抹掉。

一個小時之後我們都離開了母親的病房，她需要裝導尿管。其他人坐在公共休息室裡喝咖啡，我在走廊盡頭找到了一個像會議室的房間。

「我坐在那裡趕緊把《日德蘭西岸報》的採訪弄完。」我指著那房間對艾娜德說。「萬一有什麼事可以去那裡找我，不用很久的。」

她點了點頭。

「現在看起來都挺平靜。」她說。的確是。母親躺在那邊打瞌睡，疼痛好像不那麼劇烈了。我把採訪從早晨一直拖到了現在，那個記者說我們可以推到明天，不急，但是我堅持要今天完成。我的小說不能也死掉，這對我非常重要。我說我確信母親和我是同一個想法。但其實唯一確定的就是我極其需要和另一個世界接觸，那裡有記者在提問，我在回答，一切都很正常。只是一般來講，不會有安寧療養院的義工中途打斷我們，說我母親在樓上就要死了。

「對不起，但是我媽媽就要不行了，我得趕緊過去。」我對記者說，飛快地跑進母親的病房，門上還來不及放上她的名字，晚一點也不會放了。父親和克莉絲汀已經站在床邊，探身看著母親，艾娜德和鄰居在我身後。

「你跑哪裡去了？」鄰居叫道，她的聲音裡帶著指責，我努力忽略她。母親的胸脯還在起伏，我們等著。一次，兩次，三次，呼吸停止了。

「她還沒死，對吧？」我的聲音太大，太刺耳。「她死了嗎？不可能的。」沒有最後的一次深呼吸，沒有窗戶突然打開、靈魂飛走，沒有淚眼矇矓關於已經逝去的親人在另一邊招手的話。安寧沒有降臨在她的臉上，眼睛還是半睜著，嘴巴僵硬著，好像在默默嘶喊。

「她剛剛說了嗨，」父親說。他的聲音和我的一樣高。「克莉絲汀把我叫進來，因為英爾麗莎醒了。我走進來，她睜開眼睛，說了聲嗨，然後就死了。我能看出來她是那時死的。」

「所以她最後一句話是嗨？」

「嗯，她說了嗨然後就死了。」

「但是我進來的時候她還有呼吸。」我說的時候心裡祈禱母親聽不到這段對話，否則她在這個世上最後聽到的，就是我和父親站在這裡爭論她什麼時候斷了氣。我們沉默了一會兒。

「而她躺在這裡死去的時候，我正在接受採訪。」我一半說給父親，一半說給自己。「採訪！真荒謬！」

風在拍打著那扇全景窗。

「我們都在幹別的事。」克莉絲汀說。「其他人坐在外面喝咖啡，我只是進來看看護士們的導尿管插得怎麼樣了。」

「我站在那邊補妝。」艾娜德說，「太不敬了。」

「是，是，可我媽躺在這裡，就這麼走了。我應該能感覺到的，這種東西不是可以感應到的嗎？大家不都這麼說嗎？我本來應該……」

「叮咚！女巫已經死了。」腦子裡的一個聲音說道。我試著讓它閉嘴，但是它的聲音越來越大。我提醒自己，我們應該立刻向主祈禱，就像母親在外婆死時做的那樣。當時我正在曼谷，為自己趕不及回家和外婆告別而哭紅了鼻子。那是兩年九個月以前的事了。父親清了清嗓子。

「其實今天是我們結婚四十三週年的紀念日。」他看了看錶，把重心移到另一條腿上。

「這聽起來可能有點奇怪……」

每次父親用這句話開頭，我都覺得會聽到最駭人聽聞的事情。

「……但是她死的時辰和我們結婚的時辰一樣，」他說：「下午三點半。」

我看著剛跳了一格的分針。鵝黃色的牆壁好像要朝我砸來。

「聽起來像小說裡那種沒人信的事。」我說。我的手指發麻。「所以寫非虛構類小說要輕鬆得多。作者不需要絞盡腦汁讓一切聽起來真實，因為讀者已經知道裡面每一個字都是真的。」

「但是是真的。」父親說。

「當然是真的。我知道你不會說謊。」

我說的也是真的。父親基本說不出一句謊言，不管是無關緊要的還是善意的那種。母親剛剛去世，我就站在這裡談論謊言和非虛構類小說。我撫摸著她光禿禿的腦袋，她看起來跟四小時以前一樣，但是臉頰變得冰涼。

當她剛發現得了乳腺癌的時候，她和父親告訴我，這是因為長期的精神狀態低迷引起的疾病，而這種低迷都是我造成的。這個指控就像我心裡的一個深淵，至今仍然如此。我曾經想，要是她把將來的死亡也怪到我頭上，我還能否活下去。所以一直以來，我都努力把表面擦亮、拋光，卻不管裡面的東西。我以為，被提起的越少越好，但現在她再也不能指控我什麼了。表面被翻了過來，筋骨畢露，還有一些更黑暗的東西。她死了，我一點都沒感到輕鬆。

「小女孩。」父親拍著她露在被子外面的腳。我記得曾經很多次聽他這麼叫她，小女孩。但是我想說，她才不是什麼小女孩。當我還小的時候，我才是小女孩，你卻把她當小孩對待。

「她是我擁有過最好的東西。」他說。我的眼前出現了一堆黑色的斑點。他把一切都給了她，卻沒有留一些給我。現在死神把她帶走了，我不知道他會怎麼做。他降低了聲音。

「我覺得可以對自己說，我已經為她做了能做的一切。」他說：「一切。」

他看向我，點了點頭。我也對他點了點頭。

「你絕對盡力了。」我隨著他的目光，看向母親那歪向左側、對著門的臉。然後我聞到了艾娜德的味道，感覺到她摟住了我的肩膀。她知道我因為和父母的關係而感到精疲力竭。

幾年前她問我：「你記不記得我們在一起的第一年，你一直都在哭？每天都問我確不確定愛你，是不是不會離開你。我每次都想打電話給你父母，狠狠罵他們一頓。」

「你該打的。」我說。她點了點頭。

「嗯，可能是應該打，但我覺得不會有什麼幫助。」

父親拿起母親的舊手機，按下了一個號碼。

「辦喪事的？」他問道，然後點了點頭。「對，下午五點半可以見一面。謝謝，我想盡快把後事辦完。你可以記下我們的……我是說我的地址。」

錶上顯示現在是下午三點四十五，我努力想像一個小時四十五分鐘之後跟他們聊骨灰罈和葬禮花束的事，但實在想像不出。

「那……我回家拿一下婚紗。」父親說。艾娜德按了按我的肩膀。我一直希望他已經忘了這件事，但是他當然沒忘。很多年他都不在我身邊，但是最近幾年他從斯文堡車站接送我的時候，我們會在車裡聊天。有一次，他開車時告訴我，母親想要穿著婚紗下葬。

「你覺得怎麼樣？」他問。那件婚紗我小時候穿過，它的樣子浮現在我眼前：高領，長袖，布鈕釦一直扣到胸口下面，還有垂到地上的頭紗。我回答說我覺得這是個可怕的念頭，你確定她是這個意思？

當事情牽扯到母親的時候，父親總是一副欲言又止的樣子，好像他的句子在滿地玻璃渣中走過。

「我覺得不該問她。」他說：「現在的情況不行。」

情況就是不能問母親所有可能讓她哭的問題，但是現在她也哭不了了。

「難道媽不能就穿這身絲綢睡衣下葬嗎？」我問，父親拉上夾克。我能感覺到自己的心跳。「婚紗太詭異了。你聽我說，她在你們的結婚紀念日、結婚的時辰死去，已經足夠了。我們不能就此打住嗎？」

父親移動了一下腳。

「這是她的願望，所以我們按她說的辦，」他說：「她就是想表達她結婚的那天是一生中最美的日子。」

「你這麼覺得？」

「要不然她為什麼想要穿婚紗下葬？」

我回答說自己毫無頭緒。從小到大，他總是把母親的行為添上各種充滿愛意的註解，但那些話她自己從未說過，而這只能被父親解釋為她愛得甚深。所有人都可以說得富麗堂皇，但毫無意義，真正有重量的是行動。

「媽媽給我們做飯，給你穿上暖和的衣裳，踢開你前進路上的阻礙，」他說：「她是這樣向你表達愛意。」

但是這跟我感覺到的完全不一樣。我撫摸著母親的手，它比看起來要溫暖。我多希望自己能夠像個正常的女兒一樣想，想著現在真好，她得到了安寧，或者她受了這麼多苦，真可憐；像個正常的女兒一樣，在母親去世時大哭一場。而我卻看著她的臉，想著外表真的是內在的鏡像。她這麼多年都在靜默嘶喊，現在終於顯現出來。

但是她為什麼要喊？我不得不坐下來，因為我知道將永遠找不到答案。母親沒有什麼信任的人，不是父親，不是克莉絲汀或者鄰居，而英歌和安娜瑪格麗特早在我出生之前就消失在她的生命裡。此時，一位護士出現在門邊。

「要是可以的話，我現在要幫你母親整理一下。」她說。我猜所謂的好女兒應該會想留下來幫忙，就算人家不讓也堅持要幫。可我只是點了點頭，跟其他人一起走了出去。

走廊好像變得更長了，板凳和桌子變得更小。我的腦中在放幻燈片。母親還小時，外婆為她燙捲髮，織挪威花色的毛衣。童年照片上的她在微笑，大家能看到她的牙縫。我看到六歲的自己，膝蓋上擺著母親那本灰色的相簿，翻來翻去，直至找到那張照片：母親的眼神很嚴肅，身旁站著兩個憤怒的女孩。那是一個冬日，他們站在一條鄉間小路上。另兩個女孩兒穿得很破，看起來好像在發抖，而母親穿著一件白色的毛衣和過膝的靴子，她的頭髮漂亮地捲著。我看著另兩個女孩，那是艾德爾和日塔，我在母親來確認之前就知道。她看過之後轉過臉去。

你為什麼要把帶給你痛苦的人的照片也收藏起來？我一邊想一邊拿出手機，撥通兩個舅舅的電話，告訴他們母親已經死了，他們是對的，母親得到了安寧，再加上一堆陳詞濫調。我想朝著話筒裡喊：「這是你們的姐姐啊，能不能分清輕重，她死的時候你們都跑到哪裡去了？」

「你還好嗎？」艾娜德坐到我身邊的凳子上。我初次見到她時最先注意到她臉上的這些部分：高高的額頭，羅馬式的鼻子，有力的下巴，一起構成了一條完美曲線。我對於把她也拉過來經歷這一切，心裡很過意不去。我那些無盡的猜想，一場歷經這麼久才完成的死亡，我心不在焉的狀態，都對不起她。

「有時候我覺得跟你相比，我的生活很安寧。」她說：「我家裡的人都很健康。」

艾娜德比我大二十二歲，她的父母身體好得很，馬上就要九十歲了，卻根本不像那個年紀的人。

「要是我像你小時候那樣被送到丹麥來，我可不要啊。」我說，她也同意。她出生在辛巴威，三歲半的時候，和七歲的姐姐被送到丹麥，跟她們從未見過的祖父母一起生活了幾個月，當時她們的父母在剛果打工。兩姐妹那時都不會講丹麥話。在哥本哈根機場，她們坐在行李上，手裡都抱著穿草裙的棕色娃娃，看起來很不安，這一切都在第二天登報的照片裡表露無遺。艾娜德還留著那份剪報。

「我沒法不去想那件婚紗。」我說。「穿它下葬是不是很虔誠？」

母親的一生都遵循著那些俗語：槍打出頭鳥；家醜不可外揚；一意孤行，後果自負；天下無捷徑；物以類聚，人以群分；莫以小人之心度君子之腹。艾娜德皺起的眉頭更深了。

「可能只是奇怪的丹麥傳統。但我又不是這裡出生的[1]，我知道什麼。」她說。在辛巴威之後，她家搬到了加拿大，然後是美國。他們在加州追著父親的工作搬來搬去。等再搬回丹麥的時候，艾娜德十四歲。她說著一口標準的丹麥語，但是如果英語表述得更清楚，她還是很喜歡加一些英語進去。

「人不能穿得太招搖華麗。」我說。

「誰說的？」

「我媽。槍打出頭鳥，無論如何也不能被其他人發現。你再看看她現在！完了！我們忘了做禱告！這樣我就是個壞女兒了吧？比之前還要壞？」

艾娜德的雀斑和頭髮是秋天落葉的顏色，是自由的顏色，是離這裡很遠的顏色。

「你媽到底有沒有信教？」她問。其實我也不知道，但是我猜沒有，因為外婆有信，而母親總是想事事與她不同。

「你媽沒有做個稱職的母親，而你已經做了能為她做的一切。」艾娜德說。「最近幾年你什麼都做了，也沒什麼改觀，不是嗎？」

近幾年，我全身心地投入到能給母親續命的抗癌治療中，一次又一次地去斯文堡拜訪他們，但是這一切就像是在一個巨大的、尚在流血的傷口貼上一張小得可憐的ＯＫ繃。有些時候，我覺得傷口是在我告訴他們我是同性戀的那天割開的；還有些時候，我能一直回想到我從家搬走、開始自己的生活，而那不是母親的生活翻版的時候；更有些時候，我覺得傷口從我出生那天就已存在。

1 此句原文為英文。

六歲時，母親對我講起生我是一段多麼可怕的經歷。我們圍著赫爾辛格的方形餐桌，坐在那裡吃晚飯，桌子朝著被比楊．溫碧萊斯[2]創作的盤子包圍的掛鐘。母親的聲音微微顫抖，以此來暗示當時是多麼痛。

「最後我被剪開，然後再縫上。」她說。餘光中我看到她剪開了聖誕烤鴨的肚皮，放進去一堆蘋果然後用一根巨大的針再把肚子縫好。我不敢問她是哪裡被剪開，是不是像我猜的那樣。我想像著，我的人生開端就是這種脆生生的聲音，加上撕心裂肺的尖叫。

「孩子那麼小，還是很難相信你必須剖腹，」父親說：「她差點就像西瑟勒一樣被放到保溫箱裡。」

西瑟勒是安娜-瑪麗和卡爾．彼得的女兒，比我小六歲。

「不然整個懷孕過程還是很順利的。對吧，斯高烏太太？」父親說。「你特別期待成為母親，給女兒織了一堆小衣服。一切本來應該那麼好。」

我多麼希望母親會說，現在也很好，我值得那一切的痛。但她只是點了點頭。父親說我早產了一個月，而且一回到家，我的體重就急劇下降。有一次他把我放到廚房的體重秤上，母親看到後開始哭，從此他再也不敢了。他說到這裡笑了起來，我也努力跟著他一起笑。

「你倒是很知道該怎麼哭。」母親說。實際上我在開始的那半年哭得太厲害，她哪裡都去不了，只能跟我待在一個屋裡。

「再來就是眼疾，我得一直坐在你旁邊。你在希勒勒醫院的搖籃裡大喊大叫。」

「是的，那段日子可不容易。」父親說。

我們在餐桌邊有固定的座位。我坐在中間，對著窗外的風景，父親坐在我左邊，背對著走廊的牆壁，母親坐在右邊，背對著爐灶，紙巾就在手邊。只要能夠阻止她扯一張擦眼淚，我願意做任何事情，可惜已經太晚了。

「這就是你為什麼沒有弟弟妹妹。一個孩子已經夠了。」

我嘗試集中精力看窗邊的白色花盆。它好像一張女人的臉，綠葉是頭髮，一個像雷班樂隊裡的歌手的髮型。雷西婭，對，那個歌手叫雷西婭。她在對著我微笑。

「就像我對你爸說的，我再也不生了。」母親擤了擤鼻子。「再也不要了！」

母親告訴我，在我出生之前，那間帶著花地毯的房間是她的。我一搬走，她就可以開心地搬回去，因為那是最好的房間。我真希望她一直留著那間房，因為很明顯，我這麼差勁的孩子根本不配它。而且如果我不盡全力的話，現在可能還是個壞孩子。

幽長的走廊連接著廚房、客廳、父母的臥室和我的房間，在邊上還有兩間半空的沒有暖氣的房間。一個叫縫紉室，因為母親的縫紉機在那裡；另一個叫客房，因為外公外婆一年會來幾次，來的時候就在那裡過夜。但是那天在廚房裡我突然有了新的想法：我的弟弟妹妹本可以住在那裡。父母蓋房子的時候，這間房肯定是為了這個可能考慮的，但結果並沒有別的孩子，而這都是我的錯。

「你吃飽的時候，就不那麼鬧了。」父親說。母親點了點頭。

---

2 Bjørn Wiinblads，丹麥畫家，陶瓷、銀器、青銅、紡織品和圖像設計師和藝術家。

「嗯，所以我肯定你會長得很胖。」她說。「你一歲以前根本不願意爬或走路，所以就變得越來越胖，想被抱起來的時候就坐在搖籃裡哭。你的手臂和腿看起來像是硬接上去的，兩歲的時候才長了點像頭髮的東西，其實像雜草一樣。那個時候還能看到你額頭上的大胎記。」

「嗯，現在遮住了，真幸運。」父親說。

「你學說話學得很快，我終於擺脫了所有的哭喊和嬰兒語。」母親補充道。最開始的兩年她都待在家裡，而父親繼續在部隊上班。我最喜歡的是她為我唱那本破爛的《小歌手》裡的歌，上面都是原子筆的筆跡和各種塗鴉，那是她小時候留下的。母親的聲音純淨清朗，而且毫不費力就能唱得很高。但是最美好的是我能緊緊坐在她身邊，一般她可不會允許我這樣做。所以我就緊緊地靠向她，一起唱，開始的時候根本不知道詞的意思。結束的時候，我會請求她唱點別的，什麼都行，直到她的嗓子啞起來。兩歲上幼稚園時，我已經可以流利地講話，而且能把整本書都背下來。

「和你待在家的日子太可怕了。」她在廚房裡說。我愧疚地低下頭，因為我給了她如此痛苦的折磨，自己卻記不得。我只記得自己躺在縫紉室的床上，或者是在一張帶著高高白邊的臺上哭，她在門的另一邊抽泣。我越哭越凶，但是她沒有過來。我還記得有一天父親下班回來，發現我們都在哭，母親在臥室裡，而我在客廳的地板上。

「你又把媽媽惹哭了！」他站在我面前喊道。還有那次，母親把她心愛的娃娃瑪格麗特從臥室的櫃子裡拿出來遞給我。瑪格麗特的小紫裙上帶著花邊領子，頭髮是深色的，有像母親一樣的小捲髮。

「這個是給你的。」她說。一股歡喜流過我的身體。

「給我？」

瑪格麗特帶著娃娃的微笑。我剛滿兩歲，從沒有收到過這麼漂亮的禮物。

「對，她是我小時候留下的唯一一個玩具，你要好好對她。」母親說。「要是你把她弄掉了，她就壞了。看，她的頭、手臂和腿，都是陶瓷的。」

我小心翼翼地接過娃娃，但是她比想像的要重，比我那些塑膠娃娃重得多，直接就從手裡滑了下去。我目瞪口呆，她微笑著的陶瓷臉頰磕到門檻上，碎了一地。母親放聲大哭，哭得好傷心，不得不蹲下身子。

「你把她毀了！」她哭道。「你把瑪格麗特毀了！」

她把我推出臥室，然後摔上門。我站在走廊裡，努力打起精神，開始撿地上的碎片。爸爸跑過來。

「你又把媽媽惹哭了？」他大叫道。「你做了什麼?!你把媽媽的娃娃摔壞了?!」

我哽咽著說我不是故意的，但是父親只是趕緊走進臥室。我能夠聽到那扇門後母親在哭，父親忙著安慰她。之後很多年，娃娃瑪格麗特就帶著破損的頭，躺在臥室櫃子裡的一個垃圾袋裡，我們都再沒提起她。就是這樣。所有我們不提起的事情，就好像沒發生過一樣，這也是最好的結果。只是我常常會想起那個娃娃，感到一種深重的愧疚，我破壞了母親那麼多東西。

當我翻閱自己嬰兒時期的照片時，總有一種深切的厭惡感。我坐在陽臺的一張躺椅上，雪白的嬰兒身子那麼肥，胎記很醜，帶著兩顆牙齒微笑。另一張是我坐在搖籃裡，長著很細的頭髮，對著相機像傻子一樣舉著機器人似的手臂。母親對我愛不起來，我對此無話可說，但要是在那時候我就非常非常努力，可能還趕得上讓一切好起來。

當我上幼稚園的時候，母親開始在一家療養院做起煮飯的工作，一週三天。她的哭泣發生了變化。以前是一觸即發，好像住在地震帶上，知道逃不過，現在則是一條悲傷的暗流，不能把腳探進去。她還是經常哭，但是因我而起的次數越來越少。

不管她是哪種心情，我都覺得她很美。她又高又瘦，皮膚黝黑，永遠都比我膚色健康。父親說，我們還是可以抱著希望，或許有一天我會和她一樣。她的膚色就像橄欖，眉毛和睫毛是黑色的。我記得很久以前，父親曾對比過我們倆。她那充滿感情的深色眼睛和我平凡的藍色眼睛；她小巧圓潤的膝蓋和我不對稱的尖骨頭；她那黑色的波浪長髮和我灰褐色的直髮；她完美的軀體和我孩子氣的骨架……將來我有可能像她一樣嗎？只有時間能回答這個問題。還有她完美的筆跡、嗓音和廚藝。

「媽媽總是先想到別人，這你可以學學，」他說：「你就是一直我、我、我。先是我，然後是我，最後還是我，對吧？」

當我看著鏡子裡的自己時，我能看到所有的缺陷和錯誤。就好像有個人在用完美的紅色馬克筆畫線，不小心灑上了水，直線都變成了洗不掉的斑點。多年以後我鼓起勇氣問他為什麼要那樣比較我們。

「你能應對，而你母親需要自信。」他回答。但是母親根本沒有變得自信起來，這些年所有的比較結果都是她更好，實際上她看起來根本沒在聽父親把她誇到天上去。她就像往常一樣，穿著那件在家常穿的紫色天鵝絨套裝，雙手交叉抱在胸前。

「幸好你沒繼承我的皮膚，」她會說：「希望你也沒繼承我的破脊椎。你應該慶幸你的下半邊臉長得像爸爸，而不是我。」

她的反應讓我充滿了困惑。要是她能說我一點好話，我會多麼地幸福啊！

我在安寧療養院問艾娜德，我是不是本該為母親多做些什麼，她搖了搖頭。我想的是，隨便什麼都行，但最後這幾年，我所做的一切都是因為母親就要走了，至於成長過程中所做的，則是基於其他各種事情的影響。

「我這些年做的一切感覺就好像一張小小的ＯＫ繃，貼在一個巨大的、還在流血的傷口上。我在腦子裡想像我媽的婚紗貼到傷口上，白色的紗陷到血裡，像玫瑰一樣的血跡在胸口綻開。」

「不，你別再瞎想了。」艾娜德說著把我的土黃色夾克遞過來。「你做的不能再多了。你的破家庭……媽的……下一站，就是黎明曙光。」

她降低了聲音，用英文講出「黎明曙光」。

「你現在正在穿過一個維度，終點站不再只有聲音和光，還有思想。這就像是一趟去奇異王國的旅行，那裡唯一的侷限就是想像力。」

「嚴肅一點。」我說，而艾娜德直說她很嚴肅啊。

「你做的不能再多了。」她說。「要我再說一遍嗎？你做的不能再多了。」

走出療養院的時候，她的話還在耳邊迴響。「你做的不能再多了。要我再說一遍嗎？」但我還是想用外套緊緊地包住傷口，努力讓血止住。

第二天早晨，母親病房裡的燈暗了下來。門上還是沒有她的名字，我走進去，看向病床。一個陌生的女人打扮得像結婚那天的母親，她的頭枕在枕頭上，腿上蓋著一塊布，等待著火化。床頭櫃上點著兩根蠟燭，在婚紗上投出長長的陰影。艾娜德、父親、克莉絲汀和她老公易布都在。兩位穿著黑衣的禮儀師，繞著病床靜靜地讓我們散開。氧氣從屋子裡溜走了。我想要跑過去把所有窗戶都打開，把全景窗拉到一邊，但是我的視線停在全景窗前的棺材上，棺材敞開著。

「嗯，歡迎。」門邊的一位護士說。我不確定昨天是否見過她。

「非常感謝。這時候是有點艱難。」父親說。

但他看起來並非如此。他的臉很乾淨，淡藍色的襯衫新熨過，白色的頭髮梳得很整齊。其實這些年來，他外表上唯一的變化就是頭髮顏色，好像時間從來沒有抓住他。

那個護士走到床邊，她說我們可以慢慢來，就好像這個情景是多麼地平常。可能也的確很平常，我想著，不管怎麼說，我沒有記錯。婚紗的領子很高，長袖，鈕釦也用布包起來，輕薄的布料讓母親疲憊軀體上每一處凹陷都格外明顯。灰色的假髮好像大了好幾號，拖地的頭紗錯落在臉旁，圈成浪漫的波浪形。她的臉部輪廓被削尖了，下巴更加突出，眼睛和嘴巴閉著，但是看起來她仍然像是在面具後面尖叫。她的手裡放著一束新鮮的玫瑰，配著滿天星和綠葉，像極了她當年的新娘捧花。我沒辦法去看其他人。

「我們能不能至少把頭紗去掉？」我問。「她看起來……我是說……」

她看起來像是從鬼片裡走出來的，十秒後就會從床上坐起來，睜開眼睛，聲音嘶啞。這時，父親清了清嗓子。

「是她自己把裙子和頭紗放到盒子裡。」他朝那個棕色的紙盒子努了努嘴，上面是母親的筆跡「婚紗加頭紗」。「有一次她告訴我盒子在抽屜櫃裡。她把頭紗也裝進去，應該就是想戴著吧。」

我小心地掀起蓋在母親腿上的布。她光著腳，腳趾變得尖細，指甲是藍色的。我們的腳不再相像。

「她不用穿鞋嗎？」我小心地問，父親疑惑地看著我。

「可是她沒有在盒子裡放鞋？」

「那你應該給她找一雙啊！」我說。我低頭看著自己那雙金色帶斑點的鞋子，是我最喜歡的一雙。我在考慮要不要脫下來給她，但是母親提過她不喜歡圓頭鞋，她覺得它們「不雅」，所以不行。她還說過不喜歡我的眼妝和紅色的口紅，看起來像塗了油漆，還有我長長的、鬆垮垮的頭髮和太豔麗的裙子。現在的我就完完全全是她不喜歡的樣子，這是不是有點缺乏尊重？那個好女兒在腦子裡點了點頭。

「她的耳環你們要帶走嗎？」護士問，父親指了指我。

「這個我女兒決定。她繼承首飾。」

我跟母親的首飾沒有任何關係。很多年前她的首飾全部被偷，這些都是後來買的，這對耳環我從沒見過。

「就讓她戴著吧。」我說，父親皺起眉頭。

「這是藍寶石，可不是便宜的東西。」

我父母從不買便宜的東西，這我知道。外婆去世的時候，母親繼承了一只金手鐲，其他的都給了我。我現在也想這麼做，但是沒有可以繼續傳下去的人。我小心撫摸著母親的手，才一夜的功夫她的手變得很瘦，彎曲著。我想著，你可別以為我不想要你的任何東西呀。我本來想從你身上得到所有東西，但是現在已經太晚了，你也看得出來，對吧？她的手就好像蠟雕的一樣。有一天我的手也會變成這樣，只是不會有任何女兒來撫摸它們。這個故事將會停在我這裡，真幸運。

「我想要那對耳環，」克莉絲汀輕聲說：「它們很配我的戒指。」

我轉過頭看向艾娜德，她悄悄地把手機掏了出來，迅速替我母親照了張照片，然後把手機塞回去。

「你拿走吧。」我說完四處看了看。父親在看牆壁。易布雙手抱在胸前，目光充滿尊敬地盯著地面。他之前是急救員，所以看起來跟護士一樣習慣這種場面。那位護士摘下我母親的耳環，遞給克莉絲汀。這讓我的心情平靜了一些。也可能這一切其實都很正常，只是我把一切都理解錯了。

「你們誰想一起把英爾麗莎抬到棺材裡？」禮儀師問道。他走到母親身邊，我本能地後退了一步。

「不了，我想休息。」我說得太大聲、太快，那個好女兒搖了搖頭。她應該堅持要一個人把母親抬到棺材裡，那個好女兒會把母親已沒有靈魂的軀體好好地擺在那白色的木板上。這時父親走上前，幫他們一起把母親抬起來。兩位禮儀師在兩頭，父親在中間。母親看起來硬得像塊板子。

「桌上有讚美詩，你們想要一起唱著讚美詩送英爾麗莎走嗎？」

「什麼意思？」我問道，聲音還是太大。禮儀師把母親身邊的面紗擺正，然後給了我們每個人一張紙，上面印著一首頌歌：「人間如此美好，我已倦了，將要安息。」

「這是地方傳統，」她說：「我們會為死者唱讚美詩。」

我猛然發覺自己並不知道母親最喜歡哪一首，但絕不是〈人間如此美好〉，因為那是我外婆最喜歡的。艾娜德靠到我身上。

「我突然明白你為什麼總寫哥德式小說了。」她低聲說。禮儀師把讚美詩拿起來，問我們準備好了沒有，或許只唱第一段和最後一段就行。我一邊歌唱「那些將要到來的和終將逝去的日子」，一邊嘗試著給自己灌輸基督教的信念。但是每次當我從讚美詩中抬起頭看向母親，她都更加陌生，好像關於她的記憶要飛遠了。

那個好女兒會深深地哀悼，為那個一直支持她的人、為她高興的人、一直站在她身邊無條件愛她的人，但是我只是懷念我和母親的關係還有希望好起來。我可以做得更好，就好像有一個空空如也的地方，我的任務就是填滿它，或者嘗試填滿它。這個念頭就好像呼吸一樣熟悉，但是現在沒什麼可希望的了，我再也做不了什麼，給不出什麼。我深吸一口氣。希望沒了，什麼都沒了。

你到底是誰？我想道。有一瞬間我以為母親的臉動了一下，但應該只是我們身後晃動的燭光在作祟。你會在夢中出現，告訴我你這些年為什麼這樣對我嗎？我把這念頭劃掉，標記上「幻想」。

「你在一本書裡寫過這個場景，閣樓客房裡死去的母親，《罪人剪影》。」艾娜德悄聲說。

我寫《罪人剪影》的時候，母親的乳腺癌還沒有擴散，父親還沒有告訴我關於婚紗的事，我對接下來會發生的事毫不知情。

「那個死去的母親瘦得皮包骨，穿著黑色婚紗躺在貴妃椅上，對吧？」艾娜德繼續說。她總是把我的書記得比我自己還清楚，這些書能在她身上繼續活下去，這點很觸動我。她陪伴著我寫完了五本小說，我總是把新篇章先讀給她聽，她也是第一個把我所有手稿都讀完的人。

「對。我沒記錯的話，她的嘴唇撕扯著，好像凍結了的嘶喊。」我低聲說。我當時用的就是這個表達：凍結的嘶喊。我趕緊說我根本就不相信這種不詳的預言，我一點也不神祕，不相信靈魂，跟神靈也沒什麼關係。

「那本書的初稿裡可是出現了不少次『嘶喊』。」艾娜德打斷我：「你最後不是被迫刪掉了一些？」

「嗯，差不多五十個。」我低聲回答她：「至少五十個。」

很多「嘶喊」都是誇張寫法，只為了讓小說更加刺激。但是事實證明，「嘶喊」絕不是最恐怖的，現實要可怕得多。屍僵、屍斑、死人臉，還有所有那些我隨意替換上的詞，都只是沒必要的空洞裝飾。最恐怖的是那些沒被訴說的東西，所有那些我們永遠也不會提起的東西。

在做關於《罪人剪影》的採訪時，我很多次提到，書的主題是那些沒法愛自己孩子的母親們。我說過，這是一個該被提及的禁忌。我能夠聽到話筒裡母親的聲音，在我們這些年來打過的僅有的幾次電話裡。

「你從哪裡知道的？」她問。她用了一種尖銳的、讓人不舒服的語調，我能辨認出來。她以前會用這種聲音跟我和父親以外的所有人說話，我每次聽到都會想，這聽起來一點都不像她。現在我也成了這些陌生人中的一個。

「就我所知，你沒有孩子？」她說。沒有，但是我有你，我想道。我知道自己在寫什麼。或者我真的知道嗎？我現在開始想這個問題。可能她實際上說的，或者差點說出來的，或者想要說的，是所有的母親，包括她自己，都愛自己的孩子。我當時對她說，沒有孩子的人也可以發表對母性的看法。這敷衍的謊言讓我覺得像是在自己身上潑了一杯冷水，又濕又噁心。

我最後看了母親一眼。「死人臉」這個詞其實比我想像的要貼切。這是個很好的例子，證明人應該只寫自己經歷過的事情，但是我未必會這麼做。禮儀師表情莊嚴，蓋上棺材，釘上釘子。

「一起去教堂嗎？」父親問。通常他的行動總是很快，目標明確，好像他還在部隊，但是現在的他有些猶豫。我試著在腦子裡記起這一天的媒體安排，那些我應該取消的會面，可是什麼都想不起來。時間從昨天開始就截然不同，彷彿一列從我身邊緩緩開過的火車，應該記得的事情都散失在濃煙中。

「你發誓會把發生的一切都寫下來，」腦子裡的一個聲音在說。那是我自己的聲音，但是年輕得多，那是剛滿二十一歲時的我。「現在你自由了，不像我，不論寫什麼都會感到深深的愧疚，害怕母親會自殺，或者外婆因悲傷而死。如果你就要死了，卻沒把這本書寫出來，這是多大的災難，你自己知道，對吧？」我閉上眼睛，看到自己年輕的臉。那白色的皮膚，紅色的嘴唇，長長的睫毛，平滑的頭髮，一件H&M的低胸條紋西裝。我的確給自己發過誓，當母親死去的時候，我要把一切寫下來。但我不是說就在母親死的這個時刻。我是說在一個模糊的將來，在一切平靜下來，我比現在更加清醒、更加勇敢的時候。

「嗯，當然去。」我對父親說，儘管沒有什麼「當然」可言。「我根本寫不了這一切，你瘋了嗎？我根本沒什麼自由！」艾娜德租來的車聞起來很新，有一股混雜著塑膠、膠水和油漆的味道。我看著瀝青路在車下消失，想起昨天早晨，我在來的路上給天空照了一張照片，要是母親已經死了，我可能會在雲彩裡看到她的臉。我想她肯定不會不辭而別，但是現在我覺得她或許會，或許她確實已對我無話可說，儘管我還有好多話。

周圍灰濛濛的，霧氣繚繞，土壤清冷，鋪滿礫石，我穿著高跟鞋半跳著走路。禮儀師把母親的棺材擺正，放到一幅海藍色的藝術品下面。我小心翼翼地呼吸，祈禱母親會現身，或者能被感受到，然後用某種形而上的方式給我傳遞消息。我努力回憶我們最後一次談話是什麼時候。可能是我最後一次拜訪她那天，或者是在電話裡，但是我記不清了。記憶被越來越多的白點充斥，好像抬頭看了太陽太久。母親是太陽嗎？我抬頭看她太久了嗎？父親轉過身，目光堅定，我太熟悉那個眼神了，身體瞬間變僵了。

「你知道《日德蘭郵報》怎麼說你的新小說嗎？」他問。我所有的小說《日德蘭郵報》都給了負評，而每一次我都是從父親這裡聽說的。

「沒有，我實在不想知道。」我遇上他的目光，用表情祈求他別告訴我。

「嗯，但是你的新小說只得了三顆星。」他說：「評論者不是很喜歡這本，但是她認為寫得比以前的好。」

「非常感謝您。」艾娜德說，我能聽出來她很生氣，但是父親只是詫異地看著我們。

「那你們來家裡喝咖啡嗎？」他問。想揍自己的父親是罪惡的，想來回搖晃他的肩膀也不行。我看了看這天的行程：下午三點有一次採訪，六點一個電視錄影。我們能趕得上咖啡，但是我現在更想摔東西。

「不了，我們直接回家。」我說。愧疚感在肚子裡打轉。艾娜德和我還有彼此，而他誰也沒有了。或者，我提醒自己他實際上有三個姐妹、鄰居和他自己。實際上他有人依靠。「你該把這一切寫下來，」腦袋裡的聲音重複說。「你知道要是你不寫的話會怎麼樣。下一部又會是關於一個不愛孩子的母親，一個白手起家的女人，把自己的經歷包裝一番。這個點子難道真的要又一次夭折嗎？」

「你們確定不來喝咖啡？」父親問。艾娜德點了點頭。

「十分確定。」她說：「尤其是現在，讓我們在下雨之前走吧。」

回家的路上，有好長一段時間，艾娜德和我都沒說話。我的思緒就像是繞在一起的花環，充滿太多不和諧的顏色，撲朔迷離。我聽到自己說我知道下一本書該寫什麼。

「我想寫我媽，還有我們的關係。」我說。我的語氣種帶著一種堅定，比當時的感受還要強烈。「寫所有那些我出櫃時發生的事，還有這些年我如何找回自我的故事。或許我可以不再寫那些惡毒的母親和心靈受傷的二十一歲年輕人，或許這就是我的最後一本書。」

二十一歲的我在微笑。艾娜德快速地瞥了我一眼。

「你是想寫一本自傳性質的書？」

我不得不把窗戶搖下來。當她如此描述的時候，這個念頭聽起來很可怕：一本自傳性質的書，直接從自身取材。我常讀自傳，每次讀起也常常坐在那裡為作者擔憂：他們不可能再寫出這樣一本書，不可能再感受到那種迫切。自傳即作者，兩者令人不安地流淌著同一種血液。

「我感覺自己一直都被巨大的責任感和愧疚感捆綁著，這樣父母就不用去承擔這些。」二十一歲的我點點頭。「我看到自己在一個巨大無形的麻袋裡，而我不想再揹著它了。我當然想過把它放下，繼續前進，但這是個重要的故事。要是我死的時候還沒把它寫出來，會是多麼悔恨。你明白我的意思嗎？」

我幾次公開談過我出櫃的經歷，大多是大寫加粗的：我很多年沒見過父母，害怕母親會死。每一次都會有無數的信件湧來，來自那些也受著同樣的或更可怕的折磨的同志們。其中很多都像我一樣來自小城鎮，有一些必須搬得離家人越遠越好，另一些則因為沒能走這麼遠而瀕臨崩潰。他們很感激自己的故事被訴說出來，慶幸自己不是一個人。我回信告訴他們我也同樣心懷感激。

「你應該為我們所有人寫一本書，」二十一歲的我在腦子裡說：「我們做不到，但是你可以。」

前面停著一輛去尼堡的公車，在等候幾位乘客。門關上，車開動了。

「嗯，你說過幾次你總有一天會寫這樣一本書。」艾娜德看了一眼後視鏡。我以前還說過這本書的毀滅性會有多大，因為這些私人的故事會成為大家解讀作家的鑰匙。作家再也不能將這把鑰匙扔掉，給讀者一把新的。從現在開始，所有人都知道這位作者什麼時候是從自身經歷取材，什麼時候是在杜撰，而後者絕沒有前者吸引人。

「一個人把燃料拋出去，那就是墜落。」我說。艾娜德踩下油門，超過了那輛公車。她每次都不會超速，生活中其他事情也是如此，這是我敢嫁給她的原因之一。

「我害怕真相是每個作家體內只有一個故事，就是自己的故事。」我說：「你覺得呢？」

艾娜德沉默了一會兒。

「你說的就好像所有作家都是路易絲．布儒瓦，只寫關於自身創傷的作品。」她說。「她是怎麼說的？『我的童年時代從未喪失過它的威力、它的神祕和戲劇性』，是吧？」

艾娜德的專業和我一樣，都是文學，但是多年前她轉行成為科學記者，專攻科學歷史，熱愛動物、鳥類、奇怪的博物館收藏和聲學景觀。

「你聽好，」她說：「在傳統的新聞學裡，我們說所有人都有個故事，但不是說所有人都只有一個故事。作家身上或許有更多，所以你們才不得不寫作，對吧？」

她擔心地看著在我們上方聚成深灰色的雲塊。

「你真的覺得這就是你的最後一本書？還是只是說說，因為是關於你母親離世的主題？」

三滴雨同時落到車窗上，視線開始被雨點占滿。

「我很確定現在該寫這本書了，不管代價是什麼。」我說：「我覺得這本書不只是關於我媽的死。我越想越覺得把這個故事寫下來很重要，我沒法解釋。不管是為了我還是其他人，都感覺很關鍵。」

「嗯，你也一直收到其他不幸的同志來信。」艾娜德說。旁邊一輛車超過了我們，開得飛快，車廂裡一股汽油的味道散開。

「這本書不好寫吧？你覺得呢？」她問。我把車窗搖下來。

「好寫吧？我應該半年就能把初稿寫完。」我說：「我已經帶著這個故事過了這麼多年，開寫的時候應該會煞不住筆？我不用再定人物、基調、地點和故事，一切都已經存在。我只要抓住它們，歸類好，用正確的方式把它表達出來。」

「只要？」

我解開外套的鈕釦，把它扔到後座上。每次開始寫新小說的時候，「只」這個字就會出現在我對於這次寫作會多麼容易的想像裡。我只要坐下來開始寫，只會花上幾個月，而不是像前幾本一樣好幾年。我自己差不多都信了。艾娜德打斷我的思緒。

「你也必須寫你爸，對吧？」

她聽起來好像很希望如此，我深深地嘆了口氣。每次想到寫下這一切，我都把父親描繪成一個無關緊要的配角，待在後面，因為我不知道如果不這樣的話，我又該怎麼在他還活著的時候寫他。或者跟他活不活著沒有關係，我根本不知道該怎麼寫他。

「我怎麼能告訴他我想寫這樣一本書？」我問：「總不能這麼說：爸，你聽著，我想寫一本關於媽媽的自傳性質的書，就是那個你用了大半輩子去保護的人，一直言聽計從的人。我本來打算一直把你寫在角落裡，但是現在不行了，因為你是主角之一。我不知道你們在我書裡會是什麼形象。這樣聽起來怎麼樣？」

「何不等一等，等你把書寫出來，然後給他看書裡真正寫的是什麼，而不是現在跟他講你的猜測？」艾娜德讓雨刷掃去前面視窗的雨。「也沒人說你整本都要寫自傳啊。你還有做作家的自由，可以按興趣改寫甚至再創造。要是你沒有被侷限的感覺，寫作應該會容易一些吧？過後你可以再刪減。」

我嚥下一口口水。此刻的我毫無寫作的自由。

「但是我有這樣的一個故事，還怎麼再創造？」我問。艾娜德笑了。

「是啊，你這樣的父母，是編不出來的。但你總可以用某種方式處理這個故事，使其小說化吧？」

看來，我將不得不把故事和人物抽出來，別的拋下。這大概是所有的自傳作家都要做的選擇，不管他們如何聲稱寫的是事實。因為只是現實中發生過，不代表就該在書中占一席之地。書中的故事應該是按一條清晰的主線發展下去。要是這本書想寫好，故事會很長，事情所經歷的多年時間已成次要，要著重在描述重要的人，把對話縮短。我已經開始流汗了。

「一想到要給我爸做藝術加工我就很焦慮。」我說。雨點猛砸著車窗。「他肯定希望自己說的每一句話都被完整地引用，但那怎麼可能？又不是過去的三十八年我都帶著答錄機。我是記憶力很好，手邊還有上千頁的日記，從七歲記到現在。我要是不確定的話，可以去查什麼時候發生了什麼，我當時在想什麼，是什麼感受。我覺得我不會需要去查，可是這些又遠遠不夠，是吧？」

艾娜德看起來聽得很開心。

「不夠，不管你怎麼努力，你爸都不會覺得整本書裡自己的話是原話。」她說：「他不管別人有無犯錯都要糾正一番。就算你把所有話都錄下來了，他還是會念你。而且我覺得你可以預見，你們兩個對事情的看法不一樣。說實在的，要我想像你們兩個觀點相同，我還做不到呢。可你只能從自身的體驗來寫這本書。」
雨水讓道路像玻璃一樣反著光。
「家醜不可外揚，」我說：「這個非常、非常重要。」
「是你媽的口頭禪？」艾娜德問。我點點頭。
「她會痛恨出現在這樣一本書裡。而且不像我爸，她沒法再給自己辯護。這也是某種形式的反擊，是吧？」
我嘗試回憶起她的臉，但是能想到的唯一一張畫面，就是穿著婚紗的死去的母親，周邊好似罩著一層薄霧，彷彿她是我小說初稿中一個太過誇張的角色。她周圍那些白色的斑點越來越大。
「我現在已經有愧疚感了。或許我爸會跟我斷絕關係，或者悲傷過度死掉。」
艾娜德看了一眼後視鏡，換到另一條車道。
「我不這麼覺得。」她說。兩人無話，我在腦子裡開始列單子，我不喜歡自傳的哪些特點：作家不需要創造，因為故事已經存在；我不得不走進故事裡，儘管我最想要保持自由，而且寫那些想要保持自由的人；我不喜歡自傳的寫作方式，真實的故事被記下來，好像比小說更需要勇氣、更麻煩、更有相關性；作者不需要寫得多好，只要聲稱每一個字都是真的；還有媒體那邊的麻煩。聳人聽聞的頭條，加上故作悲傷的照片。那些記者能找到書中出現的所有人，包括我的家人。要是他們的記憶和我的有出入，結論就會是我全程都在撒謊。
「我收回剛才的話，我不寫傳記了。我已經能感覺到這會是個噩夢。」
「要是你叫它小說，就沒這麼多麻煩。」艾娜德說，遠處出現了大貝爾特橋。疲倦感向我襲來。通常我在地震中也能睡過去，事實上我在奈洛比和雅典真的這麼做過，但是最近幾個星期我只睡了幾個小時，昨天晚上我睡一下子就會睜開眼睛。

「我感覺今天的自己就像個眼鏡猴，眼睛特別大。人又小又累。」

艾娜德點了點頭。

「你知道嗎，他們是眼睛最大的哺乳動物。」她問。「我其實剛好看到關於這個的文章。」

艾娜德一週可能會看關於一個話題的上百篇文章，而且會興高采烈地和我分享亮點：一隻公雞在一四七四年被燒死，只因為下了一個蛋；蜜蜂們能認出彼此的臉；南非海岸下的一個海洞裡魚類能發出很多聲音；海葵的性格可以測出來，被劃分到一個害羞／勇敢的表格上。

「眼鏡猴是一種非常驚人的生物，」她說：「我沒記錯的話，牠們的眼睛都和腦子一樣大。」

她正要跟我講更多的知識時，我打斷了她。

「我想看一下你拍我媽的照片，可以嗎？」我打開她的背包，翻了一下，感覺還是很累。

我在她的手機上點開照片。偷拍的照片，是從床腳看過去的奇怪角度，但還是能看到母親那絲毫不安祥的臉和拿著捧花的手。她看起來比我記憶中的還可怕。有一種新的陌生感，但不會再不真實了。

「想像一下如果有人駭進你的手機。」我說：「看到我媽肯定嚇一跳，殭屍新娘。」

艾娜德快速瞥了一眼照片。

「嗯，對不起，我一定得拍張照片。我從沒見過類似的場景。你要是想刪就刪吧。」

照片有些不合適，但我還是很感激能擁有它。要是有一天我突然起疑（而且我也很容易起疑），這就是母親的確已經死去的證明，一切真的發生過。那些白點溜進來，蓋到母親前面，蓋到昨天今天發生的事情前面。我揉了揉太陽穴，斑點還在。

「我害怕的就是最後這幾天的事情，我半點有意義的內容都寫不出。」我對艾娜德說。她瞥了我一眼。

「你也不用逼自己寫你媽的死，除非你一開頭就想給讀者一棒，」她瞇起眼睛：「你肯定想這麼做。」

我沒有反駁。

「你臉色還是很蒼白，確定不取消接下來幾天的採訪？說實話，所有人都能理解。畢竟你母親剛走，沒必要硬逼自己。你可以立刻給記者們打個電話，這事情就過去了。」

但是我搖了搖頭。我的小說不能也死去，我當然要堅持，而且也保證會在暈倒之前停下。當初《罪人剪影》剛出版，我錄完節目突然躺倒在廚房地板上，不知道自己在幹什麼。

「你有些地方真像你爸。」艾娜德說，即使她知道這是能給我的最低評價。「你們都一樣極端。一直列清單、劃重點，根本放不開事情，就一直打轉。」

我想起自己一次次坐在赫爾辛格房子裡的綠色絲絨傢俱上，躲在椅背後面，一遍遍翻看父母的相冊，父親的是紅色，母親的灰色。那感覺就好像是禁忌一樣，像從鑰匙孔裡窺探，或像去翻他們的抽屜。但是我已經翻了，毫無發現。我不知道還有什麼別的方式能探索我出生前發生的事情，因為一定發生了些什麼。母親的悲哀好像比我要長久，比赫爾辛格的房子要長久。相冊沒什麼用處，裡面只有他們各自的黑白照，成長經歷中拍的家庭照，母親在倫敦遊學、父親在當兵時的照片，還有幾張是他們相識之初。沒有一張是拍於結婚後在赫爾辛格的那四年，也沒有母親懷孕時的照片。

「你完全確定他們就是我爸媽？」我曾經問過外婆。她的臉上佈滿皺紋，應該是每個畫家的理想模特，眼鏡後面雙眼炯炯有神，嘴巴抿成一條直線。她點了點頭，喃喃地說我總是想像力豐富。

「當然是！你這個滿嘴胡說八道的小鬼！」她說：「你外公和我直接開車去了西蘭島，去海勒惠爾的醫院看你們。我告訴過你的。」

「是，但我是不是領養的？我們一點都不像。」我說。外婆的目光從眼鏡上面透過來，好像在打量我的樣子。

「像呀！」她說：「很像你媽。」

當我惹她不高興的時候，她就會說我像父親。

「但是為什麼沒有媽媽懷孕時候的照片呢？」我問。外婆搖了搖頭。

「沒有嗎？那我就不知道了。」

「但是你記得見過她大肚子吧？」我繼續問，因為那些關於母親給我織衣服，期待成為一個媽媽的故事在我這裡聽起來很不真實。外婆想了一下，支吾著說見過又說沒見過。

「那個時候不像現在，懷孕可不是什麼給別人看的事情，」她說。「你要記得那時候不一樣。你有沒有搞明白你爸媽是怎麼遇見的？」

我像往常一樣搖了搖頭。他們不願意告訴我。感覺好像關於我的基本資訊都被掩藏了起來，包括我有沒有兄弟姐妹或者有沒有遺傳病。我出生的時候，他們買了第一本家庭影集，封面上用圓體字寫著《寶寶的第一本書》。或許他們也買了一部新相機，因為影集裡的照片是彩色的。

「我想到一件事。」艾娜德在車裡說：「你總需要故事的結局明朗。」

「需要什麼？」

艾娜德點了點頭。我們兩邊是深藍色的海水。

「我不知道你自己發現沒有，你的書裡，最後總會出現一封信，解釋所有的事情：誰和誰是一家人，這麼多年人們心裡藏著什麼可怕的祕密，還有到底發生了什麼。」

我深吸了一口氣。當寫小說的時候，人們會不自知地寫出潛意識，而重複出現的部分會暴露這些意識。寫得越多，暴露得越多。

「我猜，你其實希望你媽給你留下了這樣一封信，或者某種能解釋到底發生了什麼的東西。」艾娜德說。我抗議說自己可沒希望找到什麼，很久以前就放棄了，不再有所希望。艾娜德等著我說完。

「我這麼說吧，我覺得不是你只要找得夠久，寫得越深，就會出現一種解釋。我猜不管你做多少事情，你母親都會是神祕的。」

「你眼角沾上了睫毛膏，」我說：「你最好擦一下。」

艾娜德挑起眉頭。

「你會寫出一本充滿未解的書。你能忍受嗎？還是想像往常一樣把一切都打上個蝴蝶結？」

寧靜而空虛

接下來的幾天，白色的斑點繼續擴散，蓋住了當下，蓋住了我那些長長的清單：卸妝，早上起床，回記者、出版社和朋友的郵件和短信。這些天就像一輛特快列車，差點把我撞倒，時間都消失在濃煙裡。母親下葬的前一天晚上，我坐在斯文堡的餐桌前，坐在父親對面，吃超市買回來的涼菜。他看著自己手上突出的血管——他曾經老愛開玩笑，說這樣扎針的時候好找，每個護士都喜歡。

「我現在可以把結婚戒指拿下來了吧？」他問：「說的是相伴至死，現在你媽死了。」

嗯，五天前死的，我想著，但還是點了點頭。她死了，這是個事實，儘管感覺很不真實。

「我都不知道摘不摘得下來，」他試著拿下戒指：「已經戴了四十三年。」

通常他會說一口標準的丹麥話，聽不出地域階層。但是今天他的「年」字出現了一些口音，說得很重，就好像手指突然被門夾了一下。

「原則上我現在可以說是單身了。」他搖搖頭。「單身！想起來真奇怪。」

那不如等到葬禮結束，我想說。但是我舉起了酒杯。

「那，乾杯！」我說。我的目光把廚房掃視了一遍。真的很難看出，我爸媽在這裡住了十二年。白色的地磚閃著光，廚具彷彿都是新的，和櫥櫃配套的淡色碗櫃裡，酒杯整齊地排成一排。丹麥經典的PH掛燈[3]在餐桌上投下白色的光，深灰色的蒙大拿壁櫃上放著兩個亮色的花瓶，中間擺著一盆白色的蘭花——要不然壁櫃會是空的，再說，我爸媽不喜歡那些只會積灰塵的小擺件。艾娜德唯一一次來我家，是參加一次大型家庭聚會，那時她中肯地把我父母的家和樣品屋做比較，說售屋人員可以在這裡跟大家展示房子建完後有哪些裝潢的可能。酒在我的口中暖暖地、緩緩地散開。

「好酒。」我說。父親很偏愛這種味道濃郁的紅酒，以及可以搭配肉類的白葡萄酒，也就是在很貴的飯店裡，你膝蓋上鋪著白餐巾，吃很多道菜時喝的那種。

「我覺得我們該喝瓶好酒。」他說著把酒杯放到餐巾上。我爸媽的餐桌上每天都預備好了餐巾，以防萬一。

「你自己去德國進的？」

我感覺到瓦格納椅突出的地方抵著我的背。

「不是，智利產的。」客廳裡的伯恩霍爾姆鐘用那種著名的、響亮的聲音敲響了七點的鐘聲。

「這是智利的好酒。你媽還能喝的時候我們喝過很多次，最後那些天她也喝不了了。」

「嗯，我知道。」

伯恩霍爾姆鐘和那畫著一碗柳丁的油畫是我唯一能認出的東西，從我小時候就有。其他都是搬進來的時候新買的。不管往哪兒看，這裡都沒有我存在過的痕跡，沒有什麼表明我父母有過一個女兒。要是外婆的話還有可信度，那麼他們剛搬來的頭幾年，可是從沒跟鄰居提過我。

「你該多吃一點。」父親朝著塔帕斯盤子點點頭。「我一個人吃不了。」

「放心，我胃口好得很。」我說著，叉中一塊肉。

「嗯，我發現了。」

他說的時候聲音抖了一下，我知道那是什麼意思。小時候，如果我像這樣伸手拿吃的，他肯定會問我，不怕胖嗎？在我們家裡，自私是最可惡的，而胖是第二，不是說我們誰有超重的可能性，但每晚上床前每個人還是要稱體重。

「你看看，他們可是一個鍋養大的。」每次在城裡看到一家超重的人，母親都會大聲地說。她從我們的飯裡盡量剔除掉糖和脂肪，然後一點點地刪去各種醬料、奶油、甜點，最後是給了搭配晚上七點半咖啡的杏仁牛角麵包。母親總會講起那個故事，說有一次我以為能瞞著她，從廚房架子上偷一塊新烤好的牛角麵包。

「你真以為我不知道自己烤了多少個？」她問。「本應該是六個一袋，裝好去冷凍的，結果就少了一個！」

她再講起這個故事時，和父親兩個人笑了起來，但事發當時她可沒有笑。她認為不應該偷竊，就算牛角麵包也不行，不論什麼場合都不應該吃任何糖果，因為會蛀牙。父親告訴我，要是我拿錢買了一塊甘草糖，以後就再也別指望有零用錢花了。我不敢挑戰他的權威，青春期的時候也不敢，但是甘草糖在召喚我，那是世界上最美妙的味道。有一次，我跟父母在超市買東西，偷偷從一袋破了的糖果裡偷出一顆甘草糖，剪成好多小塊藏在自己的房間。那個星期我每天都能嘗

3 丹麥著名設計師品牌。下文提到的各種品牌均為名牌，以示作者父母從不買便宜的東西。

到一點那絕妙的味道。

「能把麵包遞給我嗎？」父親問我。「還有香腸？」

「好！要彩椒嗎？」

「嗯，謝謝。」

我從家裡搬出來的時候，接收了父母的舊體重機。幾個月以後就把它扔進垃圾桶，發誓這輩子都不要再量體重，也不再計算卡路里。至今我也還堅守著這個誓言。

「對了，你今天晚上可以住在臥室裡。」父親說。「你媽的床空了，肯定比辦公室裡給客人睡的舒服。」

我的大腦在崩潰的邊緣。

「不用，太奇怪了。」我說。父親把涼菜盤子往我這邊推了推。

「哦，我只是想跟你說一聲。再多拿一些，我還買了巧克力做甜點，我發現你很喜歡吃巧克力。」

在我和艾娜德家裡，幸運的話，一大片的巧克力不會活過兩天。而在赫爾辛格，巧克力則會放好幾個月，直到表面都泛白了。週間，巧克力盒被放在客廳充滿光亮的桃花木架上，在櫃子裡的相簿上面；也就是那個我們只在有客人來時才用的客廳。那裡有綠色的傢俱、伯恩霍爾姆鐘、鑲花木桌，還有一排從聯合書社買來的從未讀過的書。但是到了週六晚上，巧克力盒就會被擺到常用客廳裡昏暗的花瓷桌上。父親能拿一塊配他的白蘭地，母親拿來配君度橙酒，我則是獲得准許拿兩塊，不能再多了。週間，我把相簿拿出來的時候，能夠挪動那個盒子，但是從來沒偷吃過。我不敢。父親心裡清楚地知道還剩多少塊。

「巧克力甜點真是太棒了！」我說。父親點點頭。

「我買了你喜歡的那種巧克力，跟甘草糖混合的。你可以把剩下的帶回去給艾娜德。我其實還在想……」

他朝著那個幽暗的小房間點點頭，那個我母親假裝得的是最普通的癌症的地方。

「我計畫把躺椅和電視都從那裡挪到明亮的大客廳去。」他說。我回答說這是個好主意。

「嗯，你媽最喜歡坐在那個小房間裡，可能她覺得那裡最溫馨吧。」

「最溫馨？」

我轉過身。那四個痛娃娃還在母親椅子邊的窗台上。

「嗯，或者最安全，我不知道。」他說：「不過我反正是想把那裡改成客房，買個好一點的沙發，艾娜德想的話也可以來過夜。」

那盞PH掛燈的光好像突然變得特別亮，我不得不瞇起眼睛。

「真的？」

「嗯，我是這麼想的。」

他期待地看著我，但是我不知道該說什麼。如果這是十八年前，我肯定會感到非常幸福，但現在我只是想，要怎樣睡在母親在最後日子裡捱痛的房間裡，而且還是和艾娜德一起。

「我腦子裡有些奇怪的白點。」我說著又住一塊彩椒，嘗起來又辣又甜。「連最平常的事都記不住，還有新書發表的各種事情也很難，就好像……」

「我也是。」父親打斷我。「最基本的事都忘了，真糟糕。我有時候就站在這裡想：我該記得什麼啊？哦，給廚房的窗台買新花，這樣從路上看過來好看一點。你媽很注重這個，你知道的。」她還一直很注重衛生，不管任何時候家裡都要乾淨得發光，她會想，萬一突然來客人怎麼辦？而且每個人都應該穿著乾淨的內衣和襪子，萬一突然要去醫院怎麼辦？其實這些事情從沒發生過，沒有人會責備我們毫無準備。天知道這些「人」是誰。這時，幾個念頭在我腦子裡彙集在一起。

「我想問你一點事情。」我說：「就一件事。在安寧療養院的時候，你說艾娜德可以來，因為母親打不起精神，也說不了什麼，現在你又說艾娜德願意的話可以來過夜。那我是不是可以理解成，一直以來，對我是同性戀有意見的是媽，不是你？」

父親給我們兩個都添了酒。當他抬頭看我的時候，眼神堅定，我的身體又習慣性地僵住了。

「我得告訴你一件事。」他說：「你選擇出櫃的時候……」

他在「選擇」上面加重了語氣。

「你媽差點崩潰了，我可以告訴你，就差那麼一點點。」

我感到身體是那麼地沉重，差點抬不起手去抓酒杯。

「我知道。」我說。我喝了一口酒，這種時候本來應該坐在紅色絲絨沙發上聽舒緩的爵士樂。

「外婆那幾年每週都打好幾次電話給我，說媽媽的情況有多糟糕，都是因為我。」

父親面無表情地看著我。

「真的？」

我點了點頭，害怕他現在要告訴我母親當時的細節。我不想再聽到更多的細節了，原先的那些我已經背負著遊走了這麼多年。

「我做了個簡單的機率題。」他說：「誰有最大的機會活下來，你還是你媽？你可以，所以我選擇支援你媽。我別無選擇。」

談起母親，他的話又小心翼翼地好像走在玻璃渣上。但是這些玻璃渣開始在回憶裡劃出一些傷口，我就要因為失血過多而死。

「但是你做這個機率題的時候我才二十一歲。」我說。我在腦中看到自己年輕的面孔：白色的皮膚，紅色的嘴唇，手插到頭髮裡，小指上戴著一枚金戒指。那是我第一個女朋友英格兒送我的禮物。「你知道二十一歲有多麼年輕嗎？」

而且我很想你，我努力想把這話大聲說出來，但是突然感覺自己就像當初那個小女孩。話在嘴裡融化了。你記得那時候給我讀過的那些書嗎？《好奇猴喬治》、《土撥鼠家族》，還有《阿絲特麗．林格倫全集》。當我們看《斯拉和他的黑馬》或者《福爾摩斯》的時候，我緊緊地挨著你，把頭埋到你的毛衣裡；還有所有的那些夏日傍晚，我們騎車去齊斯維勒萊厄或者拉姆勒瑟，沿著那些群島的沙灘走來走去，母親在那裡晒日光浴。

「你覺得二十一歲叫年輕？」父親問。「我從家裡搬出去的時候才十七。」

可你沒有為此受傷？但是我沒有說出口，發覺自己不敢。一股不安在我體內散開，指尖隱隱刺痛。我又變成了那個十三歲的克里斯蒂娜，本來只想買封面是桑德拉的週報，但從超市出來的路上悄悄買了一大塊鹹味甘草糖。晚飯後我說週末想去赫爾辛格電影院看《熱舞17》，但還差一塊錢買票，電影票要四十元。結果，迎來了一陣沉默。

「可是報紙不是十八元嗎？」父親問。他雙手抱頭靠在沙發上。「你一週的零用錢是六十，買了報紙應該還剩四十二。現在你只剩三十九，那剩下的三塊哪裡去了？」

「這週的報紙有點貴。」我說。我不敢看他，但是能聽到他坐起身。

「啊！你能不能把報紙拿來，我看一下？」

我站起來，走進房間，恐懼好像讓這段記憶變成了使人頭暈的錄影帶，就像相機晃得太快一樣。但是最後我看到桑德拉那張帶著酒窩的心形臉出現在報紙堆上面。她的耳環好像鐘錶盤，又長又黑的頭髮用髮膠定在後面，一些髮絲落到她眼前。她的頭髮旁邊是張金色的標籤，上面寫著十八塊。標籤撕不掉，所以我把另一份沒標價的舊報紙拿出去遞給父親，電視裡的湯姆．克魯斯在吧台後面看著我們。

「這不是新報紙。」父親說：「這可不是四月最後一個星期的，邊角上有寫。」

我走回屋裡，兩條腿還是毫無知覺，把那份真的報紙遞給他的時候，雙手在顫抖。寫著十八塊錢的標籤還是亮黃色的，而且邊角能看出有人想把它撕下來。我感覺那麼羞恥，想要鑽到地洞裡。

「你一週的零用錢是六十，買了報紙應該還剩四十二。現在只剩三十九，另外三塊去哪了？」父親一遍又一遍地問，我在樓上說我不知道。母親坐在她的老位子上，背對著廚房的桌子。就算是在樓上我也能看出她就要哭了，馬上就會扯下一張餐巾紙擦眼淚，而這次，又是我要負責任。

我努力把注意力集中在桑德拉上。我覺得她最棒的歌是：1〈夜之心〉、2〈嗨！嗨！嗨！〉、3〈稍等天堂〉、4〈抹大拉的馬利亞〉、5〈羅琳〉、6〈永恆的愛〉。我想像著把頭髮剪成像她一樣，但是大波浪和頭髮垂到眼前在父母的認知中，是最難看的髮型。我一直到十歲都是短髮，而能留長髮的條件就是每天都要紮起來。現在也是如此，一個緊緊的馬尾辮。

「你把那三塊錢花去哪裡了？」父親又問。

「我不知道。」

「我們這個家裡是不允許撒謊的，你花去哪裡了？」

我知道這個家裡不能撒謊。要守信守時、不說髒話、不偷、不耍賴、給什麼吃什麼、不能剩飯、及時收拾、不挑食、不偷懶。上一次他打我已經是幾年前的事情，但是我知道他馬上就要開揍，而且我不可能打回去；不像他十五歲那年，回揍了我爺爺，那也成了他最後一次挨打。當時他比爺爺還高，而我只是一個十三歲的少女，穿著母親的高領毛衣，一隻耳朵打著耳洞。

「三塊錢花到哪裡了？」

「我不知道。」

這真的不可能是個正常現象？在我認識的所有家庭裡都發生過吧？母親伸手去抓紙巾，我閉上了眼睛，但是父親並沒有打我。

「你在想什麼？」斯文堡的餐桌那邊父親問我。我把記憶收起來。這只是一個意外，一個插曲，突然困住了我。

「外婆沒跟你們提起我出櫃之後那些年有多麼不幸福嗎？」我問。父親搖了搖頭。

「沒有，她從不提起你。我們想你在哥本哈根應該生活得很好，要不然還能怎麼想呢？」我明白了。外婆把一切都告訴我，卻沒對我父母提起過什麼。我要是早知道這點就好了。

「你們可以打電話給我，問問我的近況。我畢竟一個人在外面。」

真是輕描淡寫。母親的舊手機在櫥櫃上充電，突然響起鈴聲。父親應該是接過了母親和鄰居玩的那個手機遊戲。

「我覺得我們不該把這條溝再往深處挖了。」他說著打開手機。「鄰居問好。他說希望我們已經為明天做好了準備。」

「你準備好了嗎？」

父親好像在考慮。

「我也不知道，」他說：「沒有人會為這樣一天做好準備吧？其實我倒是很高興給你媽買了一塊好墓碑。你知道嗎，這可費了不少力氣。我跟你說了沒，墓碑是對稱著放的？你知道你媽喜歡什麼都對稱。」

最近這些天，父親幾乎都在說那塊墓碑該怎麼放。艾娜德和我跟他去了教堂之後，他看了看墓地上的一排碑石，又小又可憐，當下就決定給母親買一塊同家族墓碑一樣大的，放到城裡的老墓地去。

「這樣她就不用太擠，跟別人挨在一起了。」我說。父親點點頭。

「嗯，兩邊都有空。還有那塊石頭！我知道她肯定喜歡。」

幾天前我和父親挑了一塊奢華的天然石頭，是灰紅色的，邊上還刻著玫瑰。幾乎看不出來這是一個想要安靜活著、不做出頭鳥的女人，但是跟那個想要穿著婚紗、戴拖地長頭紗下葬的女人又很配。

「她還想要個小鳥池，對吧？」我問。「或者一顆垂到墓碑上的樹？楊柳怎麼樣？」

父親點點頭。

「等日子到的時候，石頭上還有我的位子。我把墓地接下來十年的錢都付完了。不怎麼便宜，但是他們在冬天會幫忙蓋上綠枝。」

他接著跟我講單人和雙人墓碑十年、二十年的價格，我坐在那裡把餐巾紙摺得越來越小。

「我想問你一件事。」我說：「就一件事。你記不記得你和媽說她的病是因我而起？」

父親皺起眉頭。

「嗯，我們當時正在危機期。」他看著我身後那排喬治・傑生氣壓計。有一次我問他這些東西是測什麼的，他困惑地看著我說他毫無頭緒。

「你們有危機？」

「嗯，你媽才發現得了乳腺癌。天都塌下來了，可不是什麼有意思的事，我跟你說。」

「我知道。」

父親點點頭。

「你媽那段時間狀態特別、特別差，我不知道你能不能想像出來？我當然也一樣。」

讓我驚訝的是，我的喉嚨一緊，不得不嚥了好幾口口水才能告訴他，我當時非常不確定，要是她把將來的死也怪到我身上，我還能不能活下去。我身上已經承擔了太多的責備，感覺就好像中了毒，無論如何也不能再負擔更多。

「所以我就把期待降低。」我嘗試著解讀父親的臉，但他毫無表情。「只要她活著的最後幾年什麼都沒說，就算是成功。可我的生活也沒有容易起來，我不知道的太多了。我問自己，她是不是真的認為……」

父親打斷我。

「我確定你媽沒覺得是你的錯。」他說：「就像我說的，我們那個時候關係不太好，但是我覺得她不是這個意思。」

我的肩膀落了下去。

「你確定？」我問。父親慢慢地轉動酒杯。

「我不能完全確定。我們沒有討論過這件事，但是我覺得她很可能不是那個意思。」

我不得不抓住椅子支撐自己。

「要是你們早些時候把這個控訴撤回就好了，」我說：「這些年我都背著這個罪名，那麼地沉重，你明白吧？」

「我不知道該說什麼。」父親說。我等著。我從沒聽過父親或母親說出「對不起」這個詞——還有「我愛你」，這個晚上我也沒聽到。但是第二天，當我們站在教堂外，看著母親的棺材消失在靈柩車裡的時候，我感到一身輕鬆。此時，我和父親身後站著艾娜德、瑪莉亞、我的兩位舅舅、三位姑姑和另幾位家人，父親朝我轉過身。

「嗯，你媽上路了。」靈柩車消失的時候，他說。他看起來沒有特別悲傷，我可能也沒有，全身穿著灰色的大衣，從頭到腳都經過梳妝打扮，頭髮散開。

我差點就要笑出來。

上路？對，她幾天之內就要被火化。

母親的屍體被燒成灰的景象和她穿著婚紗的畫面混在一起。我努力不去想她會是什麼樣子，但是畫面一個接一個地湧現出來。那個好女兒搖了搖頭，母親剛死，你就站在這裡想著B級鬼片裡的場景。為什麼不哭？你到底是什麼樣沒良心的人？我受不了無窮無盡的責備，反駁她：你聽著，我就是很輕鬆，因為或許母親的死根本不是我的錯，這個葬禮只是我要經歷的一件小事，懂嗎？

我早晨一身輕鬆，當父親說金色斑點鞋不適合葬禮的時候，我甚至都沒有反抗。他建議我穿上母親的黑色高跟。我低下頭，我的腳現在屬於一位七十歲的老人，到死才敢出些風頭。

「至少我堅守陣地了。」艾娜德看到我的時候，朝她那粉色的皮靴努努嘴說。我在她的豹紋大衣下面還看到了超短的傘裙。

「你媽會在一個星期內火化，」父親說：「禮儀師等骨灰準備好了會聯繫我。」

「你覺得棺材也會被火化嗎？」

「會吧，要不然就再回收。」他說。「那可是個好生意，棺材可不便宜。」

當我抬起一隻手想要把垂下來的頭髮撥上去時，一隻瓢蟲落到手上。媽，是你嗎？你回來說再見了嗎？瓢蟲停了很久，然後展翅飛走了。

空椅

五天之後，我坐克莉絲汀的車去父親那裡收拾遺物，他希望把母親所有的東西都搬走。其實按他的意願，母親一死他就想清理房間，但是骨灰還沒有入土，加上新書發表和那些擴散開的白點，我實在沒精力。

「我害怕這聽起來有些道德敗壞，但是我覺得自己也沒為我媽的死難過到哪裡去。」我對克莉絲汀說。「至少跟我以前經歷的悲傷不同。我現在什麼都不記得了。」

「可能你覺得自己很多年前就失去她了？」克莉絲汀說著拐進父親住的那條街，一座接一座的紅色雙層小樓房出現在眼前。「你覺得你爸過得怎麼樣？」

房子都一樣，我自己還是找不出父親的那棟。

「跟往常一樣。」我跟開車過來的鄰居打了個招呼。我對父親的擔心至今都還是瞎想。死亡將他們分開，但父親還是他自己，我打電話問他近況的時候，他聽起來也還是他。依我看，他應該不會像這樣擔心著我，擔心我怎麼應對死亡，會不會崩潰，能不能堅持下去。這個想法讓我傷心。

「他還是一直說起我媽的墓碑，昨天他買了個小鳥池，現在在找小灌木叢，這樣可以對稱。」

「嗯，他告訴我了。」克莉絲汀說：「他應對得還不錯。但誰知道呢，他一直壓力特別大，所以我也有些害怕……」

我們每個人都一直承受著巨大的壓力吧？我想道。我問她，她是不是也每天打電話給我爸。她點了點頭。

「嗯，我就是聽聽他過得怎麼樣。」她跟父親相反，一直保持著純正的西蘭島中部口音。

「他也會打給你嗎？」我問。她搖了搖頭。

「他不會打給我。」我說：「而且我不記得他曾問過我，我過得怎麼樣。你猜他是不是不在乎？」

克莉絲汀用她那又大又黑的眼睛看了我一眼。

「有點難說。」她比父親小十二歲。我還小的時候，她住在離赫爾辛格很近的希勒勒，做精神科護士。讓我父母很氣憤的是，她跟孩子們的爸爸離了婚，給自己買好看的衣服和首飾，和很多男人約會而且在哥本哈根跳肚皮舞。但對我來說，最棒的是她邀請我去她家時，我們可以去逛街，或者去森林散步，有時還會去參觀腓特烈堡。她甚至教我唱那些大膽的歌，那些在我家裡被禁止的歌，比如〈國王伍爾默的屁股〉，那是最好的一首。

她帶我去上過一次班，我在門外看著一個被綁起來的病人，聽一個男人彈吉他。他長長的頭髮像帳篷一樣蓋在頭上。只要克莉絲汀站在身邊，一切感覺都剛剛好。晚上我們坐在她的沙發上看一檔講生孩子的節目，那時我七歲，差一點就坐到電視螢幕裡去了。孩子從那個尖叫的母親肚子裡擠出來，到處都是血，克莉絲汀用她那平靜的護士聲音跟我解釋發生的事情。她說當那個生產的女人尖叫聲越來越高的時候，我不該害怕，接生的護士心裡有數。

「要是她需要剪開再縫上呢？」

克莉絲汀聽起來有點困惑，她回答說很多女人都會經歷這個情況，但是助產的護士一定有把握，醫生也是。

「那我想當助產護士，或者醫生。」

不久後，我聽到克莉絲汀在電話裡對我媽說，她讓我看那個節目並沒錯；其實我自己也很想再看一遍。至於化妝這件事，也是克莉絲汀教會我的，她把那些好香水介紹給我：不是母親每年一次跟團度假時在免稅區買的聖羅蘭左岸，或者卡夏爾的一九七八花香，而是玻璃瓶的淡香水。每次克莉絲汀來參加父親或是我的生日會，都會帶很多化妝品和香水給我。有一次她帶來一雙淡灰色的絲襪，帶著花邊。父親在桌上打開盒子，皺起眉毛，來回打量著。

「我要這幹什麼？」他的聲音裡沒有任何感情。「我哪裡用得上這種絲襪？」

他看起來很生氣，但是他的妹妹和妹夫都放聲大笑。我父親這邊的家人總是很自在。

「你不覺得這雙襪子可以給英爾麗莎嗎？」克莉絲汀朝正去廚房看菜的母親點點頭。但最後，還是我得到了那雙襪子。

每次我用克莉絲汀給我的化妝品做試驗的時候，父母都會說，化妝看起來很低賤。「你化得像小丑一樣。」

多年以後，我帶著煙熏妝和紅唇從家裡搬出去，感覺好像得到了最純正的自由。今天的我，也還是一樣都沒少。

「我仔細一想，覺得其實我最傷心的，是我和我媽的關係不可能變好了，」我對克莉絲汀說：「我不能再做什麼來改善這段關係。都已經空了，你明白我的意思嗎？」

克莉絲汀開上父親家的車道，沉默了一會兒。

「我明白這可能很難。」她說：「可你媽也不怎麼好。」

「你覺得她不好？」我為了不只我一個人這樣想鬆了一口氣。克莉絲汀搖搖頭。她和易布比及我父母先搬到斯文堡，而且她就在一家母親常去做檢查的醫院當護士。最近幾年克莉絲汀經常繞路來看她。

「你媽在克莉絲汀身邊感覺很安全。」父親經常說，就好像母親給她頒發了騎士勛章。但是母親跟我在一起的時候沒有安全感，我想著，而且不管我做什麼她都不會有。

「但不管怎麼說，你得到了應有的回報。」我說完就笑了，笑我這話說得有多苦。事實上我很感激克莉絲汀，她其實用不著這麼麻煩，我想不出父母曾經為她做過什麼。克莉絲汀好像被逗笑了。

「哦，我只記得你媽對我說過一次好話，」她說，「她剛做完腎臟掃描，我走進病房，她說很高興見到我。那時候麻藥的作用可能還沒退，但我還是很震驚。」

一股混雜著椰子、蜂蜜和檀香的味道撲面而來，克莉絲汀收拾好東西下了車。

「我爸這麼快就要把媽的東西搬走，是不是太極端了？」我問。克莉絲汀打開後車廂，拿出幾個盛著燉菜和蛋糕的食物盒。

「每個人默哀的方式不一樣。」她說。但為什麼非要我們按他的方式來呢？為什麼他就比你和我重要？

我想像著在母親的櫃子、抽屜裡亂翻是多麼過分的事，但事實情況不會這樣，因為她已經為那些不速之客收拾了一輩子，也從不給他們看到雜亂的機會。但就算現在來到這屋子，他們也可以安心地打開母親的衣櫃。十五條同一品牌、同一版型的褲子排成一條線，顏色是不同程度的白、灰和黑。我在架子上還找到一排不同印花的白色棉襯衣，以及高領或圓領的毛衣。最下面是我年少時經常借來穿的幾件舊開襟羊毛衫，但除此之外我只認得一件酒紅色的半長裙，她在銀婚的紀念日穿過；還有幾條黑色到腳踝的魚尾裙，最後幾年見她穿過幾次。小的時候，她教導我說，過了三十的女人就不能再像年輕人一樣打扮，而她也一直以身作則。你不可能把這個衣櫃和她相簿裡那個年輕貌美的女人聯繫在一起。少女時代的我在閣樓上找到過她的舊瑪姬特·勃蘭特半長裙，漆皮高跟鞋和瑪莉·官風格的比基尼，她都一直穿到壞為止。而那種風格和我們這一代人竟然出奇地相似。

「沒有你想要的？」門邊的父親問，我朝旁邊的塑膠桶點點頭，回答說已經拿了一些。那裡放著三雙黑色的皮手套，一些帶花紋的絲襪，還有一條棕色絲巾。父親困惑地看著塑膠桶。

「那你媽的絲綢睡衣呢？總可以用吧？」他指著床上母親睡覺的那一側，上面擺著母親死時穿的白色睡衣，疊好了放在空無一物的床墊上。「一點都沒壞，而且可不便宜。」

他把母親那邊的床上用品都拿掉了，雙人床看起來就像一張從正中撕開的婚紗照，充滿戲劇性。

「爸，不了，我覺得……」

他在床上展開睡衣。

「你要是介意的話，這套是新洗的，你看……」

下面是一套一樣的黑色睡衣。

「這是你媽死的前一天晚上穿的，當然也洗過了。」

我從睡衣上抬起眼睛看著父親，問他要不要自己留著，還有母親銀婚時穿過的半長裙。

「不了，我拿你媽的舊衣服幹什麼？」他問。「我把她放在這裡呢。」

他指了指自己的腦袋。我只好問，要是我不拿的話，他會不會把睡衣送到二手店裡，他點點頭。

「當然了。這麼好的睡衣不能浪費。」我不用睡衣，而且希望母親的味道還能留在布料裡，但是想像陌生人穿著它們入睡更覺得不可思議，所以我只得把它們放到塑膠桶裡，幫著克莉絲汀把剩下的衣服疊好。她的動作就像在安寧療養院時一樣訓練有素，而我卻笨手笨腳，不停讓衣服掉到地上，還讓褲子糾成一團。

「然後是浴室。」父親說。他已經把裡面需要清理的櫃子和抽屜都打開了，我走進去，眨著眼睛，希望會有《綠野仙蹤》裡的桃樂絲把銀鞋子敲在一起時的效果。但是櫃子裡還是立著我最近幾年給母親的所有禮物：面霜、精油、香皂、洗髮露、香水——全都沒開封。

「多好的東西。」克莉絲汀說著把第一排的盒子拿下來。牆在搖，粉色的瓷磚晃著眼睛。

「我看這些都是我給的禮物。」我把安霓可．古特爾的深紫色細嘴瓶拿起來，迎著光。佛手柑和茴香，我以為這個味道會讓母親想起度假時她很喜歡的泰國香料市場。

「你猜她是不是覺得這些日常用太貴重了？」克莉絲汀問。我嘴裡說著「可能吧」，其實想說的是「但願吧」。至少她沒有把禮物扔掉。父親站在浴室門口，把一個淺棕色的巴黎世家皮包遞給我，那是我幾年前給她買的。

「是啊，你媽也沒什麼場合能用，但是她總是把這個帶到醫院去。」他說：「我猜她睡覺的時候還把這個包放在身邊。你想拿回去吧？還有這條圍巾？」

他把一條棕紅色的圍巾遞給我。

「這個你媽常戴，說是特別軟。」這條圍巾我本來是給自己買的，但是顏色實在不對我的胃口，所以就拿來給母親，算是個小禮物。我該怎麼想呢？這就是她最中意的禮物？我撫摸著那柔軟的安哥拉山羊毛。圍巾上有母親的味道，藥味加上香奈兒的可可小姐香水，那瓶香水就擺在鏡子旁邊。我把它和袋子放到桶裡，在手套、襪子、絲巾、母親的睡衣和其他我給她的東西上面。我感到悲傷擴散開來。出發之前，我答應自己，絕不會像母親一樣。她當年從祖母那裡只要了金手鐲，其他什麼都不要。但是如今，發現之前為了讓她愛我而做的努力均是錯誤，我心裡也沒好受到哪裡去。

我們走過客廳，到了廚房，桌上的木板上放著圓柱形的咖啡壺。我在它旁邊認出了母親的金色首飾盒，鎖片和鎖都磨得很嚴重。在我出櫃之後來偷母親首飾的那些小偷沒把它帶走。

「為什麼母親要留著這個首飾盒？」我問。父親疑惑地看著我。

「要不然呢？」

按外婆說的，母親對這次的失竊傷心不已。「我不明白，我為什麼還要受更多的懲罰，已有的還不夠嗎？」她這麼說。外婆猜測，母親可能會因為首飾丟失而活不下去，就像因為我是女同而活不下去一樣。我不知道哪種悲傷更深一些。

「嗯，比如她可以買個新首飾盒，這樣就不會一直想起那些被偷走的首飾。」我說。但突然明白過來，關鍵就在這裡：或許她更喜歡每天都想起這些損失。

「可是這個首飾盒又沒壞。」父親說著讓我們坐下。

葬禮過後，艾娜德來這裡喝咖啡，她睜大了眼睛四處看。

「真想拿把刀，在桌子上刻點什麼，或者把抽屜都拉開亂翻一通。」她低聲說。

「艾娜德！」

「真的嘛！」

她像共犯一樣對我眨眼睛。

「我剛剛給你爸的蘭花澆水的時候，把它們故意放錯位置，現在它們都在屋裡奇奇怪怪的地方。窗台上的幾盆還放歪了，四個玩偶也被挪了地方。三個在蘭花的一邊，剩下一個另一邊。多好！」

「你真幼稚！」我悄聲說，但是艾娜德看起來很滿意。她說得對，母親根本沒留下任何有意義的東西，能揭露真相的東西。沒有信，沒有日記，什麼都沒有。

「那我們好好看一下首飾吧？」父親說：「還有這些。」

父親把兩條醫院的手環遞給我，一大一小。大的被剪開了，裡面的紙上用傾斜的筆跡寫著母親的名字和出生日期，下面是女孩的標誌和我的生日。小的手環沒有剪開。我手裡拿著手環，久久地坐在那裡，來回翻看。所以外婆說的是真的：她真的是我的母親，這就是證明，之前醫院的照片和父親關於我出生的故事從來沒有說服過我。我小心地把大的手環放到手腕上。完美吻合。

「為什麼媽這些年都藏著手環？」我問。腦袋裡開始列下那些說明我可能對母親有些意義的東西：手環；我幫父親改密碼的時候，在她的平板電腦上發現的我的媒體照片；安哥拉山羊毛的圍巾；喬治．傑生手錶（那是她去世前一年和父親一起送我的生日禮物），還有有次我來拜訪時她親手做的蛋糕。幾年前她還給我寄過一張諾拉．瓊斯的CD，她在廣播裡聽到一首她的歌，覺得和我送給她的那些音樂很像——其實不像，但是那不重要。我想要多列一些，但是再也找不出什麼了。或許還有那時候安娜-瑪麗六十歲生日，我們要唱〈媽媽，太陽那麼紅〉，那是小時候母親常唱給我的歌。當我唱到一半的時候，轉頭看到淚水劃過她的臉頰。

「我也不知道她為什麼會留著，」父親說：「可能只是忘了扔？」

「她一般可不會忘記扔東西。」我說。因為她的確不會忘。母親一輩子做了那麼多清潔打掃，扔掉那麼多東西，留下的幾件就像詩裡的每個字一樣重要。我打開她的首飾盒，一眼就看到外婆的金手鐲。「鐲子就像手銬，把她拴在命運的羽翼上。」我是在哪裡讀到這個句子？

「你媽自己的手鐲被偷的時候那麼傷心，但是很奇怪，她從不戴外婆的。」父親說。我問為什麼，但是他不知道。

「她就是不戴，」他說：「最後也戴不了，太重。」

那句話找到了出處。伊迪絲．華頓的《歡樂之家》，描寫那些被追捧的上層女人坎坷的命運。我小心地把母親的首飾放到桌子上：她的訂婚戒指、不同大小的珍珠耳環、紅金和白金戒指、金項鍊、金手鐲和一隻錫手環。可能她希望我能戴上這些，也可能她都無所謂——這個疑惑比她所有的首飾加起來都要沉重。

框架

「這本書就像是最艱苦的荒漠徒步。」我對坐在桌子那頭的珍妮說。我們坐在城裡一間叫「奧斯卡」的同志咖啡館裡，吃菜喝酒。她帶著一種和藹的微笑，好像在說「繼續說」，臉上看起來不怎麼擔心。她已經跟著我走過了前五本書的寫作，可以想像以前一定常聽我提起「荒漠徒步」這個比喻。

「對，我還以為我可以半年寫完初稿，因為我不需要創造人物或氛圍或地點或故事。」我說：「但是週五就是我媽去世一週年的日子，我完美地寫了零個字。零個！你覺得怎麼樣？」

我一甩手，差點打翻半杯白葡萄酒。我怎麼了？一個崩潰的作家，坐在咖啡店裡灌酒，異想天開地談論著那本一個字都沒寫出來的書。

「唉，我該實際一點。」我說：「半年前的確寫了兩個字，創建了檔案，就叫『空椅』。」糟透了的題目，好像書裡寫的是搶椅子的遊戲，但是兩個字怎能稱為書？海市蜃樓也比這個真實。我真該叫它空腦。每次一要下筆就是這樣，而且更不可思議的是我剛剛從印度回來，在那裡待了六個星期，唯一該做的事情就是開始寫這本書。

之前的十年，我的書都是在世界各地寫成的，有時是一個人出去旅行，有時是和艾娜德一起。南印度是我常去的地方，這次我在沒那麼多人的藝術之都租了一個小套房。城市在那擁擠的、連接著混亂的金奈和早先法國殖民地朋迪榭里市的東海岸大道邊上。

第一天很順利，我在陽臺上立起蚊帳，打造了寫作的地方，心想這樣就可以從早寫到晚，而且不會在日落的時候被蚊子咬死。但是摺疊床實在太硬，我每次翻身都會醒。早晨六點半我第十次睜開眼睛，想著：母親死了，不管我做什麼，我們的關係都不會好起來。我現在再也找不出真相，而我又怎能背著她給我留下的愧疚感活下去？我走下樓，到大道旁邊的當地餐館吃瑪撒拉香餅，喝一杯印度奶茶，看著走來走去的牛和山羊，不遵守交通規則的人群。再走回陽臺時，思緒在打轉。但我一打開檔案，就好像看到母親那責備的眼神。我無處可藏，至少在這份空白檔案面前如此，然後我把手機的連接線插到電腦上，希望和我逃離幾千公里的那個世界產生一點聯繫。

我看到蚊帳外面飛過一群烏鴉，高聲地嘎嘎叫著，從一棵樹飛到另一棵樹。有時好像很散漫，有時又好像很有組織。裡面的一隻（可能是同一隻）幾次飛到我的窗台邊，朝著我叫。牠的眼神好像比我的還清醒、還有內涵，所以我就把餅乾給牠吃，問牠有無經歷過更大的危機。嗯，看起來不像。毫無結果的八個小時後，我拿著一本印度小說坐在屋裡，努力不去想第二天會再次在這個母親已經去世的現實裡醒來。接下來六個星期的日子皆如此，我的生活簡直像電影《今天暫時停止》一樣來回重演。

「但是你在離開的日子裡還是有給週報寫書評，對吧？」珍妮問。我拿出小香奈兒鏡子檢查口紅。

「是呀！而且我還參加了孟買的文學節，看了住在朋迪榭里市的朋友，在清奈和我認識的印度作家待在一起。但是自從母親死後，我就好像被掏空了，沒辦法集中精力來寫自己的書。」

我說：「我幾個月前跟你提起的白點更大了。要是不寫下來，我什麼都記不住。可能是她的死加上新書發表傷到了腦子？我覺得是！」

「你知道湯瑪斯．曼是怎麼工作的嗎？」珍妮問。「他每天坐下來手寫兩頁，然後花幾個月寫完之後就直接寄給編輯，依他寫的一字不差地印出來。」

珍妮提起過很多次湯瑪斯．曼。一開始的時候這讓我覺得自己是個徹底的失敗者，因為我沒法寫出完美的文字，而是要來回重寫、刪改，直到可以把那些長段落背下來。如今，跟傑克．凱魯亞克坐在打字機前三個星期寫出《在路上》，或者威廉．福克納晚上打工、白天寫了六個星期就完成《我彌留之際》相比，我用了十五年的方法聽起來像是個惡作劇。

過去的一整年裡，我不時會上網搜索母親的名字，但是沒有發現任何資訊，甚至在逝者紀錄網上都沒有。我沒有看到任何信或日記，任何可以跟我描述她的人。母親唯一留下的就是那個棕色的塑膠桶，桶裡的東西，那些首飾還有我——而最後一個，甚至都不是她想留下的。在少數幾個有效率的時刻，我列下了一張清單，如果幸運的話，上面的人可能會有她的照片。這張清單很短，除了父親和母親的家人，就只有她童年時的玩伴安娜瑪格麗特、欺負她的艾德爾和日塔、青少年時期的朋友英歌和她在養老院的同事。我坐下來考慮應該先聯繫哪個人，驚覺自己其實正在幻想線索的出現。就像艾娜德說過的，我已經在第五本小說裡寫過：最後的一封信出現，一切明朗起來。我也明白，在母親這件事上，我不會有所發現。不管我怎麼仔細檢查每一處細節，把每一件事都反覆書寫，或者聯繫所有見過她的人，都無濟於事。沒有人認識她。這就是她的願望。

我從珍妮的眼神中看出她想到了些什麼。她在看遠處的一座高樓，瞇起了眼睛。

「我有點難以想像你坐在電腦前面的時候，大腦完全空白。」她說：「你覺得是什麼掏空了你，讓你寫不下去？」

她把「寫」字發得極其準確，就好像上個世紀的人一樣。她身邊放著一本筆記本、一枝鋼筆，還有一台萊卡相機。我又甩了甩手，這次打到咖啡店一位顧客的後背，我趕緊道歉，喝了口水。

「我問我自己，要是寫了父母和家人，最可怕的懲罰會是什麼。」我說。

「懲罰？」

「對，我想著〈藍鬍子〉[4]的故事。」我說：「那個年輕的新娘得知自己必須遠離地下室的房間，但還是去打開了門，沾上了血。牆上是新郎前六任妻子的屍體，而這個年輕的新娘顯然是下一個。這就是我害怕的懲罰。」

「但是那個新娘最後得救了，不是嗎？」

「嗯，被兄弟救了，但是你也能看到我的境況要糟的多。實際上，我想最多的是我的書不應該寫成什麼樣。復仇式的、多愁善感的、憤怒的、咆哮的、受迫害心理的或者說好像殉道一樣的、沒新鮮感的、總結性的、虛構的、苦難回憶錄一樣的，或者像克莉絲汀娜·克勞馥寫的《親愛的媽咪》一樣像展覽似的書。要是把母親寫成了瓊·克勞馥，彷彿用線牽著的木偶，那就是噩夢。我也害怕這本書會像日記一樣，或者是自我療傷，那這個世界為什麼要參與進來呢？」

「所以你的書應該是什麼樣的？」珍妮問，我嘆了一口氣。其實每次一想到這本書的時候我都會嘆氣，嘆了好多個月。

「我不知道。」我說：「可能是真誠的？但是在書的世界裡，真誠是什麼？什麼是全部的真相，你能告訴我嗎？每次想到把它寫下來的時候，我都覺得自己被一定不能寫的東西淹沒，這本書可不能成為一套關於我的六卷集。寫虛構小說倒是感覺更真誠。真是諷刺啊，寫那些的時候只要虛構就行了。」

珍妮很沉默，這不像她。我深吸了一口氣。

「而且我感覺自己好像是在向母親報仇，方式就是在她不樂意別人了解她的時候，把她硬拖到我的書裡。」我說：「我可以隨便寫她，不像我爸，她沒法反抗。她給大家留下的印象很重要，可她自己根本沒有創造任何印象。聽起來很可憐，但她真的沒有。所以我寫下的就會是除我以外的人對她的認知，這是個天大的責任。每次我打開檔案，都能看到她責備的眼神，聽到她尖叫一樣的聲音。其實從我二十歲出頭，這兩種畫面就一直伴隨著我。這些年來，她對我說過這種話：『你來到這世界就是要讓我開心，或者努力讓我開心，但你卻逃避了這個責任，甚至深深傷害了我，讓我一個人躺在路邊……而你，只想著拯救你自己。』」

「那她現在說什麼？」珍妮說著朝認識的人點了點頭。她經常坐在這家咖啡店裡靠牆的位子，寫東西，讀書，和過往的人聊天。我閉上了眼睛。

「母親剛死的時候，我希望她會顯靈，或者感覺就在我身旁，但是這種感覺從沒出現過。再準確一點說，就好像是她的抱怨都說出來了，人卻藏在某個我找不到的角落。她不再說什麼新東西。通常就是『你為什麼這麼說我？這麼寫我？你怎麼能打算寫這樣一本書？我做了一切，

4 法國詩人夏爾·佩羅（Charles Perrault）創作的童話，曾經收錄在《格林童話》裡。

只為給你一個最好的童年，你就用這個謝我？』」

「所以那些白點，那致命的掏空感，還有你集中不了的注意力，都可以理解為一種焦慮。因為你確定母親會對其不滿，就算她人在陰間也一樣？」珍妮說，我又嘆了一口氣。

「對，感覺就好像我站在海邊，用腳趾頭點水，每次一來浪花我就尖叫著跑開。我當然也害怕父親和其他家人讀了這本書，會對我撒手不管。但是無論如何，我對母親的擔憂要更沉重，跟她還活著的時候沒有什麼區別。實際上讓我驚訝的是，她的死反而加重了這個顧慮，我一點也不覺得比以前自由。」

珍妮把手合在一起放到桌子上，她的指甲紅得很完美。

「那我來跟你講一下關於人死之後的兩項研究。」她說。我想像著她拿出一疊講稿。這些年，她的話越來越長，發音越來越緩慢，就好像每個詞都——很——難。這應該是多年來當老師的職業病。

「關鍵問題就是人是否有靈魂，如果有的話又會如何表現出來。」她坐直身子，手也舞動起來。看來之前學話劇的背景也沒丟下。

「是否有一種附帶現象：神經系統通著電，當電源切斷的時候，靈魂就消失了。或者，靈魂通過這個神經系統表達出來，電源一切斷我們的靈魂就用另一種形式繼續存在下去？」

「後面一種更有可能，只要沒有什麼靈魂的跋涉或者投胎一說。」我說：「我可是眾所周知的基督徒。」

珍妮點點頭。

「要是這樣的話，靈魂還在表達自己，但不再是通過神經系統。那我可以想像，所有的精神疾病、憤怒、焦慮、不適和矛盾也分離了，只剩下單純的靈魂。」她說：「我真的難以想像你母親單純的靈魂會反對你的書。你也不是為了復仇而寫作，而是因為你有一個很重要的故事想要講述，並且虛構的方式不適用。」

那一刻，我肩上的包袱輕了好多。在此之前，我從來沒有嘗試想像過母親的靈魂，一切突然變得出人意料地容易。那是個平靜又沉默的靈魂。我要是能記住這個畫面，而不是母親那批判的眼神和無窮盡的抱怨，這本書或許就能寫下來。

「我能不能借一下你的筆和本子，記點筆記？」我問。珍妮從一直像小狗一樣擺在腳邊的深棕色大包包裡找出本子。她說她已經覬覦吧台那裡的藍莓蛋糕很久了，我想不想分一塊？

「過來。」我抱住她。我愛她。除此之外我不知道如何表達。

母親說：槍打出頭鳥，平靜生活的人才能過得好；這是市沼路上我們家裡的第一條也是最重要的家規。唯一來拜訪我們的人就是外公外婆，他們在節日的時候會來，還有父親的家人，在父親和我的生日聚會時來，最後加上我的幾個玩伴。開始學寫字之前，我常彎腰坐在那個鋪著粉紅色地毯的房間裡，坐在小桌子前，畫著另一個截然不同的世界。我最喜歡畫的是女孩、雙胞胎或者一整排的女孩和女人。有的時候她們在一個房子旁邊，那個房子對她們來說太小了，有時則是她們在紙上到處飛舞。

「我就是想看看你是不是還在這裡。」母親把頭探進來的時候會這麼說。「還在啊。」我說。其實，我在，也不在。

在客廳昏暗角落裡的那個花瓷桌旁邊，擺放著一套橘紅色的皮沙發，還有我爸媽成對的椅子，下午和晚上的時候母親會把椅子靠到後面，睡一兩個小時。很久以來我都以為大人都是這麼睡覺的，因為外公外婆也會在吃完飯之後把椅子靠到後面；但是我漸漸發現，母親睡得比別人的母親多。我問過她幾次為什麼不把養老院的另一位女廚師請到家裡來。她很會畫水彩畫，而且淺色的頭髮和大大的微笑讓她本人好像也是一幅畫一樣。但是母親只冷笑了一聲。

「不要，我不喜歡。」她說。她對自己遇見的所有人都是這個反應：幼稚園裡其他孩子的父母、學校裡的家長、我的玩伴，都是一樣的反應。當只有我們三個人的時候，她會把他們像樂高小人一樣拆開，再組在一起，根本讓人認不出他們的原貌。

「物以類聚，人以群分。」她對我說：「你太天真單純了，以為所有人都為你好。」

晚飯的時候，她說廚房裡的同事背後說她壞話，排擠她。她提起這個事的時候，聲音嘶啞。

「他們今天又讓我站到涼菜桌那邊。」她說：「就好像我不是廚師而是個幫手。他們故意不讓我去熱菜那邊。」

我們每年參加幾次家庭聚會，母親總是在回家的路上嘔吐。其他時候都正常，就是在家庭聚會之後，她說好像嗓子裡有什麼東西卡住，差點被噎死。父親得趕緊找個地方停車，這樣她可以及時跑出去，要不然就得坐在那裡忍著痛苦，一到家就衝進廁所——而這時候，我只能躲在自己房間裡，雙手堵著耳朵。有段時間她以為是對肉過敏，或者肚子太敏感，或者是食道出了問題，再或者是那些她沒講但是一直都在的毛病；或是那種她出去在別人家時，坐在椅子上的方式，或是跟別人討論時太高太尖的聲音。

「你走出這個家之後，講話的聲音聽起來不像你。」我對她說：「就像另一個人。為什麼？」

「媽媽還是覺得待在家裡，和我們在一起的時候感覺最好，對吧，斯高烏太太？」父親說。母親表示同意。在我們這裡一切都是正常的，在外面，在其他人那裡，一切都是錯誤的、危險的。

父親在我出生之前好好讀了幾本關於教育孩子的書，他總結出來小孩需要規矩和約束，不管發生什麼都不能放鬆。

「按我說的做，沒有商量的餘地。」他會說：「也別討價還價的，不會有什麼效果。只要你還住在我們這裡，就得按我們的規矩來。」

但是我很早的時候就知道，規矩並不是因我而存在。它們存在，是為了讓父親覺得對事情有所控制，讓母親覺得安定。週一到週五我們六點半起床，我穿上母親放好的衣服，快到七點的時候大家都坐到餐桌前，父親前一天晚上已經擺好盤子。他七點十五出門，四點四十五回家，五點的時候母親已經準備好了晚飯：週一魚肉，週二粥，週三肉，週四義大利麵，然後我們去買一個星期的菜。我週間平日八點上床，週末八點半，在上床之前要去洗澡。父母十點準時睡覺。週末的時候我只能在八點半叫醒他們，不管自己什麼時候醒來，都要保持安靜，但是我可以爬到父親的床上（這在週間是明令禁止的），母親那邊根本不讓我過去。我的房間應該是收拾好的，而且如果想得到他們稱讚的話，就要每個星期把所有東西擦一遍，包括抽屜裡的。如果我的玩具被收到閣樓，就不能再拿下來，就算我還沒有玩完也一樣。這就是規矩，父親說；他經常在我房間裡走動，找我不玩的玩具。

「但是我想玩我的彈珠。」我抱怨道：「還想玩我的樂高、玩偶和跳房子。」

父親說已經太晚了，他可不能每天為了我的玩具跑上跑下。只要我答應把玩具收到閣樓上，就不再擁有它們。我們玩牌或者別的遊戲的時候，如果我輸了，絕對不能哭，因為我知道那樣父親會打我。

「你別歇斯底里的！」他說。而且就算我臉頰通紅哭著跑向母親也無濟於事。

「你可別以為我會同情你。」她說著走開。「不聽勸就要自己承擔後果，要輸得起。」

我最難遵守的一條規矩就是到了晚上，在爸爸讀完睡前故事，媽媽和我說了晚安之後，我必須要躺在床上，躺在黑暗裡。然後他們會離開房間，半掩著門。走廊的盡頭有一座小檯燈，送來微弱的光還有長長的影子。我的床下面有兩個帶輪子的箱子，我確定能聽到有人在裡面翻來翻去，但是不敢看。我也不敢看向天花板，上面的花紋就像尖叫的鬼，所以我閉上眼睛抱緊我的絨毛小狗，它的名字叫抱抱。但還是沒用。我只能在做了噩夢的時候叫爸爸媽媽，他們會拿來一杯加了蜂蜜的牛奶，然後再次離開。幼稚園裡的艾妮塔說，她要是睡不著或者做了噩夢的話，就能睡在父母床上。我想像著那應該是天堂一樣的感覺吧；在粉紅色的幻夢中慢慢又柔軟又溫暖地睡去。

「你爸媽不生氣嗎？」我問。只是想確定一下，但是她說他們不會。我直接回家把這事告訴了父親。

「哦，但我們家不是這樣。」他說：「小孩應該睡在自己的床上，沒什麼好說的。」

我開始比害怕母親的眼淚還要害怕夜晚。但是有天發現了一個祕訣，我小心地爬起來，躡手躡腳地走過走廊，透過鑰匙眼能看到父親坐在那裡看電視，母親在看報紙，他們喝著咖啡。這個場景讓我安下心來，然後我再悄悄走回去睡覺。我就這樣做了很多次，但是最後被他們發現了，他們說能看到鑰匙孔裡的影子，要是我再站在那裡偷看的話，就要挨打。可是後來我又這樣做了一次，母親真的過來打了我。

「一點都不疼！」她打完的時候我輕鬆地說。之後父親就來了，整個故事瞬間不同。他走的時候把門從外面鎖上，認為這也是我應得的懲罰。

「你媽太軟了，根本沒辦法好好揍你。」當他再次在飯桌上提起這件事時，我們三個人都笑了起來。

有一天，艾妮塔和我在幼稚園的廁所裡，我情不自禁地告訴她我實在等不及再去上游泳課，因為我愛上了我們的游泳教練。她叫瓊，十六歲，那時候，我和艾妮塔五歲半。

「不可能！你不會的。」她在洗手台的鏡子裡打量著我。她的目光犀利，劃傷了我。

「不能嗎？」我問。當瓊穿著那身帶著白色條紋的深藍色泳衣時，我幾乎沒辦法集中精力上游泳課。艾妮塔搖了搖頭。

「不能！因為瓊是個女孩！」她說。突然我覺得自己錯得那麼離譜，想要跑開。我當然沒愛上瓊，我對她說，我只是說著玩的。但幾乎就在同一時間，我幻想中的姐姐洛德，搬到了客人的臥室；哥哥凱斯博，搬進了縫紉室，一切慢慢變得不再那麼安靜。我自己是小妹妹麗莎（依我們鄰居尼爾斯和古納那隻可愛的黑色小狗命名）。我的頂樓現在是麗莎的房間，她可不會只坐在那裡畫幾個小時的畫，或者和玩偶一起安靜地玩。她跟哥哥姐姐在花園裡玩得很瘋，有時是捉迷藏，有時是跳房子；或者哥哥姐姐教她在草地上翻跟斗，甚至側手翻，教她穿著直排輪滑下那些陡坡而不用害怕。

「我更想叫麗莎，而不是克里斯蒂娜。」我對父母說：「我不能改名字嗎？」

他們聽了居然大笑起來，說這是他們聽過最瘋狂的想法。怎能用鄰居家狗的名字來叫我？他們絕不會叫我麗莎。有一天鄰居邀請我去玩，這樣我就可以跟麗莎打招呼，但是最終我不得不按父母的要求謝絕了他們。我爸媽說因為古納和尼爾斯是同性戀，很噁心。

「他們分明是搞錯身分了。」父親說。「尼爾斯還好，我們能站在籬笆旁邊聊天。但是古納站到花園門邊叫他的時候，我渾身汗毛都豎起來了。」

「是啊，這種東西就是違背自然規律。」母親說：「誰是女的呢？」

「肯定是古納。」父親說：「你從他那尖嗓子就能聽出來。」

尼爾斯、古納和麗莎不久之後就搬走了，但是麗莎在我心裡又住了好多年。

「爸爸，你最喜歡誰，媽媽還是我？」我有一天問他，他看起來在考慮。

「我本身選擇了你媽，但是沒有選擇你。」他這麼回答。我傷心極了，開始哭，儘管我知道他說的是對的。我知道，他想要孩子，而且想要更多個，我該怎麼做才能讓他選擇我呢？我不論何時都會選他的。我最先學會的詞是「啊夫」和「哦幾」，「啊夫」就是「爸爸」，「哦幾」是「葡萄乾」，涵蓋了我剛來這個世界時最喜歡的兩樣東西。每次一聽到四點四十五大門打開，父親的公事包放到廚房的桌子上，我就會衝下通往廚房的走廊，撲到他的懷裡。

「你是爸爸的大寶貝嗎？」他放下我之前會問。這是我們的一個儀式，而我就興高采烈地回答是。

「你是媽媽的小娃娃嗎？」母親在灶台前高聲問，我厭煩地說不是。這也是固定的。我不小，我很大，而且我是爸爸的女孩，不是她的。

就跟母親一樣，他也想給我一切他當初沒得到的，發誓不會讓我跟他擁有一樣的遭遇。父母的成長經歷被縮減成幾個故事，每次我一問，他們都會講起：斯特農場裡沒有客人的生日會；爺爺給了我父親一巴掌時他打了回去。爺爺在西蘭島中部把家裡的錢都用來買了酒，直到奶奶和他離婚。之後他就消失在這些孩子的生活中，父親有二十五年沒見到他（我是從沒見過他）；他死的時候，父親只是聳了聳肩，說了一聲「哦」，但是我清楚地知道，這個從未謀面的爺爺留下的陰影比這聲「哦」要長的多。父親一路上到了初中，之後必須養活自己，所以到一家雜貨店當學徒，賺錢供自己讀高中和大學。再之後他就進了部隊，在那裡一路待到現在。

當父親第一次帶我去赫爾辛格老圖書館時，我兩歲。那是市中心一棟溫馨的黃色建築，房間又小又暗，書架靠得很緊，有一股書本的甜美味道。圖書管理員是一個長著紅色頭髮，留著更紅的落腮鬍的高個子男人。我們每次見面他都給我一個大大的微笑。為了讓爸爸高興，我經常是每個星期都會回去借新故事，它們就像一扇扇門，打開就可以進入另一個世界，讓人消失不見。那些故事父親也沒看過，他也像我一樣沉醉其中，常常會大笑起來。

「怎麼會有人想出這個故事，真是太精彩了！」他說：「好棒的想像力！」

故事常常在我腦袋裡迅速成型。學會寫字之前，我會把故事錄在錄音帶裡，從一年級開始我就把它們寫在小小的本子上。艾妮塔和我在開始上學的時候失去了聯繫，而弗朗索瓦絲搬到了沙烏地阿拉伯。我帶著新同學回家的時候，會建議他們玩我最喜歡的遊戲：我坐在餐桌旁母親的位置，同學坐到父親的位置，兩個人什麼都不說，幾個小時我們就又寫又畫，弄出一個故事，之後會讀給彼此聽。我沒有很多朋友。我很快就學會了摀著嘴笑，這樣大家就不會看到我的大門牙，指著我叫兔寶寶。我每科成績都很好，但這只是讓父母更加氣憤語文老師不教我拼寫。不過，我那時也才上二年級。

「她只覺得一切都很好。」父親說：「但是你的作文裡到處都是錯誤。你現在都只是隨便用拼音寫的，你明白吧？」

我不明白。為什麼我的拼寫比那些從筆尖流出的故事還重要？那些小紙書越堆越多：神祕故事、家族傳說、孤兒在異鄉，還有天花板上的吸血鬼……我的父母很不解。一個在養老院上半天班的女廚師，以及在丹麥廣播科室做主任的軍人，他們永遠也不會得出這個結果。

「我們看不出你是從誰身上遺傳的，喜歡寫東西！」他們在吃晚飯的時候說。

「是啊，反正不是我。」父親說。

「也不是我，但可能是你外婆。」母親聲音一下子揚高了。「你外婆一直都很擅長寫頌歌，說話總是押韻。」

語文老師曾問我能不能把我所有的小書都借回家。有一天晚上她來還書，站在廚房裡和我父母聊了很久。他們的聲音很嚴肅，但是我聽不到他們的話，也沒嘗試去聽，因為不管老師和父母怎麼想，不管同學們怎麼嘲笑我，都無所謂，我知道我能寫。我的故事就好像是身體裡一塊無堅不摧的地方。

每個夏天，父母都會帶我去跟團旅行兩個星期，馬約卡島、馬爾他、西西里島、賽普勒斯或者類似的南邊的地方。這些假期基本都相似，因為父母有特定的度假衣服，固定會說的話，比如「你適應假日的節奏了嗎，斯高烏先生？」和「我可以保證你會晒黑，斯高烏太太！」還有固定的假日用品：一根晾衣繩，一張藍色桌布，兩件填滿罐裝食物的行李箱（它們重到有一次父親在旅館裡，想要把箱子從前臺拉到房間的時候流鼻血）。在旅館房間裡，他們會鋪上藍色的桌布，把家裡的東西擺到陽臺上，然後在很多個不出門吃飯的傍晚，我們就坐在那裡吃罐裝豆子、假甲魚湯、香腸或鳳梨和桃子。

我剩下的假期，是跟外公、外婆在南白德蘭半島的瓦姆德魯普度假屋裡度過的。我是他們唯一的外孫女，所以我在會背自己家的電話號碼前，就已經能把他們的背下來。外公外婆對我如此寵愛，母親從不掩飾她的好奇。

「自從你出生之後，真是大不一樣。我實在搞不懂。」

我明白自己從外公外婆那裡得到了一些本該是屬於她的東西，但是我不知道是什麼。我跟那個總是給我買糖果和紅腸的外公關係很好，和那個不讓我在飯前吃這些東西的外婆關係稍差一點。但是當她張開雙臂擁抱我的時候，整個世界都好像充滿橘色和紅色的波浪，而且她經常抱我。

「可愛的小女孩！我在你身邊多高興啊！」

比起總是離我遠遠的母親，我更熟悉外婆圓滾滾的身子。而且在她那裡，感受到的愛會更踏實一點，不像父親總是把母親的行為解釋成愛意，並且附上那些她從沒提起的話。外婆教我雙手合十，閉上眼睛，向聖母祈禱。她每天早上為我大聲地朗讀兒童版聖經，直到那本聖經開始掉頁，我們不得不用膠帶黏起來為止。

「我覺得我們的基督教有點破舊了。」我提醒她。外婆為這句話笑了很多年。讀完之後我可以打開真言罐子的玻璃蓋，拿出一條外婆從大人的聖經裡找到的真言，她會大聲讀給我聽。這些真言的深意我都已忘卻，但是最好玩的還是抽籤本身，就好像釣魚一樣釣上帝的話。外婆廚房的黏貼板上掛著一張寫著七宗罪的字條，上面是她歪歪扭扭的字跡：傲慢、嫉妒、憤怒、怠惰、貪婪、色欲和暴食。這些年來，字條總是被她和外公從家人、朋友那裡收到的明信片蓋住，但是到了一月，她收拾黏貼板的時候，就只剩下這七宗罪。每次冬天拜訪他們，我都希望有人能快快給他們寄點問候，蓋住它們。

她和外公會為一群灰頭髮的老爺爺老奶奶舉行聖經學習會（我覺得他們長得都很像），這時候，外婆會彈鋼琴，大家用顫抖的聲音唱陰鬱的讚美詩。鋼琴是她十歲生日時從父母那裡收到的禮物，她也就一直逼著自己的孩子學彈琴，但是只收到出人意料的效果：我母親既不願意接近鋼琴，也不願意我接受鋼琴培訓。所以我就只能站在鋼琴旁邊，看著外婆的手指在琴鍵上敲擊，看那深色的木頭唱起歌來。當那位已經退休、留著長鬍子的牧師開始他幾小時長的布道，講起判決和最後的日子時，我就跑到辦公室裡寫故事或者畫畫。

外公是我認識的唯一一個同樣喜歡寫故事、寫詩的人。他還帶我去馬戲團，教我在耶爾斯湖裡的蓮花間划船，在他的小作坊裡為我和我的娃娃們做傢俱。我就在旁邊聞新鮮的刨木的味道，不停地講話。

「這個小孩，小嘴呵呵呵！」他用他特有的沙啞的聲音說。那是一種又像咳嗽，又像一種高聲的「哈」的聲音，是兩種的混合。還有一次我們一起去動物展，我好喜歡一隻超重的兔子，牠躺在籠子裡一動不動，毛是灰白色的。我摸著牠的頭，牠長長的耳朵輕輕晃起來。

「我能帶牠回家嗎？」我問，外公說我的父母是不會歡迎牠的，所以很抱歉。我那時五歲，從沒有像想要那隻兔子一樣想要過任何東西，所以我開始又哭又鬧，捶著外公的腿哀求他。

「哈！真是不可思議！」他的聲音從高處飄來：「我帶你在整個日德蘭島轉了半個月，你就這麼欺負我。」

他的話就像是根扎破了肥皂泡的針。他沒有像我父母一樣生氣，只是笑我。我一下子鬆了口氣，也笑起來。

當我開始上幼稚園的時候，伊利諾爾走進了我的生活。她住在離市沼路五分鐘的橡樹路，在盡頭的房子裡。父親帶我騎車過去的時候告訴我，在母親去上班的日子，她就是我的保姆，一週三天。我想像著「保姆」的意思就是我要記得對她說「你好」，但是當她打開門時，我把一切都忘了。首先進入視線的是隻大個的牧羊犬，汪汪叫著，然後是隻更大個的德國牧羊犬，最後是個又高又瘦的女人，她跟我見過的任何人都不同。她穿著一雙粉紅色的高跟鞋，緊身牛仔褲，合身的露肩針織衫，頭髮剪得很短，一隻手腕上帶著薄荷色的樹脂手鐲。

「哇啦！這是尼基和史努比。」她朝著狗狗們點點頭。父親說：「哦……你好。」他在「你」之前稍微停頓了一會兒，為的是讓面對的人尋思他在想什麼。但是伊利諾爾沒有發現，或者她也不在乎。

「進來吧！」她說，父親清了清嗓子，問她狗兒們是不是確定不咬人，因為牠們可能很危險。她笑著點燃一根香煙。

「放心！」她說。父親的眼睛瞬間變得兩倍大，我那個時候就知道自己愛上她了。每次走進她的房子，我都可以把爸媽的規定放到書包裡，扔進一個角落。我們幾個受照顧的孩子玩得越瘋、越吵、說越多髒話，她覺得越好。赫爾辛格的街道上不再充滿了我不該天真地以為喜歡我的陌生人，因為伊利諾爾認識他們，總是停下來和他們聊天。有時候她帶我們去購物中心的咖啡廳吃午餐，為我們買一種超級好吃的東西，叫薯條配沙拉醬。我以前從沒吃過那麼好吃的東西。此外，我們還能得到糖果、烤腸和放到白麵包上的巧克力。最後一個我之前只見過別的孩子吃，結果比我想像的還要美味。

「想想，伊利諾爾一大早也穿著高跟鞋。」父親對母親說：「高跟鞋和晨衣！」

「嗯，我可不覺得奇怪。」母親說。但她說的不是讚美，因為伊利諾爾的名字一被提起她就繃緊了臉。在伊利諾爾那裡吃飯的時候，我們打打鬧鬧的，廚房裡都是玩具和畫本，太過分的時候她就會喊「夠了！管管自己吧！」或者「停！」或者「要出去罰站嗎?!」但是她從來沒有真的生氣過。我經常找到角落裡的尼基，緊緊地挨到那隻牧羊犬的身上，牠聞起來是熱呼呼的狗味。有一天我輕輕地打了伊利諾爾一下，她也輕輕地打回來，我又打一下，她笑了。

我。

「你想挨揍是不是？」她問。「是吧?!」我還沒反應過來，她已經抓住我的雙腿，抱住了

「調皮的小孩！」她說。我知道那就是她最高的讚美了。我再也不想我的伊利把我鬆開。真是奇怪，我從她那裡想得到多少擁抱都能如願。晚上我躺在自己的床上（必須躺著，要不然就要挨打）的時候，我會想像著她用各種可能的姿勢抱著我。而父母每天都會斥責我。

「你別在這裡調皮！」他們說。「伊利諾爾的那種話你也別帶到家裡來！你能不能好好說話?!我們家裡是不能說髒話的！」

我知道他們除了語言之外還有很多不喜歡她的地方，但要是我不聽，就會被他們當空氣，所以我就選擇不聽，但也盡量不跟他們提起她，畢竟他們只會扭曲我的伊利，要我認清現實。

伊利諾爾的丈夫只有早晨在家，我沒什麼意見。因為他就坐在那裡，穿著睡袍，一副生氣的樣子，或者往大腿上打針，因為他有糖尿病。他們的兒子邁克爾，十四歲，會跳街舞，愛畫E.T.和火星人。他介紹了很多特別好玩的遊戲給我，是洛德和凱斯博在家裡根本想不出來的：用水管打水仗，水氣球，推人車，只是為了玩的打鬧大戰，還有那些用來扔的綠色膠球。

伊利諾爾的女兒叫艾娜德，十八歲，紮著她那像戴安娜公主一樣高的頭髮，好像永遠都在離地一釐米的地方飄著。她有白皙充滿光澤的皮膚（我母親是這麼說的），總穿著蝙蝠袖的安哥拉山羊毛毛衣。下午她和伊利諾爾坐在廚房桌邊抽煙，兩人會玩擲骰子遊戲或者整理那些巨大的針織毛衣。有一天下午，艾娜德邀請我參觀她的房間，我坐在她發光的化妝台前，腳趾頭深深地埋在白色的絨毛地毯上，感覺自己很幸運。她為我播放她最喜歡的唱片，舞會樂隊的〈守護天

使〉和芭芭拉·史翠珊的〈戀愛中的女人〉。

在其他孩子玩的時候，我經常坐在廚房桌旁，坐上艾娜德的位子，和伊利諾爾聊天，所有母親教我要加上句號的地方，我都改成逗號然後繼續講下去。關於學校裡別人的嘲笑，還有我那從不喜歡任何人的母親（儘管那個會畫水彩的女廚師看起來很可愛）。鄰居和政府的人經常會來，一天我依偎在伊利諾爾身邊，聽到她對政府單位的那個女人說，她自己也能看出我的衣服有多麼漂亮。

「她一直這樣。真的找不出一點破綻。」伊利諾爾說，就好像她在說一些只有成年人才懂的事情。

「記得，我是你的第二個媽媽。」那個女人走的時候她說。我只希望她可以成為我的第一個媽媽，我有一天可以搬到艾娜德那間帶著化妝桌的房間裡。我沒有告訴爸媽我現在有兩個媽媽。耶誕節的時候他們給我買了一個大大的玩偶，我已經想要它好幾個月了。要不是我想要了這麼久，是不可能得到的，因為只有被慣壞的獨生女才能得到一切想要的東西。我幫那個娃娃取名為伊利諾爾。下午母親接我回家之後，我就會抱著娃娃悄悄走出房子，騎著我那輛小黃車回到橡樹路。

「哈！又是你！」伊利諾爾說，就好像她等著見我一樣。「我給你媽打個電話說你在這兒。」

「一定要打嗎？」

她點點頭，用那種聰明的方式以下巴夾著電話，點燃一根煙。

「嗯，是伊利。」她對我母親說：「放心！克里斯蒂娜當然留下來吃飯！我們做燒烤，完全沒問題！嗯嗯，天黑之前我就送她回去。你們好好享受！」

我還和伊利諾爾的家人及朋友一起過了新年夜晚。邁克爾和我在橡樹路上跑來跑去，放鞭炮，時間早過了八點時我也一點都不累。直到凌晨四點，我才在伊利諾爾的床上睡著，我知道我能睡在這裡，是因為她也愛我。

那幾年我開始寫信寄到世界各地去。先是給丹麥的女孩男孩們，然後是斯堪地納維亞的其他國家，之後就有了一百個國家的一百六十個筆友。母親不上班的日子裡，會替我做午餐然後把那天筆友的信放到餐桌上，只要她一聽到我打開門走出房間的聲音，就會到廚房來問我今天怎麼樣。而我最想知道的是，斯洛維尼亞的海琳娜有沒有寫信給我，或者辛巴威的恩尼提，或者斐濟島上的朱蒂，或者香港的卡恩……但是這些信都要等等再看，不然母親要難過了。

「你總是先看信。」她說：「根本不看我。」

她知道我所有同學的名字，他們的父母是誰，哪科的老師叫什麼，我在所有科目裡的成績如何。但她不知道我心裡是什麼感受，因為我們不會討論這個，而且她也不知道我在學校怎樣被嘲笑，因為我為了她好總是瞞著她。但是我告訴她其他的一切，就好像我的血液直接流進了她的血管，這樣她就可以眼睛有神，臉頰上泛起一些血色。我吃過午飯，她會檢查我的數學作業（這樣我可以直接謄寫到作業本上），檢查練習簿上的答案，還有單字拼寫、乘法表、歐洲各國的首都名稱或者英文動詞。其實這些都沒必要，因為我的功課做得很好。但是我知道，這對她很重要，因為當初沒有人幫過她。不過我不能對她說重話或者反駁，那樣她就會走回客廳，好像我踢了她一腳；等父親回來的時候，她會把我說過做過的一切告訴他，等到吃過飯，父親就會把我叫到桌旁。

「你媽告訴我，你說……」母親坐在一邊擤鼻子，他就要爆發了。「你自己覺得該這麼對她嗎？在她為你做了這一切事情之後？你是不是討打？」

我的父母就像兩座摩天大樓，一點一點逼近，威脅要把我碾碎，我除了道歉之外別無選擇，但是心中的憤怒會更加強烈，我會想著：媽，你真是個懦夫！自己壓不住我，就向父親告狀。

「我覺得你就天資平平。」父親經常說，母親會跟著點頭附和。

「對，我也覺得，斯高烏先生。」她說：「我猜她就是個普通的女孩。」

我在學校得的分數越高，在家就越天資平庸。

「還好你很努力，努力的人才能走得更遠。」父親說：「別想著偷懶或者投機取巧。草率、馬虎和懶惰在我們家都不行，而且只要你還住在我們這兒，就得按我們的規矩來。」

他們會說，外婆如果不是一九一四年出生在斯特農場，換個年代，她應該可以發展得很好。

「她肯定能坐在議會裡。」父親說。

「或者上大學。」母親說。

母親在斯特的學校裡成績平平、被人嘲笑的時候，她無法忍受外婆曾經在學校表現優異。當時，外婆伊蒂斯．范勒森每科都考過了九十，連跳兩級，但是初一的時候不得不退學。

「你不想繼續讀下去嗎？」我問外婆。她目光空洞地看著我，椅子旁邊的小電話桌上堆著前幾週的基督日報、小說、紀實文學、填字遊戲、針織指南、聖經、頌歌集、幾支遙控器和圓珠筆。

「老師想讓我讀下去，但是父親需要我留在家裡。」她說。我外婆在農場裡做管家，照顧她的母親瑪麗。從外婆十歲的時候她就得了腎盂癌或腎臟癌，而那個時候還沒有盤尼西林，所以不管是哪一種，腎臟都會緩慢地、充滿痛苦地作廢。外婆的客廳裡掛著一幅巨大的農場俯視圖，那是在公路和高速公路把土地從中劃開之前。所有的照片上，她母親瑪麗都穿著高領的黑色長衣，是我想像中以前嚴苛的管家和家庭教師會穿的那種。她黑色的頭髮緊緊地束在後面，臉頰都被扯向兩邊，眼睛在蒼白的臉上投下深深的陰影，薄薄的嘴唇抿在一起。她尖銳的眼神好像我讓她失望了一樣。

「她看起來很生氣。」我說，但是外婆只是抿起嘴唇，看起來跟瑪麗一模一樣。

「母親不是生氣。她病了，克利斯蒂娜。而且她非常虔誠。」

外婆總是叫我克利斯蒂娜，而不是克里斯蒂娜。

「但是她看起來很不幸福。」我說。「是嗎？」

「我也不知道。」外婆說，她母親的腎臟病越來越嚴重，最後動了手術，但是傷口無法癒合，所以很多年她都忍受著劇烈的疼痛躺在床上。換紗布的工作全交給外婆——我問外婆，這工作是不是很困難，但外婆回說她不知道。她母親於一九三三年死在家裡，那年外婆十八歲，母親就躺在開著的棺材裡，在客廳裡放了一個星期，好讓她的朋友和外婆的朋友都能來和她告別。

「可是她是六月死的，一個星期以後不就臭了嗎？」我問。但是外婆想不起來了。在舊照片上她的表情比同齡朋友要成熟，而且目光清澈堅定，不像當地的其他女人，她用男人的馬鞍騎馬，十八歲那年考了駕照。大部分人都以為她的大哥會繼承農場，但是他們的父親不同意。

「我知道你能把農場經營下去，伊蒂斯。」她父親在一天晚飯的時候說，於是這件事就沒再被談起。最後，外婆的哥哥得到了一個小農場，外婆則一手經營著大農場，和小她三歲的外公結了婚，而那個時候他還是個貧窮的農民，比起忙著農事，他更善於交際。

二年級時伊利諾爾生病了需要開刀，我幾個星期之後去拜訪她的時候，一下就感覺到有什麼東西不對勁。跟手術沒關係，因為伊利諾爾看起來一點也沒有生病的樣子。她穿著一件金線的新毛衣，和一位肌肉發達、深色頭髮的女人坐在一起喝咖啡。我可能在伊利諾爾剛開始鍛鍊身材，勤於去健身房的時候，曾經跟她一起去而見到這個女人。房子裡出奇地安靜，其他的孩子不在，艾娜德、邁克爾和狗狗們也不在，我卻帶著我的新寵物：一隻黑色的小博美犬，名字叫飛思科。父母說只要我早晚自己帶牠出去散步就可以擁有牠。飛思科一看到伊利諾爾，就叫了起來。

「真漂亮！看起來像隻小獅子！」她說。那個陌生的女人也用她那極低沉、像男人一樣的聲音表示贊同。接著，伊利諾爾問我什麼事，然後因為我的回答笑了起來。

「真是伶牙俐齒。」那個女人說，但她只用一種親密的眼神看著伊利諾爾。我想像著她「砰」的一聲消失在一陣煙裡，這樣我就可以獨自擁有伊利諾爾了。但實際上是她們兩個一起消失不見，因為幾天以後母親告訴我，伊利諾爾要離婚。實際上她已經搬出了橡樹路的房子，現在那裡要出售了。母親的話語聽起來不是特別難過。

「她搬到哪裡去了？」我問，但是母親不知道。

「伊利又不會消失。」我反駁說道。「她不會的！我知道她不會的！你猜我是不是做錯了什麼，她才沒打電話給我？」

但是母親說伊利諾爾剛離婚，肯定有很多事情要忙，她現在應該沒精力聯繫我。我別這麼自私，以為一切都該繞著我轉。

「『現在』是指多長時間？」我問：「她明天會打電話來嗎？還是要等到下個星期？」

「不會的，你別再問了。」母親說。她的聲音微微顫抖著。接下來的每一天，當我經過伊利諾爾的房子時，都希望她開著門，奇蹟般的出現在那裡。但是我沒有任何她的消息，也不知道該怎麼做。伊利諾爾在最後幾個月，用各種理由給了我很多玩具，我把它們和娃娃伊利諾爾一起藏在房間的櫃子裡。這有點幫助，但是也無濟於事。

我的日子就好像被放到了分解容器裡面，星期溶成月。後來，我有了一個新的保姆，但她不是伊利諾爾，所以我更喜歡一個人待在家裡，儘管房子裡都是可怕的聲音。外公外婆說我害怕的話可以打給他們，於是我就打了，然後在廚房裡做作業或者在自己的房間裡畫畫寫字，直到母親下班回來。晚上父母和我說完晚安，就把飛思科鎖在雜物間，但是他一直叫，因為不想獨自睡在窩裡。可是他必須睡在那裡，父親說，這就是規定。我還是不能起床或者打開燈，所以就躺著聽飛思科絕望地透過所有的門呼喚我。父親出去打牠的時候牠也不會停，而是叫得更凶。

「牠不能跟我一起睡嗎？」我問。我也希望如此，因為我還能看到天花板上那些尖叫的影子，聽到床下面有人翻東西。飛思科不是又大又胖的尼基，而是又小又暖和的一團毛球。「牠可以就睡在床腳。」我建議說：「這樣牠就不會叫個不停了。」

「不，這樣不行，」父親說：「我們這裡的規矩不允許。」

半年之後，父母把飛思科賣給一位我們在西西里島度假時遇到的奶奶。我沒有反抗，因為我知道不守規矩的人沒法住在我們家，而飛思科一次又一次地打破了那些規矩。晚上我躺在床上，還是可以看到伊利諾爾走過來，聽到她說話。我努力想記起來她的臉，但是那裡永遠是一個黑色的洞。我連她一張照片都沒有，我開始害怕自己在赫爾辛格的路上碰到她會認不出來。

「你可以答應我遇見她的時候告訴我？」我問母親。她答應了，但是我一點都不確定她會這麼做，也不確定還能不能見到伊利諾爾。

伊利諾爾消失不久後的一天下午，母親和我坐在從希勒勒回家的車上。在和我們隔著幾個座位的前面坐了一個女人，身材極好，穿著淡色的棉外套，腳尖上掛著一隻蛇皮紋的高跟鞋，絲襪上一根黑線一直連下去。她黑色的長髮捲著波浪，垂在後背，還帶著一頂圓盒帽，就像我畫中那些精緻的女人一樣，實際上她只差一雙長手套和一條狐毛圍巾。我想靠到前面瞥一眼她的正臉，她正好轉過臉來看我，直接看進我的眼睛，紅唇微笑著，我的思緒一下亂了。她是個男人，一個打扮得像女人一樣的男人。我唯一想做的就是走上去問她我能不能跟她回家，我們可以成為朋友，她可以成為我新的第二個母親。我非常願意。

「坐在那裡的到底是個男人還是女人？」我低聲問母親，她也低聲地回覆我說那是有變裝癖的人。那是一種病，就是人覺得自己被生在一個錯誤的身體裡，是種非常非常糟糕的病。

「但是她看起來沒有很不幸福啊？」我低聲說：「她很漂亮。你看她的鞋！」

母親沉默了一會兒。

「對，他穿的可是高跟鞋。」她說：「看起來太招搖了。」

我們下車時，我希望那個美麗的變裝癖可以看向我，這樣我就可以跟她揮手告別，但是她沒有。接下來的幾個月我一次又一次地把她畫下來。

伊利諾爾消失幾個月後的一天晚上，我坐在那裡畫畫，母親走進我的房間，坐到對面外公做的小板凳上。我立刻就知道有什麼不對勁了，因為她的眼睛很紅，手裡抓著一張餐巾紙。我的肩膀已經聳到了耳朵旁。

「你知道外公一直在咳，對吧？」她說，我點點頭。外公有的時候咳得太厲害，都喘不過來氣。

「他得了肺癌。」她說著開始哭了起來。「醫生要把一邊的肺切掉。」

我想問她肺癌是什麼，但是她哭得那麼凶，根本說不了話，所以我就把注意力集中到畫紙上那些穿著紅裙跳舞的女孩身上。我不明白為什麼母親還在哭，醫生只是要切除外公一個肺，再縫上就行了。我覺得切一個總比切兩個好。我跟外公去買糖果的時候把這個想法告訴了他，他沒有反駁。我們一起像往常一樣編故事，唱歌，但他總是要停下來喘氣。他比以前咳得更厲害，而且買煙的時候我答應他不告訴任何人。父母和我更常去瓦姆德魯普看望他和外婆，每次他都是剛又感染，躺在臥室裡，拉著橘黃色的窗簾。他看到我的時候會哭。

「我一直特別期待見到你，但是現在我卻只能躺著。」他說。

「爸，你現在別哭。」母親從門邊說，她雙手交叉，精神緊繃，好像別人碰到她就會觸電。她一走我就躺到外婆床上的位置跟他像往常一樣聊天。我們笑著又編了好多故事，唱了很多歌，我告訴他那消失的、再無音訊的伊利諾爾的故事，問他我是不是做錯了什麼。

「沒有，她總有一天會打電話給你的。」他說：「你只要有耐心，就能等到。」

每當我們躺在那裡的時候，我都差點說服了自己，相信一切都很正常。但是有一天他住進了重症監護室，身上插滿管子。

「你該聽聽我們去奧地利和義大利那趟無聊的自駕旅遊！」我說著坐到他的病床上，那白色的醫院被套是如此陌生，好像跟外公沒有關係，所以我就忽略它。

「謝謝你，快說吧！」外公說著發出了一聲低沉的「哈！」

「我在義大利度假的屋子特別可怕。」我說。「沒有窗戶，除了一張鐵床之外，只有一個超大的橙色衣櫃，但是我必須睡在那裡。我爸說小孩就該睡在自己的床上。幸運的是我可以寫關於這個的故事。」

「嗯，我覺得也是。」然後他開始劇烈地咳嗽。我對此習以為常，幾乎沒注意到，但是母親已經站起身。

「外公累了需要休息，」她說：「你現在可以跟他說再見了。」

「不，讓她待在這裡！」他說，但是母親說我可能會傳染給外公，我說我根本沒病，外公也說：「她根本沒生病，你也看得出來，讓她留在這裡！她不能走！」

「現在得按我說的做。」母親的聲音有點顫抖，我立刻聽她的話。當我穿過所有的管子擁抱外公的時候，他哭著緊緊地抱住我，但是母親直接把我從病房推出去，在身後關上了那扇黃色的門。我能聽到她在裡面的聲音。

「算了吧，她已經走了。按我說的做。」

然後是外公的聲音：「克里斯蒂娜！回來！她得回來，你讓她進來陪我。」

我抬起手抓住門把手，卻不敢壓下去跑回他身邊。接下來幾天外婆的心臟出了很大的問題，差點就住到外公旁邊的床上，但是最後還是他先走一步。我沒能再拜訪他，也不准去參加他的葬禮。

我很多年前見證過死亡。父親的弟弟自殺了，這讓我知道語言會張開大嘴，吞沒那些死去的人。自從父母從他的葬禮上回來，我們就再也沒提起他。我只見過他幾面，所以他的死給我更多的是困惑，而不是難過。可當外公去世的時候，我就要崩潰了。先是伊利諾爾，然後是外公。我小心翼翼地在晚飯桌上提起過他幾次，每次母親都泛著淚去搆餐巾紙，父親緊閉雙唇看著我。他的目光在說，你又把你媽弄哭了。那是她的父親，不是我的，所以她是我們當中唯一一個有權利悲傷的人。

很多年以後，我才敢再提起外公。不過當我的手長得夠大的時候，我開始戴他的婚戒，那是由我繼承的：一個光滑的金戒指，中間突出一顆大鑽石。而外婆還帶著她的。

外公死後沒多久，外婆就告訴自己的三個孩子、五個外孫及外孫女，還有數量可觀的朋友們，說她沒幾個月就會死於心臟病，所以母親趕緊為我們訂了火車票。我們到的時候，外婆也快要死了。她的後背動彈不得，因為得了胃潰瘍，這簡直在心臟病和我們的悲傷上面雪上加霜。以往，她都會趕在其他人前面去廚房拿餐具，母親會喊著：「別，別，媽你坐著別動！」語氣裡帶著一絲內疚，我真搞不懂，因為我覺得外婆去拿東西給我很舒服。但是現在她弓著腰，步履蹣跚地走過客廳裡的淺色地毯。除了鋼琴和很多積了灰的小飾品、照片之外，這個客廳的裝飾和我父母的一模一樣：軍綠色的絲絨傢俱圍繞著一張鑲花木桌，牆上掛著油畫，窗台擺著綠植和皇家陶瓷小人，日常用的客廳裡是電視、花瓷桌和兩張皮沙發。母親突然從那張外公的沙發上跳起來，我能聞到她因為焦慮冒出的汗味。

「你能嗎，媽？要我幫你嗎？」她問，外婆的臉因為疼痛抽在一起。

「別瞎操心。」她喘著氣：「你不用管我。」

「那就挺胸抬頭，你像個老太太。」我坐在沙發上，半藏在一個十字繡抱枕後面說，並且大口吃著母親的杏仁牛角包。外婆停下來，轉過來看著我。

「你跟外婆說什麼？」母親問。她看起來很震驚，但我只是放下枕頭。

「我跟你說，要挺胸抬頭。」外婆慢慢地照做了。她看了我很久。伯恩霍爾姆鐘的滴答聲聽起來很響。

「我無論如何也不能像個老太婆。」她說。她一邊嘴角上揚，檯燈罩下面一顆梨子反射著光芒。「這世界真是不成樣了！從自己的外孫女口中聽到這種話。」她補充道。母親緊張地微笑著。

「那話要是我說的，後果不堪設想。」她告訴我。「我小的時候，你外婆經常說，『你的意願？都在我的口袋裡躺著呢。』」

而且在很多種意義上，她的意願還在那裡。我們從外婆家回來之後，母親決定要讓外婆最後的日子好過一點。她總會為外婆多做一份晚飯，然後放到塑膠盒子裡冷凍，上面寫下菜名「燉小牛肉」、「馬鈴薯泥配豬心」、「豬肉香腸」和「丸子」。每三個月父母都會把這些飯盒打包，裝到我們棕色的紳寶汽車裡，開向大貝爾特渡輪，到菲英島再到瓦姆德魯普，最後則是填滿外婆的冷凍櫃。週日的時候外婆實在無聊，更像個死人。那時她就會被邀請到農場裡喝咖啡或者下午茶（她很希望週間也能被約出去幾次），其他時候她會用微波爐熱一下母親的飯，就這樣順利地又過了二十八年。

當我一個人拜訪她的時候，我總是坐在外公的椅子上，跟她聊天，她溫暖的目光越過花瓷桌看向我，讓我覺得自己很幸運。

「你是個機靈的女孩。」她說：「而且多漂亮！上帝真是把一切都給你準備好了。」

「你確定？」我問。我是真心高興，因為在家裡我聽到的都是另一個版本。

「是的，我有我自己的信念，克利斯蒂娜。我也想祈禱你過得很好。總有一天，你會成為有名的作家，我一點都不懷疑。你的想像力多棒！」

我確定她把我看得比所有人都重，重於我母親，因為她告訴過我幾件關於母親的事，都很簡短。實際上，她唯一後悔的就是讓母親早一年上學。

「嗯，因為她被欺負？」我說。但是外婆從紡織機上抬起頭，看起來不太明白，她的手還在流利地操作著。她總是在忙著織毛衣、編杯墊或者做花朵飾品，我被這些吸引，總在旁邊看。我唯一一個成功做完的手工，就是在頌歌集封面上的十字繡黛絲鴨。

「你媽有安娜-瑪格麗特，我記得。」外婆說。

「那是她剛到科靈上私立學校的時候。」但是外婆只是搖了搖頭，說那是太久以前了，時代不一樣，可能母親被稍微欺負了一下，但是沒太嚴重，要不然她會記得的。

初中畢業之後母親去倫敦做交換生，之後她不知道自己想幹什麼。是的，她說過要做老師，也說過幾次想去神學院，但是沒能考進去。

「沒考進去。」外婆這麼說：「現在看來也好，你母親不夠強大。」

「不夠強大是什麼意思？」我問，外婆甩了甩手。

「嗯，我是說精神上不夠強大，烹飪學校更適合她。」

那些年，外婆和母親每週都會給對方寫好多信。只要一收到母親的信，外婆就給西蘭島寄一封，但是當母親遇到父親之後，信就停了。外婆認為父親是控制欲很強的人。

「那是他定的，你知道你爸。這話我只跟你說了……肯定是你爸不讓她寫了，我一直沒說出來。但他的童年也不容易，可以算是個藉口。」

我外婆很喜歡為別人找藉口，但是也沒到讓她原諒他們的程度。

「可是你自己也有點控制欲吧？」我說，外婆的臉立刻變得好像蛤蟆一樣。

「沒有，你這麼說我很難過。」她用低沉的聲音說：「真讓我失望。」

你能用愧疚感來控制母親，但是不能控制我，我想。笑聲在我心裡升起。

「只要你別變得一副苦哈哈的樣子，我就高興了。」

「苦哈哈！」

外婆坐起身，眼睛裡充滿笑意。

「我可是一點都不苦，很明顯，你還不知道苦的意思。」

之後她轉過來半個身子對著我。

「你媽什麼朋友都沒有吧？」她開始審問我：「你們也沒有什麼客人吧？她除了做飯沒有其他感興趣的事了？沒有什麼愛好？她還是只上半天班吧，那她怎麼消磨時間？」

「睡覺。」我回答。

「在家的時候也是。」外婆說：「你媽老是在睡覺，或是在房間裡聽貓王。」

外婆這裡指的「家」，是她和外公一九七七年傳給卡爾·彼得的那個農場。

我問外婆，母親是否不幸福，因為她一直睡覺，但外婆只是疑惑地看著我。

「不幸福？她有什麼好不幸福的？」她問。我回答說我不知道。外婆愣坐了一會兒。

「呃，我猜你出生之後，她是有點產後憂鬱症。」她說。

「什麼意思？」我問，但是外婆說沒什麼好說的，她只是去照顧了我幾次，因為當時太難為母親了，然後她只講述到此為止。但是在我腦海裡，這已經無限延長了這個故事。

我的父母越來越不滿意語文老師不教我拼寫，我一直把上學的時間用來幫助別人。所以我十歲的時候，他們把我轉到了赫爾辛格的私立學校，這裡講紀律，唱晨歌，做晨禱，每門課都有成績。在這裡，如果你不像班上成績好的珊娜和她的朋友妮娜一樣，就會被欺負得更厲害——上課發言也是如此。他們叫我努力森[5]、兔寶寶、兔子羅傑。但如果我上課的時候沉默，成績下降的話，父母就不會像以前一樣喜歡我，而他們對我的看法又比我同學的重要。同學的嘲笑變本加厲時，我就會想自己不管做什麼，也不會和他們一樣。所以我把頭髮高高紮起來，上課回答問

5 斯高烏，即作者的姓氏，在丹麥文直譯為「森林」。

題，成績領先，活在和筆友的信以及自己的故事裡。

父親永遠都在糾正我的口語和書寫，盡一切努力把我那赫爾辛格的口音改掉，週末則把我腦子裡填滿數學口訣和英語語法，直到不熟悉的知識點也牢牢記住。晚上我們一起騎自行車，但是所有的遊戲和故事都消失了。他閒暇的時間都用在方格紙上，畫幾何圖形，然後用箭頭和文字把圖形連在一起。廣播電臺需要新的許可系統，這事由父親負責。

晚飯的時候，他講起自己每天早上一起開車去上班的同事。同事的女兒曾經做過妓女，毒品上癮，這幾年，那個人一次又一次地繞到伊斯特斯路上去找女兒，接她回家戒毒。父親說他搞不懂這個同事，竟然一次又一次地在妓女和小偷堆裡穿梭！那個女孩最後戒掉了毒癮，接受了教育，所以這番努力得到了好結果，但就算如此，也不值得。我坐在父母中間的板凳上，知道要是有一天我變成了毒蟲妓女，父親是不會來救我的。要是走錯了一步，我就得自己管自己。

赫爾辛格的圖書館從市中心那棟溫馨的黃色建築搬到了學院路旁邊的新文化中心。我每週路過那裡好多次。建築低矮，房間明亮，一切都讓我想起醫院，裝滿書的醫院。這裡再也沒有藏身的地方，保持安寧的地方，我每次走過那些兩邊隨意放置著白色書架的走廊，腳步聲都很清亮。紅頭髮的圖書管理員看到我的時候還是會微笑。我請求他給我打下的書單無止無盡，都是關於自殺、人格分裂、失明、同性戀、精神病、娼妓、強姦、收養、亂倫、孤兒、抑鬱和進食障礙症的書。我跟他講話時努力壓低聲音，但聲音還是在書架間散開。按主題讀書當然不是不行，我提醒自己。只要想想那些青少年讀物，十有八九都是我這個年齡的女孩愛上了一個我這個年齡的男孩，多無趣啊。當我又要了一列書目時，管理員從眼鏡邊上看著我，但是他什麼都沒問，這就是我為什麼總是會找他，因為那些女圖書管理員總是抓住一切機會問我為什麼對自殺這麼感興趣，竟想要列印八十本相關的書名。其實我從頭開始一本一本讀這些書，一共花去了好多年。

「我們認為，你讀的書主題都很怪異。」父親在晚飯時說。

「對，為什麼都是那些特殊的主題？」母親問。特殊在她眼中是最嚴重的過錯：特殊、賤、胖和裝嫩，都是過錯。

大概就在同一時期，父親把一台巨大的ＩＢＭ電腦帶回家，還附帶一張電腦桌，我開始在上面寫自己的第一本小說，從小心翼翼地一指打字到十指都用上。小說叫《太陽再沒升起》，講的是一個叫安娜的女孩子，在學校被嘲笑然後自殺的故事，她的家人在這之後才意識到他們愛她。我坐在縫紉室的電腦前，用關於安娜的詞彙填滿藍色的螢幕，毫不懷疑自己想成為一名作家。這讓我的父母很困惑。

「那不是一份工作。」他們說。一個接著另一個的話，異口同聲，或者點頭同意對方，或者直接插話。

「養活不了自己，（對，養活不了），沒錢賺，你可以用空閒時間寫（那樣可以），可以做興趣，但是你必須得上個好學校找個正常的工作（聽到你爸的話沒？）」

「我還以為你想要做助產士。」母親說：「或者醫生，你以前四處說過的。」

「記者怎麼樣？」父親問：「或者高中語文老師？」

你們可以想說什麼說什麼。我只是走進自己的故事裡，消失其中。幸好我不是一個人，因為在升六年級的那個暑假，我和雪麗成為朋友。我們讀同一個班，但是我幾乎看不到、聽不到她，因為海蒂、塔妮婭、瑪莉亞-路易士、琳達和她的鄰居莉斯貝斯一直圍在她身邊。不像我，她從不舉手發言。即使她知道答案，也只是低聲告訴坐得最近的人。現在其他的女孩都去放暑假了，她感到無聊，只能給筆友寫英文歌詞和信。她帶我走進她的房間，正中央有一張大寫字桌，床邊擺著電子琴，角落裡的沙發桌上是從圖書館借的一落青少年讀物。

她說她的臥室就在裡面。

「你也是獨生女，對吧？」她問，我點點頭。

「嗯，我也愛讀書和寫信。」我說：「還有寫故事，我想當作家。」

雪麗微笑的方式很特別，好像總帶著歉意。

「我也想。」她說。我認真地看著她，她比我矮，比我強壯，美麗的圓臉上寬寬的鼻子，杏仁形的眼睛，黑色的眉毛。體育課後去洗澡的時候，我發現她發育得很好，比想像中我自己的極限還要好。實際上她看起來比我大幾歲，已經開始在襯衫下面穿內衣了。我懇求父母讓我燙持久性的波浪鬈髮，這樣就可以用髮膠固定住，但母親說這件事沒得商量。雪麗卻已經開始像大人一樣，她一直是鬈髮，髮根已經又長出一截，一側是漂白了寬寬的一條，就像我在電視劇《狄格西中學》中最喜歡的角色凱特琳一樣。我這麼說的時候，雪麗笑得更厲害，說她最喜歡的角色是凱特琳的男友，喬伊。

「我在一個可愛的初二男孩那裡上鋼琴課，他長得很像喬伊。」她說。

「我在赫爾辛格的管樂隊吹號。」我說。雪麗看起來吃了一驚。

「那個隊裡有可愛的男孩子嗎？」她問，我不知道該怎麼回答，所以我就走過去看她的兩塊黏貼板，上面都是男團街頭頑童的剪報。

她就站在我身邊，身上的香水是潘蜜拉，很甜，我自己也用。

「我最喜歡喬伊．麥肯泰！」她說：「我想要嫁給他。雪麗．麥肯泰，多好聽！對吧?!」

「我最喜歡桑德拉、貝琳達．卡萊兒、凱莉．米洛。」我說，雪麗興奮地點頭。她們也是她最喜歡的歌手。〈我該如此幸運〉和〈天堂在人間〉，對吧？你認識美歐和基姆兩姐妹嗎？要回家的時候，她借給我一張她們的唱片，我可以明天再送回來，唱片名叫《像樣》。我在房間裡隨著它跳舞，把歌詞都背了下來：「讓我們獨自待著或者帶我們離開／請相信我們／我們永遠都不會像個樣子。」

從那天開始雪麗和我坐同桌，兩個人在練習本上聊天，寫來寫去。她讓我讀她寫的英文歌詞，「你」總是和「愛」對應，我讓她讀我的故事。上課的時候我經常坐在那裡打量她的手，一直看到我即便閉上眼睛它們都會浮現在眼前。她的手比我的強壯，每一根手指上都帶著有和平標誌或陰陽圖案的銀戒指。她的指甲很平，在指尖處磨得很尖。我從來沒有跟一個同齡的女孩這麼親近，我只想再靠近一點。所以我在練習本上寫道她是我最好的朋友，問誰又是她最好的朋友，每次她都會把日德蘭島的表姐布瑞特寫在第一，我第二。我看著她的列表，很不高興，但心想也只能接受。我最大的希望就是在別人的列表上排到第二，因為在班裡其他人的列表上我絕對要再下降二十多名。雪麗以前的朋友都不喜歡我，因為我把雪麗搶走了，珊娜和妮娜那一夥人很喪氣，因為她們的嘲笑沒有起作用。她們還是叫我努力森，但是我從來沒有當真，因為放學之後她們都紛紛打電話問我作業怎麼做。

「斯高烏，你為什麼總是把頭髮綁得這麼難看？」有天上語文課前克利斯帝安問。我很痛恨被叫斯高烏，但是班裡有三個叫克里斯蒂娜的女孩，所以我也沒辦法。克利斯帝安倚過身，面向他暗戀的珊娜，珊娜笑了。那夥受歡迎的人都擠在我和雪麗的桌子旁。

「你把頭髮放下來應該稍微好看一點吧？」他說。雪麗害羞地看著自己的手，一股熾熱在我體內升起，我把書整齊地堆放好，打開鉛筆盒。

「關你什麼事？」我的聲音自己都不認得，聽起來很友好，但是聲下藏刀。克利斯帝安沮喪地聳了聳肩，他比班裡其他男孩兒發育得晚，滿臉雀斑，聲音還很細很好聽，所以每次班上的戲劇表演他都是主角。現在他就要破音了。

「你應該高興我跟你說了，斯高烏。女生不是都想要看起來好看？」

我把橡皮筋拿下來，然後把頭髮綁得更緊，紮成一個球。

「我真的有別的事情要做。」我說，而且我是認真的。我應該為了你而好看嗎？或者為了你們？憑什麼？那群人靜靜地看著我。「想想，這一點就可以堵住他們的嘴，」我第二節課的時候寫給雪麗，「對了，誰是你最喜歡的女老師？」我的話是生物老師和數學老師，之前這兩門課我都不感興趣，但是現在我全心投入到生物蛻變和方程式中，一邊幻想有天這兩位老師會看到我的好，或許她們會邀請我去她們家，或是給我一個擁抱，或者領養我。「蘭蔻廣告裡的伊莎貝拉．羅塞里尼是有史以來最美的人！」我對雪麗寫道。她把練習本傳回來給我：「誰是伊莎貝拉．羅塞里尼？」她寫道。「你喜歡誰？要是你自己決定的話，你想嫁給誰？」我絞盡腦汁，但僅有兩個給我留下印象的男性是《真善美》裡的崔普上校和《勇氣和美麗》裡的埃里克．福里斯特，但他們都比我大至少五十歲，提他們實在太尷尬了。所以我寫下了傑生・唐納文，他在一部電視劇裡演凱莉・米洛的男友，還有格蘭・梅德羅斯，那個在夏威夷海灘上邊走邊唱〈此情永不移〉的男生。

「那誰是學校裡最可愛的男生？」雪麗繼續寫道，我寫了管樂隊裡的第一號手尼克拉。我對他一點興趣都沒有，他也不在我們學校上學，但這正是我寫他的理由，要不然雪麗肯定會堅持在下課時間騎車去操場上找他。我們最終還是只圍著她愛上的那些初三、高一男生打轉。這對我就是個折磨，而其中唯一能忍受的部分就是我們可以挽著手臂，我能夠感受到她身體的溫度，動作中的溫柔。

「看他多麼可愛！」她對我低聲說。我的臉頰能感受到她的呼吸。「你覺不覺得他的眼睛特別可愛嗎？」

「嗯，真的！」我低聲回答，又看了一眼那個尷尬的青春期少年，頭髮油膩，長著粉刺。在日記裡，我寫著我想念數學老師，她神祕、敏感、衝動又聰慧。還有我的生物老師。上帝啊！她不改我的作業的時候有沒有想過我？我問自己，當雪麗愛上一個男生，或者偶像團體裡的男人時，是不是也是這種感覺？最後我得出結論：這也是我不該深究的問題之一。

母親在中午會給我做便當，站在廚房的門口聽我這一天過得怎麼樣，當聽到我說做完作業要去雪麗家的時候，她的嘴立刻抿起來。

「你跟她黏得太緊了。」她說。我提醒她說在科靈時，她和安娜-瑪格麗特也是朋友。但不是「這樣」，她說。很明顯，我和雪麗的友誼已經占據了一切，而且雪麗太胖了。她其實也可以說，雪麗得了一種傳染病，而且她太喜歡男孩子，她會在這方面給我不好的影響。最後一點我倒是希望能成真。

「雪麗在這裡的時候，就站在那裡，傻乎乎的，也不說話。」母親說。「物以類聚，人以群分。」

「但是跟我在一起的時候雪麗可不無聊。她也熱愛寫作、讀書、聽音樂，我不需要幫她做作業。她也是獨生女。我們有很多共同點。」

我們開始在拉姆勒瑟體育館一起上柔道課，但是不管我說什麼，母親都對雪麗不滿意，我只能不聽她的，盡量不跟她提起雪麗。

有一天放學後，我跟雪麗提議說我們可以聽我的桑德拉專輯。但是我們沒能聽完，因為到了〈夜之心〉的時候，她聽到一半讓我停下來，把帶子倒回去。

「快看他！」她指著桑德拉身後被蓋住一半、在煙霧繚繞的舞臺上彈電吉他的男人。「他有世界上最漂亮的藍眼睛！你看。」

我已經把這卷帶子看過不下一百遍了，但是從沒注意到他。我通常這時會把帶子暫停很多次，只為了看桑德拉心形的臉蛋和酒窩，蜜蜂般的纖腰和長腿，完美的體型，還有那身俐落精明的黑色套裝，墊高的肩膀，戴著很多很長的珍珠項鍊。我想把我的迷戀跟雪麗分享的時候，她已經按了快轉，想看其他歌裡有沒有這個吉他手。

「那些女同志都是怎麼找到彼此的呢？」我吃晚飯的時候問母親。「可能她們會發出一些信號，其他的女同志接收，這樣她們就可以用某種方式認出彼此？或者只是她們的味道？就像黑人，他們的味道很不一樣。或許那些蕾絲邊能聞出彼此？」

「對，至少很不自然。」父親說。我知道我現在必須要更加努力裝作對男孩子感興趣。不是跟我父母在一起的時候，因為他們希望我只關心學習；是當我跟雪麗一起時，要不然我就要在她的朋友列表裡再下滑一些，那會是個災難。我房間裡的所有櫃子上都貼滿了海報，但是雪麗看到的時候皺起了眉頭。

「我不確定。」她說，我往後退了一步，從遠處打量著。櫃子上貼著桑德拉和貝琳達·卡萊兒的海報，底下最大的櫃子上是莎曼珊·福克斯穿著紅色泳衣跨在摩托車上，還有一張是薩布麗娜在泳池邊濕著身子。她那白色的透明泳衣領子那麼低，胸就要掉出來，頭上戴著一頂黑色的軍帽。她雙唇微啟，眼睛半閉。

「但是薩布麗娜的〈男孩們〉是首好歌，」我努力著：「而且軍帽看起來很帥，是吧？」

雪麗點點頭，但是看起來還是有些遲疑。我知道問題出在哪兒，所以她一走，我就在櫃子上貼滿了肌肉男穿著破洞牛仔的照片。有些男人懷裡抱著嬰兒，另一些在摩托車上做出奇怪的造型，或者吊在鐵架子上。要是我每天至少盯著看他們半小時，可能就會對男孩子更感興趣一點，我想。我也希望如此，因為雪麗想帶我去艾尼斯禮堂參加舞會，不出意料的話我們是整晚都要看男生的。

「我超期待！你呢？」她在練習本上寫道：「你會穿緊身的衣服，對吧？」

幾天前我們在她家打扮、化妝。我很享受跟她待這麼近，兩個人大部分時間都是半裸著。但是我不該讓她看到我放下頭髮、化了完整的妝容、穿著緊身牛仔褲和印花緊身上衣的樣子。那是我在赫爾辛格唯一一家高級服飾店——貝蒂娜時裝——打折的時候買的。

「哇噢！男孩子們會愛死你的！」雪麗說：「你徹底變了。」

但是我不想為了讓男孩子們愛我而變，再說我父母也不想要這個結果。我站在廚房裡，穿著我的舞會裝，準備出發，父親上下打量著我。

「你看起來像個妓女。」他說，母親點點頭。

「嗯，你看起來很下賤。」她說。會讓我父母說下賤的通常是那些不穿上衣享受日光浴的女孩們，每到夏天赫爾辛格的007照相館就會把她們掛到櫥窗裡。唯一見過我胸部的就是體育課後一起洗澡的女同學。我不想哭，這樣妝就花了，但是我忍不住，最後根本沒法出門。父母加重語氣說我應該找些除了雪麗之外的朋友，這種賤貨的風格肯定是從她那兒學來的。後來，一張沙發也讓我們的友誼暫告一段落。那天，雪麗和我還有班上的葉普，我們推著沙發在她房間裡滾，不小心撞到沙發桌，桌子凹了一個洞。她的父母希望我家賠張新沙發（儘管當時葉普也在），但是我父母什麼都不想賠，所以他們就以此為由讓我別再跟雪麗來往。我很不開心，日子毫無趣味。

我的生活是灰白色的，一週一週連成月。在學校裡雪麗和瑪莉亞-路易士、莉斯貝斯挽著手臂。母親想出一個理論，說是雪麗的母親唆使她在學校裡說我壞話。「我不知道這是不是真的。」半年之後我在日記裡這麼寫道。開始的時候我能夠想像，但是說實話，跡象也不是很明顯。我感覺自己就好像個偏執狂，別無出路，只能把頭髮紮得更緊，在學校裡穿著母親的衣服，努力達到他們的期待。當父親下班回來，他會把頭伸到我房間裡，先問他知道的那天要考試的科目成績如何，有時是等級測試或數學測驗。我一邊做作業，一邊彙報，父親滿意地點點頭。

「今天的事情不要拖到明天。」他說。我同意。我覺得自己不再是個人，「就像是個機器，往外吐成績，」我在日記本中寫道：「不按照他們說的做，我就幾乎不存在。我期待假期結束，這樣我就又有了存在的權利。」

「不是我們逼她，是她自動自發一直念書。」當家人問父母我在學校的情況時，他們都這麼說。我坐在桌邊表示同意，覺得自己被用第三人稱代替，好像我本人根本不在場。寫完《太陽再沒升起》的初稿之後，我開始寫《關於路易士》，這故事是關於一個把自己餓死的女孩；《真娃娃不哭》是寫一個心跳驟停的年輕女人，她生前的三個朋友各自悲傷；《叫我綠蘭花》是講一個母親不愛的女兒，小的時候，她有一個可愛的姑姑，姑姑綁架了她，這樣她們就可以快樂地生活在一起，三個星期之後，她們被發現，姑姑進了監獄，女孩只得回到那個無愛的母親身邊。小說的開頭女孩拒絕承認姑姑的存在，但是當姑姑開始出現在她夢裡時，她站到了母親的對立面。「我不能愛你，是你自找的。」母親說：「你選擇了姑姑，無視自然規律孩子是要愛母親的。」我把草稿發給各大出版社，等上數月，之後總會收到一份標準的拒絕信，或者顧問的意見，建議我繼續寫下去。我只有一次被邀請去面試，但是當那個編輯聽到厭食症女孩的故事不是自身經歷時，甚是失望。是的，我看起來很瘦，我同意。但是我很期待能吃任何我想吃的東西，所以很可惜，我暫時還不會得到這種病。

我偷偷地列了一張清單，上面是最美妙的女生名字：瑞秋、陽璐、萊昂諾拉、賀薇、克莉絲汀、米娜、珂拉、雅典娜、蘇兒、特莉西亞、瑪提娜、烏爾蘇拉、安娜塔西亞、麗莎、琳、杜薇克、日瑪、格雷琴。

「格雷琴！什麼爛德國名字！」我提到的時候母親笑著說：「斯高烏先生，你聽到了嗎？你女兒說格雷琴是個好聽的名字！」

「啥，格雷琴?!別鬧了！我沒聽過比這更難聽的名字！」

是好聽的，聽到就好像身邊充滿了金黃色的、橙色的波浪。我把這些名字分給我接下來小說裡的人物，還有我自己。因為等我長大，父母的規定不再算數的時候，我就不再叫克里斯蒂娜．斯高烏，可能也不再是克利斯蒂娜．斯高烏。我開始想像生活會變成什麼樣子。我住在阿瑪島上兩房的公寓裡，從來沒進過哥本哈根的兩房公寓，而且我對阿瑪島的認知也只侷限於機場，但是我想像著那裡有綠色的大道和露天咖啡，就像巴黎一樣。街道上都是希望有個家的窮小孩，其中就有六歲的比安卡，她後來搬進了我的公寓一起住。她喜歡在我廚房的桌邊坐著，一聲不吭，畫畫讀書，我坐在那裡寫自己的書。我有著沙漏一樣的身材和長長的波浪鬈髮。臥室裡有一張光亮整潔的化妝台，就像伊利諾爾的艾娜德擁有的那個一樣。那裡還有粉刷好的牆壁和吊燈，而且沒有男人。

我跟雪麗足足有一年都毫無往來。但是初二開學的法文課上，她傳給我一張字條。「我想著那些可惡的排名，把好朋友列在上面的那些。我總是把布瑞特寫第一，你第二，因為我怕你不會把我寫在第一。我怕你不像我喜歡你一樣喜歡我。所以如果你很喜歡我的話，更好，這樣我每次就可以說其實你和布瑞特一樣可愛。我知道，你很有可能因為我撒謊不想再跟我做朋友，但其實你是我最好的朋友。」

我轉過頭。雪麗坐在我斜後方，和我對視了一下，然後就低頭看著自己的手。我還是那麼熟悉它們，就好像是我自己的手一樣。如果我告訴你，我也一直在撒謊的話，你或許也不想和我做朋友了？我想。但是我只是低聲說：「你是認真的？」

她點點頭。我高興得想哭，雪麗看到也熱淚盈眶。我們就坐在那裡，坐在法語動詞中間，把眼淚抹在手臂上。第二天我又坐在她身邊，那麼近，近到能感覺到她的手臂。她笑著指著我入學手冊上的各種汙漬。

「你就是這樣，」她說：「總是修正帶還沒乾就急著寫。」

她說得對。我就是那個等不及修正帶乾、圓珠筆乾、墨跡乾的女孩。我是那個把下一行逼出來的女孩。

幾個月來，父母因為沙發的事不准我和雪麗來往，但是我們十四歲，在學校一直待在一起，最後還是會去彼此的家裡，週末去對方家裡過夜。我的注意力基本都在她身上，沒有留給其他人。有個女孩在學校操場上說她在一把尖刀上失去了童貞，又說了一些關於眼睛的駭人聽聞的事情。還有羅莎，幾個小時都用縫衣服的針劃手臂，鮮血直流，但是沒有人搭理。

那些受歡迎的群體經常在課間圍到我和雪麗周圍。有時他們交頭接耳談論我們，或者在我說什麼的時候朝彼此眨眼睛，其他時候就是薩娜或妮娜或葉普或克利斯帝安坐過來和我們聊天。每次這種時候雪麗都一副充滿希望的樣子。「你覺得他們為什麼過來？」她寫給我。我回覆說，是他們在自己的圈子裡太無聊，我很能理解。「但是葉普很可愛，你不覺得嗎？」我沒有回答。有天早上，拉斯在上課前發週六的聚會邀請。他一個人在家，所以他說要是有人有奧樂齊超市的荷蘭利口酒或者挑棒遊戲，儘管帶來。班上除了我、雪麗及另外兩個女生，其他人都收到了邀請。

「為什麼不邀請我們？」我問。拉斯聳聳肩，帶著一絲不屑。他的平頭上抹了那麼多髮膠，看起來就像雙釘鞋。

「因為你們不有趣啊，斯高烏。」他說著看向笑著的薩娜和妮娜。我看到雪麗和其他沒被邀請的女生都低下頭，紅著臉，好像她們覺得被拉斯排擠很不好意思。雪麗直接提議說，我們四個那天應該去她家看《小精靈2》和《重回藍色珊瑚礁》。

「要不然我們就得待在家裡，因為無法去聚會而難過了。」她悄悄對我說。我一點也不難過，但是那一天一點點過去，雪麗越來越沉悶，我的怒火也越升越高，想把那些笨蛋一腳踢到地上。但是我沒有，而是在課堂上舉起手，說覺得我們該聊一聊週六聚會的事。雪麗震驚地看著我。你知道你現在會變得多惹人厭嗎？她的目光說。所以呢？我才不管這些蠢豬怎麼認為。

「我覺得，你邀請全班去聚會，卻公開只有我們四個不受邀請，這是純粹欺負人。」我轉過身看著拉斯。他好像變小了，臉很紅。語文老師皺起眉頭。

「你有什麼想說的，拉斯？」她問。他低頭看著桌子，聳了聳肩。我想他應該是想鑽到地洞去吧。現場一片沉默。

「那，你今天說過我們沒被邀請，是因為我們很無趣，又是什麼意思？」我問。拉斯嘀咕了幾句，在椅子上扭來扭去。沒種！連自己說的話都堅持不了，我怎麼可能對你有一丁點的尊重？

「要是只有你沒被邀請，你會怎樣？」語文老師問。拉斯低著頭，眼裡都是淚水。他比我們所有人都更害怕被排除在外。我驚訝地感覺自己充滿了能量。

從那以後，只要有人辦聚會，我和雪麗都會被邀請，但是我還是更喜歡單獨和她待在一起。有一個星期，我們在她家過夜，她小心地問我和一個男人在一起會是什麼感覺。

「你是說做愛？」我低聲說。她父母的臥室就在隔壁。

「嗯，你知道的。」雪麗低聲說。她對自己喜歡的人有無數的話想說，但是對於實際的愛情或是那些跟身體有關的事情卻一無所知。

「反正親嘴感覺很好。」我低聲說。前幾年暑假我跟父母南下旅遊的時候，都會把頭髮放下來，化上妝，與幾個男人接過吻，同時想像著他們是另一個人。雪麗悄悄說，她跟一個男生稍微親過一下，但不是真親，她也不知道真親是怎樣的（如果我明白她的意思的話）。我側過身看著她。不知道她有沒有摸過自己？我想。她知道體內爆發的感覺是什麼樣子嗎？她白色T恤的一邊落到肩膀下面，被子踢掉了一半，所以我能看到她的腿。我唯一想做的事就是用親吻來回覆她，向她展示剩下的事情，但是我不敢。

每次她愛上一個得不到的男人（而她基本上一直都是如此），我就要聽她講述內心的悲傷。我在日記裡寫到寒假裡對數學老師的思念，也不知道沒了卡恩我又該怎麼活下去，她是電視臺的記者，我在那裡實習過一陣子。我十六，她三十，她的嘴巴又大又有表現力，一頭金髮，高高梳成一團鬆鬆的頭髮。「有一次我站在她身後，很想把手臂放到她的肩上，撫摸她的脖子或者撓亂她的頭髮。」我在日記裡還記下了她的電話號碼。萬一什麼時候會需要呢？「我多希望自己不是現在這樣。」我寫道。

「她的男人是多麼幸運，能夠擁有她，對她做所有的那些事情，不至於令人起疑。但是如果是我做的話就超級奇怪，對吧？想想看要是能摸到卡恩！我會喜歡嗎？至少這個想法讓我想入非非。我不知道我為什麼就是不愛男生，對他們沒什麼興趣。可能我是蕾絲邊，如果是的話，我該怎麼辦？」

雪麗和我都沒料到我們高中會被分到不同班，兩個人要死要活，第一天的整個午休我都在哭。新班級的女生會去希勒勒的地下酒吧，或是坐火車去赫爾辛格當地的迪斯可舞廳——苔絲夜店，也被叫做搏擊俱樂部，因為那裡會有穿著皮衣的男人；還有些女孩在吃避孕藥，跟同一個男孩固定交往了幾年。而我還是頭髮束起，不化妝，穿著母親的衣服。不知道為什麼，班上最受歡迎的四個女生竟把我劃進了她們的圈子：像電影明星一樣的卡莎，燙大波浪、眼睛大大的瑪雅，紅頭髮、笑聲很大的愛琳，還有瑪莉亞和我。我就好像是被扔進了一部電影裡，不知道臺詞也不知道劇情，感覺如此地不真實。

課堂上我坐在瑪莉亞旁邊。她美得很有趣，長長的金色頭髮，高高的顴骨，她總是用眼妝來拉長自己的貓眼，有張像蜜雪兒・菲佛一樣的嘴巴。開學第一天，我一眼就看到了她。她穿著好看的絨面夾克，袖子上是長長的流蘇，其他人也馬上注意到她，但是她假裝不知道自己多受歡迎，也可能是對此習以為常。她的父母開馬場，往來的都是會騎馬的朋友。下課時她在公共休息室裡慢慢地吐著煙圈，整個人都被籠罩住。她總是友好地回覆問題，對每個人都很好，一直在微笑，所以大家都想多跟她待在一起，但是所有的嘗試又會通通被她反彈回來。我也被她拒絕過，但還是慢慢開始看到她藏在外表下面的樣子。她學新東西很快，預習很用心，但總是把放在功課上的時間縮得短一點。當大家稱讚她的外表時，她就開自己的玩笑：她蝙蝠般的大耳朵、兩條不直的腿。要是她不同意老師的看法，就會直言不諱，就連面對那些常為此懲罰學生的老師也一樣。生氣的時候她會肆無忌憚地大罵一番，以至於大家都笑出眼淚。我們從第一天開始就笑得很瘋。

我跟這個小團體很少在校外見面，下課的時候也只討論些日常的事情。這很適合我，因為我開始把自己壓得扁扁的，塞到作業本裡，作業占據了我醒著的大部分時間。就像往常一樣，餐桌上父親母親坐在我兩邊，他們還是說我天資平平。但是我有個計畫，就是用超快的速度打破這句「天資平平」，快到他們連我的影子都看不到。要是高中畢業考能考好，我就能直接去大學裡讀文學，那樣就可以藉機離開赫爾辛格。這會是我幾乎不存在的三年，但是對我來說，只是為人生付出的小小代價。所以我對待每一門課都好像是戰士上戰場，或者世界上擁有最佳偽裝的叛逆者。我的小說沒時間寫，筆友的來信堆成一疊沒有回覆，雪麗和我在校外也越來越少見面。但是我會去赫爾辛格郊外的山坡騎單車，一週四次，一次十五公里。按我母親的運動菜單，這是身高一百八十公分的我想要保持五十四公斤所需的運動量，這樣父母永遠再也不必對我說：「吃這個不怕胖嗎？」

母親希望我記得在她上班的時候打電話，告訴她我得到了好成績。這樣廚房助手或者另一位女廚師把話筒遞給她時，她就會驚呼「啊！你考了滿分！真好！」或是「九十九分！真棒！」用的是她最高的嗓音。這聲音在廚房裡迴響，我彷彿能看到深灰色的子彈在空中，朝著她同事的方向飛去。因為我從母親那裡知道，他們家裡和我一樣大的孩子成績比我差很多。我經常想自己是不是把一切搞得更糟，因為她的同事每次接起電話，聽到是我就好像很生氣。但母親回到家的時候會心情大好，這對我最重要。

「最重要的就是你好好讀書，上個好大學找一份好工作。」父親說，我說對，然後輕聲和母親講話，晚飯之後只要一關上門我就把音樂開很大聲，當多莉．艾莫絲唱著「她是別人的女孩／或許有一天她會是自己的」和愛麗森．莫耶嘆道「誰會收留我？這裡好冷／保護我」和PJ哈維吼道「你有沒有、有沒有希望從未、從未遇見她」，聲音越來越高，越來越高，直到放聲尖叫，我身邊的色彩也越發強烈。

「你開始聽一些可怕的音樂了。」母親把頭探進來的時候說：「你就不能聽聽恩雅嗎？那首『揚帆而去，揚帆而去，揚帆而去』？」

你們什麼都不懂。我不要平凡的人生，聽恩雅的歌，做一份正常的工作，在閒暇時間裡把寫作當成愛好。我是要遠遠地離開這裡，創造一個我可以寫書、可以做自己的生活（因為上帝知道我在這裡做不到）。到那時候你們就別想著監視我的成績，我不會再告訴你們。我不會再遵守你們該死的規定，半條都不會，要是你們想要壓制我，我的反抗就會像刀子一樣，啪的一聲，刺進你們的眉心。我寫故事的時候無堅不摧，而不寫的時候，也同樣刀槍不入。你們可以愛怎麼鬧就怎麼鬧（而且我也毫不懷疑你們會鬧起來），但是十九年是我能忍受做赫爾辛格的克里斯蒂娜．斯高烏最長的年限。

每當和我的小團體一起去城裡時，我會把頭髮放下來，並換上母親的衣服。黑色的透明薄紗襯衫，裡面是長得幾乎碰地的黑色緊身衣，或者黑色的短裙，濃濃的眼妝，紅色的嘴唇。我的新朋友盯著我，說我徹底變了。

「你應該每天都把頭髮放下來，化個妝。」他們說：「這種風格跟你很搭。現在男生都愛上你了。」

是真的。但是我根本沒感覺，就好像不小心把電視轉到無訊號台，那劈啪響的雜訊畫面給我的感覺一樣。我想告訴我的朋友們，我只想坐在她們中間，喝白葡萄酒吃花生，因為能成為這個團體的一部分感覺很美妙，這些女生擁有像洗髮精廣告中一樣飄逸的長髮，帶著甜美的微笑，穿著漂亮的衣裳。我像你們一樣打扮，但是我不像你們，我想道。你們看不出來，但是我能清楚地感覺到。

高一學期中的一個週六我跟她們一起去了搏擊俱樂部。半夜一點半，其他人還在那個角落的小舞池裡跳舞。其中一人的爸爸應該來接我們，但是看起來還有得等，我對男生不感興趣，不想再被他們盯著看，所以決定一個人回家。我之前多次一個人走回家，只不過不是穿著母親二十出頭時穿的黑色漆皮高跟。那是一月，路上都是雪，但是鞋子在腳踝處有根綁帶，所以很貼腳，要是我小心一點的話，並不會滑。我一直提醒自己，小心走，看清柏油路，跳過雪堆。

還剩大概一公里就到家了。我走在大道湖因斯路上，然後轉進清冷的小道普澤惠普路。路燈昏暗，道路顯得比以往都要長，獨棟的小屋都撤到路邊，好像不想摻進來一樣。樹、籬笆或者柵欄後面也沒有半扇窗戶亮著燈。我看到一輛灰色的車，在停車場的入口處孤零零地停著，詭異地對著出口。我夜間的視力特別差，但是沒有差到看不清前座有個男人。我走過的時候，他戴上面罩，我加快腳步。在我身後，車門打開又關上，我能聽到他快速走近我，我的腿開始不由自主地加快速度。他也一樣。

還有大概半公里到家。如果我在三更半夜呼救的話，沒有人會聽到，但是我短跑的速度很快，而且我竟然一點都不害怕，只覺得體內充滿能量。我跑得很快，離地幾釐米，正是我喜歡的方式。鞋跟刺破雪堆，聲音清脆，除此之外我只聽到那個男人的腳步聲和吁吁的呼吸聲。他更近了。有幾次他差點抓住我的外套，但是我把衣服扯回來，轉了個彎。要是鞋上的綁帶斷掉，我就死定了。我在心裡祈禱父母沒有關上後門（有時他們會關），那樣的話，我就不得不踢他的頭或者胯下，不過也沒問題，畢竟我學了很久的柔道。那個男人氣喘吁吁，但是在經過那些山坡上的長途騎行鍛鍊之後，我的呼吸依舊很平穩。我能看到房子了，最後一百米衝刺，一步跳上臺階，撲向後門，是開著的。我把門甩到那個男人頭上，透過磨砂玻璃看到他的輪廓。他比我高，比我壯。

「去死吧！」我對著他的影子低聲說：「你這個笨蛋，又蠢又無能！」

我打開燈，在玻璃的這邊站定，直到他轉過身走開。我低頭看著黑色的漆皮高跟鞋，小心地解開綁帶。帶子在尼龍絲襪上磨了個洞，一直蹭到皮膚上。腳尖和腳跟上有幾處刮痕，其餘倒沒有什麼損傷。我手裡捧著鞋，躡手躡腳走進那間棕色的浴室，看著自己。我兩個腳踝都青腫著，可能沒有注意到壓了腳，半長裙上的接縫跑到了後面，但是除此之外都還好，感覺也是。我抬起頭，花了一陣子才認出鏡子裡的自己。我臉頰通紅，眼睛是湛藍色，嘴唇比平常更加飽滿。無法戰勝的女孩！我存在，我活著。

我沒有告訴任何人那晚發生的事情；如果父母知道了，就不會再讓我去酒吧，而我本身已經被約束得很緊。我也沒什麼興趣聽他們訓我，說都是我自己的責任，因為我一個人走回家時穿得像妓女一樣。漸漸地，我也得出了結論：世界上再也沒有什麼能阻止我做這些事情。赫爾辛格是我的城市，我和那個跟蹤我的人一樣有權利走在大街上，就算是半夜一點半在那條小路上也一樣，只要我需要。我從所有讀過的關於強暴和性侵犯的書中知道，我應該害怕，但是我沒有。那個男人知道我住在哪裡，能夠找到我。如果他再出現，我會給他胯下一個迴旋踢，讓那該死的面罩掉下來。在後來的高中生活裡，我一個人走回家很多次，再也沒看到他。

在酒吧，我跟那些看起來最帥或者是好像最有趣的男生搭話，但還是會忘記他們的名字和模樣。唯一介紹給爸媽的是拉瑟，他有自己的車，會邀請我去希勒勒吃自助式中餐，或者去電影院看《你是我今生的新娘》。

「媽，爸，這是彼得。」我讓所有人都震驚了一回，從那刻開始一切變得越發彆扭。他打電話約我出去的時候，我聽到自己在電話裡說最近特別忙。的確是事實，但並不是因為想他，畢竟我會想到他的時間那麼少，這段關係根本沒有再進行下去的意義。其實當親戚問我有沒有男友時，父母親也總是輕輕搖搖頭。

「沒有，克里斯蒂娜學業太忙了，沒功夫管那種事，」他們說：「但是時候會到的，對吧？」

我想讓那個紅頭髮的圖書管理員幫忙列印一些新的書單，這樣就可以讀更多的關於人格分裂、失明、精神病或者其他問題的書，但是實際上我更想讀些關於憤怒的書。母親經常提到，女性主義者是最憤怒、最狂熱的女人。要是七〇年代的費姆島[6]舊照片能作為參考的話，她們應該比我母親更自由快樂，所以我決定讀讀這方面的書。我認識的唯一一位女性主義者就是安娜-瑪麗，

6 費姆島從一九七一年開始舉辦對婦女和兒童開放的夏令營，為婦女解放運動的重要部分。

七〇年代她在奧爾胡斯的左翼黨裡有自己的人馬。去農場拜訪她和卡爾．彼得時，我仔細看了她的書架，記下裡面聽起來最女性主義的書名。有很多，但是我猜《魔女的復仇》和《怕飛》是必讀書目，所以就借了菲．維爾登和艾瑞卡．鍾的作品集。之後我又看了瑪麗林．弗侖區、西蒙．波娃，瑪格麗特．愛特伍、蘇珊娜．伯格、瑪麗．卡迪納爾、吉曼．基爾、凱特．米利特。閱讀中我跳過了一些部分，因為這些作者和我母親同樣年齡，甚至更老，他們寫的是另一個年代的女同性戀愛情關係。但是我認出了那種憤怒。我讀得越多，越明白，有其他的途徑來做一個真正的女人，不只是像我在赫爾辛格或是家裡學的那樣。一個真正的女人不需要男人或者孩子才能幸福，她可以賺自己的錢，滿足自己的需求，自由的生活，為自己打扮。她也可以不一直盯著那個美的標準，把錢和時間花在別的地方，而且不必為了家庭犧牲自己，也能成為一個更好的人。她只是父權社會下的犧牲品，因為這是男人主導的世界，女人只能管家事。實際上我母親的生活在很大程度上代表著這些被壓迫的女人，而父親則讓我想起那些好像還擁有全世界的男人。

父母親還是在警告我說寫作沒法養活人，是個沒飯吃的職業。但是上個月我的腦子裡浮現出一個想法：如果我既寫作又做書評，應該可以賺夠錢。《政治報》的文化板塊很大一部分都是書評，我知道稿費不錯，如此一來，我對未來的設想就好像注入了新鮮的動力。父母親訂不起《政治報》，但是腓特烈堡的報紙販售點有活動，可以免費看，所以我每天放學之後都跑到那裡，認真研究《政治報》。我最喜歡的書評家有個充滿異國風情的名字，叫波濤．密榭。他用詞精妙，幽默風趣，批判的時候也是如此。我想像著他是那種上了年紀的嬉皮，因為「濤」聽起來就好像是從那種愉快的集體主義生活裡來的。我很快就開始追隨他的品味，當他稱讚保羅．奧斯特的書時，我就直接去圖書館借。

我和雪麗在法語、西班牙語和數學課上都坐在一起，我在想她是不是也全心埋在書本裡。反正她好像很消沉，那些飛蛾撲火般的愛情也不再那麼頻繁，可能她現在只告訴莉斯貝斯。我問她想不想看菲．維爾登或艾瑞卡．鍾的書，或是瑪格麗特．愛特伍的《使女的故事》和《貓眼》。她只是疑惑地看著我。

「那不是些七〇年代女權作家的書嗎？」她問，我點點頭。

「還有西蒙．波娃的《第二性》，有關女性歷史地位的非常有趣的觀點。還有吉曼．基爾的《女太監》。她說女性需要勇氣和獨立才能戰勝社會給她們的角色，成為自己，但是隨著時間的推移，這種爭鬥會變得容易一些。我希望她是正確的。」

雪麗搖了搖頭。

「我覺得不是我的菜。」她說，但我還是為她寫了一張清單，上面是我最喜歡的書。最下面我還加上了保羅．奧斯特的《孤獨及其所創造的》和《機緣樂章》。我知道她不會讀任何一本。

聽偶像男團的歌是國中生才做的事，但雪麗還是偷偷在聽。有一次我在放學後撞見她，就在高中門口。她穿著一件特大的破洞T恤，上面是男團東17的照片，梳得高高的頭髮，還有一條剪了很多洞的牛仔褲。她充滿歉意地笑了笑，垂下眼睛。

「莉斯貝斯和我要去哥本哈根聽他們的演唱會。」她說。我突然覺得渾身輕鬆，原來對這些偶像沒興趣不是我奇怪，是她還在喜歡才奇怪。她接著問我，你最喜歡誰，但是就連這個問題都是敷衍的。我在回答她的時候感到一股莫名的憤怒。沒錯，我沒有給那個上週末親吻的彼得打電話；沒錯，我也不想再見到烏爾克。拉瑟？我早就和他沒關係了。我不再害怕告訴她真相，告訴她我把所有的空閒都用來想念英語老師蘇珊娜，然後害怕她會不理我。蘇珊娜比我在赫爾辛格遇見的所有人都能幹有趣，她跟我父母同年紀，我能感覺到她比我聰明，讀的書比我多。高中老師是我遇見的第一批學者，他們所受的高等教育讓我心生敬畏。我只幻想著蘇珊娜會邀請我到她在安尼瑟北部的大房子，和我談話，而且擁抱我，最好抱很久。可是我害怕如果把這些高聲說出來，就會感覺更加真實——然而光幻想一下就已經很真實了，帶著一種根本不現實的真實感。

高一期末的一天傍晚，電話響了。那時我正坐在廚房裡用我最漂亮的手寫字抄寫英文翻譯，期待著如果一個詞都沒錯，就可以得到蘇珊娜的讚美。她對我比對其他同學嚴厲，我不知道是因為她覺得我很聰明，想要給我更大的挑戰，還是因為她不喜歡我。我很害怕是後者，所以更加努力，但至今還是白費力氣。

「你接一下電話好嗎？」母親從客廳裡說。我挪到父親的座位，從牆上拿起話筒，報了名字，猜想我又要幫某個同學寫作業了。

「猜猜是誰！」那是我在腦子播放過無數次以至於嘶啞的聲音。

「伊利諾爾？」我低聲說，她說對。

「你怎麼樣？」她問。就好像我們一直都在聊天，而不是中間隔了八年，那時候我還能賴在她的身上，睡她的床。我說我上高一了，馬上就要期末考，她說她離婚後就在格賴斯泰茲跟多特住在一起。她聽起來就好像我該知道多特是誰，我可能的確也知道，因為最後一次在橡樹路拜訪她時見到的那個陌生女人一下子進入腦海：充滿肌肉的手臂，深色的頭髮，聲音低沉，目光犀利。我很想問她，多特是她的女朋友還是女性朋友，但是我不可能問這種事情，所以我就問尼基和史努比怎麼樣了。

「我離婚的時候不得不拋下牠們。」她說，就好像我們已經討論過這事情很多次。現在她和多特有五隻新的小狗，我要是去拜訪她們的話就可以看到。

「在格賴斯泰茲嗎？」我愚蠢地問。伊利諾爾跟多特還有她們的五條狗，在過去的八年裡都住在離我十分鐘的地方，我卻不知道。我在手臂上擦乾眼淚，努力保持正常的聲音，不讓她發現。

「嗯，你能坐公車來看我們嗎？」她問，我試著想像她的樣子，但是臉部還是只有一個黑洞，周圍是我清楚記得的東西：低領的針織毛衣、短髮、緊身牛仔、高跟鞋。要是我認不出她怎麼辦？我想。要是她根本不是真的伊利怎麼辦？

「你能不能先寫封信給我，裡面放上你的照片？」我跟她請求。我能聽出這個請求多麼無理，但是伊利諾爾答應了。她說立刻就寫，但是我確信她不會——我確信我再也不會有她的消息。

「是誰？」母親從客廳裡問。她的聲音更高更尖，我想說是除了伊利諾爾以外的任何一個人，但是腦子裡偏偏誰也想不起來。

第二天我從學校回來，桌子上擺著她寄來的信。母親沒有提起一句話，我也沒有，就好像沒有這回事一樣，儘管我一整天都無法去想別的事情。到了晚上，我打開信封，把照片放到書桌上。伊利諾爾穿著一件白色的風衣，站在草地上對著鏡頭微笑，手臂上掛著一個籃子，裡面有幾瓶紅酒和一盒草莓。她還是短髮，皮膚黝黑，我立刻就認出了她。這是我的伊利。我靜靜地坐在那裡，盯著她，直到確定自己永遠不會再忘記她的臉。

我從格賴斯泰茲南站下車的時候，伊利諾爾沒有認出我。我先認出了她，不知道該怎麼跟她打招呼，所以伸出了手。

「過來，你這個小傻瓜！」她一把將我拉進懷裡，我認出了她的味道。「見到你真好！」她聽起來好像真的這麼想，應該也是真的，要不然也不會聯繫我，不管怎麼說她不打電話會更省事。我打量了她一眼。她穿得很休閒，一條運動短褲，無袖上衣，一頭短髮，而且整頭都是捲髮。我們一走進她的房子，就被五條扁鼻子狗圍上，我不知道牠們的種類。時間才上午十一點，但伊利諾爾直接開了一瓶紅酒，我很感激，雖然從來沒有在這個時間喝過酒。客廳的一部分被一架黑色的三角鋼琴占據，我父母肯定會說這是不實用的東西，因為會一直積灰塵。

我想著，等我搬到阿瑪島上的兩房公寓時，可能也只用黑色傢俱裝飾房子。我看向旁邊小一點的房間，那裡有一架很高的豎琴。

「多特是音樂學院畢業的豎琴手。」伊利諾爾在我身後說：「三角鋼琴也是她的。過來看。」她指著一張黑白照片，上面是個穿著比基尼的健美運動員，留著深色短髮，就像伊利諾爾的一樣短。她帶著大大的微笑，胸部鼓起，手臂和雙腿都閃閃發光地彎著，這樣她飽滿的肌肉才可以顯現出來。

「這是多特。」伊利諾爾說：「她曾經在歐洲盃健美比賽裡得了第七名。」

我走近那張照片。這是我很久之前在橡樹路看到的那個女人嗎？幾乎可以確定是。她很吸引人，而且是一種對我來說很少見的風格。

「她還是健美運動員嗎？」我問。那都是過去的事了，伊利諾爾一邊說著，一邊在我們的酒杯裡倒上紅葡萄酒。她悄悄打量我，但我能看出來，她是在仔細地研究對面的女孩，而且對她看到的頗為震驚。我注意到自己頭上那紮成緊緊一團的難看頭髮，像抹布一樣的高腰牛仔褲，腰部一條腰帶，還有綠色帶花朵的馬甲。我甚至戴了一堆項鍊，就像桑德拉在《炎熱的夜晚》裡那樣。我實在應該穿上去酒吧的衣服，這樣會跟一個有豎琴和三角鋼琴的屋子更配。

「你一點都不快樂，是吧？」伊利諾爾問。我不知道該怎麼回答，因為從沒有人問過我的感受，所以我就回答說功課很忙，期末考馬上就開始了，高中只剩兩年，我的時間都花在念書上。我暫時安定下來，計畫會在將來復活。

「但是你感覺怎麼樣？」伊利諾爾堅持地問：「你很瘦，很蒼白。那個淘氣的孩子去哪裡了？」

我喝了一口酒，問她這些年都跑到哪裡去了，她看起來鬆了一口氣，說很高興聽到我還是那個口齒伶俐的小女孩。

「因為你一直都是這樣。」她說：「真是個淘氣的孩子。」

「我那時候很想你。」我說。聽起來太不經意了，而且「那時候」根本不該出現在句子裡，可當我想組句子的時候，詞彙都亂七八糟。我發現自己在這方面根本沒有任何練習，不知道該怎麼表達這些情感。伊利諾爾清了清嗓子。

「你父母怎麼樣？」她問，我也清了嗓子，說還好。

「你爸是個控制欲很強的人，對吧？」她嘗試著說：「還有你媽……」

我點點頭。

「他們還是如此，」我說：「控制欲強。各有各的方式。」

「但是你媽不像你爸那麼強？她不是更……怎麼說呢……」

「不，表面看起來是這樣。」我說：「實際上她控制著一切。」

我的話飄在空中，好像一個火箭炮，炸成煙花。這就是事實。我的母親看起來很軟弱，但是她比父親控制得還要多。伊利諾爾打量著我。

「我不知道該不該告訴你這件事。」她說：「但是這些年，我給你母親打過很多次電話，問她我能不能跟你重建聯繫。我都是上午打，因為我猜你在上學，如果你母親不希望我們聯絡的話，我不想闖進你的生活。結果她的確不想，通常就是直接掛掉。但是現在你也大了，對吧？十六歲了？」

「再過三個星期就十七。」

我想知道她是在說真話還是假話，但是看不出來她為什麼要說謊。

「你也可以趁我在家的時候打電話。」我說。這樣我就會知道你沒有忘記我。我就不會覺得自己被拋棄，一直自問到底做錯了什麼。但是伊利諾爾搖了搖頭。

「我需要尊重你母親的決定。」她說著從包包裡拿出一根香煙，也給我一根。走廊裡的狗開始叫，然後我聽到了記憶中那個深沉的聲音。是多特，她走進門和我握手，人還是像照片上的那個健美運動員一樣，只是穿著寬鬆的衣服，並沒渾身抹油。我覺得這樣更好，我感覺她彷彿一眼就看穿我，不過不是用那種讓人不舒服的方式。

「終於能好好地跟你打招呼了。」她說：「伊利經常和我說起你。」

「是嗎？」

「當然了。要不然呢？」

她撫摸著伊利諾爾的後背。只是一下，但還是足以讓我明白她們的關係。我從來沒有坐在兩個確定是情侶的女人面前。

「我和你其實在伊利諾爾離婚前見過一次面。」多特說：「我不知道你記不記得？你那時候是個淘氣的小鬼，口齒伶俐得很。」

「對，你可是個火藥包。」我只希望她們別再拿那個小女孩和我相比。我這一生中擁有的比較已經夠多了，而我唯一的經驗就是，我不會贏。

「還有一件事。」伊利諾爾說著去給多特拿紅酒杯。「我不知道你還記不記得市政府的那個女人，總是會來看我們。我對她說過很多次，你應該從那個家裡離開，因為那很明顯……」

她攤了攤手。

「你沒法好好長大。你被管教得太好了，父母完全地控制著你，你不習慣被擁抱。當我終於抓住你抱你的時候，你又想一直抱住不放，還記得嗎？」

我的記憶力比你想像的要好，我想道。但是聽她把所有的話大聲說出來，我還是很震驚，我這些年就是這種感覺。我點點頭，所有這些不是我在空想，伊利諾爾也這麼看，我的這些經歷是真的。

「我沒有機會得到你。」她說，我的心跳得更快了。多特在我的酒杯裡倒滿酒。

「你想要我的撫養權？」我問，伊利諾爾點點頭。

「當然想了！」她說：「但是你們家簡直無懈可擊。你們有錢，一切看起來完美，現在肯定也是這樣。你的詞彙量很大，學校成績很好，穿著完美。你一直是完美的，會去南部豪華度假，玩具很全，然而我……」

她上下打量著自己。

「不幸福的婚姻，即將離異，居所不定。我根本沒機會，但是你該知道，我努力過。」

「你不會對我撒謊，對吧？」我問。多特看起來被逗笑了，或者這就是她聽人講話時的表情。我需要更了解她才能看出區別。

「不會，我為什麼要撒謊？」伊利諾爾說。我也不知道為什麼，但是我能清楚地聽到母親說我太天真，心直口快，應該要知道沒有人想讓我好。多特從光碟架子裡抽出一張黑白封面的CD。伊娃·道葛蘭的名字寫在最上面和專輯名的下面，《自由世界，1989》。

「你知道她嗎？」她問：「這首歌？」

我搖搖頭。這時一股深紅色的音樂湧進身體，是一個像多特一樣深沉的女聲。歌是用瑞典語唱的，唱一個天使對她講話，就好像她夢想中對自己的愛人講的一樣。我豎起耳朵，如果我沒聽錯的話，伊娃·道葛蘭沒有提到半次男人。

「她是對另一個女人唱的？」我問，多特點點頭。

「你覺得怎麼樣？」

我不知道她是說這首歌還是說伊娃在對另一個女人唱歌，所以我就說，很美，就好像艾莉森・莫耶，多特知不知道她？她把全部的注意力都放到我身上，我不知道自己該往哪裡看，所以又拿起一根香煙（儘管我不常抽），任由伊利諾爾把我的酒杯添滿。她們能感覺到我就像她們一樣嗎？我想。就像我母親說的，會有一些訊號，只有其他女同志才能接收到？或者是真的，我們跟別人的氣味不同？

「你不喜歡看別人的眼睛，對吧？」多特問，我說我只是不習慣。「不習慣，但不是不舒服。」我本來可以補充說明，但是又覺得此刻不說話就已足夠。我跟她們談論起很多別的事情：托爾金、轉世、好聽的女孩名字、多特在哥本哈根住過的地方，她的一位前女友的名字很有魅力叫克拉爾。我時時刻刻提醒自己，說得夠多了。我很享受多特像對待同年的人一樣和我說話，儘管我比她小很多。多少呢？我算了算，小二十歲，比伊利諾爾小三十五歲。我從來沒有跟成年人進行過平等的對話。

「你是個被束縛的女孩。」伊利諾爾的話一下子把我拉回那個快十七的身體裡。「你很不自然。我能看出你根本不快樂。」

有可能，我想，但是如果我們繼續談論這件事的話，只會更糟糕。如果一切太過真實，只會讓我更難活過這兩年。當我要回家的時候，伊利諾爾和多特抱住我，我想要掙脫時卻被抱得更緊。然後，我消失在她們的擁抱裡，保證會再來看她們。她們問我確定嗎，我點點頭。

「我是你的第二個母親，一定要記得！」伊利諾爾說，好像我曾忘記過似的。回家的公車上，我因為喝了那麼多不常喝的紅酒，抽了不常抽的煙，眼前盡是重影，但我還是看到一個穿紅白格夏裙的女人坐在前面。她留著齊耳短髮，絲襪後面畫著一絲黑線，一直連到那雙紅色的漆皮鞋裡。她站起來的時候看了我一眼，我立刻就認出了她，那是我和母親很多年前看到的變裝癖。我想要站起身追上她，但是身體不聽使喚，頭還沒轉過來，她已經不見了。

第二天我問母親，為什麼沒有告訴我伊利諾爾在過去的八年內打過那麼多次電話，母親只是搖搖頭。

「她根本沒打。」她說：「她說謊。」

「但是她為什麼要說謊？」

母親看著半空，說還是不知道的好。我說她的女友叫什麼名字？多特？

「太違背自然規律了。」她說：「我一想到就覺得噁心。」

「媽的，我為什麼就是跟別人不一樣？」我那天晚上在日記裡寫道：「我能再去看伊利諾爾和多特嗎？我的父母這麼痛恨蕾絲邊，他們會禁止我再去嗎？」

父母親和我只會在要去遊樂園、劇院或逛徒步區商店街的時候才會去哥本哈根，也就是說一年一兩次。後來去的時候，我在街上的影碟店買了伊娃．道葛蘭的《自由世界，1989》。剩下的高中時光我都悄悄地拜訪伊利諾爾和多特。我沒法放學之後去，因為父母親要是知道我去了哪裡，這個答案會讓我下地獄，地獄裡滿是哭聲。坐公車的錢也是個問題。只要我買東西，父親還是對我每個星期剩的錢瞭若指掌，而且我要照顧學業，不能去打工。有幾次我說要去拜訪小團體裡的朋友，那個住得最遠的，所以車票跟去格賴斯泰茲一樣貴，其他時候我就說要去山坡那裡騎自行車。那個時候還沒有電子郵件和手機，父親會從室內電話上查看所有的來電，所以我不能提前給伊利諾爾和多特打電話。我也不能借別人的手機，因為我覺得自己還沒有信任某個人到這種地步，把他們牽扯進來。有幾次伊利諾爾和多特不在家，但是通常都會在。我從沒告訴過她們，為了來一趟我要付出多大的代價。

「就好像你是在一個人打造的童年裡長大的。」某個週六瑪莉亞說。我們在我家裡寫了一整天的故事，她留下來吃晚飯。我爸媽親做了英式牛排和紅酒，就像他們往常週六會做的一樣，瑪莉亞和我則是被分配到漢堡、牛奶還有雪糕，這些是我從小就在週六吃的東西。但我們現在十八歲。

「我更想吃英式牛排和紅酒。」回到房間時瑪莉亞說：「嗯，但吃兒童餐也更溫馨一些。」她補充道。

但是你說得對，我想。這就好像我還是個十歲的孩子。十歲，待在隔離監獄裡。晚飯的時候，瑪莉亞和我父母用一種很專業的方式交談，就好像在滑雪道上轉彎一樣應對自如。每次他們說了什麼，她都會笑，然後像個大人一樣禮貌地回答，殊不知我母親坐在那裡想把一切能挑出的毛病都放到一起，而世界上最優秀的偽裝叛徒就坐在旁邊，想記下所有談話技巧。我知道我必須快點學會。這些技巧對我母親不管用，可是當我搬出去，想要有自己的圈子時會對別人有用，但我永遠也不會把這些朋友介紹給母親。這個念頭在我腦子裡蠢蠢欲動，這麼多年來都一樣。我能跟我想要的任何一個人做朋友，公車上的那個變裝癖也可以（如果她願意跟我做朋友的話）。我不知道我怎麼能跟其他人相處的那麼親近，近到可以跟他們談起重要的事情。我想我如果不讀文學，而是心理學的話，可能就會知道答案。我無論如何也選不出另一個讓母親如此不感興趣的專業，這本身就是個好理由。

瑪莉亞盤腿坐在我的床上，看著我白色的書架，上面是剛掃過灰的書和一些小東西。

「我很喜歡你家。這裡的東西都很整潔，」她說。「就是很安寧有序，不像我家。」

她可以抽煙、喝酒、去酒吧，只要她想要都可以。她也有留下過夜的男友，能自己選擇朋友，父母不會控制她的零用錢或者檢查來電，一直都想要知道她人在哪裡。我覺得自己就好像躺在保溫箱裡，透著厚厚的、隔絕了所有聲音的玻璃看著她。

「而且你媽也很好，不但為我們做午餐，還拿茶和杏仁牛角麵包出來。好奢侈喔！」

我好像看到一個帶餡的牛角麵包在整個屋裡爆開來，糖和油膩膩的麵皮從貼著花壁紙的牆壁上滑下來。還有半年我們就高中畢業了，而且跟你相反，我從來沒有自己去買過菜，或者煮飯、洗衣服、烤牛角麵包；我也不知道一公升牛奶多少錢，或者該怎麼付帳。我毫不懷疑父母親會繼續這樣對我，即使開始上大學也是一樣。可能不管他們活多久都會如此，因為母親的生命裡除了我沒有別人，我來到這個世界上就是為了讓她開心或者努力以此為目標。她和父親都覺得我不可能搬走。你知道當他們發現我有其他計畫的時候，會變成怎樣的一個地獄嗎？

高三期末的一堂數學課上，雪麗遞了一張字條給我，上面寫著「你畢業了想幹嘛？我想要去西班牙上語言學校，之後去商業學校裡讀西語，然後搬到哥本哈根去。」我回答說我畢業後直接開始上心理學。我沒寫我想把名字改成萊昂諾拉或者克里絲汀，因為赫爾辛格的克里斯蒂娜·斯高烏好像一件洗後縮水的毛衣，只有保溫箱裡的寶寶才能穿上。「我們可以在阿瑪島上找間三房公寓，一起住？」我寫道。她看著我，就好像那次在法文課上一樣。她寫道：「好！」我能在她的香水裡聞到睡蓮的味道。卡夏爾的伊甸園，她整個高三都在用。我想要告訴她我愛她，希望我們之間的距離馬上就能消失。只是現在的我幾乎不存在，而且從五年級開始就對她撒了謊。這種話會把赫爾辛格的克里斯蒂娜的嘴巴撐炸，會變得血腥，我做不到。所以我就寫我們日後再談。

高中畢業考的英語作文，我在本應分析小說中那個對女兒前途有宏大計畫的母親的地方，寫下擁有一個我拯救不了的母親是如何痛苦，我已經努力了十九年。我寫道，這個考試結束，我就要把人生打包。我心中有些希望可以把母親帶著，到哥本哈根給她一個更好的生活，因為上帝應該知道，她一直在赫爾辛格被隔絕起來的監獄裡。但是一切都表明，這種隔離是自我選擇，我不得不獨自前行。

我看了看高中的教室，同學們坐在那裡，為想出答案而大汗淋漓。緊張的汗味刺痛我的鼻子。三年來我用盡全力想讓蘇珊娜喜歡我，但她還是只對我格外嚴厲，她經常在課後把我叫過去，這樣我們就可以討論我的小說或者短篇分析，她經常不同意我的觀點，所以總是會寫下大篇的反對意見。我還是不知道她是否喜歡我，但是至少我的英文寫作漸漸地變得跟母語寫作一樣好。用詞非常靈活，就像玩弄指間的一塊黏土。我知道她會討厭我今天寫下的一切，但是出乎我意料的是，我竟覺得最重要的是把這些話寫下來，並不在意她的意見。

結果，我在英語作文這項得了最高分。畢業晚會上，我穿著母親為我縫製的高開叉的緊身紅裙，就好像是穿上另一層皮，一層更漂亮的皮。裡面是我的第一件集中型內衣，腳上是母親的金色涼鞋。我蹲到蘇珊娜座位旁邊時，腳背處緊繃。我告訴她她是我見過最好的老師，這是事實。我們這三年來幾乎對一切事物都抱持不同意見，但是她激發了我的潛力。

「我想像你一樣出色。」我說。她笑著，把灰色的短髮理到耳朵後面，就像她驚喜的時候經常做的那樣。她的眼睛在鏡片後面看起來像三角形。我想要努力記住她的臉，這樣就不會在記憶裡像伊利諾爾的一樣變成一個黑洞。

「你比我在你這個年齡的時候聰明得多。」她說著把手放到我的脖子上。著了火。

「我不相信。」

「是真的。」

我希望她永遠不要把手拿開，但她還是拿開了。很快她就會完全消失，我可能再也不會見到她。當我把學生帽遞給她，請她簽句留言的時候，手都在發抖，我很高興她沒有發現。

「嗯，我非常樂意。」她說，聽起來好像是真心的。她坐了很久，想了又想。「我想給你寫點特別的話。」她說。是嗎？「你的未來沒有極限。」她最後用斜體字寫道，我也慢慢開始擅長寫這種字體。她把帽子還給我，站起來的時候才發現自己的腿在抽筋。

「我是真的這麼想。」她對我微笑。所以你喜歡我！我的內心洶湧。第一次感覺到另一個人真正地看到了我，不是像伊利諾爾看到的那個小時候的我，而是當下的我。

分離度

母親去世一年半的紀念日，我坐在出版社舉辦的晚宴上，在東橋的一家餐廳裡跟男伴聊天。他和坐我們斜對面的作家一起寫恐怖小說，那個人的手機好像比今晚的聚會更有意思，他偶爾會從手機上抬起頭，靜靜地聽我們講話。每次我的男伴說些什麼，他就在那邊點頭，讓人毫不懷疑兩個人的角色分工：一個默默觀察，一個口若懸河。

「跟我說說你現在在寫什麼。」男伴說，好像我保證過會跟他彙報一樣。我之前也跟他聊過天，喜歡他不管講多麼小的事情都帶著誇張的手部動作。也是因為這個，我才坐在他的身邊。

「又是一本犯罪小說嗎？」他問，遞給我一個頗有魅力的眼神。跟我相比，那些喜歡男人的二十多歲小女生肯定更吃這招。他如果沒意識到這點，效果應該會更好。

「我從來沒寫過犯罪小說。但是我在所有的書中都加入陰謀和懸疑的因素。」我說。「現在寫的這本也是一樣，只是比其他作品要少一點。」

聽起來多麼輕巧啊：「現在寫的這本」，好像文字從我的指尖飛出來一樣。

「題目叫什麼？」他問，我說叫《分離度》，但是還可能修改很多次。我也希望會修改，因為這個題目有點拗口。當我分享給社群網路上的粉絲時，他們都聯想到了六度分隔理論還有《格雷的五十道陰影》。我自己倒是為終於擺脫了《空椅》和與之相應的空白檔案而高興。

「我覺得你的書我好像一本都沒讀過。」男伴說。談到這個話題，為了避免他不知道一位作家有多討厭聽到這種話，我舉起酒杯，說彼此彼此。這是實話，但他的心情似乎並沒有愉悅起來。

「回到我在寫的這本書。」我不禁往後靠了靠，因為他整個人都倚到了我面前。「我的母親在一年半前過世了，我現在在寫一本關於成長、關於我們的母女關係和我初入青春期的書。我覺得自己沒有接受到她的愛，而且她不接受我同性戀的身分，我們好些年都沒見過面。」

我最初的計畫就是寫寫成長過程中的趣事，因為沒辦法再忍受完全回到過去。但是我對現在的描述越多，就越缺乏對過去的刻畫。所以幾個月以前，我深吸了一口氣，又潛入一切的根源。開始的時候我一次只能寫十分鐘，然後就得站起來，呼吸點新鮮空氣，查查郵件，看看網路新聞，對艾娜德抱怨一番，但是現在我能一口氣寫幾個小時。

「不愛自己孩子的母親。一個有趣的話題。」男伴說。我準備好了他要提出一些讓我不適的問題，毫無保留地說出自己的意見，因為那是他一貫的作風。我已經看過他把好幾個人都講得臉色鐵青，但是我對自己說，如果我連他這個像保鮮膜一樣透明的人都承受不了的話，就更不可能承受下一次的新書發表會。

「寫這個話題的不多，對吧？」他問。我回答說，很多故事都寫過這個領域，還有很多描寫真人真事的作品也是圍繞這個話題展開，但是我希望我的這本可以受到不一樣的解讀。就我的經驗來看，那種把事實照搬到書頁上的著作，很多都被嚴重地高估了。我現在做的事情，就是對事實進行藝術加工。

他又往杯子裡倒了些紅酒，動作變得笨拙起來，可能已經醉得不行了。他向後靠到椅背上，清了清嗓子。

「我給你提個好建議。」他說。我想起過去的十五年裡，有無數男人對我說過這句話，剛開始我以為是因為我年紀小，但是對面的這個男人只比我大幾歲，出書比我晚了十年，而且是在和我完全無關的另一個領域裡出了數量比我少的作品。但是我注意到，他剛剛提到了自己的三棟房子還有巨額開銷，所以賺的肯定比我多。之前他還給我提了一個絕佳的建議，要我別再去讀自己作品的文學評論。他說評論不是寫給我看的，而是給讀者看的。關於這一點，他的話絕對正確。

「說吧。」我心裡只希望自己的笑容不會太僵而讓他察覺到。

「對，如果我是你的經紀人，我會建議你盡量少描寫你是蕾絲邊的部分。」他說：「把同性戀的故事放到一旁，讓關於母親的故事做全書的焦點，這樣你的書就能熱銷。」

他伸出手，好像從空氣裡抓住了一個點子。

「我有個完美的題目給你，」他瞇起眼睛說：「你的書該叫《母親》。」

他把這個詞說得很重，就像那些和母親的關係出了嚴重問題的人通常會說的那樣。我想起之前有一次，我要接受一個大報的採訪，談《罪人剪影》。那是出版的前幾天，也就是文學評論出版的前幾天，我特別緊張，每天都化上濃重的妝，像戴了張面具一樣走來走去，還想要說服艾娜德一起搬去一個沒有手機訊號的地方。那個記者比我大不少，開口第一句話就是她對我的書很失望。我的心怦怦地跳，耳朵裡都在嗡嗡作響。如果所有人都像她一樣怎麼辦？

「這是個同性戀的故事。」她說：「你應該知道，讀者唯一感興趣的，就是你們怎麼做。」

「做什麼？」我問，雖然心裡明白她在說什麼。

「蕾絲邊怎麼做愛呀！」她說：「書裡是不是少了點什麼？這是讀者唯一想知道的事情，書裡卻隻字未提。」

我可沒說過自己要寫的是個同性戀的故事。就我所知，我寫的是一個哥德式的家族恩怨故事，有清楚的同性戀主題，還有更清楚的變性主題，而且我並不覺得赤裸揭露蕾絲邊的生活是我的責任。我說完之後，她指著面前桌子上我的小說。書頁捲了起來。

「但是封面上明明有一座尖頂塔，」她說：「尖頂塔！老天爺啊！佛洛伊德沒有白活吧？」

封面上是一棟建築的影子，我盯著那張圖片，想到如果她在採訪中把我寫成一位同性戀作家，為了同性戀群體寫同性戀小說，而且根本沒有顧及異性戀群體的好奇心，我的目標讀者應該會消失百分之九十。我可以請她離開，但是這次採訪很重要，而且報社也不會派另一名記者過來，所以我說我還太天真，寫不出蕾絲邊的情愛小說，我們還是開始採訪吧？

「我知道，寫有同性戀話題的書有一定的風險。」我對男伴說，他點點頭。他是一個幸運的男人，皺起眉頭、板起臉看起來十分聰明的樣子。

「非常大的風險。」他說著往自己的酒杯裡又倒了些紅酒。「一觸即發的危險。」

「對，我的書可以被看作一個純粹的出櫃的故事，或者一本同性戀小說。」我說：「但是我沒辦法遵循你的建議，把這個話題放到一邊。我是同性戀這件事，是我與母親的故事如此結局的原因。要不然我還能寫什麼呢？」

「除了這個，隨你寫。」他說。「大部分人要能夠和你產生共鳴，不然就不會買你的書，但是跟這個話題怎麼產生共鳴呢，對吧？」

他看著我，很久沒說話。他的眼神有點飄。

「我應該來做你的經紀人，」他說：「真的。你要是有正確的指導，肯定會成為出版社的下一位著名女作家。我是認真的。」

但是你沒讀過我的任何一本書，我想道。這讓我想起之前男作家們一次次提到要做我的經紀人，因為他們能管好這堆爛攤子。

「你是副業開經紀公司嗎？」我問，他說沒有，但是快就能開一家。實際上他真的有這個打算。他十分謙虛，說自己有豐富的賺錢經驗，而出版合約的條件也很棒，所以他願意特別為了我，好心幫我交涉下一份合約。然後我就等著看好戲吧。桌子那頭他的合夥人發出了挑釁的笑聲。

「你對這個行業來說，態度不夠硬。」男伴說：「我拿百分之二十，這個價很合理。你會得到一份更好的合約，我當然還會在寫作過程中給你提供專業建議。」

後來我晚上把這件事告訴艾娜德的時候，她皺起眉頭，就像她平常覺得別人噁心時那樣。我任自己躺到我們的床上，被子上是她的味道。

「荒漠徒步永遠也不會終止。」我說：「我有個文學碩士文憑，寫過五本小說、兩本童書、幾百篇文學評論，還編過一部女性主義文選。對，讓我們把一切履歷都算進來。我還真是應該感激他，因為他願意給我專業的指導意見，然後拿走我百分之二十的收入。我以為我在印度寫作那段日子已經是人生低谷了，但是跟這個男的相比那簡直就是珠穆朗瑪峰。我不會去寫一本戰術性的書，把一切可能被誤讀、能縮小讀者範圍的因素都避開不寫。是的，如果我的書被解讀成一本單純的真人真事改編的同性戀小說，一個出櫃的故事，很不幸；但是更不幸的是變成了一本失真的、編出來的書，像他建議的那樣。我有一個重要的故事要講，我要麼把它如實地講出來，要麼就乾脆放棄。」

艾娜德掀起半邊被子。她那白皙的皮膚我怎麼看都不夠。

「最後一句不可能發生。」她說：「你在書房裡寫得那麼起勁。但是我有一個好主意，與把書名取作《母親》，我願意提供我的專業建議，而且是免費的：不如叫《母．情》，又像「母親」，又強調了感情，一石二鳥，很聰明吧，你覺得怎麼樣？」

天花板上的風扇慢慢地轉著。

「我跟你說，如果我之後又想寫一本自傳性的書，你答應我，一定要攔著我，」我說：「再也不寫這種書了。這是我經歷過最折磨的事。」

「你所有的書都是最折磨的事。」艾娜德說。她說得沒錯，但這次還是比以往折磨。我轉過身，側躺著。

「我好像在哪裡看過，有三分之一的丹麥人都夢想寫一本書。你覺得呢？三分之一！他們根本不知道自己幻想的是什麼樣的地獄。」

「不知道才幸運啊，要不然他們早就放棄了。」艾娜德說：「認識了你之後，我所有關於寫書的幻想都破滅了。」

這些年，我們倆一直住在腓特烈斯貝市中心的這間明亮大公寓裡，窗外是一條綠色大道，一覽無遺。面朝大道的兩個大房間我們裝潢成辦公室，中間隔著一間帶凸窗的房間。這樣艾娜德可以採訪科學研究員，聽她那些辛巴威大草原或巴西雨林的音樂，同時那些鳥叫聲、蟬鳴聲和動物的各種吼聲也不會打擾到我寫作。我寫作時聽的一般都是新古典樂曲，鋼琴或者大提琴，這種音樂能讓我的心平靜下來。遮住窗邊牆壁的書，還有樓下無聲的車流也有同樣的功效。但是每天早晨，當我關上門，打開音樂的時候，還是得在雪白的焦慮中掙扎出一條路來，它們讓我眼花繚亂。我看到母親那責備的眼神，害怕父親讀了我寫的東西，會撒手不再管我。我努力去想像母親那乾淨的靈魂，但並不是每天都能找到所需的平和繼續寫作。

「這是你的故事。」艾娜德說：「你可以對它做任何事，如果你想分享，那是你的決定。不是你爸的，也不是其他任何人的。」

但如果我真的被看成一個同性戀作家，寫同性戀書籍，而且都不是那些真正的情愛書籍，我該怎麼辦？如果我的家人知道我寫出這些私密的對話，大發雷霆，我的朋友也根本沒法從我的描述中認出自己，怎麼辦？是的，那樣的話我連他們也會失去。不過我肯定會失去他們，因為我在放假的時候也在寫書，沒有一天閒著。一開始是停止回郵件，然後連手機都不看了。休息時，我走到廚房去煮咖啡，艾娜德從自己的房間裡走出來，想再泡一壺茶。那琥珀色的「金色草原」，或者那強勁的薰香「雲南」。

「你得看看我今天在湖邊拍的照片。」她說，然後回房取相機。

「是紅嘴鷗嗎？又欺負鶺鴒了？」

「不是，看這隻蜜蜂。」她說。然後螢幕上顯示出一隻大肚子的蜜蜂。「牠的翅膀這麼小，怎麼能飛呢？多不可思議，是吧？」

「看起來多柔軟呀。」我說。這是我常給她的回應。這些年裡艾娜德給蜜蜂拍過上百張照片，各種姿勢的都有，背景裡有花的、沒花的，翅膀上帶花粉的、沒帶花粉的。

「然後還有這隻知更鳥。」她說：「我幫牠拍了好多照片，但是這張是最好的。」

在我翻看她的知更鳥寫真集時，她一邊跟我講述奇妙的科學界的最新發現。研究員們用核磁共振成像掃描了一條死掉的鮭魚的大腦，發現問它不同問題時，大腦產生了活動跡象。這明顯地證明，人們很容易過度解讀核磁共振成像的結果。然後一個叫東．部澤爾的男人發明了一門新的語言，叫多瑞泰克，完全由松鼠的聲音組成。

「過來，你得聽聽這個。」她把我拉進她的奇妙屋，一間擺滿了描述各種奇怪話題的書籍、動物標本、天文望遠鏡、相機和各種不明用途的小玩意的辦公室。各種嗅探的、滾動的、滴答的多瑞泰克聲音充斥著房間。我笑得眼淚都出來了。

「你的平板電腦怎麼了？」我問，確信自己剛剛看到一隻馴鹿在螢幕上走過。艾娜德看起來有些不好意思。

「唉，我沒辦法說謊。」她說：「我正在看挪威北部的馴鹿遷徙直播，有一隻剛剛流產了。我跟你保證昨天晚上肯定有好戲發生。」

沒有你，這人生就沒有意義，我想道。我一百年也寫不完這本書。

我暫停了書評工作，取消了僅有的幾次約會，這樣就可以每天寫書，從清晨到半夜，但也同時害怕自己被朋友遺忘，被世界遺忘。可能等這本書終於寫完了，該出版的時候，所有人都對它滿不在乎；可能我正在把自己寫到永遠消失。有些日子裡，恐懼讓我眼花繚亂，結果一整天都在一個段落裡打轉，我拍打著腦袋，怪自己不是湯瑪斯．曼，寫不出不需要改的書稿；也不是我認識的一位犯罪小說作家，書一年一本地出。其他的日子裡我能寫出一頁、兩頁或者三頁，然後到了吃飯時間爬到廚房去找艾娜德：她給我做飯，聽我抱怨。

「我爸到目前為止聽起來完全不是他。」我說：「那些引述的話，會讓他像得了自閉症。」

「他沒有得嗎？」艾娜德問，然後把雞肉炒飯擺到桌上。

「沒有，我不知道他得了什麼。反正他是想要孩子的，我知道我是他心願的產物，所以不想讓他難看。」我說：「我也不想忽略我媽的投入，那些讓我健康長大的事情：我必須得喝的牛奶、不能吃的糖果。她削的胡蘿蔔、做的便當，還有每天早上為我擺好的暖和衣裳。而她做過的那些能被解讀出一千種意思的事情也得在書裡。要麼她就是個天生的小說人物，要麼我的讀者就會像我一樣，被所有的猜測遊戲搞得垂頭喪氣。但很明顯，我害怕的是後者。」

我把頭埋進手心。

「最糟的是，我能清楚感覺到那個家有多令人窒息，我又有多害怕他們。」我說：「這一點我早就知道了。我不擅長遺忘，但是現在一切都更加逼真。」

而且也應該如此，因為我最近一直都活在過去，馬上就要啃完那兩千頁的日記，還有雪麗和我的書信，一堆堆的舊信件和我青春期寫的四本小說手稿。

「我記得，我爸幫忙校對了所有的稿子。」我說：「那本《叫我綠蘭花》。自己十六歲的女兒描寫一個沒得到母愛的小女孩，寫了三百頁，他卻不擔心。真是誇張。」

「他們是瘋了，親愛的。」艾娜德說：「但是我很期待讀你的新稿子。」

到目前為止，我只為她讀過個別片段，因為結構還沒有打好，好幾幕都還沒設定好場景。

我太追求完美，不想把所有的瑣事都告訴她。最簡單的方式當然是從頭開始，按時間順序寫，然後結束於母親的離世，但是這種類型的傳記和自傳我讀過上百本，一些是名人，一些不那麼有名。我自己絕對沒有野心去寫一本封面印著我照片的回憶錄。在之前的小說中，我已經發展出了一個風格，在一系列的故事中穿插著描寫現在和過去，希望在這一方面有些進步，現在我在新書中也嘗試如此。

「但是對過去的描寫比我計畫中的多得多，我不知道該怎麼辦。」我對艾娜德說：「我可以把它們分開寫，但是分開又好像沒什麼意義。」

「我知道你不按自己的計畫來就不舒服，但是不妨嘗試用最順其自然的形式，把手稿先寫完，然後你可以再看一切成不成立。」她擔憂地看著我。

「有點沉悶。是我看錯了，還是你要開始寫一段難的？」她又說。

我點點頭。

「最難的一段。最難的之一。我得做個深呼吸。」

艾娜德看起來要被逗笑了。

「跟這個時候的你住在一起也算是一種經歷。」她說著又往杯子裡倒了些水。「你經歷了所有階段。就像昨天，你坐在餐桌前，透過門牙縫往我臉上噴水，好像五歲的孩子。現在你又悶悶不樂了。等你這本書寫完的時候，我可不會難過。」

「我也不會。」我說著朝自己的辦公室點點頭。

「我還是繼續寫吧。在哥本哈根的第一年等著我呢。」

高中畢業考的那一年，在考完之後的二月底，一個陰暗的下午，我推著自己那輛紅色的越野自行車走在商店街上，感覺到自由，但這種感覺對我來說仍然是陌生的，我也常把它和焦慮感混淆。我把頭髮染成了像母親一樣的深色，然後剪了看起來很聰明的劉海，像這種颱風的天氣裡，劉海會垂到眼睛前面。嘴唇和指甲上都是香奈兒的深紅色，眼睛則被黑色的睫毛膏覆蓋，我能聞到自己的新香水裡的柳丁花和香草味，香水瓶造型是粉紅色女體，在麥格辛商場的香水專區買的。那裡香水太多，我的手腕和手臂根本不夠用。新的高跟靴子磨著腳跟，但是這也不錯，因為疼痛可以時刻提醒我它們有多「墮落」，就像一架閃著光芒的黑色三角鋼琴，或者伊娃．道葛蘭的音樂。那緊身夾克和低胸連身裙是我在H＆M找到的，那裡的衣服種類比赫爾辛格的貝蒂娜時裝要多很多：緊身長褲、各種剪裁的裙子、迷你裙，還有西裝套裝。

路過的男人女人都頗感興趣地打量著我，但是我無法認真回應他們的目光，因為他們會直接看穿那個頭髮紮得緊緊的克里斯蒂娜，我三個月前還是她。現在的我是萊昂諾拉，至少有一點點像。這個名字感覺如此新鮮，我還沒有告訴任何人，因為那樣魔法可能就會消失。我想念蘇珊娜。自從畢業之後我就在想她，我想要寫信問她要不要再見一面？但是這些都得等一等，等到我有更多東西可以向她展示的時候。要不然她怎麼會想要在我身上花時間呢？

結果，我被心理學系直接錄取了。整個暑假都住在外婆家，在科靈的幼稚園打工（安娜－瑪麗是那裡的所長），但是大學九月就要開學了，我還沒有在哥本哈根找到住的地方。這個系主要是講方法論和科學理論，有一群夢想著成為心理學家的學生，就像我一直夢想著成為作家一樣。我從一個熱愛這門學科的人手裡奪走了這個位置，這是多麼徹底的錯誤。

開學第一天，我就找到大學的電腦中心，通過數據機連接到網際網路。那是一九九五年，之前好幾年都有人在寫關於虛擬世界的文章，但是我在這個領域誰都不認識。我申請了一個電子信箱，十分激動，看著自己寫下的文字正以光速傳出去，這感覺就好像純淨的自由，儘管接收者我一個都不認識；但也或許正是因為如此，我才感覺到自由。我還找到了很多默片明星的照片，有露易絲・布魯克斯和寶拉・奈格莉，還有電影明星，像維若妮卡・蕾克、葛麗絲・凱莉和《雙峰》裡面的奧黛麗。圖片很模糊，但我還是把她們都列印了下來，這樣就能把她們帶回家，給我想成為的萊昂諾拉提供靈感。

「我們只要熬過入門課，就能講到那些有意思的了。」讀書小組裡的新同學多特說：「精神病學、發展心理學。我超級期待，你們呢？」

這位多特比我大三歲，已經在一家養老院全職工作了好幾年。她個子小，很機靈，頭髮很長又是自然捲。她的身上有一種含蓄的光芒，耀眼的同時又很友善，這種感覺對我來說很新鮮。就好像她把自己放到後面，讓出了位子給別人。

「我覺得，其實我更想要成為作家。」我說。我心裡還想著《雙峰》裡的奧黛麗，但是大聲說出來有點太隨興了。小組裡的艾娃微笑起來，整張臉都亮了。微笑起來像太陽，應該就是這樣吧，我想道。

「我更想成為歌劇演唱家。」她說。她父母年輕的時候從日德蘭島搬到了瑞典北部，她剛剛搬回丹麥，所以她的口音就如同老電影裡的一樣，瑞典空曠的自然也和她的手部動作相配。我被她吸引住，打量著她。

「我非常高興我們能組成讀書小組。」她激動地說，兩隻眼睛同時朝我們眨著。「還有誰想再來一杯咖啡？我請客。」

我謝過她，然後努力想像自己將來有一天也能這樣自由地說出心裡的想法，不被逼迫，然後用「我請客」來結束一句話，好像很有錢，多棒啊！我也想跟她一樣，然後在赫爾辛格保溫箱裡的克里斯蒂娜爆炸之前，盡快把心理學換成文學，找到一個地方住。

我全力投入於申請哥本哈根的私人宿舍，不斷查看、篩選佈告欄裡的告示，馬不停蹄地去參觀合租公寓，這讓父母親很詫異。我甚至極度理智地拒絕了一個房子，它有六坪的走道，帶有四個房間，而且名字相當清新：晨間空氣。因為若是租它，就得花上我所有的助學金。

「你好像急著要走似的。」父親說。

「是呀，你為什麼不住在家裡？」母親問：「你完全可以在赫爾辛格和哥本哈根之間來回。每次只用一個半小時，而且你爸還能開車接送。」

我在赫爾辛格所有的朋友都在享受這過渡期的一年，住在家裡。瑪莉亞在養老院工作，想賺錢去上一年興趣學校[7]。雪麗在中學裡當代課老師，剛剛跟高中同學埃斯特麗德飛到西班牙的馬拉加，去上三個月的語言學校。

「但是我們系上所有的學生都搬出家裡了。」我對父母說：「上大學之後自己住很正常。」

7 在丹麥，高中畢業後、上大學之前，可以自費去的一種學校，會有音樂、攝影、外文、政治這類課程，上一年即可畢業，是為了幫助學生探究自己的興趣，並對報考大學做準備。

其實我跳過了這個過渡的一年，就是為了能搬走，但是我沒有告訴其他人：「我痛恨住在這個噁心的氛圍裡——我們——不能——對彼此說——任何——有意義——的話——因為——如果——這些話——有了——最最微弱的——影響——怎麼辦。」我在日記裡寫道。「我開始上大學，就是為了從這裡離開，為了有一個合理的理由搬走。當我還住在這個讓人窒息的房子裡時，覺得讀書沒有任何意義。我只想逃離——到異國去，體驗這個世界，但是現在我跟這個完全不感興趣的科系綁在了一起，我以為這會是我的逃生口，卻變成了我的監獄。」

九月、十月、十一月過得太慢，時間好像靜止了，但到了十二月，我終於找到一間靠近草場站的學生宿舍。得知這個消息之後，我關上門，把艾拉妮絲．莫莉塞特的〈你應該知道〉調大音量，這樣爸媽就不會聽到我的哭聲。「你看起來很好，一切平和／我沒那麼好，我覺得你應該知道。」此時，房門外的家裡其他地方，似乎比以往更加安靜。我爸媽的反應似乎有些壓抑，但還是幫著我搬家，我爸車裡載著十個滿滿的紙箱子，加一株植物。

我的新家有十二坪，而且在八樓，我之前只有在少數幾次住旅館時才會住到這麼高的地方。現在我終於搬了家，再也不想被關在屋裡了，所以儘管是冬天，我還是把窗戶打開，也讓通往法式陽臺的門敞開著。我在陽臺上可以看到城市西邊的墓地；如果豎起耳朵，能聽到一樓有人在需要調音的鋼琴上練習；隔壁的電梯上上下下，整天我就好像生活在小地震中，但是這也很好，因為我想要被搖到醒來。此外，我一點也不想要那些精美的深色傢俱，就像老家的那樣，所以我所有新的木質傢俱都買淺色：書桌、書櫃、復古長沙發（上面鋪著草綠色的墊子）、長方形茶几、籐椅還有電視櫃。我還配上一張白色的條紋地毯，以及一個復古的伸縮檯燈，上面罩著百褶燈罩。

第一個晚上，所有的紙箱都疊在一起，堆在我身邊。我躺在沙發上，感到如此地幸福，根本睡不著覺。當別人在樓梯上相遇、交談時，我能聽到他們說的一切，這就好像透過鑰匙孔，看著我一直想要融入的那個世界。我想這就是我的新生活。雪麗、瑪莉亞、艾娃和多特、我的外婆、堂妹西瑟勒、伊利諾爾和多特已經在裡面了。一個月之後我跟隔壁的傑斯伯成了男女朋友。他是個英俊的、皮膚黝黑的男人，之前住在倫敦，一心想要創業，我從第一眼看到他的時候就喜歡他，但又似乎不是那種喜歡。我這興致感覺就好像橡皮筋，被繃緊再繃緊，面臨著一種緊迫的、被扯斷的危險，但是我決定要對這段感情全心付出。我真的要努力，因為另一種可能就是地獄。

我第一天騎著自行車在哥本哈根閒逛的時候，心怦怦地跳，害怕自己被襲擊，因為我讀過那麼多故事，電視上也到處都是新聞。但是我確定這座城市會對我敞開，只要我慢慢地去了解它，所以每天下午都會花上幾個小時，手裡拿著地圖，比對著在各個區域閒逛。晚上我常常一個人出去散步，我很驚訝自己竟然沒有感到一絲的不安全，因為跟赫爾辛格不同，這裡的街上總是有人，而且很快我就感覺他們有如一個個等待著被講述的故事。我發現，商店街不管在一天中的什麼時候都看得到許多遊客，阿瑪島不是哥本哈根的巴黎，也沒有窮孩子到處亂晃，甚至在托夫．迪特列弗森[8]的西橋區也沒有，克利斯蒂安港就像一張明信片，而我在西橋街的舊唱片店裡仔細探索，想要找凱蒂蓮的《純真少女》時，一位深色捲髮的美女抬起頭，對著我眨眼睛。我完全不知該如何是好，趕緊走出門，什麼都沒來得及想。

8 丹麥著名女作家。

「回去，」我想：「振作起來。」

但是我的腳還是朝著相反的方向跑去。

我格外喜歡在晚上沿著伊斯特澤路走。那些閃耀的霓虹燈和狂熱的氛圍讓我的內心安靜下來，我從未被問過要不要吸毒，或者被人亂吼。我可以自由地走進情趣用品店，仔細觀察各個商品架子，或者走進那些女侍光著上半身的酒吧而不被打擾。每當我看到那些妓女帶著自己的客人從包廂走出來，總是會想到父親同事家裡那位吸毒的妓女女兒。一部分的我害怕自己最後像她一樣，因為不確定我能否拯救自己，因為沒有人會來救我。另一部分的我，則是什麼都不怕。

母親建議說，父親可以每個週五下班之後來接我，並且載走我宿舍裡的髒衣服，週一早上再把我送回來。但是我想要留在哥本哈根，所以我趕緊學會使用宿舍的洗衣間。不久後，他們開始不請自來，帶著一些裝著日用品的袋子，還有裝著保鮮盒的小冷凍箱，裡面都是我可以直接塞進冰箱的飯菜，就跟外婆七十歲以後收到的那些一模一樣。我真的不太理解，母親既然如此厭煩給外婆做飯，現在又怎麼願意做兩份呢？我能聽到父親說，她用這種方式表達自己的愛意，這比話語更有分量。但對我來說，這感覺並不像愛，而是依賴。我想要自由。

「謝謝你們帶這些過來，但是我想要自己買菜自己做。」我說。母親看著我，又看看父親。

「你聽到女兒的話了嗎？」她說，對著父親，然後對著我。「你？你做不了！你連一公升牛奶多少錢都不知道。」

「但是我會學。」我說。母親的下嘴唇開始顫抖，她後退了一步，好像我踢了她一腳。此時，我覺得自己是世界上最差勁、最自私的女兒。

「我只是想試著做到最好。」她說。我在日記裡寫道，世界上有那麼多的事情，都比把飯餵到我的嘴裡要更好：愛我、支持我、打電話給我，提議我們可以一起做點什麼，或者只是問問我過得怎麼樣。「我從現在開始不再屬於她和父親，」我寫道。「我可以就待在他們的懷裡，也可以離開，然後自己過得一樣好。」後來我只要一靠近那個冰箱就感到愧疚，母親的愛被凍在裡面，用保鮮盒裝著，但是我沒有將它們解凍。我學會了自己煮飯，聽多莉．艾莫絲的同一首歌，直到能把每個字都背下來為止：「我們會知道你有多勇敢／我們會知道你能跑多快／我們會知道你有多勇敢／是的，安娜塔西亞。你所有的娃娃都有朋友。」

在那些三月的日子裡，我快步走在步行街上，手裡總是拿著一包甘草糖，邊走邊吃。自從我搬了家，一天會吃一包甘草糖。同樣地，我也任由灰塵覆蓋在宿舍的傢俱上，直到我能在上面寫出自己的新名字；我也可以放心地在麵包店買一個肉桂麵包……這些對我來說，都是一種解放。害怕被人罵、事事都要解釋、要一直報告身在何處的日子，結束了。我不再需要為了「夠瘦」而保持五十四公斤的體重——畢竟有好多糖果我都還沒有嘗過呢——但也可能我原本就夠好運，擁有存不了食物的身材。而到目前為止，我的胸部卻長了兩個罩杯，凸了出來。有天晚上，我被邀請去多特家吃飯，我走在路上，正在想要不要買一些糖做甜點，突然一個熟悉的聲音傳來。

「克里斯蒂娜，是你嗎？」

是高中小團體裡的瑪雅。她站在約克街的街口，身邊是個我不認識的女人，那個女人上下打量著我。

「你看起來真是不一樣。」她說，我無法說「你也是」，因為她還是留著長長的捲髮，穿著去年冬天的黑色夾克。

「你聽說雪麗的事了嗎？」她問，我所有的注意力都集中到她的眼睛上，它們看起來大了一些——就好像茶碗，我想道。但是她要跟我講的故事似乎有些不對勁。她深吸了一口氣，好像不這麼做會說不出口。

「雪麗過世了。」她說。然後商店街消失了，約克街消失了，她身邊的朋友也消失了。

「不可能。」

「是真的，她昨天在西班牙過世了。」瑪雅說：「我從她班上的一個人那裡聽說的，那個人跟與她同行的埃斯特麗德有聯繫。」

不，不可能是雪麗，我想道。不可能是我的朋友。不可能是她。

「雪麗和埃斯特麗德一起去上課，然後上樓梯的時候突然就死了，摔倒在地。」瑪雅說：「好多人都努力搶救，但是沒用，她現在正在接受驗屍，可能是動脈瘤或心肌梗塞。她的父母已經過去了。她不吸毒，對吧？也沒有想自殺？」

我否定了這兩種可能，但聲音聽起來有些失真。上次見到她還是耶誕節和新年期間。我們坐在我赫爾辛格的舊房間裡，隨意地聊著天，現在想起來，是太隨意了。我對她講起傑斯伯、我的系所、新的讀書小組、宿舍和哥本哈根。她跟我講起她在學校的工作還有即將到來的馬拉加之旅。她可能有點安靜，或者我只是有更多的東西想講。她答應我在出發之前來哥本哈根看我，但是她沒有給我打電話，也沒有寫信，我也沒有。

「我得走了，」我對瑪雅說：「我有約。」

「你還好嗎？」她問。我不好，但還是點點頭，然後騎車穿過城市，紅燈時也沒有停下。雪麗死了，腦袋裡的一個聲音在重複。有的時候，聽起來是我自己的聲音，有的時候是瑪雅的。雪麗死了。不可能，但這是真的。她沒有來得及飛回來，或者體驗哥本哈根，或者得到一個她從十歲開始就一直夢想的男朋友。這怎麼可能呢？她死了。她昨天死了。如果我沒有碰巧遇見瑪雅，這個消息什麼時候才會傳到我這裡呢？

我從宿舍打給莉絲貝斯的母親，她住在雪麗爸媽的隔壁。

「我透過窗戶看到了警車，」她說：「就在他們的房子前面，我知道應該是發生了什麼可怕的事情。你知道嗎？雪麗其實在馬拉加發現自己懷孕了，然後現在又在那裡過世了。她在樓梯上摔倒的時候，正在讀莉絲貝斯的信。」

那本可能是我的信，我想道。那本來應該是一封我寫的信，但是我沒有寫，因為我在生氣她走之前沒有聯繫我。現在我手裡拿著話筒，坐在這裡，不知道該幹什麼，所以我又打給我父母，告訴父親發生的事。他清了清嗓子。

「她應該是有什麼毛病吧，現在死了。」他說。

「毛病？」

「對，應該是。」他堅持地說。我說我得掛了，趕時間，儘管我都不知道自己要趕到哪裡去。

「如果死的是我，不是雪麗就好了。」我在電話裡對外婆說：「雪麗那麼好，我也很好，但是她更好，你了解嗎？我為自己還活著感到非常愧疚。我今天怎麼能在街上開心地閒逛呢？或者在雪麗死去的昨天跟艾娃和多特一起坐在心理系的自習教室裡？我怎麼樣才能繼續活下去呢？」

外婆說，我不能這麼想下去。不會有結果的。

「可愛的小女孩，你必須熬過這一切。」她說，我的眼前浮現出她的舊照片：挺直的腰桿，堅定的目光。

「但是怎麼熬呢？」我問。「這種事情之後該怎麼辦？」

她應該知道。她比我還小一歲的時候，就沒了母親。

「繼續生活，」她說：「一天一天地過，時間會治好一切。傑斯伯呢？」

我已經告訴他了，他建議我們晚上再討論，因為他在去跟朋友打桌球的路上。

「那就按計畫去多特家。」外婆說：「她會支持你的，我確定，我能感覺到她是個好女孩，然後你回到家的時候，再打電話給我，不管多晚。我會為你祈禱。」

我坐在多特淺紫色的套房裡，位在旁比東部，窗外是地鐵軌道，我告訴她我破壞了約定，很抱歉，但是我的童年好友雪麗昨天過世了，我不知道自己該做什麼，該說什麼。可能我不應該來的。多特不認識她，而我的腦子裡現在都是她。

「如果你想回家的話，就直接告訴我沒關係。」多特說著往兩個高腳杯裡倒上白葡萄酒，酒杯的底是黑色的。但是我們幾乎不認識對方，我想道，而且跟你相比，我本來就好像在保溫箱裡長大的孩子。我害怕如果沒有給你留下好印象的話，你就不要我了。她等著我的回答，看著我，如此平和，我也放心了一些。

「我也可以待一會兒。」我說，多特朝著沙拉點點頭，還有雞肉和那些八邊形的黑色盤子。

「你今晚要不留下來吧？」她說：「我想聽聽雪麗的故事，如果你願意講的話。我們也可以看一兩部電影，你不是沒看過伍迪．艾倫的電影？我有《開羅紫玫瑰》，還有柏格曼的《假面》和希區考克的《意亂情迷》。這是我最喜歡的三部。」

我說聽起來都挺好看的，希望她沒有聽出我鬆了多大一口氣。她起身，把一張CD塞進播放機裡，一個我不認識的低沉的女聲，唱著「我很生那個男孩的氣」，「男孩」這個詞中間頓了一下，好像她轉過街角，又看到了他。可能餐桌邊的牆上掛著的就是這個歌手：一位戴著修長的白手套、頭髮裡插著一枝玫瑰的黑皮膚女人。

「不是她，我們聽的是黛娜．華盛頓。」多特說：「那個是比莉．哈樂黛。她戴著白手套，這樣大家就看不到她注射海洛因的針孔了。」

比莉．哈樂黛的手繞在一只老式話筒上，好像冰冷夜裡的火焰。

「你比較想聽她的？」多特問，我說黛娜．華盛頓也很好，然後悄悄記下這些名字。後來我把多特放的音樂通通買了下來，凱特．布希、大衛．鮑伊、我的血腥情人和西尼德．奧康娜的爵士唱片《我不是你的女孩嗎》。

後來，過了午夜，我們躺在多特的沙發上，我跟她講起初二時和雪麗去南日德蘭島夏令營的故事。那時我覺得自己跟她那麼親近，好像她的一部分和我的一部分融合在一起。好像一本書，書頁很薄，看的時候，可以透過紙張看到背面的字，如果你把書對著光舉起來，就能看清整句話。我們在營地共用一間屋子，在車上坐同一個位置，兩個人都不想去看勒姆島上十八世紀的捕鯨人的家。但是那次出遊之後要寫遊記，所以我們把所有的竊竊私語都塞進包包裡，然後和其他人一起出了門。微風吹過，自然風光在我們的面前舒展開來，好像剛睡了一夜好覺。我們眼前，是一棟紅磚瓦屋。雪麗看起來有點不安。

「怎麼了？」我問，但她只是搖搖頭，說她不知道。她看向四周，好像在害怕一棵棵大樹之間某個我看不到的東西。講解開始之後，她從隊伍裡離開，仔細地盯著牆壁和傢俱。到了提問時間她竟然舉起手——她以往絕對不會自己舉起手來。

「之前那裡是不是有個大櫃子？」她指著客廳一角的白色梳妝檯問道。導遊點點頭。

「是的，櫃子在修復。」他友善地看著她。「你以前來過？」

她搖搖頭，我仔細打量著她，皮膚好像透明一般。當她把頭髮撥到一邊時，雙手微微顫抖著，她朝四周巡望。

「發生了什麼事？」我低聲問，但是她只是朝我招招手，帶我走向一節通往漆黑的地下室的臺階，她等我跟上。我走在她身後，還好臺階很短，我沒來得及多想，就差點摔倒了，因為臺階少了一截。但是雪麗沒有摔倒，她站在樓梯的另一頭。她的眼白格外鮮明。

「我知道少了一截。」她低聲告訴我。「我不知道為什麼，但我以前來過這裡，雖然我並沒來過。我無法解釋，我很想立刻離開。」

「你能不能從你的角度跟我描述一下發生了什麼？」她在我們回到家之後問我，因為她的父母已經證實了她之前從來沒有去過勒姆島。「請把所有的細節都講清楚。」她請求道：「這樣我才能確定，我不是瘋了。」

我明白她的意思。證據很重要，但我自己就是證據不足。我跟她重講那天的事情時，她好像離我很近又很遠，我現在躺在多特的沙發上，跟她講起雪麗的故事時也有同樣的感覺。歲月流過這些故事，把表面沖刷得更加光滑，但是輪廓還是一樣清晰。我想著，現在這些故事不再壓在我們兩個人的肩膀上。現在只剩下我了，如果我也死了，我們一起經歷過的事情就都會消失不見。

「你相信轉世一說嗎？」多特問我，我看著床頭懸掛著的莫內的〈睡蓮〉。在這昏暗的光線中，睡蓮好像在池中飄動。

「我不知道。」我說。那是真話，然後為了保險起見，我補充說自己並不相信鬼魂，不相信神祕力量，跟神靈也沒什麼連結，以確保多特不會因為這些事情而疏遠我。雪麗的死就像一束耀眼的巨大光柱，直接向後射去，照在勒姆島的那一天上面，我不知道那天到底重不重要。

兩週之後我開始發高燒，極其疲憊，躺在宿舍裡，時間幾個小時幾個小時地從身邊溜走。我睜開眼睛的時候，有時是傍晚，有時是凌晨三點，有時是近中午。傑斯伯站在門邊，說我應該去看醫生；這樣三十九度高燒連燒了七天很不正常，他問我喉嚨疼不疼？

「不是喉嚨發炎。」我說，因為之前喉嚨發炎過好幾次，這次是骨頭裡的痛更明顯，疲倦感特別重。而且每次我睡去，都感覺雪麗離我更近，不過這一點我沒有告訴別人。我只是保證會盡快去檢查，心裡在估算著，崩潰是否就是這種感受，還是需要再多些折磨，如果需要的話還要再加多少。我的思緒在讀過的上百本書中漫遊——那些關於人格分裂、精神病、抑鬱和自殺傾向的書——但是我察覺到更多的是不相符的跡象。我沒有想從陽臺跳下去，沒有焦慮，腦袋裡沒有聲音，沒有想要自虐的迫切。

「我要不要給你帶些吃的？」傑斯伯問：「你想不想要喝茶？」

但是我不想吃也不想喝，當艾娃、多特和外婆打來電話，我告訴她們等我好一點了會再回電。我把百葉窗拉上去，這樣就能看到外面的墓地，耳邊是樓梯間的談話，但是我的思緒總是在回顧雪麗的葬禮。她那拖著長長的花束和花圈的棺材，面色蒼白的父母，兩個人互相依靠著。小學和初中的同學、老師慢慢地走進教堂，占滿我和母親身邊的座位，我感到一種愈加明顯的不安，在牧師講話到一半時，我突然明白了為什麼：這就像是在參加我自己的葬禮。同一個教堂，同一幫參與者，同樣的讚美詩，同樣的葬禮致辭，關於一個十九歲的少女在一切開始之前死去，是如何的毫無意義。往棺材上撒完土，大家在教堂裡喝著咖啡，還是那些老生常談，一切都如此相似——也許是為雪麗，也許是為我。我走過去跟雪麗的父母道別，她的父親看著我，目光深邃。

「你是不是但願死的是你，不是雪麗？」他問。此刻這個問題對我來講完全不突兀。我想，他能看出來死的應該是我，不是她，因為她那麼好，我也很好，但是她更好。應該是什麼地方出了錯，我不知道該如何彌補，但是會嘗試。

有一天我在宿舍裡睜開眼睛，看了一眼錶，凌晨三點半。我躺在自己的摺疊沙發上，透過百葉窗的縫隙打量夜晚的天空，然後轉頭往門邊一看，一下坐了起來。雪麗站在那裡，倚著門框，眼睛半閉著，帶著她那代表性的抱歉的微笑。她穿著那件低領的白色T恤，就是那天她問我有男友是什麼感覺時穿的那件。

「雪麗？」

我盡可能小心地站起來，朝她走過去，注意到自己的雙腿多麼虛軟，空氣多麼清冷。電梯往上走了，沒有在我這一層停留。

「雪麗，是你嗎？」

她用雙臂抱住我做回答，把額頭埋進我的頸間。我能夠感受到她的呼吸，還有香水中睡蓮的味道。這不是夢，我想道。我把雙手放到她的背上。我能感覺到她，她站在這裡，我站在這裡，她的皮膚暖和、濕潤，我的牙齒在打顫。我們的手臂落下來，她朝著我微笑，然後轉過身，消失在門口，我一個字都沒來得及說。我沒有聽到離開的腳步聲，連電梯也是安靜的。我驚訝地發現一個小時過去了。

第二天清晨，房間裡還有些許睡蓮的香味。我這麼多天來第一次打開陽臺的門，想著我必須要熬過去，就像外婆說的那樣，好起來。

「你得了接吻病[9]。」醫生說，然後把一個資料夾推給我。

「記得多喝水。你的身體脫水，而且應該增重。疲倦感幾個星期或者幾個月之後就會自動消散，但是你的肝指數非常高。接下來的半年必須每個月來做一次血檢，我們可以保持觀察。」

她帶著奇怪的表情看著我。

「你笑什麼？」

因為很搞笑，在所有人裡面偏偏是我因為跟一個男人接吻得了這個病，我想道，然後告訴她我只是因為這不是什麼嚴重的病而放心了。

---

9 又稱單核細胞增多症，多通過接吻傳播。

「也夠嚴重的。」她說。我覺得她說的對，因為我為了和一個男人戀愛而做的努力算是被判了死刑，我沒力氣再繼續下去了。最近幾天晚上我都躺在沙發上讀麗莎．艾瑟的小說《天堂裡的五分鐘》和《另一種女人》，讀到凌晨三點半，書中沒有出現任何男人。只有愛著彼此的女人，徒勞相愛的女人。感覺好像麗莎．艾瑟是直接為我而寫的。

幾個月之後，我和傑斯伯成了普通朋友，但他很快又敲響了我宿舍的門。我當時正在寫研究心理分析師愛麗絲．米勒的著作的主題思想的論文，她的書到處都是：《幸福童年的祕密》、《你不應該知道》、《教育為始》。如果一位母親不會無條件地愛和支持自己的孩子，孩子就會壓抑內心的真實感情，創造一個和周邊環境適宜的假身分，米勒寫到。最近的幾個星期她的話把我最後的疲倦都推到了一邊。一個跟周邊環境適宜的身分，這我完全明白，我不得不一次次地停下閱讀，給自己記筆記。

「是很重要的事嗎？」我問傑斯伯。他說很重要，然後在我的書桌上放下一張字條。他那華麗的字跡寫著巴布希卡，下面是奧斯特公園邊的一個位址。我問這是不是以凱特．布希的同名歌曲命名的遊樂場。他知道那首歌嗎？在《永不》那張專輯裡，他可以借我的CD聽。

「作為你的鄰居，我知道你一直聽凱特．布希，」他說：「但是巴布希卡是個蕾絲邊酒吧。」

他對著我微笑。

「我覺得這個地方可能更適合你。」

「蕾絲邊酒吧？」

我感到自己的臉紅了。我之前坐在大學的電腦中心裡，在網路上搜索哥本哈根的蕾絲邊酒吧時也是，因為大部分的同學都去電腦中心做小組討論，或者列印檔案。我輕鬆地找到了一個窗邊的位置，確保幾乎不會有人有機會看到我的搜索紀錄，但是那些網站上的資訊很少，我目前只找到了迪斯可舞廳「潘俱樂部」。

「我打電話去同性戀協會問哥本哈根的蕾絲邊群體都去哪裡，他們說就是巴布希卡。」傑斯伯說。巴布希卡。我想像著一個頹廢的、煙氣繚繞的酒吧，裡面是深色的木傢俱，還有紅色的絲絨裝潢。裡面一半的女人都坐在那裡品嘗她們冰涼的白葡萄酒，穿著酒會禮服或者五〇年代的性感女郎裝束。她們的頭髮則梳成二〇年代的樣子，或是留著像維若妮卡．蕾克一樣的金色波浪。另一半的女人則在她們之間穿梭，穿著西裝，像瑪琳．黛德麗一樣。那些吸煙的女人，都用雪茄煙管，音樂從角落裡的三角鋼琴裡流出來。

「告訴我進展如何，好嗎？」傑斯伯說，我點點頭，說會考慮的。

「謝謝，我也不知道這個時候該說什麼。」

「不客氣。」

他帶上了門，我把紙片摺起來，放到錢包最深的夾層裡。我沒有替雪麗死去，我還活著，而且是用一種令人恐懼又美妙的方式，就好像有一種義務。我不知道是對誰的義務，但是我可以開始為自己創造一種生活，不再感覺像是件縮了水的毛衣。當我又開始寫作，一切可能就會更加明朗。在一波波鋼琴和弦樂聲之上，多莉．艾莫絲唱著「我們會知道你有多勇敢」，我不知道我是否勇敢，但是去巴布希卡一趟，找到一個女朋友，然後出櫃，這不可能比失去雪麗、參加自己的葬禮、迷失自我更可怕，這個念頭安慰了我。如果這麼看的話，這個世上不會有什麼比我已經熬過的更糟糕。

新的開始

十一月了，雪麗去世已經第八個月，瑪莉亞要來我的宿舍過夜。我做了好多張煎餅，然後我們在我房間裡，配著兩瓶白葡萄酒把它們都吞了下去。交談的時候，我發現我們之間那層厚厚的磨砂玻璃消失了，還有她整個高中都化的濃妝。她在興趣學校找到了一個新男朋友，她一邊說一邊把煙吐到窗外。我注意到她不再吐煙圈。

「學校裡所有的女孩都喜歡他，一開始我真不明白為什麼，因為他看起來就是一個憤青。而且可以說，我那時已經有男朋友了。」

「是的，可以這麼說，但是為什麼要說出來呢？」我問，然後把她的一個煙頭扔到窗外。

她金色的頭髮變得那麼長，好像絲綢一般，她一邊講著自己在赫爾辛格的養老院裡的工作，描述那些與她交往最頻繁的人，一邊把絲綢撥到後面，或者任由它們垂下來。夏天她打算申請藝術史科系，然後搬到哥本哈根來。

「你喜歡文學嗎？」她問。「有組新的讀書小組嗎？還有跟艾娃、多特和傑斯伯見面嗎？」我點點頭，算是對兩個問題的回答，同時心裡頗感激她沒有拷問我的愛情生活，或者愛情生活的缺失，像雪麗會做的那樣。

「《政治報》的波濤．密榭是文學課的老師，」我說：「不知道你有沒有聽過這個名字？

他是我高中時最喜歡的書評家，現在我跟著他上文化新聞學和保羅·奧斯特文學分析。我想像他一樣成為書評家。」

「很有趣！」

「是的，很有趣。我新的讀書小組裡的伊達很漂亮。」我說：「她在南法艾克斯住過一年，是個狂歡型的女孩，而且有個法國男朋友。她的法語很好。我們在一起時總是在大笑，我覺得過去一年裡我正需要這樣一個朋友。」

「是的，你的生活裡太缺狂歡了。」瑪莉亞說：「你新的打工怎麼樣？這可真是奢侈。」

她朝我沙發桌上的一大盤水果點點頭。我在瓦爾比的水果市場幫他們輸水果訂單，一週去兩個晚上，時薪八十元。每個週五下班之後，所有的員工都可以從倉庫拿水果，能拿多少拿多少。多虧了這條規定，我現在嘗過芭樂、百香果、山竹、木瓜、楊桃、石榴，還有我目前的最愛：芒果。

「盡量吃，天天往電腦裡輸八位元數的編碼，這絕對是唯一的奢侈。」我對瑪莉亞又說：「哦，對了，我有個大新聞。我三個星期之後就要搬到自己的公寓裡了，很棒吧？」

那時，我感覺自己就好像在一部電影裡當了主角，一切的情節都順利發展，而如果再多想想，一切就都顯得不真實。雖然傑斯伯人很好，但跟自己的前男友住對門也不是長久之計，所以我在大學的佈告欄上搜索，然後在一大堆無關緊要的紙片後面，看到了一個便宜的兩房公寓，十八坪，在阿瑪島上荷蘭街區的挪威街上。還沒有人拿走那個佈告的聯繫方式。我把電話號碼撕下來，然後當天晚上就用自己從小存的錢，還有在科靈幼稚園打工賺的錢，把它買了下來。

「是一樓的公寓，但是管它的！」我說：「我這麼多年來都夢想在阿瑪島上買個兩房公寓，不知道有沒有跟你講過？」

「沒有，但是我了解你的感受。」瑪莉亞說：「我父母的一個朋友在那邊有房子。如果我幸運的話，他們或許能幫我在那邊找個公寓，這樣我們就可以當鄰居了。」

她仔細地研究著我。

「你很漂亮。」她說：「這身打扮很適合你。」

瑪莉亞天生就能看到一個人最引以為傲的地方，然後給予讚美，我也想學習這種能力。我低頭看著自己低胸的細條紋夾克，還有搭配的到大腿的短裙。我第一次試這套衣服的時候，是在H&M的試衣間裡，我從各種角度看著萊昂諾拉的輪廓。現在她穿著集中型黑色胸罩，塗著深紅色的指甲，輪廓更加清晰。瑪莉亞吸吸鼻子，然後問我用什麼香水。我回答說是莫斯奇諾的奧莉薇娃娃，然後朝著那個做成奧莉薇樣子的細嘴瓶點點頭。這個香水味從此以後都會讓我們兩人回憶起這個夜晚，但是現在瑪莉亞只是微笑著，問我的父母怎麼樣。

「他們很少寫信給我。」我說，然後在這些話跑出來的時候，詫異地看著她。這麼多年來，我只跟外婆、伊利諾爾和多特談起過他們。但是幾個月以前我跟瑪莉亞提起了他們；那時我回赫爾辛格的老家，順路去拜訪了雪麗的父母。我爸媽囑咐我，要記得對他們說「請節哀」，但是當我真的見到他們的時候，實在沒法說出如此空洞的話。

「而且還好我沒說，他們都要在大家無窮無盡的『請節哀』裡淹死了。」我說：「在赫爾辛格，他們得在這些『請節哀』裡劈開一條路來。」

「是啊，可以想像，」瑪莉亞說：「赫爾辛格就是這樣。」

瑪莉亞對於赫爾辛格的事情比我知道的多太多了，因為她的父母在城裡的富人區認識好多人。因為她，我開始知道一些三十年前城裡的故事，赫爾辛格的居民如何交叉出軌，可能做了各種違法的事情，或者患上莫名的疾病。城裡最受歡迎的話題就是這些可能會出差錯、卻結局圓滿的事情。一種災難在騷動，卻迎來了幸福的結局。

「但是我從雪麗的爸媽家回來之後，一切都不對勁了。」我對瑪莉亞說，跟別人討論自己的父母感覺好像還是禁忌，我感覺到汗水從後背流下來，但是我想知道她怎麼想，所以繼續往下說。那天晚上，晚飯的氛圍十分壓抑。我坐在父母之間那個固定的位置上，想要搞清楚到底發生了什麼事，有沒有我可以挽回的餘地，能想到的唯一辦法，就是告訴他們我去拜訪雪麗父母的事。

「我很高興我有去看他們。」我說，母親盯著自己的飯菜，父親在說「哦」之前停頓了一會兒，好讓我害怕他在那幾秒空白裡的心思，我也的確怕了。「我能為他們做的事情當然有限，但是他們願意談論所有事情。」我說：「他們告訴我，雪麗的屍體在做了防腐處理之後的樣子，還有那些人想要救活她的措施。驗屍結果沒有顯示出任何死因。沒人知道。她就是過世了。」

我交替著看他們兩人，但是他們沒有和我對到眼。

「她的房間現在就像博物館，」我說：「還像我們五年級成為朋友時一樣。她爸媽把她的英文歌詞和我們曾經用來寫紙條的本子送給我，還有一串耳環，我們之前一人一串。上面是和平的標誌，你們還記得嗎？他們告訴我，我的名字在雪麗的明信片清單上，但是她沒來得及寫。我要回家的時候，她爸爸問我，我是不是寧願死掉的是自己，不是她。葬禮之後他也問過我一樣的問題。哦，對了，我還想建議你們，如果再遇見他們，別再說『請節哀』了，他們沒力氣回答這種空話，所有人都對他們說過。」

父親猛地把椅子推開，突然在我面前站起來。

「你怎麼這麼自私，我真是受不了！」他喊道：「你根本是為了自己才去看雪麗的父母。你做一切都是為了自己。一切！一直都是我！我！我！給我從這裡消失！」

母親也站起來。她好像和這個場景無關，帶著一種我沒見過的氣場，一種歇斯底里與恐懼的混合。淚水從她的臉上滑落。

「看你把你爸惹火了！」她吼道：「你把他氣死了，你自己看看！他要氣死了！」

「我說消失！」他對著我的臉吼道。我們靠得那麼近，我以為他就要動手打我，但他只是轉過身，步伐堅定地走進客廳，母親跟在他身後。我坐在餐桌邊，體內充斥著一種強烈的感覺，好像某種東西就要溶解了；好像他們就要走進我體內那塊百毒不侵的地方，那裡屬於我，只屬於我，這些年都一樣。我深吸了一口氣，對自己說，要理智。他們不能走進那個地方，如果走進去，他們就會毀了你。你還活著，雪麗已經死了。你有義務把生活過好，而且你知道自己想要什麼樣的生活，因為這麼多年來你都在幻想著每一個細節。擦乾眼淚，按我說的做。站起來，走過去，告訴他們，不准再這樣對你。

父母親坐在他們各自的扶手椅上，躲在各自打開的報紙後面，好像什麼都沒發生過，我站在客廳的中央，對著《貝林時報》的第一版和《體育報》說，他們那樣對我吼是不對的。雪麗的死讓我十分難過，我不知道他們有沒有察覺到？那是我人生中最不幸的四個月，然後我還生病，喉嚨又發炎了兩次，還轉了科系。父親把報紙往下挪了挪，看著我。他的臉上沒有表情。

「我們可以玩填字遊戲？」他說，我努力想止住自己的眼淚，但是它們只是越流越多。如果我墮落了，他不會來救我，我想著。母親也不會。我只有自己。

「我沒有為了自己去看雪麗的爸媽。我去看看他們過得怎麼樣，而且我覺得我給他們帶去了一些安慰，所以我不明白你們為什麼這樣訓斥我。」我說。父親快步從我面前走過。「我從來沒有失去過一個朋友，我不知道人該怎麼繼續活下去。我根本就沒有興趣繼續活下去，你們懂不懂？」

母親把報紙放下。她直直地越過我，看向我身後。

「那你就去找個心理醫生。」她說。「很明顯，你需要幫助。」

瑪莉亞聽到這裡，挑起眉頭。

「你媽自己是不是該找個心理醫生？」她問，但那是不可能的。

「她覺得，病的都是其他人，不是她。」我說。瑪莉亞吐出煙霧。

「是，這種人大家都見過。」她說。我不想讓她發現我沒明白她的意思，所以贊同地點點頭。「就好像一直跟你講，以前的朋友如何讓人失望的那種人。」瑪莉亞說。「你就得聽著，以前的朋友怎樣各種表現不佳，然後你坐在一邊，努力想要看起來善解人意，心裡卻知道沒有人會一直遇見笨蛋。如果真的是，那也該想一想是不是自己身上出了問題，而不是其他人。」

「我媽的解決方法更極端，」我小心地說，「她不上班的話，就根本不會遇見任何人。從我有記憶起，她就把自己跟世界隔離，所以她都沒到那個全世界讓她失望的地步。」

「呵，你爸媽的反應聽起來都很不正常。」瑪莉亞說。「我們可以抓起一個去打另一個。我從來沒聽過類似的事情。」

我差點笑了出來。

「真的嗎？」我又問了一遍，為了確定她真的這麼想。她點點頭。

「是的，而且為了自己又有什麼錯？你他媽又不是德蕾莎修女或者南丁格爾。然後你們就坐下來做填字遊戲了，還是怎樣？」

「沒有，我上床睡覺了，然後第二天就好像一切都沒發生過一樣。」我說。「因為如果我們不談起，事情就沒發生，只是我從那之後就一直在想那一天的事。我的生活裡充滿了這種思考，你懂嗎？」

瑪莉亞看起來好像沒懂，我想到今天夏天另一件事能描述我的意思。我的腦子裡是母親的聲音：「我真想拿鉗子把你的嘴夾住。」外套黏在後背上，但是我想知道瑪莉亞的想法，所以繼續說：「我那次是回去過週末——」然後她打斷我。

「所以你在你爸讓你消失之後『又回去』找他們了？」

「是的。我們就裝作什麼都沒發生。」

我自己也能聽得出這件事多麼荒唐，瑪莉亞的眉頭都挑起來了。

「真厲害。」

「是，但我心理學的愛麗絲．米勒論文得了滿分，一想到沒必要告訴他們這件事我就滿心興奮。他們問我分數的時候，我說不關他們的事，感覺好極了。」

瑪莉亞好像不太明白，所以我跟她解釋說，從四年級開始，我父母就跟我的分數緊緊相連。他們對分數的興趣好像比對我的興趣還濃，可能他們真的以為那些數字「就是我」。

我想講的那個週六，我們一起開車到希勒勒市的城堡商場買東西，父親停了車，關上車門。透過玻璃我看到他朝臺階走去，以為我們就跟在他後面，但母親還坐在前座，我坐在後座。她靠到方向盤上，抽泣著。

「我不舒服。」她說。父親停下腳步，轉過身。他看了看母親，又抬頭看了看天，沒有要走回來的意思。所以我走下來，打開前車門，坐到她身邊。

「哪裡不舒服？」我問。

「就是不舒服。」她重複道，我問怎麼個不舒服法，但是她的回答都一樣，好像沒辦法描述她的感覺，可能也真的沒有。父親往這邊走了幾步，站定，在路的中央踱步，母親擦乾眼淚，說她可以進去了。

「不行。」我抗議道，但是她真的可以。實際上我們那天去了藥妝店，還逛了兩家服飾店，剩下的半天都裝作什麼都沒發生。但是從那時開始，我不停地在問自己，母親到底感覺有多不舒服。

「肯定很不舒服。」瑪莉亞說：「但是又不是她最好的朋友剛剛去世，而且她也沒得好幾個月的接吻病，沒有轉系也沒有跟男友分手，所以我不同情她。」

「你不會嗎？」

「對，我覺得她應該打起精神來支持你，而不是坐在那裡哭哭啼啼。」瑪莉亞說，我把剩下的酒倒到兩人的杯子裡，深吸了一口氣。

「我說這話心裡不安，但是我坐在車裡，坐在她身邊，心裡真是萬分輕鬆，慶幸讓她開心不再是我的責任了。」我說：「我努力過，但是並不成功，而且如果一輩子都要做這件事，我會錯過許許多多的東西。」

「沒錯，比如跟我去酒吧。」瑪莉亞說，她乾掉杯中的酒。「你準備好去涼鞋咖啡店了嗎？」

「當然。」

高中時我們都聽說過哥本哈根的那些網紅景點，涼鞋咖啡店、克拉斯波爾斯基，還有維克多咖啡店。儘管我已經在這裡住了一年，卻一間都還沒有去過。平時我要麼就是去一些私人的派對，要麼就是去大學或者宿舍裡的酒吧。

「我覺得我永遠不會去瘋夜生活。」我在跟瑪莉亞去市中心時說，我們奢侈地坐在計程車裡。她說她也不是那種瘋狂熱血的類型。涼鞋咖啡店人超級多，我們幾乎都擠不進去，我拿出錢包。

「我還有個備案。」我把傑斯伯的字條從錢包最裡層找出來，努力讓自己的聲音聽起來平靜一些。「這個酒吧就在奧斯特公園後面，叫巴布希卡。不然改去那裡吧？」

瑪莉亞說這個主意聽起來不錯。

「而且我們也不用跟彼得．阿斯欽希聊天。他在那兒，看起來有夠噁心。」她說著，我們便開始沿著商人路走，她點燃一根煙。

「你不冷嗎？」她問。問得有道理，因為我在夾克外面沒有多穿一件外套，清冷的空氣中能看到我們呼出的氣體，夜間特有的那種冷穿透我的襪子，刺痛我的骨頭。我回答我們馬上就到了，如果沒記錯的話，酒吧就在下一條街上。

「拿著。」

她把煙遞給我。

「謝謝。」

我說的謝謝絕不僅僅是針對這根煙。我的腳上穿著母親那雙黑色的漆皮高跟鞋。在普澤惠普路遭人跟蹤追趕的那個夜晚之後，漆皮變得軟了一些，皮帶鬆了一些，鞋底也不那麼滑了。穿上它們的時候，我感覺還有點像在飛。

「哦，對了，那是個蕾絲邊酒吧。」我都能聽出來自己是怎樣在假裝漫不經心，但是瑪莉亞只說了一句「有意思」。進去之後她微笑著四處打量。我努力想找到那些紅色的絲絨傢俱，穿著暴露的裙裝或西裝的女人，但是酒吧裡太多女人都轉過臉來看我們，沒有一個像瑪琳・黛德麗或者維若妮卡・蕾克。我感覺自己同時被至少三十雙眼睛打量著，餘光中，除了我和瑪莉亞，全是短髮的女人，穿著白襯衫和牛仔褲。哦，不對，在我們面前的吧台坐著一小群嫵媚的女人。酒吧裡的牆面都是深黃色的，所有的桌子都被人占了，最後面有大概十五、二十個女人正跟著一首我沒聽過的歌舞動。一個女人的聲音唱著「我會活下去／只要我知道如何去愛，我知道我會活著」。瑪莉亞已經為我們找到了一個靠吧台的位置，離那群柔美的女人很近，我們放棄點酒，因為一個漂亮的深色頭髮女子直接把兩只白葡萄酒杯放到我們面前，倒滿。瑪莉亞朝我的方向舉起酒杯。

「這可比涼鞋好多了。」她說。我問她她確定嗎？這裡的人跟我們看起來很不一樣，她沒有發現嗎？但她只是笑笑，先是跟調酒師交談，然後是和身邊站著的那些女人。她們倚過身子跟她耳語時，她大笑起來，我想，是蕾絲邊的應該是她，不是我。毫無疑問，這一套她肯定比我更擅長。

我小心打量著四周，在那群柔美的女人中，我看到一個女人把一頭金色秀髮甩到一側。她微笑起來，露出完美潔白的貝齒，她的衣著比較偏經典風格，千鳥紋短夾克，白色襯衫加沙色的褲子，但是細節要大膽很多。襯衫的領子開得很低，胸罩邊緣露出來，胸前戴著一個金色十字架，十分搶眼。她的鞋跟很高，手臂上是一串串的金色手鐲，小指上一只沉重的金戒指，每次她朝我的方向舉起酒杯，戒指都反射著光芒。她馬上就和我對視起來，我的心怦怦地跳，好像除了這顆心，其他一切都消失了。我也舉起酒杯。她拿出一枚小小的金色鏡子，檢查了一下自己的口紅，然後和我身邊的女人耳語幾句，她們馬上交換了位置，她伸出手。

「嗨！」她說。她握手很堅定。「我叫英格爾。我能否有幸為兩位年輕美女買點什麼吃的？花生怎麼樣？」

她的口音如此精緻，我從來沒想過真的有人在現實中這樣講話，我只想再多聽一點。

「我叫克里斯蒂娜。」我說，這句話聽起來比以往還要荒唐，但是我仍然害怕只要跟別人提起，「萊昂諾拉」的魔力就會消失。英格爾動作俐落地把一杯花生放到我和瑪莉亞面前，我想到了六〇年代某一期《哈潑時尚》上梅爾文．索科爾斯基的照片。我在網路上偶然看到了那個系列，之後就一直在搜集這個系列的明信片：一位冷豔的女人站在巨大的透明塑膠氣泡裡，在巴黎的各個日常場景中切換；在塞納河上，在露天的咖啡廳中，在街道正中間。不管她在哪裡，不管她穿的是哪一件裙子，日常的場景都因為她而散發著不一樣的光芒。英格爾就是這樣。

「克里斯蒂娜這個名字很華麗。」她說，我享受著她的用詞是「華麗」而不是「漂亮」，像赫爾辛格的人會說的那樣。「你的名字意思是基督徒，你知道吧？」

我看不出她的年齡。她的面部肌膚還很光滑，但是眼睛和舉止顯然比我的要成熟一些，瑪莉亞的話引她笑起來時，我還看到她有一顆金牙。

「哈！我有一個妹妹也叫瑪莉亞。」她說，後面的話淹沒在了音樂裡。還是剛才那個女歌手，這次的歌開頭是「我就是我／不要讚美也不要可憐」。瑪莉亞倚過身去聽英格爾的話，她們在交談，但是英格爾的目光一直在我身上。

「你想跳舞嗎？」她指著跳舞的地方無聲地問我，然後靠過來。「我愛這個曲子。」她在我的耳邊說，聽起來好像她愛的是別的東西。我能感覺到她的呼吸落在我的脖頸。

「來！」

她引著我走進那舞動的人群中，領著我轉圈，我毫不懷疑我們兩人能好好跳上一段，都是她的功勞。DJ放了一首緩慢的舞曲，她靠到我身邊，手臂繞著我的腰。儘管穿著比我高一倍的高跟鞋，她還是比我矮半個頭，可是感覺上她比我更高。我認出了她的香水味，是凱文・克萊的CK One。香水裡的佛手柑味在她身上比我之前遇到過的都要濃，我想要把鼻子埋到她的頭髮裡。我更想要親吻她。

「我是牧師。」她透過音樂吼道，我以為自己聽錯了，所以請她重複一遍。

「牧師！」她說：「再過兩個星期就要上崗了。你嚇到了嗎？」

我回答說，根本沒有。

「我外婆曾經在內部教會，」我對她喊道：「我兩歲的時候她就開始給我讀聖經了，我上的也是有晨歌和祈禱的教會學校。」

英格爾點點頭。我想這應該是我在舞廳裡進行過的最不可思議的對話，而且背景音樂還是唐妮・布蕾斯頓的〈別傷我心〉。我等著英格爾來問我的年齡，但是她卻問我的星座是什麼。

「雙子！」我喊道。

「什麼？」

「雙子！」

「天啊！又是一個雙子！」她大笑起來。她已經把手指和我的纏繞在一起，站得如此之近，我能感受到她的整條腿都貼在我身上。再近一點，英格爾，你把一切的堤防都炸毀了。我看向四周，音樂已經切換成了M People樂團的〈天堂一夜〉。看起來沒有人察覺到我們緊握在一起的手，瑪莉亞也沒有看到。她忙著跟好幾個相像的女人聊天，她們都留著側邊短中間長的頭髮，像雞冠一樣，這裡好多女人都留著同樣的髮型。

「你們這些討厭的雙子，」英格爾說：「善交流，擁有兩種人格。我前任也是雙子，像你一樣的漂亮女孩。」

所以她覺得我很漂亮，儘管我跟這裡的其他女孩不太一樣。我在心裡鼓掌，歡呼雀躍。

「我是天蠍，」她說：「上升星座也是。」

她看著我，好像在等著我的反應，但是我對星座的了解，僅限於母親週日的《貝林時報》後面的星座運勢。我不得不讓她失望地說，我不知道自己的上升星座是什麼。她打量著我，說我肯定是摩羯或者射手。聰明的星座，觀察者，表面平靜，內心深邃。

「我們得查查你到底是什麼。」她說，我問自己這是什麼意思，是她想要再見我呢，還是星座已經宣告我出局了？她把我引回吧台前的瑪莉亞身邊，把調酒師招過來，她們好像認識。

「再來三杯白葡萄酒。」她說，先看看瑪莉亞，然後看看我。「還是我們直接去我家？我家裡還有三十歲生日時剩下的一些酒。」

所以她比我大十歲。不知道她之後會不會對我喪失興趣?她的朋友走過來,對她耳語了幾句,同時微笑著小心地往我身上瞄。她點點頭。

「可以,你們繼續吧,我跟這兩位年輕女士待在這裡。」她說。我又一次感覺到自己就好像成了電影裡的主角,一切都出人意料地順利,再多想想,一切都好像並非現實。

「我們跟她回去吧,好嗎?」瑪莉亞低聲問我,我點點頭。心裡自問她到底明不明白我們為什麼到蕾絲邊酒吧來,她有沒有發現我和英格爾之間的事情。但是我把這些憂慮都打包起來。

「我們很願意去你家。」我對英格爾說,她直接把一件碩大的黑色漆皮夾克披到身上,要我們跟上。我們得去腓特烈斯貝,她說,然後一聲口哨攔下了一輛計程車。我的哥本哈根地圖都有些翻爛了,但是腓特烈斯貝是我唯一還沒有探索過的地方。我想著,這真是命運開的玩笑,那些陌生的街道在眼前閃過。

「不好意思,我剛洗好的衣服還掛在浴室裡。」我們走進公寓時,英格爾說道。但是我四處看看,心裡只有驚嘆。一切都那麼耀眼,只有幾件傢俱,光線基本是來自於英格爾一根根點燃的蠟燭,兩間大屋子整個慢慢亮起來,好像沐浴著金色光芒的小島。我的鼻子感應到她養了貓,然後一隻軟軟的動物就靠到我的腿上。那是一隻胸脯雪白的黑貓,牠看著我,喵喵地叫,可能是對什麼東西有些不滿。我不了解貓,但是瑪莉亞馬上蹲下來,撫摸牠的耳背,牠的叫聲立刻就變微弱了。

「那是黑爾德布蘭德,」英格爾說:「以教宗的名字命名。黑爾德,好好和女孩們問好?」

她翻過一堆CD,打開幾個空殼子,還有幾個掉到地上,最後終於找到了那張想要的,其實就放在播放機上面。舒緩的鋼琴曲穿過我怦怦跳的心。

「是不是很壯麗？」她走到廚房裡，喊著問道：「蕭邦讓天空打開來。」

「是的，很壯麗。」我說。只是為了聽聽「壯麗」這個詞從我嘴裡說出來是什麼味道，聽起來很合適。我幾乎無法把目光從屋子裡奢侈的金色大床上移開，那應該是臥室，但又可能不是，因為靠牆放著一張餐桌，英格爾好像是把它當書桌用。書本、紙張和筆記就散落在地上，父親會把這叫罪惡的混亂，但是這差不多就是一張快照，獨缺伏在書上的英格爾。在那之前，我從來沒有想過，一個人可以站起身，把一切像快照一樣留在身後。她沒有和書桌相配的椅子，也沒有配套的檯燈，而是坐在一把搖搖晃晃的金色板凳上，座位上有個洞，就著一盞銀色底座是女體模樣的檯燈工作，光線稀薄。我的父母肯定會覺得這種安排不切實際，對脊椎和眼睛都不好，但是我熱愛這一切：掛在椅背上的毛衣、半滿的茶杯，以及筆蓋放在一旁的鋼筆。

另一間房間看起來好像是客廳，裡面有個架子，是由銀色的框架和積灰塵的玻璃板組成，一直抵到天花板。裡面都是書和照片，還有明信片──上面是二〇年代風情的豐滿裸體美女，她們看起來好像為彼此著了迷。

「老天爺哦！」瑪莉亞在我身後低聲說：「這裡太棒了！」

我很高興不只是我從來沒有見過類似的場面。牆壁看起來是按照隨興原則裝飾的，上面掛著耶穌受難像、各種圖示和幾張用金色相框裱起來的耶穌畫像，掛在牆上本來就有釘子的地方。靠牆而立的抽屜櫃，和有著弧形桌腳的圓餐桌，兩者都被塗上了黑漆。伊利諾爾和多特閃過我的腦海，我想起了那架黑色的亮漆鋼琴。我在英格爾家找不到一件新的傢俱：沒有復古的長沙發，沒有牆壁上的伸縮燈，沒有電視櫃。每一件傢俱都在講述一個故事，比IKEA或赫爾辛格的傢俱店要精彩，英格爾拿著酒和三只白葡萄酒杯走進來的時候，她熾熱的目光與我對視著。酒杯握在她手裡，宛如玻璃製的花束。當男人這樣看我的時候，我總是迫不及待想把他們的目光引開，但是現在我只覺得熱潮竄上了臉頰，而且能看到它們也擴散到了英格爾的臉上。

「我們可以坐在那裡，」她朝沙發點點頭，上面隨意地蓋著一塊紅布。「黑爾德有點掉毛，你們得忍忍。」

布上全是貓毛，但是沒關係。沙發邊是一隻跟真豹一樣大小的陶瓷雕像，還有一束散發著香氣的百合，讓一切愈顯頹廢。就像邊角發黑的天花板，還有地板上長長一條、從一個房間拖到另一個房間的黑漆痕跡。瑪莉亞問能不能借用一下廁所，她剛關上門，英格爾就一把攬住我的脖子，親吻我。我的腦海中浮現出《捉賊記》中葛麗絲．凱莉和卡萊．葛倫接吻的場面，煙火在藍色海岸上方綻放。對，我想。就是這個，別人一直談論的就是這個，這才是應有的感覺，現在我終於懂他們的意思。當瑪莉亞轉開廁所的門鎖時，英格爾鬆開我，但是感覺並非如此。感覺好像我們已經躺在她那張金色的床上，永遠不願起來。她理了理衣裳，檢查了一下自己的口紅，然後檢查了我的，朝我眨眨眼。

「我給大家開了一瓶很棒的夏布利！」她朝瑪莉亞的方向喊道，然後優雅地彎下身，把酒倒到杯子裡。她沒有茶几，所以直接把杯子放到地上，如果母親在場的話，肯定會說這樣放一不小心就會踢到，但是還好她不在這裡。

「乾杯！歡迎你們！」英格爾說著朝書架點點頭，上面放著一張兩個金髮女人的照片，她們在沙灘上，緊緊擁抱在一起。剛開始我以為那是英格爾和她的前女友，但是她說那是她和妹妹瑪莉亞。我走到書架前，讓目光滑過書脊：齊克果、約翰內斯．斯洛克、葛蘭特維還有各種講道合集，維吉尼亞．吳爾芙的書信集、薇塔．薩克維爾-魏斯特的小說、托夫．迪特列夫森的詩，還有一系列我不知道的書，書名宏大，比如《寂寞之井》、《鹽的代價》、《心之沙漠》還有《同性戀修女：打破沉默》。在最下面我看到了一張照片，上面是一個偏男人樣的女人，短髮漂白了，眼神悲哀。她讓我想起曼．雷在巴黎拍攝的李．米勒。

「那是琪琪，」英格爾說：「一個前女友。我二十一歲的時候跟她在一起，現在還是朋友。然後這個是我媽。」

她指著一張黑白照片，上面是個年輕的女孩，沒有想努力擠出笑容。英格爾的眼眸和臉型都像她。

「我媽半年前走了，」她說：「我當時真想跟她一起躺到那個棺材裡，她不在了，我就是這麼難過。今年對我來說很黑暗。」

我點點頭。

「我朋友雪麗也是八個月前走的，我明白你的意思。」我注意到自己不再稱雪麗為自己「最好的朋友」，因為現在那是你，我看向瑪莉亞。但是她全部的注意力都放在眼裡擒著淚的英格爾身上。看起來很不可思議，好像一場突來的洪水。

「啊，吹吹我的眼睛。」她向我請求，然後盯著上空。我吹到她的睫毛時，她眨眨眼睛。「有的時候，擁有這麼多情感很可怕，你們懂嗎？」她問。我確定從來沒有人問過我類似的問題。

「謝謝，你真好。」她對我說。她的話就像幾滴落在沙漠上的雨水，我想要更多，接下來的幾個小時我都拚命地吸收著，而瑪莉亞搔抓著黑爾德的肚皮，確保對話流暢地進行下去。英格爾在哥本哈根北邊長大，在美國住過一段時間，她和西班牙前女友「那個討厭的雙子」，幾乎剛剛分手，在一起的兩年裡，她們經歷過的起起伏伏夠寫一整部小說。我著迷地問她叫什麼名字。

「戴安娜，」她說：「她叫戴安娜。」

我想起從前伊利諾爾的多特和我講起她的前女友，克拉爾。我一直覺得這是一位前女友能擁有的最迷人的名字，但是戴安娜更勝一籌。

她比英格爾小八歲，這讓我的心輕鬆了一點，但是這只是在英格爾從舊抽屜裡找出一張戴安娜的照片之前。她看起來並不怎麼折磨人，而是有些溫柔，帶著充滿魅力的微笑，擁有像電影明星一樣深色的捲髮，和溫暖的深色眼睛。我覺得她比我漂亮得多，更有異國風情，更具備所有的優點，但是英格爾看著我的時候，好像不這麼想。她走過去換了一張CD，〈戀愛中的女人〉，芭芭拉．史翠珊的聲音傳出來。我還是個小女孩的時候，曾在伊利諾爾的房間裡聽過這首歌。不知道伊利諾爾和多特當時是不是已經猜到了我跟她們一樣？英格爾喝光杯中的酒，看了看手錶。已經兩點了，我剛剛看過，我們應該打電話叫一輛計程車了。

「你是不是該快點回家了呀，瑪莉亞？」英格爾微笑著，露出完美的牙齒，瑪莉亞看看英格爾，然後又看看我。我能看出她開始明白了，然後她笑了，說「是的，好主意」。我懸著的心落下來，幾乎想要飛到英格爾金色的床上，但是我走向瑪莉亞，把鑰匙給她，悄聲說明天她回赫爾辛格之前我們得聊聊。英格爾關上門，我們聽到電梯開始下滑，然後轉過身看著彼此。

在特定條件下

半年之後，我坐在赫爾辛格自己的舊房間裡，環顧著四周。我剛滿二十一歲，在父母親毫不知情的那個生活裡，英格爾和我剛剛慶祝了交往半年的紀念日。我穿上她那件短袖的金色襯衫，往頭髮上抹了好多髮膠，就為了感受到她似乎悄悄待在我身邊。她所有充滿愛意的話語，豐富的感情，鋼琴曲還有那些在床上賴著的日子在我身體裡沸騰，我低聲說著：「爸、媽，聽好了：你們記得我提起過，我有一個新朋友叫英格爾，是個牧師，對吧？其實她不是我的朋友，而是我的女朋友，我實在太喜歡她了。」我這麼說，只是為了讓自己聽聽這些話，但是心裡很清楚聽起來就像顆原子彈，要將我從這個家裡完全抹去一樣。

原本的計畫是在週五下午把原子彈拋出去，熬過去，但是現在已經到了週日晚上，我還隻字未提。我發現自己做不到。如果他們開始用指控和偏見攻擊我，兩面夾擊，然後母親開始哭，父親開始吼叫，他們就會走進我心裡那片只屬於我、這麼多年都只有我擁有的地方。我毫不懷疑那會毀了我，然而我才剛剛嘗到草莓沾巧克力的味道，才剛知道「我愛你」這句話是多麼溫柔，讓人頭暈目眩。麥格辛購物中心前面能買到一大把花束，味道就像雨後的春天，身邊所有的顏色好像都更加鮮亮，好像自己身在一個童話世界裡。我該怎麼辦？

「我覺得最好的辦法是，什麼都別對你爸媽講。」三個月前我第一次把英格爾的事告訴外婆時，她這樣建議我。「你快樂嗎，克利斯蒂娜？」她問：「因為對我來說，這才是最重要的事。唉，但是我聽得出來，你很快樂。」

「是的，我很快樂。」我說：「而且無法想像永遠向爸媽隱瞞我跟英格爾的關係。我覺得自己好像逃出了孤立的監獄，那個我一輩子都被困住的地方，我不想回到牢房裡去了，外婆，我不想。」

「沒錯，但是就現在來說，」外婆說：「我還是像以往一樣愛你，你知道，而且我十分想見見英格爾，但是我覺得你爸媽——」

「對，他們不會平靜地接受。」我打斷她，她贊同我的話。

「對你媽來說會很難。」她說。話筒裡安靜了。

「我承認，我之前就有些懷疑，」她說：「尤其是你給你媽那本麗莎．阿爾瑟的書當聖誕禮物時——那本書叫什麼？」

「《天堂裡的五分鐘》。」

「對，講的是兩個女人談戀愛。」

「你覺得我媽看了嗎？」我問，但是外婆覺得她沒看。

「我看了，因為她沒碰。」她說：「我很好奇你買什麼書給她。」

「還有一件事。」我說：「英格爾比我大十歲，是個牧師。幾個月以前剛做了第一次布道。」

「牧師？天呀！」

「對，是牧師，」我說：「她很有同情心，敬業，而且唱歌很好聽。你應該去參加她主持的禮拜。她開始工作之前，會在家裡的客廳站著練習禮拜儀式，拿燭臺當酒杯用。」

「我親愛的孫女，我得誠懇地告訴你，我不太明白這件事，也可能是我成長的那個年代使然。但是對我來說最重要的是你又快樂起來了，不僅僅是對生命本身。」第二天落到信箱裡的信中，外婆這樣寫道。「我很好奇，英格爾是如何把她的生活方式連同她的工作統一起來，但是如果你說她是個善良的好女孩，那麼我就會這樣看待她。你知道我對聖經和主的態度，所以我才為你祈禱那麼多次，一直以來我一天都沒漏掉；我希望你做對自己而言正確的事情。我的一生中，也有過困難的時候，但是在那些日子裡，我都有自己的信仰和主來支持我。如果你跟英格爾的關係同樣能給予你支持，我會盡自己最大的努力去看到事情正確的一面。最真摯的愛與思念，外婆。」

我站起來，在赫爾辛格老家的房間裡來回踱步。想起我是怎樣坐在這裡，把自己畫進、寫進另一個世界裡，每當害怕床底下的聲音和天花板上尖叫的鬼怪時，就想像著自己被伊利諾爾抱在懷中。母親多次提到我擁有房子裡最好的一個房間，她很期待在我搬走之後把房間拿回來，但是直到現在，這裡更像一個冬天時選擇不開暖氣的房間。牆上掛著幾幅克里斯特爾的鉛筆畫，畫上是幾個長腿女人；還有花邊收納架，是我還住在這裡時就有的。刷成白色的梯架上擺著我留下的書，還有各種粉色、白色的小東西。我的地毯還鋪在地上，上面擺著父母的舊電視和一張棕色的扶手椅。

突然，一個點子闖入我的腦海：明天早上，父親送我回阿瑪島的公寓時，我跟他會有一個小時的獨處時間。如果我先告訴他關於英格爾的事，讓他轉告母親，我可能就不會被踢出這個家。因為他會太過關心她的反應，進而忘了自己的感受，而當他們準備一起給出反應時，我早就不在現場了。我努力設想之後還會發生什麼事，大腦感覺快要短路了，但是我不得不沙盤推演完。他們很可能會反應激烈，所以我們暫時沒辦法見面，可能要過好幾個月，甚至好幾年。我看著自己的手，它們緊緊地握住。很可能我再也無法回到這棟房子裡，無法回到這個房間。理智一點，我對自己說。目前的情況是，明天，你的生活就會炸得四分五裂。該怎麼辦？

我走來走去，仔細地打量眼前一切，從架子上拿起我小時候取名叫抱抱的舊玩具狗，然後從另一個架子上拿起幾本書，也把架子上面的塑膠籃拿下來，裡面是我以前的信件。我找到了伊利諾爾的信，還有外婆、雪麗、荷蘭的弗朗索瓦絲和斯洛維尼亞的海勒娜寄來的。我悄悄地走過走廊，從縫紉室裡拿出一個小怪獸，最後從客房裡拿出一個小盒子。如果我爸媽開始懷疑我在拿走那些可以拯救的東西，就會問問題，所以我只拿了很少的一點，可以塞進包包裡，不會太明顯。當他們在做飯的時候，我從客廳的桃木櫃裡拿出《寶寶的第一本書》，撕下幾張照片：艾妮塔和我躺在床上；母親和我坐在沙發上，正要給我朗讀一本童書；我還是嬰兒時，外婆抱著我。

「你能不能幫我把閣樓的門打開？」我問父親，他好奇地看著我。

「你上閣樓幹什麼？」

「得找個東西。」我說，然後他問我是什麼時期的東西，我聳聳肩膀，因為不管是什麼理由，都比說出事實保險：我只是想要上去和這些年都被鎖在裡面的東西說聲再見。我一邊走，看著自己想念過的舊玩具，還有從來沒想念過的成績單，一邊想著，這很容易就會變成像失去雪麗、參加自己的葬禮一樣難熬。但是想打垮我，光憑這些還不夠看呢，否則我早就垮了。我提醒自己，現在的我還有英格爾。瑪莉亞進了藝術史系，也住在阿瑪島上，離我只有五分鐘遠的路程，艾娃、多特、傑斯伯和伊達也都在；而外婆也已經見過了英格爾，然後還有英格爾的前女友，琪琪。她們通電話的時候，英格爾的聲音會變得不一樣，甚至更幼稚，更親密，她的公寓裡都是琪琪送的禮物：跟真的花豹一般大小的陶瓷擺件，底座塑成女人形體的銀色檯燈，帶玻璃板的架子。琪琪留下的所有痕跡，都讓我覺得自己好像多少已經認識了她。和英格爾在一起一個月之後，琪琪邀請我們去她在城裡的公寓吃飯。我太過興奮，走之前換了五次衣服，用英格爾的髮膠把劉海調了又調。

琪琪比我從英格爾書架上看到的照片所推測出來的還要高，而且一舉一動都自信無比，這一點相機是不可能紀錄下來的。

「我很期待見到你。」她有一種富有魅力的挪威口音，這一點相機也無法捕捉到。

「我也是，」我說：「英格爾跟我講起很多關於您的事。」

英格爾說我們得準備一件合適的禮物，所以我們買了五十朵白色玫瑰，花掉的錢夠我吃一個星期的飯。我把花束遞給琪琪時，她看了一眼，道了謝，好像這是理所當然的一樣。英格爾告訴我，她今年五十六歲了，住的地方很漂亮，但是我還是被這個像夢一樣的地方震驚得不知所措，這是一個我之前根本不知道自己有過的夢。

「你怎麼這麼安靜？」英格爾問我時，我正在參觀公寓：七間有著高天花板的房間，以半圓形繞著一個角落展開。我想要告訴她，我之前從來沒有去過大於兩房的屋子，也沒有進過這塊富人區裡的任何一棟房子——但是這樣說的話，我聽起來就像是來自赫爾辛格的克里斯蒂娜，而這是我最不希望發生的事情。琪琪家的地板被刷成了閃耀的深灰色，天花板和牆壁都是連成一體的白色，少數幾件精心挑選的傢俱頗有心思地擺放著，好像組成了一首詩，空間就是白紙。客廳正中央是一張深灰色的沙發，邊桌旁是幾張一公尺高的高腳凳，除此之外空無一物。餐廳裡一盞吊燈光線躍動，在圓形的餐桌上灑下閃爍的陰影。垂至地板的白色桌布上，擺好了銀質刀叉和鑲了金邊的成套盤子。三把白色的古典椅子擺在桌邊，好像三個逗號。

我害怕坐到句子裡，或者把空白拉大，但我成功從英格爾手裡接過斟滿夏布利白酒的水晶杯。她在屋子裡踱步，好像這是第二個家一樣，而且可能也真是如此。她跟琪琪在一起四年半，聽在我耳裡，就好像四個半永恆的年頭，她們用同樣的詞彙，「壯麗」、「宏偉」、「美妙」，伴著相同的手部動作。琪琪拿著花束走進客廳時，花已經剪好了，隨意地插在一個巨大的花瓶裡。而她黑色的衣服貼在身體上，好像摺紙一樣。

「哦，就是一件三宅一生。」我像瑪莉亞會做的那樣讚美她的衣服時，她回答道。我說他也是做了香水L'eau d'Issey的男人，那香水裡揉合了百合、荷花和西瓜，我正為了它在存錢。琪琪友善地看著我。

「我不知道這款，但是我也只用男士香水。」她說。我從來都沒有嘗試過男士香水，甚至根本沒有想過女人還可以噴男人的香水。我身上的還是那款莫斯奇諾，穿著低胸的細條紋夾克，加上配套的迷你裙，跟我那天晚上在巴布希卡見到英格爾時的打扮一模一樣。我轉過身，看到琪琪金鏡子裡映出的自己，感到如此幸福，內心幾乎完全放鬆下來。站在那裡的不是赫爾辛格的克里斯蒂娜，她比其他任何時候都更接近萊昂諾拉。

「你長得真可愛呀。」琪琪說。聽起來好像她在「可愛」一詞中間呼出了一口氣。我確定之前從來沒有人說過我可愛，也沒有人會在一個普通的週二用帶金邊的盤子為我呈上三道式的大餐。我們吃的是粉紅色的鮭魚配上「副菜」，像英格爾稱呼的那樣，琪琪也這麼叫。她舉起酒杯，和我乾杯，跟英格爾教我的方式一模一樣。

「不好意思，」我們剛認識對方幾個星期的時候英格爾對我說：「但是沒人會這樣拿酒杯。我希望這樣告訴你，你不會生氣？」

「不，沒事。」我說，而且心裡也這麼想。因為我還是世上最棒、戴著面具的反叛者，現在開始學習一切讓我未來能像個遊刃有餘的女人的事物。前面的路又一次長了起來。英格爾一時間看起來有些擔心。

「我之前也得教戴安娜這些東西。」她說。我突然好像可以清楚看到那耀眼的戴安娜坐在我現在坐著的地方。感覺好像我們兩個一起坐在這裡。萊昂諾拉和戴安娜。

「要抓住杯腳，這樣手上的油才不會弄髒杯子，」英格爾說：「然後這樣舉起來。看著我的眼睛，點頭，對，就這樣。然後把整個杯子舉起來。這裡，對。喝過之後，要再次目光接觸，點一下頭，再把酒杯放下。」

琪琪微笑著，把我的目光固定住，比英格爾習慣的要久一點。我點點頭，像英格爾教我的那樣，然後把酒杯放下來。經過英格爾的酒杯課之後，我每天晚上都要跟「別人」坐在精緻的桌邊，所以也知道吃飯時要把刀叉放在盤子上，這樣就不會弄髒桌布；起身時，則要把自己的餐巾放到椅子上，而不是桌子上；桌上的餐盤只是個裝飾；如果你不得不要用手的話，就要說：「我要用手吃囉。」用餐時要記得稱讚飯菜，並對桌邊的其他人提出有趣的問題。我才剛覺得自己有點像個遊刃有餘的女人，英格爾和琪琪卻開始聊起什麼好什麼不好，什麼是慷慨什麼是吝嗇，什麼是無產階級化的，什麼是中產階級的。這是英格爾最喜歡討論的話題，聽起來也是琪琪的。

「茶几是最中產階級的東西。」英格爾說，我眼前浮現出自己的茶几，感到十分愧疚，臉都紅了。我一直認真覺得最中產階級的東西是每一戶人家裡無法或缺的一部分。

「是的，我無法忍受那些吝嗇的人。」琪琪說。「那些堅持把帳目算清，要各付各的人。我願意把最後的錢都給你，英格爾，這個你知道。」

我靠助學金過日子，靠在水果廣場那邊輸訂單賺錢。每個月固定的支出交完之後還剩一千五百塊，而且還要吃飯。如果她們知道這些事情，還會歡迎我來這裡嗎？我想著這些，舉起了酒杯。

「啊，你買了泡芙當甜點！」英格爾叫道，琪琪給我們倒上配甜點的酒。就我看來，泡芙跟夾了奶油的圓麵包沒有什麼差別，把它們從普通日子裡特別挑出來，放到銀盤子裡就能得到一個新名字，這一點讓我驚奇不已。我看向英格爾，她對著我眨眼，每次琪琪去拿酒，她都會走過來親吻我。

「不錯！」她低聲說，我點點頭。

「對，也得謝謝你。要不然我肯定不夠上得了檯面，吃不了這頓飯。」

「哎呀！怎麼這麼說，琪琪很喜歡年輕女孩的。她很喜歡你。」英格爾說，我覺得她的聲音有一點冷，但是也可能是因為酒的關係。我們一個星期後又去拜訪了琪琪。實際上，接下來的幾個月裡，我們常常去吃飯或者和琪琪一起去潘俱樂部跳舞。

「那邊的女孩對我有意思。」琪琪低聲說，然後微微朝吧台那邊點點頭，那裡有一群身穿黑色的女孩，大概都是英格爾和我的年紀。她們的確看著琪琪的方向。其中一個舉起酒杯，微笑著。

「不好，她的光芒有點太露了，」英格爾悄聲說：「還是旁邊那個金色頭髮的女孩更好。」這裡的蕾絲邊都不會往我這邊看，因為她們以為我是個異性戀。倒是男同志們對我的外表讚不絕口，還帶著我跳舞。琪琪也會邀請我們出去吃飯，讓我們點想吃的菜，沒有約的時間她還會打電話。一開始的時候她只會打到英格爾家裡，但是沒多久之後也會打給我，或者在知道我一個人待在英格爾家時打過來。我心裡很驕傲，一個比我大三十六歲的女人覺得我有做朋友的價值。她還跟戴安娜做過朋友。

「我十分喜歡她。」她說。我要她多跟我講一些，但是只要每次話題稍微靠近了一點，戴安娜就好像變成了一縷透明的幽魂，琪琪的描述總是蜻蜓點水，而英格爾不願意提起她。我在網路上搜尋她的名字，可是沒有任何消息；我在酒吧裡也沒有見過她——而她，跟琪琪相反，在英格爾的家裡沒有留下什麼痕跡。

「你可以讓我看看你的舊照片嗎？」我請求英格爾，最後她終於打開了那個舊盒子，裡面其實塞滿了照片和情書，幾乎蓋不起來。當我們終於翻到戴安娜的照片時，我立刻注意到她看來和我最近的照片出奇地相似，這讓我擁有一種自己走在正確的路上沸騰的感覺。好像在一部精彩的電視劇中，從一個大家喜愛的演員手中接過了一個重要的角色。戴安娜和我坐在英格爾家的同一張圓桌旁，在同一張金色的床上，在同一個海邊，拿著同一個野餐籃或是吃著同樣裹滿巧克力的草莓。在其中一張照片裡，我們被英格爾的大家庭圍繞著；還有幾張照片裡，琪琪坐在我們旁邊。

琪琪是在挪威的孤兒院長大的。她講這些事情的時候，我能夠從自己在赫爾辛格的那些年中認出很多相同的感受和想法。她幾乎只有比她年輕很多的朋友，這讓對話容易了許多。她在我這麼大的時候搬到哥本哈根來，一個人都不認識，談起這個，我感覺到彼此之間有種連結建立了，從她的心連到我的。她熬過來了，我也會熬過來。

我站在父母家的閣樓裡，想著她肯定也會支持我。我把認識的人列出來，一遍又一遍，好像我能不能熬過來全靠他們：瑪莉亞、英格爾、外婆、艾娃、多特、琪琪、傑斯伯、伊達、西瑟勒、伊利諾爾和多特。我提醒自己，我有自己的公寓，已經學會了買菜、洗衣服、煮飯，文學課上得很好，父母沒有在財務上給予我支援，我也沒有欠下任何一毛錢。我不依賴他們，也不再依賴他們。第二天早上，當父親把車倒出來，母親站在門口揮手的時候，我感覺有如在災難發生前幾分鐘緊急撤離。

「我跟我爸說了我們是情侶。」一個小時之後，我打給英格爾時這麼說。我的聲音讓我想起那種剛削好的鉛筆，在碰到紙的瞬間折斷。英格爾問他的接受程度如何。

「他沒有接受，」我一屁股坐到書桌前的椅子上。「他先是在說『哦』之前停頓了一下，想讓我害怕那些他沒說出口的話，我也真的怕了。然後他說這很難告訴我媽，但是他下班之後還是得講。我跟他講了一點關於你的事情，他聽著，沒多說什麼，只說他們會給我消息，但是他也不知道會是什麼時候。」

「不過這比你想像的反應要好，不是嗎？」英格爾問。我看著自己的小公寓。客廳粗糙的白色牆面對著街道，臥室裡的紅色牆面對著花園，都還是原來的樣子，這讓我的心平靜了一些。窗戶像往常一樣大開著，從宿舍裡搬來的淺色傢俱也在我擺放的位置：上面堆滿了書的書桌、方形書架、長沙發、籐椅的椅背上隨意搭著一件毛衣、電視櫃、伸縮檯燈。茶几被我扔掉了；我還新買了一張復古的舊鐵床，帶著四根頂著小金球的床腳，再加上一張梳妝檯，就像伊利諾爾的女兒曾經擁有的那張。書前面擺著一張曼・雷的作品，裡面是馬塞爾・杜尚男扮女裝的樣子，還有一張雪麗的照片和印著露易絲・布魯克斯的幾張明信片。地上有個水晶花瓶，是琪琪給我的，裡面是一束百合花。她還送了我一個銀質的蚌殼、幾個用來裝香水的舊玻璃瓶，還有我披在肩上的這件黑色安哥拉山羊毛衣，因為就算是六月，我的公寓裡還是有點冷。傍晚時分太陽會斜照進臥室的窗戶，除此之外所有的房間就像現在這樣，坐落在陰影中。

「我覺得我爸媽的反應根本還沒有顯現。」我對英格爾說：「一切都得等到我爸告訴我媽之後才會發生，我知道那會是個地獄。」

「希望不會像你想像得那麼糟。」英格爾說。我感受到一種針扎般的沮喪，有這樣的一對父母，幾乎無法向旁人解釋清楚他們的行為，也許是因為連我自己都無法理解。天知道，我已經試過各種方法，包括向別人解釋他們的行為，我也努力去理解他們。但是到目前為止，所有朋友的回應都跟英格爾一樣，除了外婆之外，所有人都認為我反應太激烈。

我搬家那天的場景閃過腦海。父親幫我打磨地板，我們一起刷了牆，父母親都過來幫我整理最後的東西。父親把鏡子和照片掛好，母親清理了烤爐，擦了玻璃。我站在自己的廚房裡，把刀具放進第一層抽屜，感到如此幸福，周圍的色彩都強烈起來：金黃色的牆壁、深綠色的桌面、金色的櫥櫃門、銀色的刀。我長久以來想在阿瑪島上擁有一間兩房公寓的夢想實現了。我站在這裡，在一切的中央。母親走進廚房，看起來若有所思。我看得出來，她就要哭了，但是我想把自己的歡樂傳染給她。

「你在我這麼大的時候，夢想著住進的公寓是不是就像這樣？」我問她。母親曾經告訴過我，她二十多歲的時候曾想要一間自己的公寓。而且她的確在腓特烈松得到了一間，但是只住了七個月就跟我父親結婚，搬到了赫爾辛格的這棟新建的房子裡。現在她的臉在我面前崩潰。

「不是，我受不了。」她哭著衝出了廚房，父親出現在門邊。

「你又惹你媽傷心了？你跟她說了什麼？」

他的話像前面桌子上擺著的刀子一樣鋒利。我把剛才的話重複了一遍，聽到自己的心跳有力地衝擊著耳膜。

「你提這個幹嘛？」他的聲音低沉、嘶啞，這讓我更寧可他大聲吼我。「你明知道這會惹你媽難過。」

「我其實是想讓她高興。」我說。但是他已經消失到客廳裡去安慰她。那天剩下的時間裡，我們裝作一切都沒有發生。因為只要我們不談，事情就像沒有發生過，除了我一直在問自己，母親為什麼不像是替我高興的樣子。「她不可能是嫉妒吧？」一個微弱的聲音低語道。

「你寫完那篇葬禮演說之後，可以到我這裡來。」我對英格爾說，然後把多莉．艾莫絲的光碟塞進去。她在〈路西法神父〉裡唱到「什麼都阻止不了我飄蕩」。在〈嗨丘比特〉裡，她唱到「一切都不一樣／所以你快樂嗎？／你難過嗎？／我們都需要一個能投靠的朋友」，「我知道電話馬上就會響，我還是得待在家裡」。

到了晚上，外婆才哭著打電話給我。

「你媽完全崩潰了，」她說：「她在房子裡走來走去，說沒有你這個女兒。我試著告訴她，你還是那個克利斯蒂娜，就像以前一樣，但是她不聽。她對我吼，要我支持她。說她當作沒有你這個女兒，你們不再是家人，她不明白自己做錯了什麼，為什麼你要這樣懲罰她。我害怕她會瘋掉，這個我真的可以跟你這樣講，克利斯蒂娜。她說她不想活了，我覺得你爸應該已經給她一些安眠藥。但她要是再也醒不過來怎麼辦？」

我坐在自己的椅子上，盯著那深藍色、帶著銀色裝飾的電話。我在認識英格爾和琪琪之前就買了它，後來才意識到它多麼小家子氣，多麼沒感情，也讓人聯想到丹麥的銀行。看起來就好像在為銀行做廣告，媽的。

「你還在嗎？」外婆問，我說一半的我在，因為完整的我受不了坐在這裡聽自己可能是母親未來的死因。二十一年前，我從她肚子裡出來的時候，她就像耶誕節的烤鴨一樣被剪開再縫上，這已經夠了。那個被摔壞的瑪格麗特娃娃已經夠了。那些她伸出手去搆餐巾紙，擦乾為了我而流的眼淚的時候，已經夠了。我來到這個世界上，一直是為了盡量少考慮自己、盡量多考慮她的感受，現在我卻只想著拯救自己，留她一個人在路邊，身受重傷。理智一點，我對自己說。你很久之前就逃出了那個十幾年來都將你囚禁其中、隔離起來的監牢，現在父母親就是想要逼你回去。天知道你外婆現在正為什麼費力。你要怎麼辦？

「不管我媽怎麼威脅要死要活，我都是英格爾的女朋友，而且我沒想過要隱瞞。」我對外婆說，因為事實如此。然後事實重重地擊中了我，我差點把話筒摔到地上。外婆說她知道。我父母的反應太激烈，但她只對我一個人講。她哭著說不知道該怎麼辦，我打量著一張P. S.柯羅耶的複製畫，它曾經掛在我位於市沼路的房間裡。上面是個穿著藍色裙子的小女孩，她一個人站在斯卡恩的沙灘上，看著海邊一群玩耍的孩子。

「我覺得還是放棄現在說服我媽吧，她不會聽的。」我小心地取下那幅畫，它跟我的新生活沒有任何關聯。

「但我只是想讓你和你爸媽能夠交談，」外婆說：「我如此希望，如此祈禱，我很難過，每次……」

剩下的句子消失在哭聲裡。我說如果她一直哭的話，我們還是改天再打電話吧，因為要應付母親的情況已經夠困難了。

老天爺怎麼會以為我該承受這一切？我想要朝話筒大吼。一切就只有過錯和更多的過錯；一切都是我的過錯，都是我的責任。

「你不能怪我。」外婆用她最虛弱的聲音說：「我跟你爸聊天的時候，他說你最差勁的選擇就是當個同性戀。他說連吸毒的妓女都比這好。這句話太奇怪了吧！他還說你是個罪人，用性愛玩具，真是噁心。」

「性愛玩具？」

「對，他覺得所有的蕾絲邊都會用。」

「他從哪裡聽說的？他是認識多少蕾絲邊？」我問：「我的性生活干他什麼事？」

「我只是重複他的話，」外婆說：「他會確保你沒有繼承權。『我保證她一毛錢也得不到！』他這麼說的。」

「但那不是法定繼承權嗎？」

「按你爸說的就不是。」

我想要把自己的注意力放到可能繼承的財產上，但是腦子裡唯一清晰的想法就是：父母的反應跟我害怕的一模一樣，而且是用一種我從沒想像過的方式（到現在也還是無法相信）。這就是最糟糕的地方。

「你爸的結論是，同性戀跟戀童癖一樣，兩者都傷害別人。」外婆說：「他說你傷害的是自己的父母。」

一部分的我想笑，另一部分的我想要狠狠踢個什麼東西，讓它碎裂得比我還徹底。

「我的心臟，」外婆的聲音變得模糊。「我怕我要心臟病發作了。感覺好像是……我還是馬上給護士打個電話。」

外婆吃的心臟病藥和制酸劑數量驚人，難以控制，她自己也難以承受。但是每次只要一發生什麼不順心意的事，這些藥都沒能幫助她的心臟穩定下來，或者阻止胃酸馬上就要噴出來。不，你不能再加進來，一個潛在的死亡已經夠了，不准你也用死來威脅我。

「我明天給你媽打個電話，你等我的消息，怎麼樣？」外婆安靜地說，我問爸媽知不知道她打電話給我。

「不，不知道，而且他們也不該知道。這件事只有我們兩個人知道。」她說。我打量著蜷曲纏繞的電話線，眼前浮現出臍帶的模樣。接下來的幾個星期，一個又一個令人沮喪的消息都會通過它傳來。

「你媽已經無法進城了。她說赫爾辛格的所有人都因為你，在背後說她壞話。」外婆說。這是我很長一段時間以來聽過最瘋狂的話。赫爾辛格沒人認識我媽，也沒人知道我的這一面。但是我無法控制自己內心的畫面，幾個星期以來我都好像看得到母親一刻不停地在老家四處踱步，無法驅散自己的焦慮；不然就是躺在床上，吃下過量的藥物等死。

「聽起來好像她已經試過要自殺。」外婆說：「她沒有直說，但是我從你爸那裡感覺到了。我覺得她捱不過去，克利斯蒂娜，她也是我的孩子。我好擔心她。我試著給她解釋，說發生的事情不是世界末日。如果她不接受你，就會失去你，而且她也沒有別的孩子。『克利斯蒂娜是你唯一的女兒，』我對她說，『你要試著接受她，真正的她。』但是她只說如果我替你說話，她也不想再跟我有任何聯繫。」

我的公寓坐落在一個角落裡，建築的中央是圍起來的球場，周邊是停車的地方，中間有幾棵楊柳樹。樹的葉子那麼綠，顏色就在我的窗外顫動。我不是那種「沒有更好的就只能接受」的女兒。我不是沒有良心或者噁心的人，我的性向和交往對象沒有錯，這個我能感覺到。我沒有任何過錯。每次外婆打電話告訴我最新消息時，這句話就像一首短歌，一路從最低音飆升到最強音：我沒有任何過錯。我是自由的，這是我的生活，將來等這熬過去了，一切都會好起來的。

我在阿瑪島上的哥倫布影音店裡沒花多少錢就買下了莎拉．麥克勞克蘭的《忘我的追尋》，然後一直在聽這張專輯。她唱道「挺住／你要挺住／因為這會讓你痛不欲生」。文學課每週九個小時，課業很重的時候，或是我想要專心預習福樓拜的《包法利夫人》、湯瑪斯．曼的《威尼斯之死》、羅伯特．穆齊爾《沒有個性的人》、卡夫卡《變形記》和所有那些死去的白種男人的著作時，感覺都好像坐在最後一排看劇院的演出。伊達說她更想去讀法語。

「這個科系的人太低迷了。」她悄聲說，然後對著那群坐在第一排，照例說著蠢話的人努努嘴。

「我也受不了他們。」我低聲回答她。其中一個男的每次一開口就是「我跟海德格的觀點一致……」或者「根據布希亞的論點……」我每次都想要抽出一把水槍，朝他的脖子射。

整個基礎階段，我們唯二讀過的女性作品，就是吳爾芙的《燈塔行》和夏洛特．勃朗特的《簡愛》。《簡愛》在我心裡引起的共鳴比其他所有書加起來還要多：沒有家的少女、鬧鬼的莊園，還有所有的家族祕密。在文學理論課上，相同的荒漠徒步周而復始，直到那節分析女作家的文學理論的課。老師把它稱作女性文學理論。來上這堂課的學生比平時少多了，當他講到一系列維多利亞時期女作家的經典作品中，屋子裡漂亮女人跟閣樓上瘋女人的對比，那一刻我決定開始自學。自從高中讀到了七〇年代的女性主義文學和紀實文學的經典之後，我就開始淺讀大量的女同文學。我想讀更多的女性文學理論和比《簡愛》多得多的小說。只要我有去考試，滿足學校對於不同文學種類、語言和時期的要求，就沒有人會發現我一直曠課，把時間都花在學院的圖書館裡。我修了一門關於南方哥德式文學的課，課程大綱裡面有好多女性作家：卡森．麥卡勒斯、芙蘭納莉．歐康納和哈波．李。剩下的我都自學。我想我是如此擅長一個人，這些不可能比我跟父母之間的衝突更艱難。

「你爸今天在花園裡，徒手把那根死掉的竹子拔了出來。」外婆說：「你想想，他肯定是一時氣急了才這麼做的。現在他用力過度，連枝鉛筆都握不住。你應該不難想像他有多麼難受。你媽的工作做不了多久了，因為她覺得所有同事都在背後討論你用的那些性愛玩具。你爸說他對你失望至極。你媽問你們的關係裡誰是『男的』，她說這是違背自然法則的，她永遠也不會接受。我問他們，你們有沒有可能一起去做個家庭諮詢。但是他們不願意，因為你媽知道家庭諮詢師會說什麼，就是她應該接受你之類的話，而她不可能也不願意那樣做。對不起，我得把這些通通告訴你，我必須把這些話說出來。我只是想要你們都好，你知道。」

「沒事。」我說。但是掛了電話之後，罪惡感撲面而來，我幾乎沒法呼吸。是我的錯，因為我，所有人才這麼不幸，母親無法去上班，她和外婆又都快死了。我只是個微不足道的可悲壞人，只想著自己。

我逼自己走出公寓，騎上黑色的男士自行車。這輛充滿擦痕、無法變速的自行車，是我在紅色登山車和接下來都被偷走的三輛車之後買的。我掙扎著騎過長橋，那裡總是逆風。我穿過市中心，騎過赫斯諾德大街，朝著英格爾的公寓騎去，那裡比我的公寓感覺更像家。

「拿杯酒，到這裡來。」她說。她正站在廚房裡，櫃門都是鵝黃的顏色。上面沾著麵粉，香料在爐灶上散開來，空盒子堆成一堆，等著被帶下樓去丟。她一個人站在那裡，雙手忙著攪拌奶油，她要我拿枝勺子嘗嘗味道。

「你得吃些好東西，你實在是太瘦了。」她說。然後盛起一大坨番茄，放到藍色的玻璃盤上；那就像一坨血紅色的東西放在上面，整盤看起來又藍又紫的。跟她在一起的時間感覺有如肥皂泡泡，顏色一直在變換，但是泡泡一旦破了之後，留給我的就只有罪惡感。那天下午，外婆打來電話，告訴我她因為太傷心而引發心臟病住了院，我躺在英格爾金色的大床上哭泣。

「如果外婆現在過世了，我就一個親人都沒有了。」

這句話一出口，感覺好像更加真實。黑爾德緊緊地貼著我躺下來，大聲喵喵叫，但是它那柔軟而溫暖的身體並沒有讓我平靜下來。

「你外婆為什麼總是用你爸媽說的那些可怕話語來煩你？」我聽到遠處的英格爾問道：「她為什麼不能該死的閉嘴？抱歉我爆粗口了。」

我哭得太凶，無法回答。那種感覺就好像被扔到一口井裡，想要沿著井壁爬上來卻上不來。可能我永遠也爬不上來，我想。可能完全被刪去就是這種感覺。

被刪去之後

被刪去之後一個月，父親打來電話，說他和母親想要來拜訪。

「只能是我們三個人，」他說：「我們沒有任何意願想見英格爾。」

我想，如果我和父母同時在一艘要沉的船上，父親只能救其中一個，他無論何時都會選擇母親，任由我溺斃。「我不明白，他已經有了母親，為什麼還會想要小孩？」我在他們要來的那天寫道。他們抵達時，我打開門，母親伸出一隻手，好像我們只是之前見過少數幾次面的陌生人，她走進客廳，坐到我的籐椅上，雙手抱在胸前，腿蹺起來。我以為她的眼神會很複雜，像之前雪麗的父母一樣，但是她的眼睛很清澈，而且整個人還晒黑了。

「我想先說，我覺得你是個變態。」她開口道。我問她和父親想不想喝茶，或者他們更想回家？我說，因為我不想在自己的家裡被罵。

「自己的家！有人還真是翅膀硬了。」她說完，父親又馬上接口：「我猜也許你忘記了，但是以前我幫你換過很多次尿布，你最好還是說點人話。」

我注意到他們穿著幾乎一模一樣的衣服。牛仔褲，配同一版型的男女款圓領藍色針織衫。一個教派，我想道。一個敬畏我母親的教派，裡面曾經有兩名成員，但是我們現在正在驅逐其中一個，而且情況可能比想像中的還要糟糕——對於最後一點我並不驚訝。

「你能不能告訴我，我們到底做錯了什麼，讓你變成這個樣子？」父親問，他坐到我的方形沙發上，我把一張光碟塞進播放機，然後在白色的瓷杯裡倒了茶，茶杯是我從家裡搬出來的時候買的。

「什麼叫『變成』？」我坐到書桌前的凳子上。那些瓷杯看起來有些寒酸慘澹，因為我更熟悉英格爾那些帶著金邊和顏色的瓷杯，但是以現在的情境來說，這些杯子倒是合適。「我二十一歲，文學系讀得不錯，住在自己的公寓裡，生活完全自理，沒有借一毛錢，還有一個我愛的伴侶。」

我伸手從身後拿起那包放在書桌上的甘草糖，問他們要不要。

「牌子應該是叫藍色牛仔。非常好吃，我強烈推薦。」

我父母一致搖頭，父親的眉心皺了起來。

「我們聽的是什麼音樂？」他問。此時鋼琴聲和弦樂合在一起，我說這是拉赫曼尼諾夫的第二號鋼琴協奏曲，需要小聲點嗎？拉赫曼尼諾夫是英格爾介紹給我知道的，把她放在身邊能讓我安心，但是這一點我沒說。父親搖搖頭。

「你一直都這麼極端，對吧？我說得沒錯吧？」他指著我的書架。「有的時候一種書看太多了，就會以為寫的是自己，無法區分清楚，你懂嗎？你就是讀了太多關於同性戀和精神病的書，讀久了腦子裡都是這些東西。我和你媽看法一致，你現在是處於遲來的青春期，在叛逆。」

我在想，赫爾辛格的那張餐桌是不是有魔法。很顯然只要坐在它旁邊，你對一切都能信以為真，而且越瘋狂越偏執的想法，越有可能。我差點被茶燙到嘴，我說知道自己是蕾絲邊已經很多年了，但是只要還住在他們那裡，地獄裡就沒有絲毫可以出櫃的機會。

我很享受說「地獄」這個詞，知道父母親不可能容忍它。

「如果我那個時候出櫃了，你們會毀了我，就像你們現在正在嘗試的這樣。」我說。父親看向母親，然後挑起眉頭。我知道這個表情，意思是他們可以之後再說我壞話，在回家的路上，在車裡。我知道你們每一刻都在幹嘛，我想道。你們什麼時候起床，什麼時候睡覺，什麼時候吃什麼東西，你們怎麼討論其他人。「而且我也沒瘋。」我說，聲音比原本想像的要溫柔，父親用他炯然的目光看著我。

「哈！沒有嗎？」

我彷彿看到一把鈍了的刀，朝著同一塊早已壞死的肉反覆切下去。

「沒有，一九八一年同性戀就已經從精神疾病中刪除了，而現在是一九九七年。」我說。父母又一次交換了眼神，我突然發現，他們變小了。跟記憶中每天晚上坐在餐桌前的他們相比，顯得十分渺小，似乎你只要把他們徹底搖晃一番，然後放到家門外，權力就從他們身上一點一滴地消失了。

「我覺得你們的反應完全不正常。」我說：「沒有人會隨便叫別人變態，和說別人瘋了，更別提那還是你們自己的女兒。這樣很不對。」

「你的茶几去哪裡了？」母親坐在那裡，探過身去拿茶杯，我說那東西我扔了。

「錄影機呢？」父親指著幾乎騰空的電視櫃問道。

「壞掉了。」我說，這是實話。他們點點頭。

「我和你媽覺得，對所有人來說最好的方法就是『你一個人生活』。」父親說。母親補充道：「對，如果沒法改變的話，最好這樣。」我周邊的一切都變得異常清晰：身體裡的每一個細胞，每一次呼吸，還有我腦子裡漸漸形成的「不」。

「你們自己有興趣自己生活嗎？」我問。母親說那是另一回事，她和父親又不是違反自然的變態，他們也沒有噁心的性生活。

「你現在做的事情讓我反胃。」她說：「哎呀！等我一下。」

她起身跑到我的廁所裡，手摀著嘴巴。我能聽到她在裡面嘔吐。他們兩個人都瘋了，我想著。現在我的母親站在馬桶前面，為了我那和她沒有絲毫關係的性生活嘔吐，父親則開始準備讓她能夠做個瘋子，直到她死去。不管她變得多麼瘋狂，他都會永遠支持她。

「接受我現在是個成年人，你們沒有權利干涉我的生活或評判我的私生活，這樣不行嗎？」母親坐回到籐椅上時我問，接著看到自己的話直接飛過他們的頭頂，啪的一聲撞到了牆上。

「我不懂，」父親說：「好像你從家裡搬出去之後，就突然變了一個人。到底出什麼事情？」

「精神疾病就是這樣。」母親說：「而且你要知道，外婆也受不了同性戀。我年輕的時候認識一個男同志，她還堅持要我們單位開除這個人。同性戀跟她一輩子的價值觀和立場衝突。」

「有可能她在過去的三十年裡已經改變了想法。」我說，但是母親只是搖著頭。

「那只是因為是你，」她說：「她還是覺得同性戀違反自然，是錯的，這點我清清楚楚。」

外面的球場裡，有顆球重重地砸到了球門上。我們三個人都應聲轉過頭。

「還是隨時歡迎你回來看我們，」父親說：「但是我和你媽覺得，為了大家好，你就不要再提起英格爾了。我們不想聽到任何關於她的事，明白了嗎？」

「不，不明白。」我用自己那新的、友好的聲音說。同性戀可能真的是「不敢說出名字的愛[10]」，因為王爾德在一八九五年被判處了兩年的刑罰，但是現在，一百多年過去後，我沒有任何保持沉默的打算。我父母露出驚訝的表情。

「可是除了這個，我們還有別的東西可以聊啊？」父親試探著問。「就像以前一樣？」

「你會願意去拜訪一個不歡迎媽媽、你連提都不能提起的人家嗎？」我問，父親正要回答，說那是另一回事，因為……但是我已經站起身。

「接下來的前幾個月我可以獨自去拜訪你們，但如果要一直這樣假裝英格爾不存在，我做不到。不可能的。」我說：「你們還是回家吧。」

有一刻我感覺自己就好像《寂寞之井》裡面被拋棄的主角史蒂芬，但那是一九二八年。今天不可能與之相同。

「我想認真地請你不要把這件事告訴奶奶。」父親站起身說。我上次見到奶奶已經是好多年前的事了。小時候我偶爾會去她家裡度假，她好多次都暗示我像母親，而且這話不是讚美，因為奶奶深信是母親從她那裡偷走了她的大兒子。

「你選擇不給自己留後路，這點我們也很惋惜。」父親說：「你不尊重我們的界線。」

---

10 此句原文為英文：the love that dare not speak its name，是阿爾弗雷德．道格拉斯勛爵寫過的詩句，委婉地表達了他與王爾德的同性愛情。

我差點笑了出來，儘管這不是什麼好笑的話。

「我來確定一下我有沒有搞懂你的意思：我要尊重你們的界線，意思就是，你們不必尊重我的界線？我不給自己留後路，是因為我不願意拜訪你們，假裝成異性戀、單身的樣子？」

父親站在門口，面對著我。我穿著高跟鞋。我們一樣高。

「等你混不下去的時候，你會回來的。」他說。這話就像不知道從哪裡搧過來的巴掌。我一直都知道，如果我生活不幸，父母親不會來救我，而且更糟的是，他們會歡呼雀躍。我站在自己那牆壁刷成紅色的走廊裡，知道比起向父母尋求任何幫助，我更寧願去死。我像過去很多次那樣地告訴自己，我有義務為自己創造一種生活，我可以過的生活。雪麗死了，我還活著，等我終於熬過了這件事，就要再次開始寫作。我走進客廳，關掉拉赫曼尼諾夫，知道自己再也聽不了他的第二號鋼琴協奏曲。

半小時之後門鈴響了，外面站著我父母，穿著一樣的灰色羽絨衣，遞給我一台新的錄影機。

「舊的那台壞了嘛，我們就在阿瑪街那邊的芙娜音響店買了這台。」父親說：「我幫你裝好吧？」

後來我問自己為什麼能同意還道謝，這讓我感到恐懼。因為如果我們在經過剛剛的對話之後，還可以坐在同一張長沙發上一起尋找新聞台、娛樂台、電影台，照道理，我也可以坐在他們赫爾辛格的家裡，繼續虛偽下去。只要我們隻字不提英格爾，我也不去想他們視我為變態，寧可要個吸毒的妓女當女兒，這件事就幾乎不存在——只有等到他們離開之後，這件事才會高調地存在著，甚至可能讓我不得不打開所有窗戶，把母親坐過的籐椅扔出去，然後用床罩蓋住父親坐過的方形沙發——但我不要！我對自己說，就算我可以按照他們的要求進行偽裝，並不代表我必須那麼做。

當天晚上我把和父母親的對話全部寫下來，就跟以前一樣，只要一個舉動或者跟他們的一次對話留下了深深的裂痕，我就會全部紀錄下來。我希望這些交流在用白紙黑字呈現之後，會清楚一點，哪怕只有一點點。結果，它們也的確清楚地留在紙頁上，如此清晰，讓我不再懷疑父母親只會在特定條件下愛我，也讓我不必懷疑在未達到特定條件時，他們是不是就會拋棄我。我確定了，那不是愛，而是遠遠看起來就像愛一般的複製品，是我用了人生最初的十九年，盡一切努力想獲得的東西。

接下來幾天，我一直都在回顧我們的對話。話語和事實浮現，我記下那些之前不敢大聲說出來的想法。感覺上我們的對話比以往的都還要輕，可是他們好像又一次成功進入我心裡那塊屬於我的、這些年來都只屬於我的地方。我覺得自己不管做了什麼，都沒有被愛的價值，因為如果連父母親都不愛我，誰還會愛我呢？是的，英格爾說她愛我，但是我能信任她嗎？我感覺自己的靈魂好像破了一個洞，不知道怎樣才能止住流出來的血。「其他人看得到嗎？」我在日記中寫道。「還是只有我看得出來，我體內的一切都被染紅了？」

「我媽說的是真的嗎？你覺得同性戀是違反自然的、是錯誤的？」我問外婆，電話另一端的她沉默了。

「我可能的確認為那有點違反自然，這個你不能怪我，」她說：「但說它是錯誤的？不。我為什麼會覺得它是錯的？」

我告訴她母親說的那個故事，那個主角不知道是誰，應該是個認識的人，外婆竟然讓他失業，就只因為他是同性戀。

「這件事我沒有印象，」她說：「太久了，克利斯蒂娜，我根本不記得這件事。」

接下來的幾個月裡，外婆一次又一次地問我，我父母是否只是需要花點時間去適應我跟另一個女人在一起的事實？

「他們會在某個時候接受的。」她說。於是我念了父親在客廳對話三個月之後寄來的一封信給她聽。他的來信是要提醒我，別以為他和母親對我的看法會隨著時間改變。「我們對人該如何度過一生的看法，跟那是我們自己的女兒還是鄰居，毫無關係。痛（或是有別的叫法）當然更劇烈，但如果我們還希望能堂堂正正看著鏡子裡的自己，就必須保持自己的立場。」

「所以，我覺得他們不會接受。」我對她說。一年過去了，我們沒有任何聯繫。父親說他和母親想在我生日那天過來，會順便帶早餐麵包，我說歡迎他們，但是英格爾肯定也在場。父親便請我另外找個時間，他這麼寫道：「以便『我們三個』能單獨慶祝。」但那天是我的日子，我才不想換個時間慶祝，所以我建議他們，不如就悄悄跳過我的生日吧。父親回覆他十分惋惜，我竟然用這種方式斷開了我們之間的聯繫。

「感覺就好像在拍打軟綿綿的被子。」我對外婆說：「他們毫不尊重我，然後又怪罪是我的關係，我們才沒了聯繫。都是我切斷了聯繫，都是我不給自己留後路，這種不負責任的話也只有在赫爾辛格那張施了魔法的餐桌上才有人信。」

「你們三個都一樣倔。」她說。我問她，那她會建議我怎麼做？去拜訪他們然後假裝自己是異性戀還單身？還是一個人過？像五〇年代的人一樣假結婚？或是從現在開始一直偽裝下去？

「不是，但是你也可以稍微回家看看他們。」她用那最嘶啞、最不幸的聲音說道。「我知道你媽會高興的。我可以告訴你，她的狀況非常、非常地不好。」

「對，所以就別管我去看了他們之後會更加自責。反正只要我媽開心了就一切都好，對吧？」

「不是，我只是希望你和你爸媽能再談談。」外婆說：「我每天晚上都向主祈禱這件事，你知道的。」

對，而且你也努力想用自責一路把我引到赫爾辛格去，我心裡想著，但是沒說出口。因為我沒剩幾個家人了，而且我知道她的出發點是好的，而且隨時都有可能過世——尤其是如果我對她說了重話的話。

安娜-瑪麗打電話說她很擔心我。她經常打電話來。

「你撐得住嗎？」她問。她隨時歡迎我到她的農場去，但那也不是從挪威街拐個彎就能到的地方。

「我覺得你跟心理醫生聊聊會好一點，這樣你就不用一個人撐著。我們願意付錢。」

「真的嗎？」

「對，我們討論過了。」她說：「但這就是我們之間的事，好嗎？你不准告訴你爸媽，我們不想攪和進去。」

後來，我決定去看一位榮格派的分析師，是多特推薦的。分析師還在讀心理學，但是她那麼喜歡榮格，我確定她一定很優秀，只是看不太出來，因為她總是坐在一顆大球上晃來晃去。窗邊都是水晶礦石，而且她總是按著自己的心情穿衣打扮：橙黃色的一天、藍色的一天、金黃色的一天。我自己每次去的時候都是穿黑色的，因為她分析的我的夢，把它拿來和現實的聯繫比我想像中的要緊密得多。我的生活變得越來越沉重，我和爸媽還是沒有任何聯繫。我想問她能不能跳過這些夢，談談我那成堆的問題？但是我不敢，因為如果她把我趕出去，我就浪費了家裡的錢。只要我還來看她，就有希望，這些夢境的意義總有一天能幫到我。

英格爾以牧師的身分在一條電話熱線做義工，那些感到孤單或是有精神疾病的人可以打進來，抒解情緒或者一起做祈禱。他們缺人，於是我就開始跟著她每週做一晚的義工。

「真是盲人給盲人引路。」我說，但是英格爾只是笑著說我完全夠格。我很擅長傾聽，而且總能提供好的建議。她每天都要跟我說我的優點，但是讚賞對我來說還是件非常新奇的事，我總是不知所措。不過我也注意到，每次走進義工那些小小的辦公室裡，關上門的片刻，心情就平靜下來，就能把自己的問題推到一邊，然後接起一通電話。我很容易就能感受到和我聊天的那些人，並設身處地想像他們的境遇。事實上這跟寫故事一樣，能讓人在其中消散自我；只有消失在自己創造的人和世界中時，我才能堅定地寫下去。

電話裡的人告訴我，他們的天就要塌了，腦袋裡的聲音命令他們去做瘋狂的事情；他們有些人因為覺得孤單而哭泣，想要尋死。晚上我和英格爾騎車回家的時候，總是會抬起頭，看著騎過的一棟棟樓房，問自己，和我交談過的某某人，會不會就住在其中一扇亮著的窗子後面，覺得自己被人聽到、得到了幫助？他們常常問我怎麼樣才能熬過耶誕節。這是個很好的問題。我自己在耶誕夜會跟英格爾的家人在一起，不然的話我也無處可去。耶誕節是家人的節日，不是我的。所以在耶誕節和新年之間的那幾個晚上，都是我在這裡接電話。

「你必須要熬過去。」我對他們說，就像雪麗去世時外婆對我說的那樣。「一天一天地過，事情總會好起來的。」

「你確定嗎？」他們問，我說我確定。再過兩天新年就過了，所有人都有一個新的開始。這些話，我更擅長對別人說。

有一天深夜，一名五十多歲的婦人打電話來，小心翼翼地告訴我，她的兒子幾個月前出櫃了。

「我真希望是別的事情。」她說：「我實在為他擔心，因為他往後的日子會很困難。」

「但是這些困難的日子不該由你開啟吧？」我小心地問，另一頭安靜了。我能聽到她的呼吸聲。

「還有孫子的問題。」她說：「我們除了他沒有別的孩子，現在我就要想……但是也得接受。我的意思是……」

「是的，因為如果他想的話，還是可以有孩子。」我說，她嘆了口氣。

「問題是我家老頭子，」她說：「他從兒子出櫃之後就不願意見他，現在老頭子在那邊鬧脾氣，我也沒辦法去看兒子。你覺得我該怎麼辦？」

「你自己覺得呢？」我問，感覺到自己慢慢挺起了身子。這次不一樣，不再是跟那些孤單的人一起對著主祈禱，或者勸他們不要去吃過量的安眠藥（他們覺得那可以解決所有問題）。

「我愛我的丈夫，」我聽到她小心翼翼地說：「我不知道如果選擇去看兒子的話，我們的婚姻還能不能繼續。我的丈夫會很憤怒。」

「暴力？」

「不不，只是憤怒。」

「所以，你的婚姻對你來說比兒子更重要嗎？」我的聲音聽起來比內心的感受更加中立。話筒那邊沉默了。有那麼一瞬間我害怕她已經掛了。

「不，我不會這樣想，但是我能理解這件事可以從這個角度看。」她說。我面前的電話機燈號在閃爍，有人打了另一條熱線。我問這位婦人，她是否愛自己的兒子，但話筒裡還是沉默。

「當然了。」她終於回答我。「我只是覺得自己被分割成兩半，一邊是丈夫一邊是兒子，就是這樣。」

旁邊小辦公室的門打開又關上，電話燈號也不再閃爍。英格爾拿起了另一邊的話筒。

「我很確定，你兒子現在比你丈夫更需要愛。」我說：「如果你配合他一起拒絕接受兒子，兒子可能會很快感覺到你不是無條件愛他，也『沒有人』會無條件愛他，而這是你會帶給他最深的傷痕。」

我很習慣話筒裡的靜默，但不是像接下來的那麼久。

「你聽起來好像是親身經歷過？」她說，我轉過頭看向窗戶裡的自己。雙眼中的眼白格外鮮明。

「是的，」我說：「而且我願意盡一切努力確保我經歷的事情，不會再發生在別人身上。」

不顧一切代價。這聽起來像一個承諾。是我對自己的承諾。

「我知道你的意思了。」婦人說，她深深地吸了口氣。「我現在就給兒子打電話。至於老頭子，就讓他自己決定要怎麼辦吧。」

被刪去一年半之後，我鼓起勇氣，給克莉絲汀姑姑寫了一封信。我寫道，我不知道她知道多少，但是我跟英格爾在談戀愛，我父母則希望我一個人生活或是對我和她的關係閉口不談，所以我們一家三口就不再聯繫。我剩下的唯一家人就是外婆，還有農場那邊的一家人。我的堂妹西瑟勒，現在還住在家裡，但是她每年都會來我在哥本哈根的家待一陣子。我希望她高中讀完之後能搬到這裡來，那樣感覺就好像在城裡有個妹妹。我小時候跟克莉絲汀有很多美好的回憶，所以如果她願意的話，我很想再跟她重新聯繫起來。克莉絲汀馬上打電話過來，邀請我和英格爾到靈厄去吃飯，她和易布當時住在那裡。我太高興了，邀請英格爾到城裡的同性戀咖啡店塞巴斯蒂安去吃飯慶祝。「我有家人了！」我在日記中寫道。「我不再是孤身一人了！」幾個月之後克莉絲汀還邀請我和英格爾去跟奶奶一起吃飯。

我和英格爾都認為，比起要跟奶奶說實話，我們更應該在乎父親完全不想讓奶奶知道的想法，所以吃飯的時候我們告訴奶奶我們只是朋友。這個說法我們之前已經練習過很多次，因為至今為止，英格爾還只在哥本哈根區做過一些短期的牧師工作。一九九八年的教堂還很保守，如果公理會知道她跟一個女人談戀愛，她會很難獲得固定的職位。在牧師圈子裡有傳聞說有些同性戀牧師，都是憑假結婚獲得一份職務，就連那些已經離婚的異性戀牧師，很多都要假裝還保有婚姻關係，直到收到任職通知為止。

「公理會想要的是有著和睦家庭的牧師，這樣每個週日牧師都可以坐在教堂的長椅上。」英格爾無可奈何地說。其實，在教堂裡喝咖啡的空檔時間，也能看出牧師是否擁有良好的家庭關係。

「像你這樣美麗的女孩子竟然沒有結婚，真奇怪！」公理會的委員和其他會眾好奇地打量著英格爾，她看起來像芭比娃娃和住在海勒魯普的貴婦的混合體。

「啊，會結的！」她語氣輕鬆，帶著那完美的微笑，讓所有人都不禁回以微笑。

「你是不是也到了該生孩子的時候了？」

我想要臉帶熱情的微笑，把杯子裡的咖啡潑到提問者的頭上。

「到目前為止，我還在為家裡的那些姪子姪女忙得不可開交。」英格爾說，她照例引導著整個對話。

「你是英格爾的姐妹？」別人問我，英格爾微笑的嘴角更加上揚，帶著一種令我崇拜的權威，說我是她要好的朋友，克里斯蒂娜。

「我對神學很感興趣。我們會一起唱讚美詩。」我說，那至少是實話。我變成了演她好朋友的專家，那個說實話的克里斯蒂娜，在這種時刻不再真實了。然而，在那些我不會再見的人面前演是一回事，在我的家人面前又是另一回事，這點我在跟奶奶吃的那頓飯上便清楚地感覺到了，那時自己就像是在一部奇怪的丹麥喜劇中演主角，臺詞說出來十分怪異，可奶奶什麼都沒有察覺。她笑得很開心，好像很享受英格爾的陪伴，她對英格爾的牧師工作很感興趣，誇她長得好看。

回家的路上，我和英格爾問彼此，奶奶是不是察覺到了什麼，這讓我回想起那幾次，英格爾問我公理會的人是不是猜到了一點，準備開始在背後議論，因為她覺得某個人看她的方式變得有些奇怪，或者話中有某種暗示。

「這不值得，都不值得了。在跟家人見面的時候我們就不要再演朋友了。」我對英格爾說，但是也慶幸沒有這個必要再演下去，因為那天我們走了之後，克莉絲汀就把英格爾的真實身分告訴奶奶，從那一刻起奶奶開始全心支持我的父母。

「你爸告訴我，你奶奶在字典裡查了『同性戀』這個詞。根據你奶奶的話，上面白紙黑字寫著那跟戀童癖是同一個東西。」外婆說。

「但是奶奶幾乎不識字，」我說：「你覺得她是不是把同性戀和戀童癖看混了？」

「不，你爸說不是，」外婆說：「他說你奶奶再怎麼樣也已經活到這麼一大把年紀了。」

「相信我，她這輩子可沒學到什麼東西。」

「我也相信你。」外婆說：「而且我覺得這樣說自己的孫女很奇怪。我幾乎想說她很無知。她有跟你聯絡嗎？」

奶奶給我打過一次電話，那是在克莉絲汀剛告訴她關於英格爾的事情之後。

「你聽我說，孩子。」她說：「就在我們家旁邊，有戶人家有個兒子，叫格林。他也是獨生子，像你一樣。他是個討人喜歡的男孩，每個月都固定來看他爸媽好幾次。」

我童年時期的擋箭牌格林．梅德羅斯出現在回憶裡，他穿著夏威夷T恤，唱著熾熱的情歌。我完全不知道他現在怎麼樣了，還有傑森．多諾文、雷夫．馬奇歐、銅管樂隊的尼克拉，還有其他那些我跟雪麗謊稱愛過的男人。

「對，格林總是一個人來。」奶奶說：「他跟另一個男人生活，但他的父母不需要聽他講這些事情。他在他們面前把這些給隱瞞了，他顧慮到他們的感受。他們一家人的關係很好，很親近，因為他尊重父母的底線，你懂嗎？」

我慢慢把電話線纏到手指上。過去的一年半裡，透過這條電話線傳來一堆又一堆的垃圾。我問奶奶，這個格林的故事是什麼時候發生的，大概什麼時候。奶奶說她不記得了，但她覺得我該好好想想這個故事。

「如果格林一直隱瞞著，你又是怎麼知道他私生活的呢？」我問，奶奶笑了。

「所有人都知道，」她說：「我們只是不說。」

說不定你們都會說，只是你們都在背後議論彼此的事情，直到面紅耳赤。我盡可能用友好的語調對奶奶說，我很抱歉，害她白費力氣打這通電話，但是我不會像格林一樣。

「那就拜拜了，拜拜，我的孩子。」奶奶說。我手裡拿著已經掛掉的電話，想像跟格林一樣度過一生是多麼沒有意義的事。我跟英格爾這一年半來在教堂裡喝的一次次咖啡，相比之下都算輕鬆。一次又一次，我好厭倦去演那個好朋友克里斯蒂娜。

接下來的幾年，電話線成了我跟父母親最頻繁的聯繫，不過並不直接。透過它，我從其他家人口中聽到他們過得多麼糟糕，他們和我奶奶現在又對我和我那變態的、違反自然的、噁心的愛情生活發表了什麼言論。大一點的家庭聚會我要麼沒被邀請，要麼就是被單獨邀請並且不准帶英格爾出席。我跟父母親坐在一起，實在太彆扭，所以到最後都只好婉拒出席。我就這樣變成那個只與幾個家人相見、交談的人，他們偷偷知情，偶爾為我說話，但是當我的父母變得憤怒（每次都會）的時候，他們就會閉上嘴。他們一次次地說自己不想攪和進去，捲入我父母的立場裡。在家庭聚會上，我就是大家都不去聊的那個人。

「你爸媽裝作你完全不存在的樣子，」外婆說：「全家聚餐的時候你都沒被提起。」

她的語氣聽起來好像我應該為此而鬆一口氣，但那幾乎是一層新的難過，疊加到還沒來得及散去的傷心上面：我的父母因為我而感到羞辱，他們更想做的是，把我完全從他們的生活中刪去。

沒有一天，我不在腦子裡翻來覆去地想自己的情境。它被眼淚醃過，因自責而變得沉重，但是終究還有一處光亮：自學文學課比我想像中的要簡單。可能很多人都選擇了自學，但是我去的課太少，根本看不出來。上完南部哥德式文學分析之後，我唯一的課就是女性和性別研究，循著二百年來的女性現實主義者。來上這門課的有二十位女學生，我印象中她們都是金髮、打著耳洞、穿著淺色的襯衫。我記得她們的名字，只是因為我們每節課都坐在相同的位置，我們討論卡蜜拉·科萊特的《區長的女兒》、維多利亞·班奈迪克森的《錢》還有湯瑪斯琴·瑰林珀格的《每日故事》。我每次都會看向禮烏，她剪著男孩般的短髮，打扮充滿左派的作風，雌雄難辨。我想到她的時候，總是會想用「他」，不知道行不行，但是我最後決定只要不說出來，就不會帶來什麼傷害。

有一天禮烏在臺上講「酷兒理論」，我在下面做筆記，手都抽筋了。他在寫英文論文，用到了很多專業詞彙，比如性別展演、異性戀正常化、性別扭曲、變裝、戲仿、父權體制、知識／權力理論和顛覆策略。我在筆記本上記下，「查巴特勒和傅柯。查羅西·布雷朵蒂和伊芙·可索夫斯基·賽菊寇。」課後我留下來，想跟他聊一聊，但是他根本沒有看向我。我在自己的香奈兒小鏡子中檢查妝容。人還在，口紅也沒花。回家的路上，我突然明白了，他對我的感受，應該就像我對班上其他人一樣。我的心沉了下去。我可能是想要像《雙峰》裡的奧黛麗一樣，並且和一位女牧師談戀愛，但是對他來說，我不過就是那穿著淺色襯衫群體中的一個。

我的目光望進雅典娜書店，看到席莉·胡思薇的處女作《眼罩》。那家書店總讓我想起赫爾辛格溫馨的老圖書館，所以經常去逛逛。我沒有錢買書，卻還是在看完封底簡介之後買下了《眼罩》，上面寫著：席莉·胡思薇席莉·胡思薇和保羅·奧斯特是夫婦。小說講的是這位年輕的、無家可歸的愛麗絲·衛根，跟紐約一些模棱兩可、真假難辨的人接觸之後，替自己創造了一個新的身分。我讀到停不下來。在一條漫長的小道上，一個男人透過相機鏡頭偷走了她的靈魂，愛麗絲打扮成男人的樣子，被送到了邊疆，糾纏在正常人和發瘋的人中間，語言也不通。不知道禮烏有沒有看過《眼罩》？但是我不敢寫訊息去問他。

我把這本書看完之後，又看了一遍。我毫不懷疑，自己夢想中要寫的那本書有點像它，又有點像《簡愛》。平常一有時間，我就會描寫那些年輕、沒有家的女人，她們兩手空空，到了新地方，換了新名字，給自己一個新身分，然後從頭開始為自己創造新的生活，可是每次寫了五頁、十頁、十五頁之後，我自己的生活就蓋過了故事本身。我努力想要找回她們的心跳，但是都消失了，我只得把這些稿紙放到一邊。我答應自己，等一切歸於平靜，我要重寫、再創造自己經歷過的事情，寫成更宏大、更好的東西。

被刪去兩年之後，我坐在新朋友露易莎位在萬洛瑟市的客廳裡。她用一把銀壺倒咖啡，上面的把手雕成英文字母G的模樣，我們兩人之間是上了漆的桌面，在燈光底下閃耀。

「我根本不相信爸媽會再聯絡我。」我往後靠，靠到她公寓裡那纏綿的寧靜中，這跟我那充滿電話報告的公寓和英格爾那沒有生活氣息的公寓形成了強烈的對比。後者開始變得讓人心累。

「我了解他們，他們做了一個決定之後，無論如何都不會改動。就好像一輛車的司機在撞倒了好幾棵樹、前面就是懸崖時還堅持往前開。如果有人指出再往前開是沒有意義的，司機就會攤開雙手，宣稱他沒有責任也沒有過錯。」

我描述的畫面太過嘈雜。露易莎寫短篇散文，裡面是空蕩蕩的白色房子，綠色的蘋果樹晃動著枝幹，女主角們穿著紅色裙子來回走動。一大段都在描寫一位無名的男人為一位無名的女人煮雞蛋，她半閉著雙眼，打量著他。露易莎把這叫「女性享樂」，拉岡的理論在文學課上是固定內容，我們兩個在讀研究生的時候都讀過。我沒有提起自己更喜歡佛洛伊德和幾百頁的長篇小說。我也沒有告訴她，我自己也會寫點東西，因為我要事還想跟露易莎做朋友，就要遵循她的規則。其中一個就是我要削弱自己的光芒，好像幾乎不存在一樣。這種感覺就有如一件最舊的T恤，你穿著它的時候幾乎都沒感覺。

一年前的這個時候，我和露易莎還沒有交流過半句話，儘管我們已經一起讀了兩年的書。她讓我想起電影裡的法國女演員：有強烈的自我意識，同時又很內斂。我們有一次在學院的走廊裡撞見彼此，我想要打招呼，可她只是嘛嘛嘴，望向我身後。我當時和伊達走在一起，她已經轉到了法語系，但我們還是朋友。她轉過頭去看露易莎，紅色的捲髮在搖擺——只要有什麼事情惹她煩的時候，她的頭髮會變得特別紅，幾乎是橘紅色的。

「露易莎總是急急忙忙的。」她說這話的時候沒有降低聲調，就像英格爾面對同樣狀況時一樣。當我和伊達在一起的時候，她會「惹禍」，我也會。我聽著便笑了。

「你覺得她看到我們了嗎？」我問。

「嗯，當然看到了。」伊達說。然後我們提到露易莎的雀斑和頭髮同樣顏色，都像著了火。伊達又說：「她就是那種無聊的文學史人。她在巴黎住過一段時間，這是她跟另一個聰明人講的時候我聽到的。她還想用法文寫作，但是寫得不怎麼樣。真是令人驚訝。」

「我從沒聽過露易莎開口說話。」我說，伊達快速遞來一個眼神。

「那你也沒錯過什麼。」她說。但我還是嘗試跟露易莎點頭、微笑、說你好。暑假開始的時候我一個人坐在學院的圖書館裡，她走進來開始在書架上找書。

「我買了去泰國的機票。」她朝著我的方向說。我驚訝地發現她的聲音竟然像小女孩一樣。

「三個星期，一個人。我要每天都做按摩。」

「聽起來不錯！」我的聲音裡有一種興奮，出乎自己的意料，因為我不喜歡給不認識的人按摩。

「嗯，是嗎？」她說著走到我的桌邊。她告訴我，她賣掉了房子，因為想要盡量減少擁有的東西，這樣還可以有點積蓄，享受一點奢華。在對話中我知道她跟自己的父母也沒有任何的聯繫，那一刻我的內心綻開了煙火。除了琪琪之外，我從來沒有見過任何一個和我有著相似故事的人。事實上，露易莎的父母是離婚，她的童年很美滿，還有一堆很親或還算親近的兄弟姐妹（她也見不到他們），扣掉這些我們的故事很相近，而且我很容易就能把那堆不同之處拋在腦後。後來我們走到學校裡的咖啡店繼續聊天。整個秋天我們輪流向對方訴說自己的故事，細細地描述，我慢慢能看到她的人生年表在眼前展開。

「我剛開學沒幾天就注意到你了。」她說，然後把PJ哈維的《慾火高漲》放到播放機裡，「我叫安潔琳／你見過最美麗的一團混亂」。

「你穿著粉紅色的夾克，坐在祕書處對面，吃胡蘿蔔。」

「顏色不太協調，」我說：「粉紅和橙黃。」

「但是你看起來很別致。」她說。我不敢問她，那為什麼她用了兩年來忽視我，不過我還是回答她也是。露易莎比我大兩歲，她和作家圈子裡一位有名的詩人談過戀愛。她就要出版一本散文詩集了，而且她對父母及其他人劃下的界線比我認識的任何一個人都要清楚。當父母寄禮物給她時，她會原封不動地寄回去，絲毫不覺得愧疚。

「那些都是物質上的，我不想要他們的東西。我想要他們的尊重。」她專注地看著我。

「所以你希望再收到他們的信，還是更想要一個人自由？」

我環顧她的公寓，這裡就像她的散文：白色的空間，東西很少，都是對她很重要的東西，不然的話她早就扔掉了。半空的書架上有幾疊書，幾張CD，還有一枝鉛筆插在玻璃杯裡。

「如果我爸媽還是像現在一樣，我更想一個人待著，不見他們。」我說，然後在腦中幻想一部水彩的洗衣精廣告，花朵慢動作般落到一堆白色的毛巾上。只有這樣，我才能確保自己的聲音對露易莎來說夠輕、夠溫柔。「在心裡的某處，我還是期望他們有一天能夠變得理智起來。我不是說真的有這個希望，因為他們沒有什麼朋友，只會跟彼此聊天，還有就是跟奶奶討論我，所以也不會有什麼新觀點。」

露易莎點點頭，她那光滑的長髮滑落到眼前。

「你要堅持自己覺得正確的事情，」她說：「一切自有天意。宇宙就是這樣。」

我表示贊同，儘管並不了解宇宙定律也不相信上天註定。我瞇起眼睛，這讓我們兩個人看起來更加相似，完全可以當姐妹。露易莎天生下巴較寬、眉毛更濃、眼睛和頭髮的顏色更深、顴骨更高，但是我有多年使用化妝品和深色頭髮創造相同效果的經驗。看著她白皙的皮膚、深色的頭髮、紅唇，我真的很想問她，她是不是也覺得我們兩個很像，但是我害怕她會覺得我自負。

「有人以為我是俄國人，」她說：「俄國或者波蘭。」

「那是很棒的讚美耶！」我說。我是真心羨慕，但她只是聳聳肩，然後跟我講起現在追她的那些男人，還有她在過去幾年拒絕過的那些。我在這種對話裡沒有什麼可以貢獻的，所以我就傾聽、點頭。她給我們又倒了些咖啡。

「我媽前幾天突然來了。」她說著點燃了一根香煙。

「你媽？你很久都沒有跟她聯繫了，對吧？」我問，露易莎深吸了一口氣，然後把煙吐出來。

「對，但是有一天下午她突然出現在我的門口，擁抱我，說她想我，受不了我們不聯繫。只要我們的關係能好轉，她什麼都願意，不管是自身要做的改變和其他的一切，她都願意。」

露易莎看起來沒有一點高興的樣子，我搞不懂。如果是我媽不請自來，說出類似的話，我會幸福到發瘋。而現實是我給她寫了一封又一封沒有寄出的信，因為我知道自己的話只會直接飛過她的腦袋。我在最近的一封信裡寫道：「當我不是你以為的樣子，我對你來說就什麼都不是嗎？如果你願意發問，我就會告訴你一切，但是你只是扭過頭，說你不感興趣。你不想再做我的母親了嗎？」

「那多好啊！」我用水彩洗衣精廣告的聲音對露易莎說，她聳聳肩。

「等著看吧。」她說：「她反正得自己面對。我能察覺出我現在需要這樣。」

我清楚地聽到父親輕蔑的笑聲，說：「你說你需要這樣？一切都是你！你！你！是吧？」一部分的我十分羨慕露易莎，她能夠堅持去感受自己的內心，堅持自己的直覺。另一部分的我又可憐她這一生都充滿了結束的情誼，而且毫不懷疑我們之間輕而易舉就可以成為下一個。如果露易莎覺得她需要跟誰斷開聯繫，就會用自己感覺最正確的方式來傳達，通常是寫一封信，信裡面她會埋怨對方是個目光短淺的粗鄙之人，不值得她的友誼。她給我大聲讀過其中的幾封，然後是那些朋友努力寫下的回信。他們的回覆幾乎毫無作用，就像作家在收到不好的書評之後在報紙上刊登的回應一樣。

我想露易莎的腦子裡肯定沒有朋友清單，也不會將自己能否生存下去跟他們扯上關係。她不會因為被有關係的人拋棄而恐慌、焦慮，所以她也沒有意願去盡一切努力避免它發生。我坐在她的公寓裡，輕聲慢語，側耳傾聽，放低自己的姿態，但是每次我們一起度過了一段時間之後，我總是會害怕收到一封道別的感謝信。

不過，第二天我倒是收到了母親寄來的一個包裹。裡面是一件家裡織的挪威毛衣，上面是米色和磚紅色的圖案，還有一張黃色的明信片：「親愛的克里斯蒂娜，希望你一切都好，這裡是來自爸爸媽媽的『暖心』的問候。希望合身。」除此之外，沒寫別的。我手裡拿著毛衣，坐在那裡想著露易莎的母親，那個願意做一切，只要能改善她和女兒關係的母親，而我的母親，則願意織一件毛衣。這個想法讓我內疚起來。母親花了那麼時間織這件毛衣，努力做這件事；父親也告訴過我，母親會藉由讓我穿得暖和來表達自己的愛意，但我卻根本不領情——沒錯，其實，我更想要拿起一把剪刀，把毛衣剪成碎片。

「做你感覺正確的事。」電話裡的露易莎說：「或是把毛衣寄回去。跟毛衣相比，你不是也更想要你母親的尊重？」

但是我不是露易莎，這件毛衣感覺也不只是物質上的補償，我沒法直接寄回去。所以我寄了一張明信片給母親，感謝寄來的毛衣和他們有惦記我，但是我更想要她和父親的尊重和無條件的愛。幾天之後又來了一個包裹，這次是一雙手套，跟毛衣用的是同一款毛線。「非常感謝你的問候。」她寫道，「還剩下一些毛線，所以給你織了一副手套。」我把毛衣和手套都放到了櫃子的最裡面，偶爾看到的時候，都感到一種深沉的罪惡感，不得不把公寓裡所有的窗戶都打開。

在我被刪去的三年之後，我收到了一封父親打字列印的長信。我在日記裡寫道，「這封信把我之前就已經知道的東西，編織成了一張寫著『你的錯』的巨大毛毯。是我的錯，母親現在丟了工作，而且她還無法去城裡，因為所有的人都在討論她；她無法找到一份新的工作；兩人必須從赫爾辛格搬走，精神狀態都在走下坡路；母親和外婆的關係也被破壞了；母親沒有辦法實現她的夢想。我不可能再往身上擔更多的過錯了，因為那樣的話我會溺死其中。可我又有什麼辦法呢？」那封信很多天來都躺在書桌上，在我的靈魂上灼出一個個洞。我想要把它放得遠一點，但是它燒穿了我的抽屜、我的書，還有那放著舊日信件和明信片的黑盒子。盒子一直都放在我的衣服櫃上面。

父親在信的最後寫道，他和母親清理了閣樓，把我所有的舊東西都送到焚化爐，只保留了舊成績單、童書和一些收藏。如果我願意的話，可以去取。我一遍遍地讀著這個段落，直到眼淚落到手上才發現臉已經哭花了。那些只是無用的死物，我提醒自己，但是一想到娃娃伊利諾爾和其他各種玩偶、筆友來信、玻璃珠、跳房子的石頭、跳繩、玩具、我的外星人小裝飾和所有那些小玩意現在都被燒掉了，變成了灰，感覺就好像父母在我人生的前十九年裡捅進了一根竹籤。

「所以，你爸媽是把你所有的東西都丟掉了？」瑪莉亞看完信之後問。我們坐在她離我五分鐘路程的公寓裡喝茶，聽尼克．凱夫的《謀殺歌謠》。

「沒有，還有舊的成績單他們沒丟。」我說：「誰不想把小學的作文簿和算數本留下來？這是一定要的啊。假如我幸運的話，他們可能把我的舊信紙、娃娃和貼滿貝琳達．卡萊爾、桑德拉的剪貼簿也留下了。哦，對了，還有凱莉．米洛。」

我朝音響點點頭，凱莉．米洛的聲音傳來「他們叫我野玫瑰／但是我的名字叫艾莉莎黛。」

「最難過的是，我聽我媽一遍遍地說她父母沒有給她留下任何童年時的東西，只有瑪格麗特娃娃和那本《小歌謠》。好可憐啊！可是她現在也這樣對我。」

「嗯，真是罕見。」瑪莉亞說：「很少會看到兩個人能在自己親手創造的麻煩中這麼淡定，這麼沒有愧疚之心。我去找一輛車，我們過去吧。」

「過去幹嘛？」

「當然是拯救你的收藏啊。」她說。斜射進窗戶的太陽光好像微笑的眼睛。「你不能把信紙和娃娃也丟了吧。欸，你真的是貝琳達．卡萊爾的粉絲？」

「頭號粉絲。」

我把準備寄給父親的回信遞給她，請她讀了之後真誠地回答我，這封信是否該寄出。「自從我從家裡搬出來之後，就常做同一個噩夢。一星期兩到三次，已經快四年了。我夢見自己被鎖在你們的房子裡，無法呼吸，也出不去。有時是晚上，我要安靜，不能吵醒你們；有時是大白天，你們在客廳裡；有時房子裡有其他人，我不能被別人看到；有時各個房間裡都藏著無名的人。然後我會在某個時候找到一個出口，衝出市沼路，但是我跑啊跑，怎麼都跑不出去，或者就是剛跑出幾步就被打倒在地。」

「別寄。」瑪莉亞把信遞給我。「你爸讀了這封信，會覺得自己還能支配你。不能讓他得到這種樂趣。」

「但是他的確可以。」我說著喝了一口茶。「我要麼就是做這個噩夢，要麼就是夢見自己坐在餐桌前，坐在父母中間，他們一直嘲笑我。我絕對是對於要再坐到他們之間感到焦慮。」

「但是這次我們是兩個人。如果他們再嘲諷你的話，我就把他們打倒。」瑪莉亞說。「你放心，不會發生的。」

她用自己斜著的、用黑色眼線拉起的眼睛仔細地看著我。

「對了，你最近有跟英格爾見面嗎？」她問。「我們上次聊天的時候感覺很戲劇性。我是說你們的分手。」

我們的分手。聽起來如此地確鑿，也的確如此。每當我想起自己跟英格爾的相遇，就好像看到唱片機的針被放到一張新的、性感的唱片上。但是三年之後，我清楚地看到，我沒法就著這支歌寫作。我們的生活裡有太多的演戲、太多的難過和太多教會的設想。感覺漸漸變得像白天的酒吧一樣破舊。而且英格爾想要的關注比我能給的多很多，就算現在我只是個學生也一樣。跟她在一起，平常的日子不再存在，我為此而愛她，但我也想要一些空間，一些寧靜。幾個月以前我離開了她。她拿回自己的大門鑰匙，我也拿回了我的。

「我前幾天去看她了，非常溫馨。」我說：「她有個新女友，是琪琪的一個前女友，我們之前見過幾次面。而且羅伯特也不在我的生活裡了。」

羅伯特是我在諾威斯特新聞監控中心的主管，我一週去幾次，負責把廣播電臺和電視裡的新聞寫下來。

「對，他最好是像飛一般的離開了你的生活。」瑪莉亞說，我笑了出來。羅伯特比我大十四歲，跟我調了幾個月的情，以為不會有任何後果，但是我單身之後，發現沒有必要把一切可能都說死。理論上說，外婆說的「可能性」還是有道理，我只是還沒有遇上對的男人，而羅伯特的確有他歷經風霜後的魅力。他是個工人，手很靈活，但是腿可能更靈活，才會風一般的一下回到前妻身邊，一下又回到我身邊，或是離我們兩個都遠遠的。結果，在很多天沒聯絡之後，他打電話來說想再試試。有的時候他保證說七點會來，但是到了十一點半才出現，有的時候則根本就沒來。所以我抽離了，同情他在我之前肯定也牽著鼻子走過的那些女人。

「之前他打電話來，問我願不願意到某個海港的碼頭前，看他環島航行。」我說：「他是認真的。我跟他說我沒辦法站在碼頭上，表演那個盯著男人在某艘愚蠢的船上航行的女人，他當然很生氣，但我至少是實話實說。」

這時瑪莉亞的男朋友走進來，說他先走了，我們跟他揮揮手。

「那露易莎呢？」她問，我嘆了一口氣。最近她寄來了一張明信片，一面是一顆大大的紅色愛心，另一面是道別、感謝。她寫道，她覺得自己無法再跟我做朋友了，希望我可以讓她一個人獨處，不再打擾。她在明信片上簽了自己的名字，除此之外，別無其他。我從那之後再也沒有她的消息。

「啊，這樣很幸運。」瑪莉亞說：「不是嗎？」

「我只是覺得我做了這麼多，就為了遵守她那個散文世界裡的一切規則，就為了能繼續和她當朋友，」我說：「但是不管我做什麼，都不夠，對吧？只要她感覺到一些完全感性、不可預料的東西，她就會選擇這條路。」

瑪莉亞挑起眉頭。

「這聽起來就是你跟你爸媽的故事重演。」她說，我表示贊同。

「我也想了很多自己做錯了什麼。」我補充道。瑪莉亞點點頭。

「我猜到了，」她說：「只要有任何過錯和責任，你都隨時準備好要承擔，對吧？」

「但是你聽我說，」我解釋道：「露易莎的明信片是在她生日過後幾天寄來的，我那天穿了一件新的黑色低胸裙，傷害了她。那是個錯誤，我應該要能想到的。」

瑪莉亞想知道我說的是不是那件漂亮的黑色H&M低胸裙，我最近一直穿的那件，我點點頭。當時我正站在一邊和露易莎的朋友聊天，聊得正起勁，捕捉到了一絲曖昧。那個人叫瑪緹娜，是個畫家，有像麗泰・海華絲一樣的嘴唇。這時露易莎走進來，看到穿著那件衣服的我，哭著跑出客廳，我趕緊去追她。她站在走廊裡，上下打量著我，說我是故意搶她的風頭。「這是我的生日，就連在這一天，你都想做那個最好的、最引人注意的，」她說：「你一直都想爭，但是我不爭。」

「對，還真是不意外。」瑪莉亞冷冷地說。「過去一年你都一直在確保她是全世界最好、最引人注意、最美、最聰明的人，完全就像你對待你媽那樣。你不累嗎？」

我想要跟她解釋，這種事情非常普遍。就好像一首在腦子裡輪播卻記不得歌詞的歌，但是瑪莉亞搖了搖頭。

「寫這種信的人都是惡魔。」她說：「你應該離他們遠一點，尤其是那些會把抱怨寄給朋友的女人，以為這些事害她們想要發牢騷，所以她們自己就是對的。你絕對不該生活在收到這些信件的恐懼中。你爸的信就夠了。」

桌上列印出來的紙張捲了起來。

「但是我和露易莎很像，那種感覺多好！」我說，瑪莉亞掩飾不住自己的驚訝，但她也沒想掩飾。

「很抱歉我得告訴你這件事，但是你們不管怎麼看都毫無相像之處。」她說。我暗示說只要把眼睛瞇起來一點，我們的顏色和風格就都一樣。我想瑪莉亞不懂我有多想和某個人很相像。她的母親、姐妹和阿姨長得跟她都很像，而我誰都不像。我只有一點像很久很久以前的母親，在她有了我之前，還跟英歌做朋友、還會感到高興時的母親。那就好像是個正在消亡的物種，只能在黑白照片上看到。我是這個物種裡唯一一個還有顏色的，而我根本不確定自己能否活下去。

回家的路上我把父親的信撕成一條一條的，然後在它把我的背包燒出洞之前，隨便找了個垃圾桶，把它扔了。我沒辦法再背著它了。

「你準備好了嗎？」一個星期之後，我們開過赫爾辛格的木材廠，能夠看到城市的樣子時，瑪莉亞問我。我們開過那低矮的超市，開過加油站和伊利諾爾去過的那家健身中心。那些熟悉的鄉間小路比我記憶中的要更寬、更荒蕪。很多公里以前，看到第一張寫著赫爾辛格的路標時，我的肚子就開始痛，離市沼路越近，我手心的汗就越多。

「我很高興你跟我來了，」我對瑪莉亞說：「我很緊張。」

父母的話就像水銀一樣充滿毒性。浸入到身體裡之後，就再也不會出來。變態、違反自然、噁心。在開心順利的時候，我還勉強能把這些字眼放到一邊，但是當我像現在這樣，過得不好的時候，感覺自己就像被他們下了毒。

「如果我們不去討論比天氣更大的話題的話，應該會順利的。」我說，瑪莉亞點點頭。

「天氣，赫爾辛格最愛的話題。」她說：「這本來應該是件很容易的事，而你爸媽以前也給過人驚喜。但如果他們要提的話，我很樂意告訴他們，他們該為你驕傲。你完全自立，甚至還完全不依靠他們。」

「前幾天外婆還告訴我，我爸媽覺得我的人生不是什麼值得驕傲的東西。」我告訴她。然後看著一個孤零零的自行車手在房子一角拐了個彎。

「可能你外婆也該閉嘴了。」瑪莉亞說。「那只是個評論。」

我上一次看到這棟房子時，母親還站在門口，和我揮手道別，不知道我要開始撤離。這次的門是關著的，所有的植物都精確修剪過，木樁都刷了新漆。如果父親信裡說的是真的，這棟房子馬上就要出售了，因為我帶給他們的羞恥太過沉重。看這個樣子應該不難找到一個買家。

「我們走前門還是後門？」瑪莉亞問。我朝前門點點頭。

「來，我們敲門。」

母親開門的時候，我的鼻子立刻捕捉到一股洗衣精的味道，是小時候的味道。這時跟她和父親握手很奇怪，但是跟他們擁抱應該更奇怪吧。

「進來吧。」母親用她尖銳的聲音說。是那個她和陌生人說話用的聲音。我環顧四周，走廊比記憶中的要短要暗，而廚房則更明亮，可能是因為他們把窗簾撤了下來。客廳裡沒有我的照片了，但是這一點外婆已經給我打過預防針。

「他們把你的一切痕跡都清除了。」她在我被刪去幾個月之後告訴我。「沒有照片，我猜是都扔掉了。」

餐桌還是那個樣子，只是加了個盤子，現在有四個人的位置。

「你媽做了一點飯。」父親說。一枝內疚的箭刺向我。她花了時間為我煮飯，而我只想著把飯趕緊吃完，越快越好。瑪莉亞捕捉到我的目光，溫和地笑著。

「聽起來不錯。」她說。我在一旁思量，我怎麼能跟兩個真心認為自己一切的不幸都是因我而起的人一起吃飯呢？還是我只要坐下來，吃點炒雞蛋就好？說「謝謝，我想多吃一塊醃好的鮭魚」，假裝最近的水銀中毒都不存在？看起來是如此。曾經，我是這個世上最棒的偽裝反叛者，偷偷學到了所有瑪莉亞的說話技巧。這次是我們兩個人一起來完成任務。我們大笑著，禮貌地在正確的時候回答問題，一切幾乎都很正常，除了我幾乎喘不過氣來、汗流浹背之外，我還能按照命令偽裝，但是時間長了，越來越難。

「哦，來看看給你留的東西吧。」父親打開客房的門，裡面我的舊床被作業簿和成績單蓋住了。「我們給你拿了些紙箱，這樣就可以把這些都塞到箱子裡。看看。我幫你們摺好。」

我說他只要摺一個就夠了，他不解地看著我。

「你不想把學校的東西都拿走嗎？」

「不用，我只是想拿走那些對我有意義的東西，像玩具、娃娃還有小東西，對，就是你們丟到焚化爐的那些東西。」我說。瑪莉亞和我把貼紙、娃娃、人偶和明星的照片放到一個紙箱中，裡面還有一些童書。

「那其他的怎麼辦？」父親指著那一堆堆看起來很丟臉的紙張問道。「我以為……」

為了場面好看，我拿走了高中的英文作文，上面都是蘇珊娜的筆跡，還有我小學的數學和生物報告，但是他們還是無助地看著那些紙堆。

「你沒拿多少。」母親說。她的語氣好像外婆逼著客人再多吃一點的時候會用的。「你的舊遊戲呢？」

她指著「大富翁」、非洲棋和船艦遊戲，又一枝愧疚的箭刺向我。她替我把這些遊戲保留下來，我卻不想要也不想再擁有它們。我把箭拔出來，仔細看著。搞砸了，我想道。我站在這裡，感到愧疚，心情沉重到承擔不起，而我父母卻完全沒有對任何事感到愧疚的樣子——儘管做錯事的人是他們，不是我。我是他們所有匱乏情感的倉庫嗎？一張擦屁股的衛生紙？我把這些念頭丟到一邊，說我們得走了。

在車裡，瑪莉亞用餘光瞟著我。

「這次的經歷真奇怪。」她說。我指著自己的喉嚨。

「我都憋到這裡了。」我說：「我爸那封指責的信、露易莎的明信片，還有外婆的電話報告，這些糟糕的事都堆到這裡了。過去的三年，我每天都在害怕我媽或外婆會因我而死，這一切太沉重，我幾乎站不起身來。但是他們明明也都是大人，我爸媽還有彼此，我才二十三歲，還是一個人。我沒有懷疑過，一直以來都知道我的成績對我爸來說是唯一重要的東西，但是今天……」

我朝後面的箱子點點頭。上面堆了一疊成績單。

「真是夠了，瑪莉亞。焚化爐就是最後一根稻草。」

「是的，這就像是從零開始。」她說，我同意這個說法，也看到一隻握緊的拳頭擊穿了牆壁。

穿過牆壁的拳頭

接下來的幾個星期我把公寓牆壁刷成了閃著光的白色，交替聽著ＰＪ哈維和馬勒的音樂，並且大聲跟自己講話。

「你以為出櫃不會比雪麗的死和參加自己的葬禮更加難熬，但是過去的三年就是場長長的噩夢，摻雜著恐懼、愧疚、排斥和心靈中毒。每一天你都吊在越來越細的繩子上，你自己知道對不對？」我把音樂的音量調大，從慢歌到馬勒的第十號交響曲，直到我被號角聲和提琴聲所籠罩。「你沒有代替雪麗死去，你還活著，所以你要給這次生命最後一次機會，讓它變得值得，如果這次沒有成功的話，你就把那根線剪斷。我們說好了？」

我看著自己的雙手。它們沒什麼特別之處，但是至少屬於我，必須把我盡快帶到一個更好的地方，因為我就是那個等不到修正帶乾、鋼筆印乾、墨水乾的女孩。我是那個把下一句話抹掉的女孩。我閉上眼睛，眼前浮現出雪麗的模樣。

「我就是太擅長等待了，等著一切都乾了，你也是這麼覺得吧？」她帶著苦笑問。「我連自己想要經歷的一半都還沒經歷到。」

「你覺得如果你還活著的話，我們今天還會是朋友嗎？」

她在思考，我看得出來。

「我走的時候，我們幾乎都不了解對方，所以很難說。」她講道。

諾威斯特的兼職我都申請晚班，這樣就不用見到羅伯特了。我還是很想跟他上床。我寫新聞報告的時候用力過猛，鍵盤上的按鍵都蹦出來。塑膠在我的手裡融化，不論男人、女人，只要我碰過，身上就會留下灼傷。我無法跟任何人推薦自己。「我光著腳，一個人，穿過所有房間。」詩人納蒂亞．艾森伯格寫道，我的感覺就像這句詩一樣。我不知道一共有多少個房間，而且根本就不確定自己是否能穿過所有的房間，但是至今為止我只是把一隻腳邁到另一隻的前面。

「說好的是，你要為自己創造一個可以寫作的生活。」我對自己說：「如果你明年能把大學的報告都趕完，延長助學基金，每週去寫幾天晚上的新聞稿，然後放棄電話熱線的義工工作，你就能在之後的半年裡全職寫作，而不再是每個星期寫那五頁、十頁、十五頁。那些年輕、無家可歸的女人，白手起家，為自己創造新的身分，開啟新的生活。她們不會再待在你手中死去。」

我把自己的長沙發、伸縮檯燈、電視櫃和書桌都扔到回收站，ＰＪ哈維還在唱著「但是我想要手裡有把槍／我想要去另一個國度」。我唯一留下的就是梳妝檯、帶著小金球的舊鐵床，還有放滿書的方形書架。雪麗的照片、露易絲．布魯克斯和馬塞爾．杜尚男扮女裝的明信片我也都留下了。我在霍爾霍斯路上的二手店裡找到了一張帶著黃銅把手的舊書桌，還有一張圓桌，四隻桌腳弓著，我在上面刷了一層亮漆，然後去IKEA買了一張郵筒般鮮紅的沙發。還有一面幾米高的金色鏡子，是我從一家做歇業大拍賣的家居店買的，那裡的東西都是為了日子過得比我精彩的人準備的。我在雅典娜書店發現了一本封皮是粉色加黑色的書，書名是《夠了！我說出來了》，這應該是為我寫的書，所以我也買了。

在我的兩房公寓裡，只有朝著花園的臥室偶爾有些陽光，所以我把它改成了辦公室。我把書桌搬到窗前，外面是花園裡的兒童遊樂場，看起來好像一所森林裡的幼稚園，聽起來也像。我常常想要把一切呻吟、抱怨的東西都一槍斃掉，所以這樣想來，窗外的風景對我的心情很有幫助。然後我去買了一個路由器，這樣在家裡就可以上網。後來我發現路由器還有個好處，就是上網的時候沒有人能打電話進來，一下子便擺脫了外婆的每日報告，那是一種極大的解放，但一直上網又太貴了，所以我開始把電話線拔掉。其實，我很奇怪自己之前怎麼沒有想到這個辦法？

舊鐵床、梳妝檯和金色的鏡子都被我拖進了那對著楊樹的昏暗房間裡，然後兩間房之間的門被我收進了地下室，這樣它們就連通了。最後我買了一隻顏色像烏龜的小貓，然後叫牠伊利奧特，或者就叫伊利，像當初叫伊利諾爾時一樣。我很久都沒跟她和多特見面了。她們不來，我也不去格賴斯泰茲，那裡離赫爾辛格太近，我會肚子痛。我想只要還有伊利奧特，我就得活下去，如果到了實在熬不下去的時刻，也要記得把朝著街道的那扇窗戶打開，這樣牠可以自己跳出去。

在新佈置好的第一個晚上，我戴上粉紅色的半截手套（從十月到三月都要用，因為公寓裡太冷了，我都能看到自己呼出的空氣），坐到書桌前，旁邊一壺咖啡和一包藍色牛仔甘草糖，我開始寫日記，原本是用自己控制之下的意識，但是每當我放開手的時候，文字反而變得更好。「父母親可以把我的一切都扔掉，他們可以不尊重我，他們可以把過錯都推到我的身上，但是他們無法再把我毀了。結束了。」我寫道。「我二十四歲，一個人住，但是我擁有自己。」伊利奧特緊緊靠在我的電腦螢幕上，呼嚕著，我撫摸牠帶著虎斑的肚子。

「是的，我還有你。」我對牠說，然後抬起頭，因為花園的另一邊有什麼東西在閃，在秋千和滑梯的後面。我瞇起眼睛。又閃了一下。伊利奧特轉過身，盯著外面的黑暗，牠的尾巴翹了起來，好像對什麼緊張起來，我摸著牠的頭，讓牠放輕鬆。

「我們在這裡很安全。」我說。我打開最上面的窗戶，夜晚的冷空氣能讓新刷的油漆瞬間乾掉。「現在我只缺一樣東西。」

我找到那張從赫爾辛格的教堂辦公室寄來的表格，把克里斯蒂娜降成了中間名，然後把萊昂諾拉寫在最前面。可能一換上新名字，魔法就會消失，但是我不想再頂著那個舊的、皺巴巴的名字過日子了，一天都不想。填到姓氏時我猶豫了一下，寫下了斯高烏。我其實很想把姓改成跟外婆一樣的「施密特」，但是我沒有改姓要花的那三千塊。我目前所有的積蓄都用在傢俱、油漆和伊利奧特的疫苗上，而且我必須存錢買一台新電腦，越快越好，因為舊的這台螢幕會突然變黑，重新啟動之後是DOS模式。接下來的三個星期我只剩五百塊可用，如果想在夏天到來之前拿到新電腦的話，接下來的幾個月應該也是一樣的拮据。但是會過去的。我以前一毛錢都沒有也熬過來了。

花園那端的窗戶又閃了一下。絕對像閃光燈。我憑著自己頗差的夜間視力，看到光是從對面二樓灰暗的窗戶發出來的。伊利奧特已經站了起來，尾巴翹著，望向對面，我倒了一杯新鮮的咖啡，思考這個情況。我這棟樓裡住在同一樓層的人都有窗簾或者百葉窗，一到晚上就拉上，有的時候白天也是，但這是我的生活，我不想藏在任何東西後面。牆、天花板和門就已經夠了，我一邊上網一邊深深地嘆氣。羅伯特寫了訊息給我，上面寫著他清楚知道自己像個傻瓜，不值得我愛，但是他想念我。今晚能不能出來一起喝杯紅酒？

我完全可以預想自己把衣服扔掉，跳到他那間以前是馬鈴薯倉庫的房子裡的大床上，因為我喜歡他的味道。在我擁有過的情人中，他是最好的一個，但其他方面的表現很差勁，在我身上留下的唯一的痕跡，就是他消失的次數，而那只會讓我感到更加的孤獨和無用。我一口喝掉咖啡，畫上夜晚的妝容，用了紫色的眼影，那是克莉絲汀在耶誕節時送我的禮物。我找出一件黑色的緊身長裙，是伊達從羅馬尼亞來的朋友幫我做的。我把它反穿，這樣前面是圓領，後面開得很低。琪琪給了我一件黑色大外套，蝙蝠袖，伊凡．葛蘭達爾牌的，我套上它，繫上腰帶，然後把領子立起來。最後噴了莫斯奇諾的奧莉薇娃娃，穿上母親的黑色漆皮高跟鞋，戴上一雙皮手套。

「幾個小時後見！」我對伊利奧特說，然後朝著金色鏡子裡的自己點點頭。因為這面鏡子的緣故，整個臥室看起來要大很多。我看起來像八〇年代漢姆特•紐頓鏡頭下的一位肩膀很寬的模特兒。我騎上黑色的男士自行車，找到最近的郵筒，把那張寫著新名字的表格投進去，感覺也像八〇年代的模特兒一樣。有一瞬間，我在考慮要不要騎到東橋那邊，給羅伯特一個驚喜。我一個小時之內就能觸碰到他，但是那樣就好像一部有著太多瑣碎情節的重播肥皂劇，所以我還是朝腓特烈斯貝騎去。伊達跟我提起，她和她的幾個同性戀朋友今晚會去一家鋼琴酒吧，名叫「親密咖啡店」，如果我願意的話可以過去看看。我一條腿剛邁進去，就感覺這裡的一切都對極我的胃口。空間很小，粉刷成了紅色，玻璃是彩色的，舞臺上燈光閃耀，三角鋼琴旁的鋼琴家在演奏〈舞曲〉，朦朧的香煙霧氣罩住了吧台和桌邊的人。我點了一杯白葡萄酒，對伊達招招手，她坐在很裡面的一個角落，兩邊的位置都有人了，我四處看看，在一位高個、深色捲髮、留著報童頭的女士身邊找到了一個空位。她坐在那裡喝啤酒，專心在本子上記東西，指甲塗成了紅色。她穿著鉛筆裙，蹺起腿時，能看到絲襪後面的釘子圖案。淺色的罩衫下面能窺見黑色的蕾絲上衣。她轉過來的時候，我心裡快樂地冒泡。

「珍妮！」

一年半以前，在塞巴斯蒂安，她問我能不能坐到我和英格爾旁邊的空位上。我們馬上就聊了起來，一整晚都黏在一起，但是英格爾一直在吸引我的注意力，我在兩者之間掙扎，最後我把她拉到一邊。

「我沒有在和珍妮調情，如果你這樣想的話。」我低聲對她說，同時打量某張桌子旁邊一位皮包骨的男人，他在看報紙。我剛開始出入同性戀場所的時候，得了愛滋的男人還處處可見，但是幸好現在國內也有了雞尾酒療法，最近幾個月，越來越少見到這些饑餓的身影了。

「我只是很喜歡珍妮。」我說：「她太有才華了。你聽不出來她輕輕鬆鬆就能把文學、戲劇、電影、古典音樂和新的性別理論拉到對話中嗎？跟她在一起，世界彷彿都變得龐大了，你感覺不到嗎？」

「但是他為什麼穿著女人的衣服？」英格爾問。我不明白這個問題有什麼關聯，所以直接忽略。我和珍妮之間的聯繫是一根閃著金光的線。我能夠伸出手去，把她拉得更近，但是不能在我跟英格爾還是情侶的時候，因為她擁有我，像她帶著那並不掩飾的驕傲說的那樣；因為她把自己的嫉妒拋光、打磨，直到閃閃發光，然後遞到我面前，好像那是一份禮物。我在擁抱珍妮的時候告訴她，一直都希望能再見到她，現在願望終於實現了。她抱著我，說她也是。

「你跟英格爾怎麼樣了？」她問，然後把筆記本放到地板上那碩大的深棕色男用背包裡。

我跟她碰杯，像英格爾教我的那樣，說我們沒在一起了，但還是朋友。目前我正在解決和男主管的關係。

「麻煩事啊。」

「嗯，我試著向一切的可能性開放，但有時成功有時失敗。」我說。這時演奏鋼琴的人把曲目切換成了《鴛鴦戀》的主題曲。伊達走過來擁抱我，說她那邊有位子了，我說我還是更想坐在這裡。

「所以你還好嗎？」等我們又單獨在一起時珍妮問道，我說我不知道，但是至少現在把名字換成了萊昂諾拉，這應該是個新的開始。我不太確定開始的是什麼，但是不管怎樣，都不會是作為異性戀的新生活。羅伯特和我在床上的時候感覺最好，但我常常忘記他的名字，走在街上的時候，總覺得自己好像是一場戲中被錯置的人物，其他人看起來都十分真實。他最大的夢想是接手外公外婆在阿瑪島上的別墅。他把那個叫獨棟別墅，但只不過是七〇年代典型的建築，就像我父母家一樣；而我最大的夢想是當作家。我們都覺得對方的夢想很遙遠。但是在此刻，一切都是該有的樣子，就像珍妮說的：「跟你在一起，我並不覺得自己被錯置了。你要知道這是一件多麼令人輕鬆的事情。」她說著，撫摸過我的手臂。

「我再去要一瓶啤酒，」她說：「你要不要再來一杯白葡萄酒？」

我點點頭，心裡偷偷希望她能付錢，因為我沒有錢再點一杯了，如果伊利奧特和我下個星期還想吃飯的話。珍妮比我大二十歲，有著固定的、發展不錯的教育事業。我們像這樣坐在這裡，她肯定沒有想過我比她窮那麼多。

「只能說，羅伯特不是我第一個想到的人。」我說。她走過來，把酒杯放到我面前。「我跟過的所有的男人都是這樣。他們沒有在我的身上留下什麼深刻的痕跡，不像女人。我真希望可以反過來。如果我是異性戀的話，我的人生會容易非常多。我的家人、我的外貌，很多異性戀男人都對我感興趣，男同志們也很喜歡我的風格，但是蕾絲邊很少注意我。我就是沒有真正的蕾絲邊樣子，從來都沒有過。」

而你也沒有，珍妮，我想道。因為你的美學就像我的一樣。你很清楚，對吧？

「也許可用ＴＰ理論來說吧？」她問。我聳聳肩，說那些理論在八〇年代就已經過時了。有一次在巴布希卡，幾位蕾絲邊朝我和英格爾走過來，問我們知不知道這是蕾絲邊酒吧，因為她們覺得我們可能走錯了。我完全可以去模仿她們那種雌雄同體的審美，融入她們。我不是沒考慮過那種可能性，但是我打破了一個盒子，可不是為了再走進另一個裡面。

「你內心覺得自己是Ｔ嗎？」珍妮問，我搖了搖頭。

「沒有，我只是喜歡打扮。」我說。這句話說出來之後，我意識到這就是事實。我能感覺到的唯一的東西，就是一隻擊穿了牆的拳頭和一股不可抑制的想要寫作的衝動。我不知道這偏男性還是女性，因為我哪邊都沒有感覺到。「你過得怎麼樣？」我問：「還在意那個前女友嗎？」

珍妮的回答越來越長，有越來越多的事情要備註。我想著，能夠跟一個我夠感興趣的人聊天多美妙啊，我想要走進她所有的故事，在裡面盡情地逗留。騎車回家的時候，我的包包裡塞著珍妮的電話號碼。

幾個晚上之後，我和伊利奧特坐在床上讀《夠了！我說出來了》。原來是一本女性主義選集，裡面是一系列和我年紀一樣大的丹麥女性，她們紀錄下自己在日常生活中因為性別、種族和年紀，而遭到的打壓和歧視。這是繼《眼罩》之後，我讀過最有共鳴的一本書。我又重讀了一遍《眼罩》，因為我在春天想寫一篇關於這本書和新性別理論的大論文。已經十二點、一點、兩點了，可是我完全沒辦法放下手中的書。就好像那個時候我躺在宿舍裡，看麗莎．艾瑟時一樣，但是這次更好，因為這些女人真實存在著。她們就在城裡，我完全有可能認識她們。她們分享的一個又一個經歷，我都能切身感受到，除了沒人提到我因為同性戀的身分而受到的鋪天蓋地的打壓和歧視。

「我覺得我經歷的一切，都驗證了這些女人所寫下的對性別的規定。只是在我這裡變得更加清晰。」我對電話裡的珍妮說。她說很討厭在電話裡聊天，但是就這個話題我們可要多聊一會兒。她問我有沒有看過巴特勒的《性／別惑亂》？凱特．博恩斯坦的《性別是條毛毛蟲》呢？她有很多異議，但是書中的想法很有趣。

「如果你不遵循規範，可能就要花上一輩子跟爛事打交道，」我說：「我明白人會想要融入。如果我不太合群，或者更加脆弱，或者害怕被排斥的話，應該也會這麼做。我覺得我必須把這些寫下來，應該為這部選集做貢獻。」

「那明天見吧，」珍妮說：「七點到北橋我這邊吃飯，對吧？」

我開始上網搜索這本書的投稿者，發現其中好多人都是某個女性組織的成員，我當下決定加入。這部選集在網路上能看到的所有藝文媒體上收到的都是批判性的評論，只有一本女性主義的網路雜誌給出了好評。這名評論者也是該雜誌的編輯，她在最後的結語寫到覺得「缺少了一位想要被稱作女人的年輕女同志的文章，這樣才能提供她第一手的親身經歷。」我把這句話讀了好幾遍，但除了這位女性主義雜誌編輯想要讀到一些我想寫的東西之外，讀不出其他的意思。

第二天我很早就起床，戴上粉色的半截手套，坐到電腦前面，旁邊放著一壺咖啡和一隻打著呼嚕的伊利奧特，牠半個身子都躺在鍵盤上。「小時候，尼爾斯和古納還有他們的小狗麗莎，就住在我家隔壁。」我開頭這樣寫到。但是想到父母最後總會讀到這篇文章，母親最終會因悲傷而死，我的肚子就開始痛。我多喝了幾口咖啡，寫下父母不准我去看尼爾斯和古納，因為他們是同性戀。當我很多年之後發現自己是那些父母不准我去拜訪的人中的一員之後，就更在乎自己對於作為女人的期待是什麼。我的眼前浮現出《閃舞》裡面的粉絲霓虹燈，我想要跳舞，只要寫得越多，渾身就會越輕鬆。就好像把這些沉重的故事從我的身體裡拉了出來，它們再也無法從裡面毒害我。我把它們放下來，從各個角度去觀察，寫下我看到的東西。「我的經歷是，當一個人的情侶是同一性別時，大家就會本著最美好的原因，對他們動用最富偏見、最愚蠢的行為，而這一切不只是發生在二十年前，現在也是一樣。」我寫道。「我曾經擁有的女性伴侶是（現在的也是）學歷高、美麗動人、品味不凡，是個佼佼者。但是我不得不說實話，由於她是個女人，就意味著，大眾認為任何一個男人都比我更有資格能作為她的伴侶。這僅僅因為那些人是男人。」

之後我把自己過去幾年裡，在面對各種規範時的衝突對話都寫下來，像「我接受，但是我不理解」、「你根本就不像蕾絲邊」、「你不怕自己被浪費了嗎」、「你們誰是男的啊」、「不缺什麼嗎」、「你們怎麼做啊」、「那你恨男人嗎」這類問題。我又煮了一壺咖啡，寫著伊達的母親曾經覺得我幾乎被浪費了，還有艾娃的哥哥不允許我和她的家人一起在瑞典過聖誕，因為他害怕我會在去程的火車上撲倒他妹妹，還有每一次英格爾跟人介紹我只是她朋友的時候，因為她害怕會因為我們的關係而得不到固定的牧師工作。當我寫下那些被稱為戀童癖的時候，被宣稱我肯定用性愛玩具的時候，還有自己終於知道想要把我從這張世界地圖上移除，一場沙塵暴根本不夠的時候——我可以肯定我不會被擊倒，因為我已經熬到了現在。「跟隨自己內心的聲音當然沒有錯，沒有違反自然，而是唯一正確的選擇，儘管可能代價高昂。」我在結尾寫道，然後看向夜空。窗戶外面，有個東西在動，在秋千的背後。但這也是我的花園，我的城市，我的國度，我一點都不害怕。

伊利奧特從寫字桌上跳下去，我能聽到她在廚房裡吃貓糧的聲音。我找到了編輯的電子信箱，寫信跟她說我贊同她的觀點，那部女性主義選集裡缺少一位年輕蕾絲邊的聲音，所以我寫下了一篇我覺得裡面缺少的文章，希望她可以發表。我不是什麼知名人士，只是一位文學系的學生，在地下文學週刊上評論過幾本書。郵件一發出，我就騎車到珍妮家，把文章給她看。

編輯第二天清晨回了信，上面寫著她很願意發表我的文章。後來當我打開那期雜誌，一眼就看到自己發表出來的第一篇文章，配著五〇年代美國通俗小說《我更喜歡女孩》的封面，上面躺著一位黑髮女子，眼神充滿愛意地看著另一位身穿紅色晚禮服的女子。她的表情讓我想到自己。我打電話給英格爾、琪琪和瑪莉亞，把自己的文字大聲讀給她們聽。

「我很怕假如我爸媽讀到了，我爸會暴怒，我媽會死。」我對瑪莉亞說，她聽起來好像被逗笑了。

「但你會對其他人的看法不屑一顧，對不對？」她說，我表示贊同。這才發現，我根本還沒來得及想到雜誌的讀者，也還沒開始緊張他們會有什麼看法。不過假設全丹麥都對我的文章寫下憤怒的批評，和我已經經歷的事情相比，也不過只是一場小小的風暴。

「這是一種力量，」瑪莉亞說：「想想有多少人根本就不敢表達自己，就因為他們害怕周遭世界的反應。你不管怎麼說也只是害怕兩個人，他們並不像你想的那麼可怕，更別說還有誰會因為這事情而死了。」

我看到一個男人，他站在花園中間，離我有段距離。他看著我，脖子上掛著一台相機。他的氣場是米白色的，像奶油一樣，幾乎透明。沒有特徵的男人，我想道。這聽起來像一部小說，我不想寫也不想讀的小說。

「沒有，沒有死，但是我外婆在上個星期差點就沒命了。」我說：「她想要勸勸我爸媽，但是他們把舊事都翻出來，把最差勁的罪名安到她的頭上，就因為她不跟我媽站在同一邊，之後她就直接因為心臟病住院了。」我不得不在某個時刻把電話線拔掉，所以不知道接下來發生了什麼事情。但是我覺得我們可以總結說這一切都是我的錯，我的責任，儘管我已經逃開了，卻仍然覺得自己是個壞人。

「去把文章的連結發給你爸媽，」瑪莉亞說：「你不如直接面對自己最深的焦慮。我們聊完天之後馬上就發。相信我，他們死不了。」

我閉上眼睛，再睜開的時候，那個沒有特徵的男人消失了。有一刻我都在懷疑他是否曾經出現過，但是伊利奧特站在窗邊，背聳了起來，公寓裡好像更冷了一點。我跳到窗邊，關起最上面的窗戶。之後我檢查了收件匣，突然僵住了：禮烏寫了一封信來稱讚我的文章。這是我能得到的最高讚賞。「你有修二百年來的女性現實主義者那門課對不對？」他寫道，我忍不住朝著螢幕大叫了聲「耶」，把伊利奧特嚇得立刻站起來。所以我並沒有隱形，禮烏知道我是誰。他還寫道，下個星期他的女性主義小組有討論會，如果我願意的話可以一起去，我馬上找出行事曆，在上面記下地址和時間。然後，我寄了文章的連結給母親。

兩個月後，我坐在自己的書桌前，被從圖書館裡借來的書包圍。我投入到寫《眼罩》分析時要用的各種性別理論中：巴特勒關於展演性性別的理論、瑞維爾的扮裝理論，克莉斯蒂娃的賤斥理論，還有賽菊寇關於同性社交欲望的論文、哈伯斯坦的女性陽剛概念，蘿拉．莫薇對於窺視和電影中的「男性凝視」分析。「透過對席莉．胡思薇的《眼罩》的研讀，我希望能夠填補文章中的多處空白，讓愛麗絲．衛根對其在紐約頭四年的學習生活的描述更有意義。」我在文章的開頭寫道。「文章的鏡像和互文有什麼作用？還有那些變裝和歇斯底里？」游標和我的心跳一起跳動。「我的關注點在於文章中那些沒有被說出來的東西，」我寫道：「那些要抹除愛麗絲．衛根的東西。那些她沒有命名的東西。」

但是，當我正要起身再煮一壺咖啡時，電腦螢幕黑掉了。我等著，但是桌子底下的灰色主機並沒有像往常一樣，以DOS模式重新啟動。我把插頭拔掉又插回去，再按下開機鍵，又試了Ctrl+Alt+Delete，最後重重往主機踢了一腳，腳都踢痛了。那鐵盒子和我憤怒地對視著。

「開機！不然我讓你碎屍萬段！」我喊道，但是它對我的威脅無動於衷。我站起身，從書房走到臥室，又走回來，這次伊利奧特跟上來，牠同情地高聲喵喵叫。

理性點，我對自己說。目前的情況是，三個星期之後我要提交一篇大學論文，已經寫了三十五頁半，做了至少一百頁的筆記。上帝保佑，幸好我有備份。但怎麼辦？最近幾個月來我都是吃優酪乳、義大利麵，喝濾壓咖啡度日，在新聞監控中心多接了幾天班，存了三千塊。我是可以用這筆錢買一台二手電腦，但我原本是計畫要買一台新的筆記型電腦，這樣我就能帶著文章走出公寓，但是那樣就大概需要多一倍的錢。「等你失魂落魄的時候，你會回來的。」父親說過，但是我不想爬回家跟他要錢。我基本上是不想跟任何人借錢，因為吳爾芙在《自己的房間》裡寫過：一個女人要有錢和自己的房間，才能寫作。如果借錢的話，只會把我拉得離目標更遠。

「我沒有搞錯吧，你因為沒錢買新電腦，所以就在學校的電腦中心寫論文？」幾個晚上之後，我跟珍妮在她家那光線微弱的辦公室裡，坐在扶手椅上時，她問我。牆上和四周大部分的地板上都堆著新書舊書，還有大量的古典樂唱片，唱片機播放的史卡拉第《聖母悼歌》充滿房間。一部合唱作品，背景是弦樂。我的眼前浮現出整個大廳的女人，都穿著長裙。

「是的，就是這樣。」我說。然後又往兩只杯子裡都倒了一些白蘭地，閉上眼睛，傾聽最美妙的聲音。高亢的，圓潤的，豐滿的聲音。珍妮第一次為我放這張唱片的時候，我以為歌者是個女人，但是珍妮告訴我，其實唱歌的是個男人，一位假聲男高音。她之前是專業的歌劇演唱家，對於古典音樂的了解頗深，我好多次都迷失其中。

「把固定的費用交完之後，我每個月只剩下一千八到兩千塊錢，裡面還包括飯錢。」我說：「電腦中心的開放時間搞得我晚上和夜裡都沒法寫，偏偏那是我最喜歡的時段。而且每次別人在我身邊說話的時候，注意力都會分散，但是我經歷過更慘的時候。反正除了電腦之外，沒有人死掉，幾個月以後我就又有錢去買新的了。只是壞的真不是時候，就這點比較討厭。」

通常來說我不喜歡白蘭地，但是在這間屋裡，跟珍妮在一起，酒裡多了一種特別的柔軟。每次把酒杯舉到嘴邊，鼻子都會捕捉到一種香氣，讓書本上那種塵埃的氣味濃郁起來。珍妮若有所思地看著我。

「你可以就坐在這裡寫論文，」她說，然後朝著書桌旁的桌上型電腦點點頭。「我每天大部分時間都在上班。就搬到我這裡吧，直到論文寫完，把伊利奧特帶來也沒關係。」

她願意這樣幫我，我實在不敢相信。

「你確定？」我問。她困惑地看著我，點點頭說是的。我站起身，朝她伸出雙臂，她抱住我，我也抱住她。我們還沒有那麼熟，但是她卻如此地信任我，願意把如此私人的電腦和公寓借給我。我覺得這是別人對我做過最大的善舉。

接下來的幾個星期，我坐在珍妮的電腦前，寫對《眼罩》的分析，伊利奧特就在身邊。每天早上，珍妮從公寓離開，穿著無可挑剔的西裝，裡面的西裝背心也一絲不苟，她還戴著領帶，穿上光可鑑人的鞋子。沒有人能看出來，這個走出去的男人內心覺得自己是個女人，而且一直如此。當珍妮邁著男人那自信的步伐，用男人那深沉的聲音講話，做男人那些理所當然的手勢去強調自己的觀點時，我都不得不提醒自己這一點：這個人其實覺得自己是個女人。

「你覺得這種偽裝有辦法學嗎？」我問珍妮。「如果可以的話，我就不用在人行道上避開男人，或者話說到一半被一個男人打斷。我很喜歡你的風格。如果我是個男人的話，我就會這樣打扮。其實不管怎樣，我都有可能打扮得像你一樣。」

下班之後，我們在湖邊的咖啡店見面，看起來就好像是一對異性戀情侶，在一齣戲中演出。但是至少我不是一個人，而且我打扮起來還有個好處，就是大家不會再盯著珍妮，或者問她問題，因為那些問題比我習慣被問起的更加輕率。珍妮對所有問題都回答得很禮貌，但眼裡很快就有了倦態。

「我沒聽錯吧：這個我們不認識的人問你是不是做了變性手術？」我低聲問她。「干他什麼事？等你換上男人的衣服肯定輕鬆很多，不用回答這些問題。」

「是的，的確如此。」珍妮說。但是每天下班回家之後，她做的第一件事還是換上自己的窄裙，穿上撕裂的絲襪，把指甲塗成紅色，然後選一個合適的假髮。

「你對自己是女人的感覺比我還強烈。」一天下午，珍妮坐在梳妝檯前，試著抽屜裡一頂又一頂假髮時，我站在身後對她說。「我之前以為自己在外貌方面花的時間已經夠多了，但是我才沒力氣塗了指甲又卸掉，擁有兩大櫃子的衣服，還要面對大家的目光、問題和各種粗魯態度。」

她深色的眼睛在鏡子裡看向我。

「我也希望可以不用花力氣對付這些事情。但是你看這頂金色的，你戴會很好看。」

我從不同角度打量自己的臉，把劉海撥到一邊，對自己微笑。珍妮說得對。這個扮相不錯。我看起來就像《奪命總動員》裡面的吉娜．戴維斯，她在裡面飾演一位金髮的中情局殺手，而且失憶了。

一陣衝動讓我對珍妮講起自己曾經放棄讓從赫爾辛格來的克里斯蒂娜．斯高烏控制身材，然後按照露易絲．布魯克斯、《雙峰》裡的奧黛麗和維若妮卡．蕾克的樣子重新把自己塑造成萊昂諾拉，而且在H＆M店裡一逛就是好幾個小時。講起那個時候，我仍然能感到那種撲面而來的自由。想要去看、去嘗、去聞、去試一切的欲望，想要認識所有的街道和人；想要他們的身體，他們的擁抱，他們的親密。

「這個故事很精彩。」珍妮說。我捏捏她的肩膀。你是我目前為止見過的唯一一個女人，覺得我的女性假面轉換很精彩，我想道。我跟你在一起，比跟其他我見過的蕾絲邊女人都要舒服，像在家一樣。

「你可以就戴著這頂假髮，」珍妮說：「這是你的新頭髮。」

「我一定會很熱。」我說，珍妮同情地看著我。假髮就像一頂毛帽子，我騎車穿過城市時，很擔心它會被颳掉，但是我想應該習慣了就好，就像那些繫帶的靴子，還有我這些年來穿過的其他各種東西。

「你知道，很多酷兒理論家都瘋狂討論過你這種確定性別的方法，對吧？」有一天下午，我和珍妮在湖邊那稀薄的春日陽光中散步時，我對她說。她米色的風衣被吹到身後，露出了修長的、形態優美的雙腿。

「你可以做他們新的看板女郎。真的！我完全可以寫說你的展演性性別模仿並展示出了與規範相異的範本，以此來超越和推翻它，毫不遜色。你用自己流動性的性別打破了對性別的二元界定，你的範本策略有著顛覆性的潛力。不錯呢，對吧？」

「是，非常優秀。」珍妮說。一位牽著貴賓犬的女士頭都要扭掉似的往這邊看。我理了理自己金色的頭髮，假髮總是有點往右偏，所以劉海會歪。

「如果你真的覺得自己的性別是流動的，覺得能在兩者之間轉換很棒的話，應該會成為一個更棒的看板女郎。」我說。珍妮點點頭，說她對我在看的那些理論不是平白無故地有意見。我看著一隻天鵝，搖晃著身子向我們走來。牠看起來很憤怒。

「你就是證明世上沒有女人味這句話的最好案例。」我說：「我並不覺得自己扮成的萊昂諾拉很遜色，但是你比我更有女人味，這點太明顯了。」

「謝謝。」

「嗯，不客氣。」我的腦子裡想著懷孕的多特、夢想著懷孕的艾娃，還有我讀到過的所有那些女人，討論著女人味、夢想男友、生物時鐘和被男人目光肯定的渴望。這些在我聽來就是純粹的科幻小說（那是我少數不得不放棄閱讀的幾種文學之一）。一對男女手拉著手，走過時朝我認可地點點頭。很多人在我和珍妮走在一起時都會這樣，我始終沒有搞明白這種認可是要賦予我什麼，但是現在我突然明白了。我被逗得大笑，差點把高跟鞋踩壞了。

「我們兩個在一起的時候，這事經常發生，你發現了嗎？」

珍妮搖搖頭，指著在路中間躺下來的天鵝。牠發出咕咕的聲音。

「大家以為我也是個跨性別！」我說：「我從他們對我點頭的樣子可以看出來。非常認可，還真是得謝謝他們。他們完全可以說『真像，我差點以為你是個女的。』」

「但是你真的很像。」珍妮說：「沒人看得出來你其實身體裡住著一個暴躁的男人。你哪天晚上得試試我的衣服。我的鞋子你穿肯定是太大了，我比你高比你瘦，但是大部分的你應該都能穿。」

我說她如果想要打扮我，條件是讓我替她化妝，因為我確定她塗上大紅色的口紅，畫上煙熏妝，絕對是特別好看。那天晚上我把自己的胸部束起來，穿上珍妮的深灰色西裝、白色襯衫、領帶和黑色的西裝背心。我把金色假髮拿下來，然後把頭髮緊緊地用髮膠固定到後面，把眉毛畫得濃一點，然後用深色的陰影強調出臉部的輪廓。

「你的肩膀很寬。」珍妮躺在床上說。她畫煙熏妝很好看，像一位默片明星。我在她臥室裡的大鏡子前轉圈。

「我不知道你有沒有注意到，但是我有明顯的沙漏型身材。」我說，然後理了理自己的褲子。「我很喜歡沙漏型身材，這點不用懷疑，但是現在的衣服不是為我這樣的身材設計的。你的身材很好，男裝女裝都適合。如果我這樣穿要合身的話，必須把屁股也束起來，但還是不要追究這種細節了。」

我把鏡子拉得太近，鼻子都撞到上面了。

「我可以自稱萊昂納多，」我說：「或者萊昂。你覺得呢？」

珍妮說萊昂不錯，我大聲地叫給自己聽，萊昂。站遠一點看，大家很可能把變裝的我看成男人，但是走近了就會起疑。

「我今天晚上不寫論文了，」我說：「這一身打扮值得出去透透氣。你要一起來嗎？」

我們晚上從城裡回家，路上我一半是對著珍妮，一半是對著那輪滿月，說我不確定是否能融入酷兒的氛圍裡。最近的幾個月我都在閱讀，一篇又一篇，關於那些穿著男裝的女人，她們如何走在路上感到自己的強大，好像終於擁有了整座城市和所有人的注意。當她們在日常生活中開始穿男裝時，如何感覺到自在感。

「但是我從來沒有讀過一篇文章，寫說女人塗上口紅，穿上高跟鞋還有一件好看的裙子之後，感覺自己戰無不勝。」我說。「我就是這樣。我看得出來，大家對穿著西裝的萊昂反應很不一樣。但是我穿著這身衣服，完全沒辦法用同樣的方法征服整個空間。我覺得自己只是萊昂諾拉微弱的反射。」

「很有趣。」珍妮說，我說等我從她身上學到最後的技巧，終於不用在人行道給別人讓路的時候，這會更加有趣。

我坐在珍妮的辦公室裡，細讀對《眼罩》的分析，伊利奧特躺在我的大腿上。這時我突然意識到：如果過去四年裡，我都乖乖遵守父母親的規則，聽從母親的警告，那樣我會錯過多少東西啊。「要謹慎，不要相信別人，他們不想讓你好。」那樣的話，我和伊利奧特現在就不會出現在珍妮的生活裡，我不會遇見她那些有趣的朋友：一位出版社的編輯、一位豎琴手，還有一位歌劇演唱家。瑪莉亞、艾娃、多特、伊達和傑斯伯都只會是我不熟的人，我也不會遇見英格爾和琪琪，不會讀到《眼罩》或是其他的新女性主義理論，那篇投給網路雜誌的稿子不可能寫出來。而且幾天前我也不會坐在禮烏的女性主義小組裡，感覺自己融入其中，和他的朋友尤莉聊天。尤莉是人類學家、日本學專家，體貼人的方式非常舒服，讓我也平靜下來。她問我有沒有讀過吉本芭娜娜的《廚房》？有沒有看過日本的歌舞伎演出？有沒有聽過佩蒂・史密斯、詹姆斯・薩默維爾、隨想詩神樂團、紮普媽媽和貝利？如果可以的話，她願意寄一些CD給我。真的嗎？我在把地址寫給她的時候想道。對，雖然我跟爸媽的相處狀況還有外婆的日常報告就像宇宙裡的黑洞，但是很多事情都表明我有交朋友的天賦。我打開珍妮的窗戶，想著這應該是老天能給我的最好的禮物。

三個月後，我坐在我家那扇朝著花園的窗戶下面的長椅上，坐在有太陽的地方，重讀吉本芭娜娜的《廚房》，我馬上就要寫一篇相關的論文。尤莉和我已經就書中的內容討論過一陣子。這本書講的是一位日本女孩，在失去了她心愛的外婆之後陷入了夢遊般的抑鬱中，直到她遇到了一位同齡的男孩及其變性的母親，走進了他們的家和心房。我讀到那位母親去世，兩個孩子都很悲傷的段落。我太過專注，幾乎忽視那蓋到書頁上的長長陰影。一個男人清了清嗓子，我不情願地抬起頭。是那個沒有特徵的男人。自從我第一次容忍了他的出現之後，他已經好幾次站在花園裡盯著我的窗戶看，可是我好久才認出他來。

「照片上是你嗎？」他指著我斜放在窗沿上的一張明信片。站在這裡的話，你必須緊緊地靠著玻璃才能看到，上面是個深色頭髮的裸體女子，肚皮貼著床，床單蓋住了一半的身體，一隻手放在額頭上，看不到她的臉。

「你現在的頭髮顏色不一樣了，」他朝我金色的假髮點點頭說：「我更喜歡你深色頭髮的樣子。不過這個有點太激烈了，如果你問我的話。」

「但是我沒問。」我看了一眼手上的錶。洗衣房裡的烘乾機五分鐘之後就好了。明信片是我跟英格爾在柏林的時候買的，但是過去幾年傑斯伯為我拍了不少的裸照，就像這張明信片上的一樣。他是一名很棒的攝影師。最近他還在我的公寓裡拍了一整個系列，但是這些跟這名坐到我身邊的男人都毫無關係。

「你最近很忙著寫作。」他說。我們的手臂幾乎要碰到了。「很不錯，你買了一台新電腦，筆記型的。真厲害。你寫什麼？情色小說嗎？」

我想要把他那張透明的臉記到腦子裡，還有那毫無特徵的鬍子、中等的身高、普通的牛仔褲、淺色的膠鞋、藍色的襯衫和裡面的白色T恤。結果發現這還不如記一面白牆的樣子簡單。

「不，我寫的是那些把威脅她們的男人打倒在地的女人，」我用自己最友善的聲音說。「女性主義文章。會迴旋踢的女人們，碰的一聲，男人們就在地上滿地找自己的睪丸，如果他們真的有過睪丸的話。」

這不全是謊話。這幾個月我寫了兩篇女性主義專欄文章，都十分有力，寫作時腦中浮現的是自己在普澤惠普路上奔跑的樣子。黑色的漆皮高跟，幾乎沒有碰觸到腳下的柏油路，頭髮甩到身後，眼睛睜得大大的。此刻的我感覺也是那般自由。

「但是照片上的到底是不是你？」男人問：「應該是吧？你們的身材一樣。」

我完全沒有想要跟他討論自己身材的欲望，所以闔上《廚房》，站起身說我得走了。他跟著我走到了洗衣房，裡面看起來比半個小時之前更暗。他就站在我身後，我把衣服從烘乾機裡拖出來，扔到熨燙臺上。

「內衣很漂亮。」他說：「但是你不穿看起來也很好。」

這聽起來就像一部噁心爛片中的跟蹤者臺詞，但是我不可能去演那個被跟蹤的女人，因為我沒有一絲害怕，只是十分憤怒，整個房間好像都染上了紅色。

「就是你住在花園對面的二樓對吧？」我轉過身，面對他問道。他靠近了一步，離我很近，但是我沒有動。我的力量主要是靠踢，不是用手搏鬥，但是如果他撲過來的話，我也完全可以招架。不過如果我是他的話，我根本不會試著動武。

「你搬動傢俱之前比較好些，」他說：「臥室朝著花園的時候。」

我聽到憤怒的鼓點，敲著隨想詩神樂團的〈狂怒〉。克麗絲汀．赫許那句「你——狂怒」的聲音壓過扭曲的電吉他音。

「你跟蹤我有什麼好處？」我問：「你沒有自己的生活嗎？」

他挪了挪身子，把重心放到另一隻腳上。

「我覺得我好幾個月都沒見到你那位金髮女友了。」他說：「她是滿漂亮的，這我承認。但還好還有別人來，那個跟你一樣深色頭髮的，她很喜歡光著身子到處走。還有那個禿頭男，他配不上你，如果你問我的話，但是他看起來有別的天賦。」

他說的應該是羅伯特。我能聽到父親在說這些都是我自找的，因為我沒有窗簾，也沒裝百葉窗，我很想要辯解。「但是我住在很高的二樓。街上的人根本沒法看進來。跟蹤到這個程度，一定是做了特殊的努力，而且我在家裡走動的時候都有穿衣服，才沒有站在窗戶前面展示自己。」我把這些想法拋到一邊。那是我的公寓、我的身體、我的生活，這個白癡根本沒有任何權利去侵犯、干涉我有沒有赤裸地站在窗前。

「我好幾次都注意到你在公寓裡用閃光燈，」我說：「你偷拍我很久了？」

他聳聳肩。我走近他，兩人的額頭幾乎就要碰上。

「如果你再跟蹤我，我就會把你寫下來。」我用珍妮穿男裝時會用的那種聲音說道。「報紙都很喜歡這些東西。我一定會寫下所有細節，包括你長什麼樣子、住在哪裡。如果有人會因為被笨蛋跟蹤而興奮的話，搞不好會去找你。不過最後一點我覺得你還是不要抱太大希望。」

我朝著通往光亮的樓梯點頭示意。

「滾！」我說。我的聲音聽起來好像搧了他一巴掌，所以他照做的時候，我並不驚訝。我把洗好的衣服疊起來，意識到我現在的話語就像刀子一樣鋒利。咻！一下就戳進了眉間。我想，如果有更多女人能意識到自己擁有無人能戰勝的潛能，大概就會有更多女人可以毫無畏懼地面對這個世界吧。

被刪去四年之後，我坐在漢斯國王餐廳的一張圓桌邊，跟亞歷山大聊天。他顯然比我更適應米其林餐廳，但是從他混亂的刀叉使用中看得出來，他並沒有像我在英格爾家裡受訓該怎樣跟「別人」坐在一起，而且是訓練三年。他對我微笑，然後舉杯，他的二頭肌在剛熨過的白色襯衫布下突出來。

「你跟我認識的其他女人都不一樣。」他說，我的目光透過酒杯與他的相遇。

「你也是。」我說，然後注意到他的慌張，趕緊補充道：「不對，是我認識的所有女人和男人，但是我已經對女人沒有興趣了，你放心，那已經是過去式了。當時很有趣，但是現在我要往前走。我想明白了。」

我越強調，一切感覺就越真實。我渾身放鬆下來。外婆又因為心臟病住院了，還在為了跟我父母之間的最新衝突而傷心，那也是因我而起的。過去好幾個月裡，我和幾個女人的關係都不盡人意。深色頭髮的卡特琳，就是那個沒有特徵的男人在我公寓裡看到光著身子走動的女人，我和她的關係頗有進展，直到她去了墨西哥度假，然後決定留在那裡。接著是瑪緹娜，原本是露易莎的朋友，也很自然地變成我的朋友，但不是伴侶。當我們談論藝術，還有我們想要通過各自的文字和繪畫表達出的種種觀點時，我都在想，我們之間的關係為什麼不能更進一步。還有現在坐在對面的亞歷山大，他就像是我重新啟程的最佳人選。他有一半黑人的基因，另一半是亞裔，那完美的金棕色皮膚和豐滿的嘴唇讓我想起高爾夫球員老虎．伍茲。

「這道是海螯蝦，配胡蘿蔔和法式花生醬。」服務生說。我們先對著菜，然後對彼此點點頭，異口同聲地驚嘆這道菜看起來很美味——這應該是最初級的天氣話題在奢侈餐廳裡的變化體吧。我們一直都彆扭地坐在離對方很遠的地方，不能高聲講話也不能讀對方的唇語。其他的桌邊坐著四個、六個或八個商業男士加上他們的老婆（在他們嘴裡肯定是叫妻子）。鄰桌那兩名保養得很好的金髮女子，只要她們那穿著一樣西裝的老公開始聊個不停，就往亞歷山大身上瞄。兩位男士基本上沒停下來過，因此他們的老婆也沒有，但是亞歷山大只盯著我。

「你看起來真美。」他說：「我很喜歡你的風格。」

這件低領的黑色裙子（現在領口穿在前面）不知不覺也穿了好幾年了，H＆M的條紋外套年資更久。整套看下來，跟國王漢斯餐廳唯一一件相配的，就是新買的紅色KENZO漆皮高跟鞋，是用我在阿拉伯語私人學校裡當代課老師所賺的第一筆工資買的。可惜它們被白色的桌布蓋住了。

「我覺得你也很美。」我說。這是事實。亞歷山大的美讓他看起來像張明信片。我真想把他寄給某個人，應該有很多人會很樂意收到吧。他笑著說還沒有人稱讚過他「美」，用這個詞來修飾男人肯定不太對，但是「英俊」和「漂亮」又不符合他的型。

「你好像不是特別像丹麥人，從某些方面來說。」他說：「你有東歐的血統嗎？」

我搖了搖頭，想到露易莎曾經告訴我，有人覺得她是俄國或者波蘭人，那個時候我覺得那是多高的讚美呀。現在竟然也發生在我的身上。

「我很多年來都有個假設，覺得自己應該是被領養的，因為我不像家裡的任何一個人，只跟生我之前的母親有一點像。」我說。我把長長的頭髮攏到後面。這是最便宜的髮型，我只要在阿瑪島上的美容院剪一下髮尾就行了，而且是一年一次就好。「在家裡覺得自己跟別人都不一樣實在很孤單。」

亞歷山大點點頭。他自己就是被領養的孩子。

「這些年來，我努力想要跟幾個人很像，但是到現在也不知道自己成功了多少。」我說，然後想起了之前從露易莎那裡收到的明信片。完全在意料之外，或者說是根本不可能，因為我們過去幾年都沒有任何聯絡。明信片上是兩個女人，站在鏡子的兩頭彼此打量，她們穿著不一樣的衣服，但是除此之外十分相像，根本可以說是孿生姐妹。她在後面寫說她愛我，我沒有回信。我猛然發覺亞歷山大坐在對面，正打量著我。

「所以你過去四年都沒有跟父母聯繫嗎？」他問，我回答說他們偶爾會寄來一些指責的信，不然的話我都是從外婆那裡聽到他們的消息。「反正也習慣了。」我說。這可以說是龐大真相的一個小邊角，但是我沒有興趣在這裡告訴他整個故事。

「和我相比，你來自於一個完全不同的世界，真有趣。」他說。理論上我很同意。他在電腦業有很高的職位，常常工作到深夜，然後會在回家的路上去健身房。他說是因為他有條件，只要他還單身。

「你大半夜的去健身房？」我問，為了確認自己沒聽錯。我自從小時候跟伊利諾爾去過之後，就再也沒進過健身房，但是我沒有說出來。亞歷山大在全世界的好多地方都住過，而且看起來好像一路都留下了自己的痕跡。但是現在他願意為了對的那個人安定下來。實際上他說，那個對的人是他目前唯一缺少的東西，他認真地看著我。他的生活在我眼前展開，我看到那個「對的女人」的輪廓被剪出來。

「我過幾個星期要去紐約，想要邀請你一起去幾天。你願意嗎？」他問。「你不用現在回答，我只是想先跟你說一聲。」

我們被侍酒師打斷，他拿著一瓶白葡萄酒面對著亞歷山大，好像那是他剛生的嬰兒。同時我在腦中設想著，跟眼前這位世界上最美的男人手拉著手在紐約公園裡散步是什麼樣子。沒有人會去問我們之間的關係，因為所有人瞬間就會明白。回老家的時候，我又能重新擁有一個大家庭。我父母會邀請我們去吃晚飯，其他家人會邀請我們一起參加聚會，沒有人需要偷偷來看我，或者為了我要死要活的，我再也不用回答「誰是男的？」或者「不缺點什麼嗎？」我們會搬到他在國王大道上的奢華公寓裡，然後生兩個可愛的孩子，先生個男孩再生個女孩。我們的名字很相配：萊昂諾拉和亞歷山大。

「去紐約聽起來挺有意思的。」我說，侍酒師已經結束了對白葡萄酒的敬仰，現在酒在我們的杯子裡，像黃寶石一樣閃耀。「我看了很多那裡的小說，感覺好像已經去過了一樣。唐・德里羅的《地下世界》和保羅・奧斯特的《紐約三部曲》，你看過嗎？」

亞歷山大搖搖頭。他說自己沒看過多少小說，但是明天就要開始為期一週的滑雪假期。世界上最有趣的事情就是跟朋友們一起滑雪。問我試過嗎？他熱愛漂流和跳傘。說話的時候，他的胸肌在襯衫下面凸起又落下。前天晚上他在我家把白色的襯衫扯下來，鈕釦都繃掉了，看他展示著那雕像般的上身，我沒法把麥可・傑克森的那首〈放蕩的戴安娜〉從腦海裡驅散。亞歷山大只缺一條皮褲、以及在背景裡飄動的床單和一台電風扇。我不得不把他推開。

「你能不能把襯衫穿上？」那時我問，他的臉上浮現出不解。

「為什麼？」他問，我不知道該不該告訴他，這種表演好像以前的老電影。所以我只說花園對面住著一個偷窺狂，沒提起自從那天的洗衣房事件後，我就再也沒見過他。

一名服務生把新盤子放到我們面前，然後開始為我們介紹烤比目魚配野蒜和羊肚菌，好像那是一則童話裡的主角。我打量著亞歷山大的嘴唇。客觀來說，它們很誘人；主觀來說，我並沒有想要親吻它的欲望。我們不在一起的時候，我會忘記想他，儘管我很努力提醒自己。這讓我想起以前在櫃子門上貼滿漂亮的男人照片，希望自己每天看上半個小時之後，可以對男人更感興趣。我不確定每天看亞歷山大半個小時會不會有幫助，但是我想要確保自己對一切的可能性是開放的。

「跟我說說你在編的那本女性主義選集。」他說。我強調自己還沒有開始。我沒有任何出版社方面的聯繫，只是在過去的一年半裡認識了很多有才華的女性主義者。現在我正在試圖聚集一票正確的人選，來分析我們身邊各種對性別的刻板設定和表述。

「我和朋友朱莉幾個月以來都在燒腦，寫人選清單。另一個朋友瑪緹娜是很優秀的畫家，她可以幫忙畫插畫。」我問他有沒有聽過去年出版的《夠了！我說出來了》？他搖搖頭，說他知道一些針對種族的刻板設定和表述，所以他很願意一讀。

「我一直在外面旅行也是有原因的，」他說：「長這個樣子，在紐約會容易得多。」

「但是你在哥本哈根應該也有很多人主動送上門吧？」

我悄悄朝著鄰桌點點頭，那兩名金髮女子正動作一致地吃著甜點。假如她們對彼此的興趣有像對亞歷山大的一半那麼多的話，我會更確定她們之間有點什麼。他笑了。

「對，但是送上門來的不一定是對的那個人。」他平靜地看著我。「沒有像你一樣的。」

那位對的人現在應該回應些甜蜜的話，但是我只是清了清嗓子，說在《夠了！我說出來了》裡面的女性主義者都是從個人的角度描寫對女性的壓制，書評說那不過是以自我為中心。我覺得理論基礎紮實的分析應該很難被批判，所以希望這本書能夠促進展開一場新的、集合起來的女性主義運動。這是我的夢想，除此之外再加上出一本小說，書名叫《仰泳者》。我計畫抽出大概半年的時間嘗試寫這本書，然後就要開始寫自己的碩士論文了。

「那你之前寫的那篇文章跟這部選集有關嗎？」亞歷山大問。我等著一位服務生在我們的杯子裡倒完水，另一位則把小麵包放到麵包盤上，然後我說那篇文章是某個女性主義網路雜誌預定的稿子，就是他們刊登了我的第一篇文章。編輯要我對未刪減版的薇奧麗・賴朵絲的《相思無盡》做書評，伽利瑪出版社拖了五十年才出版此書[11]。

「那是一部描寫蕾絲邊的經典之作，寫的是寄宿學校的兩個女學生對彼此有著性愛方面的著迷。」我正要說起那些激烈的性愛場面，卻發現周圍的幾張桌子都安靜了下來。那兩位金髮女子和好多男人都好奇地看著我，我舉起酒杯，對著所有人說乾杯。

「我們坐得這麼遠，想要一直竊竊私語也不太容易，是吧？」我說：「但是我已經從女人那邊畢業了，放心，那都已經過去了。」

我的眼前是珍妮、英格爾、琪琪、禮烏、瑪緹娜和其他所有人。沒有人是我宣稱的過去式的其中一個。我在挪威街的生活也不會是。亞歷山大清了清嗓子，問我是否準備好吃甜點，還是再等一等。我說覺得自己完全準備好享用焦糖香蕉配朗姆酒和香草。

第二天上午，我跳上黑色男士自行車，朝著雜誌社的編輯部騎去。在我新買的紅色漆皮包裡有一本薇奧麗・賴朵絲的傳記，裡面有一系列照片，可以讓編輯當成我文章的配圖。我之前從來沒有見過她，只在電話裡交談過，並聽我新的女性主義朋友麗娜提起過她，說她是個有點強勢的女人。要知道麗娜可是《夠了！我說出來了》的編輯之一。

「她很漂亮，」麗娜說：「很有氣場。你會喜歡她的。」

我走進編輯室，她轉過臉來的一剎那，我身邊的色彩瞬間亮麗了起來：隨興的紅色短髮、雀斑、雕像般的側臉和略顯迷濛的目光，她整個人帶著秋日色彩的涼爽。她把眼鏡放到桌上，伸出手。

---

11 薇奧麗・賴朵絲（Violette Leduc）所寫的法文原著名為《泰瑞莎和伊莎貝爾》（Thérèse et Isabelle）。

「對，我就是艾娜德。」她站起身，身上有一種驕傲、高大的氣場，動作自信又穩重，好像她一直在練習瑜伽或者太極。或者密宗性愛，我忍不住想道。她目光中的火花照亮了整張臉。

「很高興見到你，」她說：「我給你倒杯咖啡或者茶？」

我想要的比茶或咖啡更多。她站在我的面前，問我喝咖啡加不加牛奶或糖時，我想道，就是她，我想要跟她過一輩子。這個想法完全沒有邏輯，但是它已經超越了我的理智，我差點笑了出來。我那蕾絲邊生活的下一章，從來沒有如此強烈地感受到未完待續。

「一杯黑咖啡就行。」我說，然後在腦子裡搜索，我幾乎確定，她從來沒有在雜誌的文章中提到過任何一位男性伴侶。她不像異性情侶中的一方，而是兩方混雜在一起。她身上有種活力，讓人難以判斷她的年齡，但是她應該比我要大得多，大概四十歲左右。該死的我才二十四歲，而且還為了昨天不得不喝的那些酒而面色蒼白，渾身疲乏。昨天我真是靠著酒才把自己的異性戀之夢撐過了整整十道菜。

「請坐，」她朝著一張圓桌點點頭，上面都是一堆堆列印出來的稿子和出版的書。「咖啡馬上就好。」

去他的咖啡，我想著。你能不能就待在這裡繼續跟我聊天？編輯室跟她相比太荒蕪了，好像她是一朵在沙漠中綻放的仙人掌花。裡面有兩張辦公桌，背對背擺著，其中一張空著。黑板上是下一期文章的關鍵字。我在最上面看到了自己的名字，用她的筆跡所寫出來的我的新名字。我在香奈兒小鏡子中檢查了一下自己的臉：口紅沒花，和我的紅色H＆M襯衫相配，但是頭髮有點太長，妝有點太濃——至少跟她相比起來是這樣，因為她好像根本就沒用化妝品。她在我的面前放了一個白色的咖啡杯。

「我之前準備幫你申請稿費，看到你的身分證時，還以為寫錯了。」她說：「你的文章那麼有理有據，我還以為你三十多歲了，現在看得出來你還不到那個年紀。」

我以為那些一見鍾情都是陳腔濫調，但原來就是這種感覺。我集中精神，問她我在賴朵絲那篇文章最後附上的女同志參考書籍和電影清單可以用嗎？我還提到自己二十歲出頭上網亂找的時候，很希望能找到這種清單。

「我喜歡列清單，我知道這有點笨。」我說。但艾娜德只是伸手接過我列印出來的清單，說她喜歡笨蛋。她好像往後靠了靠，我的鼻子捕捉到了蜂蜜的味道，應該是她的。我想要把鼻子深深埋在她的身上，好好聞聞。我想知道她是什麼觸感，跟她上床是什麼滋味？

「你確定要把伊莎貝爾．米勒的《佩欣絲與莎拉》放在清單裡？」她問。「如果你問我的話，那本寫得很爛。」

我更想要問她，我能不能將這句話理解為她對女人有著特別的興趣，因為我根本沒辦法想像任何一位異性戀女子會知道這本書。是寫得很爛，但是是經典，對於能理解的人來說。

「喔，你也把《艾美與亞歌》列進去了。」她喝了一口咖啡。我想做她的杯子；想觸摸她的嘴唇。「我覺得那部電影完全是被高估了。」

她用英語講「高估」一詞，帶著些美國口音，好像美式英語說得很流利。我想到她之前曾在幾篇文章中提到，她是在美國長大的，去過世界上很多地方：印度、澳大利亞、祕魯。我得把她寫過的東西都讀一遍。

「《艾美與亞歌》是我最喜歡的電影之一，所以想要把它保留在清單裡。」我說：「我和前女友在電影節的時候去過柏林，不知道你還記不記得這部電影的海報，但是當時城裡貼的到處都是。我一看到海報的時候就愛上它了。」

一位深色頭髮的女人穿著復古的紅白格子淑女裙，貼身跟另一位金髮、穿著棕色花呢西裝的女人跳舞，後者的雙唇間含著一根香煙。這部關於二戰期間柏林一家蕾絲邊酒吧的電影，屢次讓我想起自己對巴布希卡裡那些女人們的TP角色幻想。兩個女人，一個是未婚的猶太女子，另一位則是跟納粹黨員結了婚、生有四個孩子的已婚女子。電影後來只在丹麥的同性戀電影節放映，所以艾娜德應該是那時看到的，我真想問她當時跟誰一起去的，但是又不敢。

「《失落的追逐》是什麼電影？」她問，我意識到自己的臉紅了，告訴她是由女星海倫·米蘭飾演的異性戀女子，愛上了一位比她年輕許多的女孩子的故事。我沒有提到自己把其中一些情節看了太多遍，臺詞都能背下來。我的手抖得太厲害，無法把咖啡喝完。

「葛倫．克蘿絲的《沉默的服務》和莎莉·麥克琳、奧黛麗·赫本的《雙姝怨》是不是也該加上去？」艾娜德問，我回答說聽起來不錯，腦子裡在想著我為了能夠親吻她的嘴唇、脖頸一路到領口，並用雙手觸碰她，願意付出多少代價。如果她也像亞歷山大那樣把襯衫扯掉，我肯定不會再讓她穿上，但是這不可能發生，因為她坐在這裡詢問我的學業，好像我是個十二歲的小孩子。她說她在電視臺做過好多年的主持人。她身上淡定的感覺應該很合適那份工作，但是我發現她不是很擅長停頓。我不說話的時候，她會直接接過話頭。她的碩士論文寫的是十七世紀英國的解放思想，但那已經是很多年以前了，她說著，然後隨意地把劉海撥到前面。

「嗯，我八三年畢業的，」她說：「讀了九年。」

我快速地往回推算。如果算她二十歲開始讀大學的話，她現在應該差不多四十六歲了，比我大二十二歲。

回家的路上我繞到大學裡，去借她的碩士論文。回到家，我把她的長相和我們對話的細節一一紀錄下來。「每次我特別肯定，每次宣稱自己不再會如何如何之後，馬上就會重蹈覆轍，怎麼這麼可惡呢！」我寫到。「只是嘴巴說說自己是異性戀，生活就會如此容易，但是真他媽的，持續的時間也太短了！多久？二十四小時？都不到！艾娜德實在是太迷人了。我完全迷失了。我要怎麼樣才能再見到她呢？」我發訊息給麗娜，問她知不知道艾娜德私下的感情狀況，她回說艾娜德有一個女友，在一個蕾絲邊酒吧的樂隊當主唱，她們不住在一起。「可能通往艾娜德之心的道路，是由一堆好文章鋪成的？我知道她很喜歡我們這些年輕的寫手。」麗娜寫到。我馬上打開一個新檔案，把自己的靈感通通紀錄下來。我要為艾娜德寫下這麼多完美的文章，可能我的年齡和她那個主唱女友都會沉溺在其中。

最後我放上P. P.阿諾德版本的〈第一刀最深〉，然後寫信給亞歷山大，說我覺得沒辦法再跟他約會了。他沒有做錯什麼，我只是沒有愛上他，而一個女人永遠都能知道該在何時離開。我想要加上關於他其他特質的讚美，但是這只會讓情況更糟糟，所以我把這封信加上我對異性戀的一切幻想，順著一股暖流發了出去：我和世界上最美的男人手牽著手走在紐約、國王大道上的奢侈公寓、家庭晚宴和所有的認可。他從奧地利的滑雪場回信給我，說我自私、憤世嫉俗，而且性格軟弱。但是他希望我能找到值得我追求的愛情，得到我需要的理由。我撫摸著伊利奧特的耳背，想著我基本上也期盼著同樣的東西。

被刪去五年半之後，我坐在夏洛特對面，她是一家大型出版社的編輯，正要籌建一個新的附屬出版社，發行精心挑選的文學書籍。她那時尚的黑白風格、昂貴的髮型和精簡的語言，讓她自己就像那些書中的一本。一本沒有廢話的書，我想著。一本書，書裡的大部分內容都隱藏在字裡行間。她面前擺著《仰泳者》前八十頁的稿子，如果我能做決定的話，這就是我的下一部小說。但是目前有更多的決定權是在她手上。她的目光從我身上移到寫著筆記的本子上。

「《紅色鞋子》進展不錯，對吧？」她問，我點點頭。《紅色鞋子》是我的女性主義選集，八個月之前出版的，很成功。夏洛特委婉拒絕出版那本書，但是我很快就找到了另一家出版社，他們對我現在正在寫的這本書也表示有興趣。這其實已經是我夢寐以求的場景了，但是我更期待能跟夏洛特合作。她好像更有才華，知識淵博，也更加有趣。畢竟她有北歐文學相關的博士學位，以及跟許多活躍的女性主義者合作多年的經驗。只是她看起來有點心不在焉。

「我很高興你再來找我。」她說。我研究著她臉上的表情。是嗎？我想道。一個月前她在一封群發信件裡寫道，她正在籌備一家附屬出版社，希望能收到我們的手稿。我把這封回信讀了好幾遍，覺得這是個大好機會。

「你幹什麼的大好機會？」我給瑪莉亞打電話，詢問她的意見時，她問我。「夏洛特拒絕出版你的選集，開了個會，你根本猜不透她的意思，然後就被拒絕了。回到家之後，你打電話跟我講各種不同的解釋，請我衡量哪一種最有可能。你說她好像很難以接近。這個故事你聽了還不熟悉嗎？我需要再提起你媽媽？」

「但是我仰慕夏洛特，」我說：「她對一切都有很高的品味，不像我媽。」

「除了她不願意出版你那本精彩的選集之外，」瑪莉亞說，我贊同。「讓我們來預言一下，」她說：「你最後會為了讓夏洛特喜歡你和你的稿子，願意做任何事情，但是不管你怎麼做，都得不到她的喜愛，這樣你就確定了自己沒有價值。」

「但是我確定，如果她看到了我稿子的品質，就能夠幫我提升，」我說。「她似乎是出版我這本小說的不二人選。」

「我不太相信。」瑪莉亞說。但是我相信，所以我寄了稿子給夏洛特，她很快就回了信，邀請我來開這個正在進行的會議。她沒有寫她想要幹嘛，但是就我看來，她在稿子上做了標記，所以應該是要讓我改稿，或者她會告訴我，我們可以把這些全部扔到碎紙機裡。這種猜測的感覺很熟悉。

「你這份稿子寫很久了嗎？」她翻著稿子問我。是的，比我經濟上能支撐的要久，我想道。但是在這裡，在她的辦公室，我舊的H&M裙子簡直像塊破布，紅色漆皮鞋像被虐待過一樣。我不想在她的眼裡展現更加貧窮的姿態，所以最後只說我從四月以來就一直全心投入寫這本書。現在是十二月，每個月在交完固定的費用之後，我手裡只剩七百塊。至今為止我已經瘦了十公斤，因為總是得在買書和買飯之間做選擇，我可能看起來就像一具骷髏。我沒法判斷。

「我從小就開始寫故事和小說，但是過去幾年我都忙著上大學的文學課，編輯選集，所以沒有太多時間寫別的東西。」我說。嚴格來講我其實更忙著生存下來，但是我沒說，因為這份手稿讓我覺得自己已經變相在她面前變得赤裸。我不知道文字是透明的，還是遮蓋了該蓋住的地方。夏洛特若有所思地看著我。

「內容是虛構的對吧？」她說：「卡拉・凱莉不是你自己，對吧？」

卡拉・凱莉是我那年輕、無家可歸的第一人稱敘事的主角，在哥本哈根徘徊時遇上了一連串真假難辨的人和虛幻的影像。到了晚上，她跟自己的變性朋友梅斯特・雅克布，一起把整座城市和自己痛苦的回憶燒得一乾二淨。

「不，當然不是。」我說，聲音比自以為的要肯定很多。卡拉・凱莉很長一段時間都在一位有威嚴牧師家裡上班，替牧師家裡一對沒有母親且缺乏教養的雙胞胎當家教，後來她被困在一間公寓裡，有位年長的男子不斷地摧殘了她的身體和精神，再後來她搬進了那充滿祕密的教堂，一邊在教堂的舊鋼琴上譜著曲子，一邊慢慢地瘋掉。

「書中的感覺是我自己的，但是我不像卡拉・凱莉那樣是個縱火犯。」我說。儘管真要說的話，我出櫃的時候把父母和我自己的生活都燒得只剩下灰燼，但是我沒有說出口。我在給《紅色鞋子》寫前言的時候，不得不把PJ哈維最憤怒的歌曲到最大聲，才能麻痺自己想要寫卡拉・凱莉故事的欲望，之後這些文字就傾瀉出來，感覺比擊穿了牆壁的拳頭還要暴力。像一場穿過牆壁的洪水，或者龍捲風，磚塊就在我的耳邊相互撞擊。「到目前為止的草稿裡，我聽起來就好像個瘋子，但是去他媽的。」我在日記中寫道。「我寫完之後就可以死了。和我擁有的生活相比，我更願意去死。根本就不值得。」這是事實。過去的五年半裡我都懸在一根細細的線上，不管是《紅色鞋子》、友情還是文學課，都無法對此做出改變，儘管老天應該知道，我已經盡了一切力量。如果《仰泳者》也沒有幫助，那此刻就是該把線剪斷的時候了，別等著它自己繃斷。

「我還沒寫碩士論文，但是我不得不在那之前把這部小說寫下來。」我對夏洛特說，她點點頭。

「是的，我感覺到了。」她說。聽起來好像友善些了，但又好像冷漠了一些。

和艾娜德首次見面過後幾個月，我終於鼓起勇氣，邀請她出來，之後我們就成為了朋友。但是通往她的心的道路不是藉由友誼，也不是藉由為她的雜誌寫一堆好文章。她不跟我調情，在一切需要判斷的事情之後，她根本沒有把我看作一個可能性。她還跟那個樂隊的主唱在交往，她們一起搬進了腓特烈斯貝的市中心。我去參加她們的搬家聚會，不知道該拿那個「艾娜德是我要共度一生的女人」的強烈想法怎麼辦，那股力量只是越來越強。

無力的我和皮婭成為了情侶，她是餐飲業的澱粉銷售員，能花幾個小時不停地講橡皮糖裡用到的不同種類的澱粉，和她在棒棒國樂團裡最新的銷售會議。我們已經在一起五個月了，但感覺好像五年一樣，我已經分不清到底是她還是她的工作比較讓我感到無聊。

「你正在寫的東西，不管怎麼說都是一個很強的故事。」夏洛特說，她朝著我微笑。那一刻就好像陽光照在我的身上，我想瑪莉亞說得對，我願意為了夏洛特喜歡我和我的稿子而做任何事情。如果她願意出版，這會是我能得到的最高褒獎。她把幾張做了標記的紙推到我面前。

「你看這裡，」她說：「你的意識把整篇文字變得又長又具流動性，但你有聯想個不停的傾向，這樣太多的圖像就會堆積在一起。讀者會累、會煩、會過飽，你能懂我的意思嗎？」

整部小說都是用這種風格寫的，所以這應該就是她不會出版這一本的原因。現在她只是努力想對我友善一點，在這條路上給我一點建議，但我更希望她能放我走。她把另外幾頁遞到我面前。

「而且你也要注意，不要過度修飾文字，就像貼上亮片、包上紅絲絨、鑲上金色框架、再沾點鑽石粉。你要繼續寫故事。」她說：「這些裝飾可能會把焦點偷走，讀者的注意力就不再集中於你內心的故事上。」

我的眼前浮現出英格爾、珍妮和琪琪的公寓。我把她們都假扮成虛擬人物，然後寫進草稿裡，還有外婆的那台舊鋼琴，這是為了讓自己能在文字中找到家的感覺，但是專業的作家肯定不是這樣寫作的。

「而且你太喜歡用故意隱藏的手法，」她說：「你拋給讀者一條資訊，然後在接下來的句子中把資訊抽掉一半，或是跟你後面再次描述的不一樣。我不得不讀兩遍，才確定接收到所有資訊，但一般的讀者可不會這樣做，所以你得講得更清楚一些。」

過去的八個月裡，我每天都發現自己對寫小說這件事所知甚少，儘管我讀過上千本書，而且從小就開始練習。我以為，寫作是圍繞著如何放開手、把故事寫出來，但是現在看來，更難的其實是怎麼再收回來、把握住故事的能力。我不想把文字寫得過於明白，以免讀者覺得無聊，結果就是把一切都寫得過於模糊，讀者反而不知道發生了什麼事。我對於如何給這麼多文字制定一個結構、如何建立一個場景，或者書寫對話、刻畫人物，毫無了解。內部的裝飾要描寫多少？要有多少言外之意藏在字裡行間？是否應該重複提供相同的資訊，還是只寫一遍就夠了？無法給出回答的問題可以提嗎？我猜不行。

「哦，對了，你在書裡至少用了五十次『旋轉』，」夏洛特說，然後把剩下的手稿遞給我。「可能得把其中幾個替換掉，或者全部換掉。」

我伸手去抓椅背上的黑色小羊皮外套。那是皮婭送給我的眾多禮物之一，一個又一個，讓我覺得自己站在深不見底的感激之中。我告訴自己，雖然夏洛特不想出《仰泳者》，我還是會讓它出版的。我經歷過更難的事情，而且另一間出版社已經表示出了興趣。我在腦子裡清楚地聽到卡拉・凱莉的聲音，語言好像我指尖的一個麵團。

「很感謝您花了這麼多的時間。」我說，然後起身要走，但是夏洛特還坐著。

「那你什麼時候給我完稿？」她問。「三個月夠嗎？我想要春天的時候出，最晚五月。」

我一屁股坐回到椅子上，看著她。她可能在笑。

「你想出版我的小說？」我問，我從她的眼睛裡看到了自己的身影，臉上帶著深深的困惑。

「是的，你可以把合約拿回家，好好讀一遍。」她把資料夾中的一疊紙遞給我。「是個標準合約，只是你得知道自己到底簽了什麼。」

我閉上眼睛，看到小時候的自己坐在那裡又寫又畫，看到自己用白色的字跡填滿藍色的文件檔頁面。我的夢想從高中開始成型，然後在這些被燒灼的年頭繼續發展。你不知道這對我來說有多大的意義，我想道。這是多麼大的夢想，我已經承載了它多少年。我沒辦法在不變得感傷的情況下把這個故事講給你聽，但是我覺得你不會喜歡那個場景。

「我保證三個月後交。」我說，然後把合約和稿子塞進紅色漆皮包裡。「我能趕上，沒有問題，我很快就可以再寄些稿子給你，你可以先讀？」

到目前為止，我只寫了她讀過的這八十頁，還差至少一百五十頁。我不知道能不能趕上，我猜是不能，除非我把白天花的時間都拉長，拉到兩倍那麼長，然後把夜晚也拿來趕稿，但我會滿心樂意地去寫。我的手看起來沒什麼特別之處，但是它們已經拉著我前進，現在的問題就是我是在前往一個更好的地方，還是差不了多少的地方？夏洛特把手伸過來，說她很期待。

兩個半月以後我坐在書桌前，外面是像森林幼稚園一樣的遊樂場。已經寫了二天，沒有睡覺。我沒有錢買吃的，所以就靠咖啡和燕麥過活，指望著自己兩個星期之後交完稿，再垮掉或掛掉。我的手臂細到大拇指和食指就能握住，我的腰也細得像黃蜂一樣小，再也沒有皮帶有適合我腰圍的孔了。但是我對除了卡拉．凱莉之外的事情並不感興趣，在夏洛特的指點之後，這是我第三次改寫，故事被從不同的角度照亮起來，卡拉．凱莉的聲音比我的聽起來還真實。

瑪莉亞說的是對的，我為了讓夏洛特喜歡我和我的文章，什麼事都願意做，但是我的努力並沒有白費，因為夏洛特看起來就跟我一樣沉浸在卡拉．凱莉的故事裡。她已經把稿子讀了很多遍，很長一段時間裡，她就好像和我一起在書裡面。在我們的一次編輯會上，她告訴我說晚上夢見了書裡的人物。我也是，在我少有的睡覺時間。在我的郵件裡，我聽起來就像那個多愁善感、破損的卡拉．凱莉，更傾向於把目光從自己經歷的一切壞事情上移開，因為那樣它們就好像沒有發生過。只是她之後會不時地燒起幾棟房子。文字在我的螢幕上燃燒，角落裡都是火堆。我從未像現在這樣，感到自己活著，同時走在通往死亡的路上。我問過皮婭一次，她是否覺得人就是這樣把痛苦重生成藝術。夏洛特懂我的意思，但是皮婭只是好奇地看著我。

「你有沒有想過要設定自己的目標群體？」她問。「皮婭越來越不懂我。」我在日記中寫道。「她只是想著各種可能的銷售資料，好像那就是我在意的東西。好像幾百萬是不是朝我滾來對我有絲毫的意義。我很生氣，因為她根本就不明白，也沒有試圖明白，只是帶著她的澱粉銷量在我面前走來走去，對我毫無意義。我甜美地微笑著，說沒關係，但是這他媽的怎麼沒關係！你坐在旁邊看著、聽著、說哦、說對，或者什麼都不說，這是能把人逼瘋的事情啊！」我列了一張清單，上面寫著我沒法忍受皮婭的地方，在寫到第二百點的時候放棄了，畢竟我還在這段關係裡的原因只有兩點：皮婭總是讓我覺得自己沒良心，而且如果我說要離開她，她就以死相逼。當她對我感到失望（她一直對我失望），就會用沉默來懲罰我。如果我自己都沒有意識到懲罰，她就會打電話給我，然後在話筒另一端，什麼都不說。

「喂，」她五分鐘之前還打來，然後話筒裡就安靜下來。我之前在熱線電話服務的時候就很習慣話筒那頭的沉默，但她的這種是壓力，而我哪裡也去不了。

「你如果沒話想說，幹嘛打過來呢？」我問她，然後等著她的回答。

「你從來都不打給我，」她終於開口了。「你什麼時候會打來呢，如果有可能的話？我以為下班之後打給你挺溫馨的，但很明顯是我想錯了。」

我看到了那個沒有特徵的男人。他站在花園中央，離得稍遠了一點，盯著我右邊的窗戶。我想要走出去，給他一個迴旋踢。

「哦，但我覺得你打過來，然後什麼都不說並不溫馨。」我說。疲倦感湧了上來。按照以往，我和她講完話之後都不得不睡幾個小時，那是我集中睡眠的唯一時間。皮婭回答說，她只是篩檢了內容，說有關聯的話，因為昨天我提到她不需要長篇大論引用在《貝林時報》或者電視上看到的東西，而且我也厭倦了聽她講健身房的動感單車訓練、天氣和她去超市的經歷。但這些碰巧就是她今天經歷的所有事情。

「你可以自己說。」她說。我聳了聳肩，儘管她並不在這兒。

「但是是你打過來的。我現在可是坐在這裡寫一本書。」我說：「而且我們也不是毫無聯繫，明明昨天才見過面，所以我不知道你在火大什麼。」

皮婭一下子開始了個人演講，說她想怎麼火大就怎麼火大，她不會去做一個不是自己的人，她也沒有想過要改變。

「你就好好寫你的書吧！」她終於說，我表示贊同。其實我自己體內的鞭子就夠了，但是至少這樣她可以掛上電話，這比再平白無故吵一架更重要。

掛上電話之後，我在日記中記到，我不會想念她那低級的爭論水準、轉換話題的方式、各種針對我的說辭。日常瑣事被扭曲到認不出來，邊邊角角被說成了重點，最重要的問題卻被削減成為無關緊要。我正要繼續寫下去的時候，突然發現艾娜德寄來一封郵件，我快速讀完之後，又重新讀了一遍，這一次慢了很多。寫作的壓力和嚴重的睡眠不足搞得我有時候會把豐富的想像當成事實，但是現在上面好像真的寫著艾娜德發現她女友跟雅典一位開酒吧的女人有染。她們去年夏天在萊斯沃斯島相遇，然後從那時開始就一直有些問題。「我對繼續這段感情不是很樂觀，」艾娜德寫道。「我不明白她為什麼搬進來，但是我曾經比這更慘。這件事我不想放任不管。我們馬上見個面吧。」我舉起雙手，大喊一聲：「耶！」把伊利奧特嚇了一跳。

「我該給艾娜德多久的哀悼期？」我在電話裡問瑪莉亞，她笑了。

「給她兩個月吧，應該夠了。」她說。我把〈第一刀最深〉放進播放機，然後給皮婭發消息說我有很重要的事情要跟她談。最好馬上就談。

兩個半月之後，我在《仰泳者》的慶功會上邀請了所有在過去六年裡幫助我熬過來的人。瑪莉亞和她的男友、英格爾和她的女友、我的外婆、克莉絲汀和易布、農場的家人、艾娜德、珍妮、琪琪、伊達、傑斯伯、艾娃和多特（加上她們的孩子）、雪麗的父母、禮烏、麗娜、朱莉和瑪緹娜，還有我所有新的女性主義朋友們。

我想過邀請父母親，儘管我們之間的聯繫所剩無幾。當我站在人群中間，聽夏洛特、艾娜德、瑪莉亞和外婆的講話時，心裡頭想著自己的確應該邀請他們。

「我親愛的外孫女，我真心為你驕傲。」外婆說：「你過得好，我真是無法形容的開心。」

我之前從來不敢把這些對我意義重大的人聚集在一起。僅僅考慮過幾次而已，但是都被「沒有人會來」的恐懼嚇退了，就像母親小時候邀請別人去她的生日派對時一樣。我無法解釋同樣的事情為什麼會發生在自己身上，但就是好像真的有這種可能。這是在各種詛咒中留存下來的一條咒語。從本質上來說，這次慶祝會跟《仰泳者》本身一樣是個巨大的成功。麗娜朝著我的鎖骨點點頭。

「你不能再瘦了，」她說：「你這次是一點肉都沒剩了。」

我說但是至少我活了下來，我很感激。評論《仰泳者》會把我帶到哪裡還為時過早，但是我感覺自己已經更加快樂、自由，然後還有艾娜德，她站在房間的中間和我一個新朋友露易絲聊天。露易絲說話的時候總伴著誇張的手部動作，笑聲更誇張。這種朋友我想再多交一點。

「皮婭呢？你們沒在一起了，對吧？」麗娜問，我搖了搖頭，說了句「老天保佑」，語氣重到空氣中好像留下一個紅色的巴掌印。艾娜德轉過頭來看著我，目光朦朧，我多麼想離她近一點，但是至今為止，一切努力都還是徒勞，反而是麗娜靠了過來。

「你覺得她是不是需要點時間？」她悄聲說。「你比她年輕那麼多，可能她只是要適應這個念頭。」

「她說她沒有愛上我，但是剛才她邀請我下個星期去她家吃晚飯，走著瞧吧。」我低聲說。這時琪琪走過來。

「我幫你在我御用的算命師那裡約了時間，她叫黛比，明天上午。」她把手臂放到我的肩上。「我真為你驕傲。你不用告訴她任何事情，讓她告訴你她看到的東西就好。」

過去幾年裡，琪琪對這類東西越來越感興趣，我還是沒有跟神靈產生聯繫，不神祕也不信精神上的指引，但是琪琪說這都無所謂。她能感覺到我現在應該去見黛比，這很重要。

所以我第二天就坐在這裡，對面的黛比閉著眼睛，做她所謂的「入境」。她人很瘦，捲髮，好像整個人都被水霧籠罩著。她的諮詢讓我想起醫生的等待室，裡面有白色牆壁和淺色的窗簾。

「我能看到你坐在演講臺上。」她說：「你會在很多人面前講話，在世界上的各種地方。這會是你生活的一個重要部分。」

作為女性主義者，我之前演講過幾次，但是聽眾好像都試圖把我嚇住，雙臂架起來，問題充滿憤怒，而且出現在世界各地的眾多聽眾絕對不是我夢想的一部分。我現在是作家，計畫是在平靜中寫自己的書。黛比皺起眉頭，說她能看到一棟舊房子。在斜坡下面是水的地基上。裡面有很多房間，光線昏暗，總共兩層。

「牆上掛著十字架，客廳裡有一架鋼琴。一本讚歌集。一個真言罐子。從一間屋子走到另一間時，地板在吱吱作響。好像牧師的住處。」

我強迫自己安靜坐著。這聽起來完全就是我在《仰泳者》裡面寫到的牧師的家，卡拉·凱莉就在這裡當牧師那失去母親又陰鬱的雙胞胎的家教。牧師的名字叫萊昂納多。

「襲擊。」黛比說。「這裡發生了可怕的襲擊。」

在我的書裡，萊昂納多強暴了自己的雙胞胎孩子，卡拉·凱莉一點點地瘋掉，因為她看到自己童年的噩夢在重演。

「你想要制止這些襲擊，但是沒能活下來。」黛比說。「這是幾輩子之前的事了，但是這段經歷還在追隨著你。」

她睜開眼睛，盯著我。

「你寫了一本小說，對吧？」她問。我點點頭。《仰泳者》至今還未被媒體報導，但是琪可能已經告訴她了，雖然我覺得不太可能。「你沒有把這本書寄給父母，」黛比說：「應該要寄。這很重要。」

我當天就把書寄給了他們，希望他們能為我高興一點點，或者不只一點點。至今為止，他們對我寫過的一切東西都閉口不談：我在網路雜誌上的第一篇文章，後來的各種專題文章，連結都寄給他們了。但是他們應該會記得我手寫的書和電腦打出來的稿子，我想。他們應該知道，終於能出版一本小說對我來說意義多麼重大。

幾天之後，母親邀請我一起坐一趟奧斯陸渡輪，只有她和我。自從那次從希勒勒一起坐公車回家之後，我們就沒有獨處過——那次我和穿著蛇皮高跟鞋、雙唇鮮紅的異裝癖四目相對之後——但是現在她寫道，她有一件事想要跟我說，我幾乎沒法控制自己。一切終於要明瞭起來。現在她終於要告訴我，她為什麼一直這樣對我。

母親比我記憶中的要蒼白一些，她把灰色頭髮剪短了，過去那個別緻、年輕的母親應該也會好奇地打量她。那位穿著瑪姬特．勃蘭特半裙和漆皮高跟鞋的女人哪裡去了？我想道。那些顏色搭配好的衣服、蓬鬆的頭髮，都到哪裡去了？母親身上唯一不是灰色的東西，就是她那指責的黑色目光。我們剛在輪船的咖啡廳裡坐下來，窗外還是長堤的時候，她就告訴我，我的外公有精神疾病。

「而我和你爸覺得，你很可惜地遺傳到他。」她說。

「我？」

如果艾娜德沒有在幾天前的夜晚，在晚餐和波爾多酒之後親吻我的話，我會對這個通知給出更暴躁的反應。我們最近三天都在她的床上，而且我迫不及待想要回到那裡。

「是的，我們看了你的書，對我們來說，你很明顯有精神疾病。」母親說。我努力想要保持自己臉上的微笑，但是嘴角還是慢慢地垂了下來，好像壞掉的窗框一般。

「但是我的書是虛構的。」我說，母親搖了搖頭。

「不，不，我們可以看出那本書是關於我們的。」她的目光緊緊地盯著我。「就拿斯溫訥來說。那是你爸。」

「怎麼說？」我驚訝地問。在小說裡，斯溫訥是把卡拉．凱莉鎖在公寓裡，強暴她，把她在精神上和肉體上都摧殘的男人，就像他曾經對待自己的女兒可莉亞一樣。他很快就開始混淆這兩個女孩。

「是的，你以為我們看不出你的文字遊戲嗎？」母親說。『訥』是你父親的名中的一個字，『溫』是取自他的中間名，『斯』則是來自斯高烏。」

其他旅客開始走進咖啡聽，椅子被抽出來，服務生手裡拿著點單來回穿梭。

「我說實話真的沒有想過這種文字遊戲。」我說。這的確是事實。我對最近的服務生招招手，說我想要一杯雙份卡布奇諾。母親直直地盯著空中。我看得出來，她不相信我。我不再是她選出來的、能信任的僅有的幾個人中的一個，而且我不在裡面很久了。父親應該是剩下的最後一個，不然就是一個都沒剩。

「英爾伯格就是我，」她說：「我的名字叫英爾麗莎，我像個城堡[12]一樣監護者整個家。」

「是嗎？」

「是的。」她堅定地說。小說裡的英爾伯格是斯溫訥的前妻，可莉亞的母親。卡拉．凱莉無家可歸的那年夏天，假裝是可莉亞的貼心朋友，搬進了英爾伯格那充滿粉色花朵的客房，裡面

12 丹麥文中的「伯格」意為城堡。

都是可莉亞童年的書和青少年時期讀的小說。好多年前，可莉亞對英爾伯格透露了斯溫訥對她的性侵行為，還有英爾伯格袖手旁觀的事實，但是她認為可莉亞只是得了精神病，並且責備她說她從來都不回來拜訪。英爾伯格承認她更想讓記憶中的女兒保持在以前的樣子。

「讓我問清楚：所以你是在告訴我，我爸在我小時候性侵了我，你在旁邊默默看著？」我問。母親驚恐地看著我，說她想說的絕對不是這個。一位服務生端來我的雙份卡布奇諾，我當場喝掉然後又要了杯新的。

「然後就是牧師家裡讓人不適的伊蒂斯・范勒森女士，」母親說：「那是你外婆小時候的名字。你奶奶的名字也是伊蒂斯。」

范勒森女士憤怒的眼神、一絲不苟的髮型和高領的黑色裙子，我是從外婆家裡那張曾外婆的照片上借來的。曾外婆瑪麗，但是剩下的一切都純屬虛構。

「我的書不是關於你或者父親，也不是奶奶和外婆。」我說：「而是那個虛構的人物卡拉・凱莉。很多她的感受都是來自於我，但是對於你和父親，我最多最多只是借用了一些言語和說話的方式。」

我指的是在過去六年裡，母親寄給我的幾封信裡的句子。其中包括「在我為你付出的一切之後」、「我已經盡力了，這個沒人能否定」、「我為了讓你能夠擁有最好的童年，做了我能做的一切」還有「你是這樣感謝我的」。我掃視著咖啡廳裡的旅客，覺得自己走錯地方。這裡都是一群又一群興高采烈的朋友和家人，他們交談的聲音越來越大，好像馬上就會把咖啡換成啤酒和白酒。

「所以外公性侵過你？」我小心地問。「這就是你要告訴我的故事嗎？」

一名服務生把新的卡布奇諾放到我面前，母親困惑地看著我，否定了，說外公只是情緒很不穩定。當他憤怒地離家出走時，外婆會上樓躺著，讓心臟平靜下來，所以去找他、勸他回來就成了母親的任務。

「聽起來很難。」我說。

「嗯，是的。」她說：「他用自己的行為對整個家庭施暴。」

我們還沒有離開港口，感覺卻好像已經航行了三天三夜，沒有闔眼。我看著她握著卡布奇諾杯子的手，好像很冷的樣子，她可能也真的很冷。不管你怎麼想我，對我有什麼猜測，我們都有相同的雙手雙腳，我想道。這個想法讓我安定了一些，但是還遠遠不夠。

「我記憶中的外公不是這樣。」我說。母親回答說，我竟然很喜歡他，她也十分驚訝，而且他也喜歡我。難以置信，她這樣對我的父親說。完全難以置信，外公竟然這麼喜歡我。

「他做父親的時候完全是另一個樣，我可以跟你保證。」她說。這點我得贊同，因為我關於外公的回憶裡沒有一件事是不愉快的。只有一次在瓦姆德魯普的公園裡，他有些暴躁。但是當我開始哭的時候，他也開始哭，跟我道歉，然後一個月之後他就去世了，當時他肯定也深受痛苦和呼吸困難的煎熬。

「我小時候，他得了腰間盤突出，脾氣越來越差。」母親說：「最後他拿了些藥，藥有效，但也只在他記得吃的時候。」

她朝我的手瞥了一眼，我的手指交叉在一起。

「我看到你還戴著他的訂婚戒指。」

如果我把戒指摘下來，手指上面就能看到白色的一圈。但是只要外婆還活著，還戴著她的那只，我就不會把它摘下來。不管母親嘴裡的外公什麼樣，他對我來說永遠都是那個外公。所以我點點頭，說這只戒指對我來說很重要，同時我給自己做好了心理準備，這段對話只是剛剛開頭。

「我能聽出來，做外公的女兒不容易。」我說。只是為了能隨便說點什麼，然後引到我最終的問題，就是我們為什麼現在坐在這裡。

「我已經告訴過你了，」母親說。渡輪現在上下顛簸。我們應該是已經從長堤邊開了出來，我都沒有察覺。「我和你爸覺得，你應該是遺傳了外公的病，因為這種都是可以遺傳的。所以你可以去看看精神科醫生？」

相信我，我想道。我經歷了這麼多，至今為止還沒有崩潰，我比你想像中的要強大。

「我覺得你不需要對我的精神狀態擔心。」我盡可能用平穩的語調說，忽略掉母親的那句「呵，我都快不信了」。我道了聲抱歉，然後朝廁所逃去。我在裡面傳訊息給艾娜德，說我未來二十四小時都得困在這艘奧斯陸渡輪上，跟相信我得了精神病的母親一起，我到底怎麼樣才能熬過去？艾娜德回訊說她在想我，很期待可以在明天吃晚飯時見到我。昨天她幫我買了牙刷放在公寓裡，所以她應該是有什麼計畫，儘管我並不知道該怎麼解讀她的郵件。她最新的郵件標題叫「貴賓問好」，裡面是一隻貴賓狗被打扮成蜜蜂、小狗、熊貓和母雞的樣子。我還收到了哈巴狗打扮成《星際大戰》裡的尤達大師的照片，加上一段錄音，裡面是某個人把馬達加斯加狐猴興奮的叫聲和音樂節拍混合在一起。與其說它好聽，不如說是新鮮。

我回到桌邊，建議母親一起到免稅區去逛一逛。

「可能會有一些有趣的香水。」我說。儘管此刻的我更想買一整瓶威士忌跟人對飲。母親和我睡同一個艙房，到了晚上她跑到浴室去吐。我躺在自己的床鋪上，知道我現在是「別人」中的一個了。一個她得用尖銳的聲調聊天，見過之後要去嘔吐的人。她在我身邊不再有安全感，可能她也同樣怕我。

那成了一次漫長而安靜的旅行，我只拍了一張照片，裡面碰巧有她。她坐在奧斯陸的咖啡廳裡，穿著高領黑色針織衫，墨鏡在陽光中出現橙色的光影，但還是看得出來她正用一種指責的、刺痛的目光盯著我。她根本沒有花力氣去微笑。

回家之後，我打電話給外婆，問她外公是不是真的得過精神病，要不然故事的真相是什麼。

「嗯，他身體不是很好。」外婆說：「他有支氣管炎，脊椎也不好，小的時候還得過營養不良症。他的確是每天吃一小片藥錠，但是剩下的我沒有印象。」

「什麼藥？」我問，但是她也不知道。

「你應該知道的吧，」我說：「他那個藥不是吃了很多年嗎？」

「克利斯蒂娜，那麼久以前的事了，我不會腦子裡總想著它過活。」外婆說：「就是醫生指示說，孩子他爸要吃一種小藥片，他就吃，故事到此為止。」

但是在我的腦中，這個故事已經被延長了許多，我還感受得到母親的目光。你來到這個世界上，就是為了讓我開心，或者為此努力，但你卻逃避了自己的使命和責任。你把我弄成重傷，然後任我躺在馬路邊上，只想著拯救自己。你的一切讓我感到厭惡。你沒法讓一切好起來，也沒有盡力。你是個怎樣的爛人啊！

三個月之後，我又和母親的目光進行辯論。那時我剛剛賣掉了在挪威街上的公寓，搬去跟艾娜德同居。母親對這個新聞的反應就是寫了一封郵件給我，上面是這麼說的：「我和你爸都對你搬家深感遺憾。我們之前討論過，只要你至少還有自己的公寓，一切就不會太糟。」她真的認為，從我在阿瑪島上的兩房公寓搬到一間在腓特烈斯貝市中心的光亮的、便宜的、碩大的豪華公寓是一種退步？她是為了我不必在室內繼續戴著手套過冬而遺憾呢？還是因為我不再受到那個偷窺跟蹤狂的騷擾而遺憾呢？還是她覺得，我搬去和那個我愛了好多年的女人住在一起，一切就完全毀了？又或者她一直都覺得早就毀了，只是之前我還沒有無家可歸？

我一邊走來走去，思考這些問題，一邊把大客廳的牆壁刷成白色，聽著朱莉寄給我的《搖滾芭比》。

「我已經編了一部女性主義選集，寫了一本小說和很多的專欄文章，從二十一歲起就自力更生，」我向母親列出這一切，好像她對我的簡歷會有興趣一樣。「現在我開始寫文學專業的碩士論文，」我繼續說。「而且開始在政治報上寫書評。你就不能為我感到驕傲嗎？」

我把刷子浸到油漆桶裡，蘸一坨油漆摔到牆上，它們馬上就像眼淚一樣往下流。

「你怎麼能看著我的人生總是想著『一切都毀了』呢？你知道我跟艾娜德在一起是多麼幸運的事嗎？你能明白在艾娜德的這棟大樓裡，正好有一間公寓沒人住，是多麼幸運的事嗎？」

「聽著，寶貝，」我把一面面白色牆壁和那些所有無解的、關於母親的問題展示給艾娜德時，她對我說：「我沒法爬進你媽的腦子裡，而且感謝上帝，因為我覺得裡面不可能舒服。」

「但是……」

「但是這完全是浪費時間。」她說，我只能不情願地贊同。我把自己人生中那麼多年的時光，都花在試圖爬進母親的腦袋裡，卻仍然沒有越過擋在她腦門前的那面牆。只是這麼多年之後，我習慣了按著老習慣猜測下去，感覺就好像是純粹的受虐狂。

一個月之後，我和艾娜德住在一起了，母親寄信來說她已經確診乳腺癌，這都是我的錯，因為癌症是跟精神狀態直接掛鉤的，所以是因為「我」她才會得這個病。我眼前浮現出她的眼神，比我想像中的還要哀怨。半年之後，父母親在赫爾辛格的老家賣了，搬到了斯文堡。是時候迎接新的開始了，我也一樣。我提交了關於瑪麗．雪萊的《科學怪人》和新女性主義文學理論的碩士論文，開始喜歡外出旅行，在平靜中寫書。艾娜德辭掉了網路雜誌的編輯工作，成為一名科學記者，我們很快就在全世界幾個月幾個月地旅行，寫我們的書和報導。做了四年的情侶之後，我們在公寓裡舉行盛大的聚會來慶祝結婚。唯一婉拒沒來的人，就是我的父母。

「你是說你跟艾娜德在耶誕節第二天沒被邀請到你媽家裡吃午飯？」西瑟勒問我。她接手了我的房子，那天晚上我們坐在我挪威街上的舊公寓裡。孤獨從角落裡消失了，憤怒沒有繼續烤著地板；我之前放帶著小金球的舊鐵床的地方，她和男友用木頭貨架搭了一張床。

「所有人都被邀請了，就除了你們兩個。」她繼續說，我說過去十年以來，這種情況發生過很多次，也不知道這個事實是讓整件事聽起來好一點還是更糟。西瑟勒今年二十一歲，看起來更顯小。通常她都是個安靜的人，說話很謹慎，但是現在她把身子倚過來，瞇起眼睛。

「如果你爸媽沒邀請你們的話，我和湯瑪斯也不去了。」她說。

「別這樣，你沒有義務……」

「你在說什麼啊？我們當然不會去，」她打斷我。「我明天就打給你媽，告訴她我們不去了。」

我覺得眼淚就要流出來了，自己也很驚訝。這種事情之前從來沒有發生過：有家人會因為我和艾娜德沒被邀請，而拒絕出席家庭聚會。我很早就放棄期待這種支持了。我的家人這些年來都會在聚會之後告訴我發生什麼事：我的父母說了什麼，沒說什麼，該怎麼解讀這些東西。當父親很罕見地打電話來，正好又是艾娜德接的時候，他總會立刻要求和我講話。

「記者們是怎麼找到你的？」我告訴父母我被邀請去參加什麼活動時，他們都會這樣問我。「你對這個知道什麼？真奇怪，他們竟然找不到別人。還是其他人都帶著孩子去度假了，除了你沒人可帶所以最有空閒？」我第三年的獎金下來的時候，稅前額度是八十四萬丹麥克朗，母親說我根本不配。那是二〇一〇年，我三十四歲。

「什麼意思？」我問她。據我了解，她和父親自《仰泳者》之後就再沒有看過我的書，也沒有看過我的書評，因為他們沒訂《週末報》。我不知道他們有沒有看過我的那些採訪，還有我寫過的各種特稿和專欄。我們不會談論這些東西。我一直在考慮要不要跟他們提起這個話題，但是時機好像總是不對。

「我就是覺得，國家給某些人發這麼多錢，實在太過分了。」她說。她的乳腺癌已經擴散到了肺、脊椎和骨頭。「八十四萬實在太多了。」她說：「如果政客們不知道怎麼更好地運用這筆錢，我覺得不如減稅，這樣我們就不用去供應某些人過奢侈的日子。你也是這麼認為的吧？」

我坐在回赫爾辛格的火車上，回想這段對話。我受邀去母校演講，講講自己的生活和作家生涯。你和父親拒絕承認我過得好，又能讓別人得到什麼呢？我想道，感到體內的不安擴散開來，離赫爾辛格越近越厲害。對面的位置上坐著一個盲人，他在閱讀盲文。寫滿盲文的設備讓我想起八〇年代的舊桌遊。他抬起頭，眉頭皺著。

「你很緊張嗎？」他朝著我的方向問，我看著那些盲文在他的指尖下面凸起、落下，對他說是的，但是如果他願意跟我聊聊，可能會好一點。

「我馬上就要去齊斯維勒萊厄火車站見一位朋友。」他說：「我們說好兩個人都把導盲棍插到柏油上，這樣就能認出彼此，但是上一次另外兩個盲人也想到一模一樣的點子。你說神不神奇？」

窗外閃過多默斯火車站。

「那你們最後找到對方了嗎？」我問，然後把大衣扣上，把腰帶勒緊。他笑了。

「嗯，遇到一些波折。」他說：「你不用緊張。最後都能挺過去的。」

我的高中母校跟我上學那時候相比，翻新了一些，但是公共教室還是原來的樣子。我幾乎看得到瑪莉亞吐出的煙圈，小團體裡的其他人圍著她坐著，聊著天。我轉過身，看到了蘇珊娜，她已經退休好幾年了。我要求主辦單位請她過來，但是我以為她會婉拒。來幹什麼呢？我當她的學生已經是那麼久之前的事了，她大概都不記得我了。我走過去擁抱她，她緊緊地把我抱在懷裡，我也緊緊地抱著她。啊，我想赫爾辛格的克里斯蒂娜．斯高烏當年肯定會愛上這個擁抱。

「你長高了？」她問，我說只是鞋跟高了，然後朝自己那雙厚底的紅色亮片鞋點點頭。我還戴著假睫毛，頭髮燙捲了，復古裙子上面帶著豹紋花邊。我最招搖的一身衣服，但她只是盯著我的臉。

「你還記得進入高中第一天，吃午飯的時候，你一個人坐在公共教室裡面哭嗎？」她問，我點點頭，感到一股暖流穿過身體。她還記得我，不是只有我記得她。

「你進到我的班時，我真的很高興！」她說。

「我也是。」

我們的對話有如提前寫好的一般。

「我說對了，你的未來沒有界線。」她說：「人都怕言多必失，但是就你來說，我當時非常確定。」

她問我是否記得我們當初對老電影《家庭生活》的探討，脆弱的珍妮絲和她嚴厲的父母。她不贊同我的理解。我還記不記得那個時候曾在英文作文裡寫的？我心想，我所有的刻苦對你來說不是無關緊要的，我對你來說也不是無關緊要的。我說我只記得高中畢業考的作文，還有當年如何在整個高中求學階段都努力想令她刮目相看。

「我很拚命，但是你改我的作文總是比別人的要嚴格。」

「一直到最後都是如此。」她說，我點點頭。因為她，我學會流暢地書寫英文，而且從那之後都受益無窮。

「你仍然是我遇過的最好的老師。」我朝學校新的禮堂走去時轉過頭說。

「真的嗎？」她在我身後的某個地方說，我想回答，但是禮堂的龐大讓我一時無語。我站在那裡，對著學校的六百個學生講話，雪麗的父母坐在後面，蘇珊娜坐在第一排，我想像著克里斯蒂娜．斯高烏，她如果知道未來的某天，自己會站在這裡，講述她在赫爾辛格那個不可能的生活在哥本哈根慢慢成形，她會做何反應？我猜她的心裡肯定樂得開出花朵。

「我看到你站在講臺上，」我聽到算命師黛比說：「你會在很多人面前演講，在全世界的各個地方。那會是你生活裡很重要的一部分。」

當我講到那個晚上，我把瑪莉亞拐到巴布希卡，遇見英格爾的時候，大家開始鼓掌了，這是我第一次在自己的講座上快哭出來了。

「啊，吹吹我的眼睛，」我聽到英格爾的聲音：「有的時候，能擁有這麼多情感很可怕，你們懂嗎？」

我對眾人說，我不得不現場修改講稿，因為我本來想說的是，外面有希望。他們只要過了高中畢業考，就可以從這座城市跑出去，去創造自己的生活，但是他們的反應讓我更加樂觀。我在這裡上學的時候，只能把自己盡可能地縮小，小到能塞進作業本裡，因為除此之外沒有別的可能。但是現在的他們有無限的可能。我很期待。

「我母親的癌症在擴散，但是她和父親還是不接受我是蕾絲邊的身分。過去的十三年裡，我們幾乎都沒有任何聯繫。這很難，毋庸置疑，但是你們可以看到，生活還是可以過得不錯。」

我低頭看著蘇珊娜。她在哭。我想到，我們見面和道別的時候，彼此都帶著淚水。

幾個月以後我給外婆打電話，不過是母親接的。

「伊蒂斯．施密特家。」她用那懷著警戒的尖銳聲音說。外婆家有來電號碼顯示，但母親應該認不出我的號碼。

「我只是想跟外婆打個招呼。」我說。母親回覆的聲音好像刀子一樣鋒利，說我人真好。我聽不出她此刻是嘲諷還是焦慮，她的這兩種聲音幾乎相同。

「你爸開始擦窗戶了，我正要大掃除。」她說：「外婆躺在旁邊的椅子上，你要跟她講話嗎？我猜她醒著。」

她其實想說的應該是「我猜你的電話把她吵醒了」。我看了一眼自己的行事曆。

「但你昨天才去做了第六次化療，不是嗎？」

我把她每三個星期一次的化療都記在日曆上，希望這樣能感覺離她更近一點，但她說化療被延到了下週一。血檢的結果太差，就跟上次一樣。某種程度上聽起來，這也像是我的錯。

「那你現在應該很累吧？」我說，母親說是。

「但是我跟你說，外婆家需要打掃。她自己什麼都做不了，身體大不如從前了。」

外婆今年九十五歲，這樣算來，距離她公開說自己要心臟病發作去世已經有五十五年了。母親建議她從這棟附花園的別墅搬到瓦姆德魯普的老年公寓裡去，但是這讓她十分失望，失望到每天只是目光呆滯地盯著空中，下巴微微顫抖。在醫院裡她倒是心情不錯，每一次拜訪、收到的每一束鮮花和別人的陪伴都讓她開心，但是她在住院期間越來越常感染上真正的疾病。當外婆再一次感染上多抗細菌還是葡萄球菌時，艾娜德用英文稱之為「樂趣變成了悲劇」。電話訊號有點差。

「那家事呢，她不能……？」

「不行，他們做的不到位。」母親打斷我。「你最近看過她的櫃子和抽屜嗎？」

母親一直都有這種天賦，可以用各種誇張的方式形容外婆的櫃子、抽屜和其他的爛攤子：

堆積如山的洗碗槽，堆滿陳舊灰塵的鍋和盆，還有充滿了讓人不適的驚奇、幾乎關不上的抽屜。

「櫃子和抽屜不是原來的樣子了嗎？」我問，母親嘆了一口氣。

「正是，就是因為還是原來的樣子！」

外婆在聽到母親的癌症擴散之後，曾打電話給我，用她那虛弱的、嘶啞的聲音說她死了以後，鋼琴歸我。

「不，外婆，這件事我們現在不談。」我說，但是外婆只是發出一聲大聲的「哎呦」。

「我的心臟真是不行了，」她說：「我覺得我得立刻給護士打電話，如果我不想……」

電話斷了。一般來說，每次外婆話講到一半就把電話掛掉的時候，我都會害怕她是不是心臟停了，所以話筒從手中滑落了？但是這次我變得憤怒，又給她打了回去。

「你給我振作起來。」我對她說：「你女兒需要你，好嗎？你的女兒！她病得比你更嚴重，而且你現在要是再因為心臟的事住院，感染到各種病的話，可沒有人有精力去管你。你要是快死了，我們都要把手裡的事情拋下，趕去看你。我媽現在可沒辦法去看你，她要做完十次化療。」

「你不准這樣對我講話。」外婆用盡了她最虛弱的聲音。「你真讓我失望。」

我說她也讓我失望。

「你得等我媽好些之後再死。」我對她說。她也的確做到了一半。現在的她只是躺在椅子上，每天死去一點。

「你是不是更想坐下來跟外婆聊聊天？」我在電話裡問母親。「你無法在那種折磨人的化療中間做大掃除。絕對不行。」

「但是盥洗室的櫃子看起來很危險。」母親說，我眼前浮現出她滿屋子跑的樣子：被化療折磨到消瘦的身軀，頭上戴著假髮，手裡是一盆晃動的清水。外婆不會因為這個而認同你的，我想到。她早就已經決定，你為她做的任何事，都是小菜一碟，就算你生病時也一樣。她看不到你花費了多少努力，也不可能看到。你從她身上永遠也得不到你想要的。我們的故事如此一致，真讓人難過。

「我真希望外婆把她給我的東西也給過你。」我聽到自己說，母親問我是什麼意思。她的聲音撕扯著我的耳膜。

「我是說毫無保留的愛、認可和支持。」我說：「所有外婆給過我、卻沒有要求我做任何事回報的東西。你為她做了那麼多，她卻都視而不見。她把你做的一切都當成理所當然。」

話筒裡安靜了。博恩霍爾姆鐘在她身後敲了三聲。

「你外婆醒了，我看得出來。」母親的聲音沒有任何感情。「你想跟她講話嗎？這樣我可以繼續大掃除。」

兩年半之後，我跟艾娜德降落在緬甸的仰光，確定了旅遊書和傳聞裡說的是真的：我們在這裡沒有手機訊號也沒有網路可用。我對於能夠嘗試一個月沒有網路的日子已經期待了很久，因為隨著社交網路的發展，我花太多時間在網上辯論，這種生活讓我想起了小學和初中，那種一個人對抗全世界的感覺。當我為自己的觀點辯論時，鬥志昂揚；但是我這身不得不穿上的鎧甲，卻為了能把一切進攻擋在外面而開始變得沉重。我沒法穿著鎧甲寫書，也沒法把它摘下來，因為我不知道什麼時候會被誰攻擊。突然有一天，我想到光只是因為自己曾經擅長「不受歡迎」，並不代表我應該一直如此。我的作家生涯對我來說，比我的觀點更重要，所以我別無選擇，只能把自己從辯論中抽身出來，學著過線下的生活。不然的話我沒法寫自己想寫的書。

然而避開電話和網路比想像中的要困難。當我和艾娜德走在仰光的路上時，我一直都想要把自己分享給世界，告訴大家這座破舊的城市下了那麼大的雨，我們的雨傘都被砸壞了。天氣在北部的曼德勒會好一點，但是我能夠感覺到一股不可抗拒、想要離開這個國度的欲望。就好像想要從著了火的大廈裡逃出去，或者朝著水面游去，去尋求空氣一樣。

「讓我們坐第一班飛機去曼谷，然後繼續訂機票去河內或吉隆坡或隨便哪裡。」我說。艾娜德建議我們去曼谷過一夜，然後坐飛機去金邊。那裡曾是法國殖民地，交通狀況混亂。我們之前也去過曼谷，我想起了那裡高級的外國駐地記者俱樂部。慵懶的風扇把空氣稍稍降了一點溫，我和艾娜德坐在桌邊，外面是洞里薩湖一覽無遺的棕綠色湖水。

我們剛把行李放進曼谷老杜斯特區一間小得可憐、帶紗窗的房間，我爸媽的電話號碼就在手機上亮起。

「我打通了克里斯蒂娜的電話！」我聽到父親說，然後他把頭轉回來，對著話筒說：「我們以為找不到你，但是仰光還是有訊號？」

「我們剛飛到了曼谷。」

「哦，我們有個壞消息。」他說，我讓自己陷在占據了整個房間的大床上。在他開口之前，我想到了外婆。

「這次她沒能挺過來，」他說，聽起來沒有特別難過。「昨天她應該照例檢查腸胃，你知道的，但是她腸子裡的惡性腫瘤破了一個洞，不知道怎麼回事，她的心臟太弱，醫生無法給她動手術，所以現在她處於休克狀態，在科靈醫院。」

「腸子裡的惡性腫瘤？」

「對。家裡其他人都在這裡。你應該能聽到雜音？」

我的耳邊都是呼嘯聲。

「西瑟勒堅持要我們打電話給你，」父親說：「她像瘋了一樣，『你們必須找到克里斯蒂娜！』一直說、一直說。」

我閉上眼睛，看到紅色的波浪滾過。謝謝你，西瑟勒。

「我馬上回家。」我遞了一個眼神給艾娜德，她馬上開始看還有票的航班，還有從哥本哈根到科靈的火車票，但是父親說我趕不上的。

「而且你們的公寓下個月不是已經租出去了嗎？」

「是，是，但……」

「不用，你們還是繼續度假吧。」他說，我差點笑出來。

「度假？」

身邊的木頭牆壁太薄，我都能聽到隔壁房間的人在低語。一扇門打開了，啪啪的腳步聲消失在走廊盡頭的公共浴室裡。

「是，我能聽出來目前沒什麼假期可言。」父親說。我環顧著整個房間，淺色的木製牆壁跟蘋果綠的木頭傢俱混在一起流動，流到我的臉上。

「你在的地方看起來是什麼樣子？」我問他，他清了清嗓子。

「嗯，我也不知道外婆現在像什麼，如果你是問這個的話，」他說：「她躺著，嘴巴張開，各種管子插在身上。他們把她的假牙拿掉了。我可以告訴你，她現在的樣子有點可怕。」

「不是，我問的沒有這麼具體……」

父親打斷我。

「你要跟她告別嗎？我可以把電話放到她的耳邊……等一下。」

我真希望自己能有時間想想要說什麼，但是父親在遠處說他把電話放到了外婆耳邊。

「外婆，是我啊。」我說。我的眼淚落到罩著床的被單上，艾娜德遞來一包面紙。「我在想你。你不准死，絕對不准在我不在場的時候。我在曼谷啊，真是受不了。我愛你。」

母親在後面說了句什麼，父親的聲音近了。

「這樣吧，我們說好，等事情都過去了再給你打電話？」他說：「斯高烏太太你說什麼？哦，你媽要跟你說話。等一下。」

「喂，是我。」她說。我安靜了。她絲毫沒有用那個戒備的尖銳聲音。「我跟你爸說的就是外婆不會因為你們來了而好轉，你們也得不到什麼。我明白這對你來說很難，但是你們最好還是繼續待在那裡。」

我擦乾眼淚，說我當然一直都知道外婆會在某一天死去，但是如果知道是現在的話，肯定會待在家裡。我們前幾天聊天的時候，她聽起來心情不錯，精神正好。一開始的時候她告訴我，母親最小的弟弟在家裡舉行了盛大的慶生會，然後提到母親看起來不錯。前一年的化療把癌細胞殺死了，所以現在她沒了癌症，頭髮也長回來了。

「你不用為了人沒在這裡而愧疚。聽到我的話了嗎？」母親說：「這裡沒有人覺得你們應該從曼谷飛回來。」

「從柬埔寨。」我說：「按照計畫我們明天一早就要飛到金邊，但是我們必須……」

有人走進了外婆的病房，響亮的腳步聲。母親對父親說她出去一下。

「你要知道一件事。」她對我說：「我們來了之後，外婆一直都閉著眼睛躺在這裡，但你爸提起你的名字的時候，她睜開了眼睛。我覺得她已經明白我們有通知到你。我確定這對她來說意義重大。」

「真的？」

「是的，當然了。」母親說：「我們會再打給你，我覺得不會等很久。」

「我為你祈禱。」上次打電話的時候，外婆還對我這樣說，但是現在換成了我為她祈禱。

我閉上眼睛，看到那些溫暖的、紅色的波浪，馬上就變成了黃色，很快又成了紫色。

「我們在天上的父——」我低聲說。

「我們一起祈禱。」艾娜德走過來，把我抱住。是我教她怎麼祈禱的，但她總是會忘掉那句「不叫我們遇見試探」，今天也是一樣。半個小時之後我爸媽的電話號碼又亮了起來，我從十歲開始就害怕的事情還是發生了。外婆的死像一片沉重的、黑色的雲蓋，罩住了我的生活。

「奶奶死的時候，你媽主動提起我們所有人都要祈禱。」西瑟勒後來告訴我。她聽起來像我一樣的難過，我們兩個人這些年來都在害怕外婆死去。

「你媽，像是一切都在她的掌握中，」她繼續說：「我幾乎認不出她來。她看起來好像並不難過，或者……」

「她可能鬆了一口氣。」我說。我看到鏡子裡的自己。我太蒼白，好像在發光。

第二天下午我坐在外國駐地記者俱樂部在金邊的露天咖啡廳裡，選了一張最前排的桌子，給母親打電話，她聽起來有些心煩。她跟兄弟們剛剛跟牧師開會，牧師請他們講講外婆的事，母親不知道該講什麼。

「其實有挺多事情可以講的。」我說。我的目光跟著一艘順著洞里薩湖划過的小船，母親說很有可能，但是她就是一時什麼都想不起來，然後她最小的弟弟突然提起自己的慶生會。

「他強調說，外婆跟全家人在一起，但是這話不對，因為你沒有被邀請，不是嗎？」她問。

「是啊，我和艾娜德都沒被邀請。」我說。然後我補充道這並不奇怪，因為我們跟他也沒什麼聯繫。上帝啊，我想道，剛出櫃的時候，如果我能感覺到自己還有一個家人，就會像擁有了全世界。但是大部分人都不再邀請我，然後你來了，母親，在這麼多年之後，竟然會為了我某一次沒收到的邀請而氣惱。

「我本來應該說點什麼的，但我一遇到這種事情就變得很笨。」母親說。「我受不了，一想到牧師到時候在教堂裡說外婆上上個星期跟全家人在一起，但是裡面卻沒有你。」

服務生端上來的東西看來是高棉牛排沙拉和冰貢布胡椒茶。母親的話觸動了我。

「我們何不直接回丹麥？」我從今天早上開始，每五分鐘就問一次艾娜德。坐在這裡感覺是錯的，外婆三天之後就要在斯特市下葬，可是其實不管我在哪裡，感覺應該都是大錯特錯。

「你在這裡不是也能懷念外婆嗎？」艾娜德說。「等她下葬的時候，我們可以坐到皇宮區的銀殿裡悼念她。我確定她會很滿意的。」

母親說她想到了一個主意。

「你能不能寫一些關於外婆的話，我可以傳給牧師？」她問：「關於外婆是個怎樣的人？你比較認識她。」

你也認識她，我想道，但是某種東西阻止了這句話說出口。

「我把它們列成清單行嗎？」我問。接著，我把用當地有名的貢布胡椒調的冰茶喝掉，喉嚨像著了火一樣，母親說清單可以。

「我跟你爸結了婚的，」她說：「我習慣清單和表格。」

當初我不斷拍照、重複重要的事情，好像如果漏掉了最小的細節，自己就會有消失的危險，那種焦慮感在我描寫外婆的時候又回來了。第二天母親發了一封郵件，我不得不把郵件讀給艾娜德聽。「親愛的克里斯蒂娜，」她寫道。「非常感謝你的清單。我剛剛坐在這裡把你的郵件大聲讀給你爸聽。他馬上就說，我得在金雞亭舉行的追悼會上大聲朗讀這封郵件。你覺得呢？我們覺得這比請牧師演講更好。在場的所有人都知道你跟外婆很親，從你寫的東西裡面也看得出來。充滿愛意的問候，母親。」

「我媽，一輩子從來沒有做過任何演講，現在要站起來，在葬禮後把我寫的東西讀出來。」我說。「這該怎麼解讀呢？」

艾娜德說，我的母親如此奇怪，所以她不會去做無謂的猜測，我為什麼不直接打電話問她呢？我從我們在金邊的賓館裡打視訊電話給她，告訴她我覺得這是個非常好的主意。她真的敢演講嗎？她確定嗎？視訊品質太差，母親的臉上都是方塊，堆在一起朝著螢幕掉落下來。

「嗯，我敢。」她說：「這樣的話你也算是參加了葬禮，對吧？咦，你哪裡去了？」

我走到陽臺上，網路訊號好了一點，我說我還在。

「好的。你爸正要幫這份講稿寫開頭，然後我就要開始練習了。」她說。「我可不想到時候站在那裡哭。」

「你聽起來也不像會哭。」我說，然後聽見母親的聲音。「等一下，你說什麼，斯高烏先生？」對著在背景裡面嘟囔的父親。

「不，但是外婆年紀也那麼大了。」她對著我說：「我想要繼承她的金手鍊，你知道，就是跟我被偷的那只差不多的，除此之外我沒什麼想要的，你可以想想你有沒有什麼想要繼承的東西。」

「我已經開始想她了，」我說：「我們每次打電話，她都說她多麼喜歡我，會為我祈禱。」

「嗯，她以前也對我說過。」母親說。以前。這讓我意識到，母親曾經可能也覺得自己被外婆選中過。她們的關係曾經也像我跟外婆的一樣。

葬禮舉行的時候，我跟艾娜德在金邊的銀殿裡悼念她，然後母親在金雞亭裡大聲朗讀我寫的東西。「你爸說不錯！」她給我發來訊息，「我沒有哭。享受你們的假期吧！」然後一長串的笑臉、鮮花和太陽。

艾娜德和我從柬埔寨回來之後，我最想做的事情就是去外婆家裡，那裡感覺也是我的家。我希望自己去過之後，就能徹底明白她已經走了，因為至今為止，我感覺她好像還坐在自己的椅子裡。如果我打去電話，她就會拿起話筒。

「你可以哪天跟我和你爸一起去，這樣你可以跟一切告個別。」母親說。她還建議自己的兄弟們，等分完東西、外婆家要被清空的時候，也要算我這一份，因為要繼承的人不是她，是我。我覺得我們在過了這麼久之後終於開始有了一些共同的東西，一開始是那篇念得很好的葬禮講詞，現在是共同的清理和告別任務。但是她最小的弟弟表示反對。

「他說：我們應該達成一致，只有我們三個人單獨見面。」母親透過話筒告訴我。她聽起來很沮喪。「他也不想讓你父親跟著，我們在分財產之前也不准過去。我不知道他是不是覺得我們會拿走所有的東西？或者是什麼原因？」

「也沒多少東西可以拿啊。」

「這樣講聽起來很可憐。」母親說：「我其實覺得你去是個好主意。把所有那些垃圾……哎抱歉……整理出來不容易，我又因為脊椎癌症的關係，一次站不了多久。我肯定需要有人幫忙。」

「他有說為什麼只能你們三個單獨見面嗎？」

「沒有，他聽起來很生氣。」母親說，然後這事就算是聊完了。話筒裡靜了一會兒。「但是你當然可以去跟房子道別，」她說：「我們再想辦法。」

十月裡一個陽光明媚的日子，她、父親和我一起溜進外婆的房子，好像一夥在逃的小偷。

母親帶著盛在特百惠盒子裡的午餐，我彷彿在自己的回憶中遊走。進門之後，我做的第一件事就是望向外婆的椅子。沒什麼好驚訝的，但是看到上面空空如也，我還是心裡一涼。我那天從各個角度拍的照片裡，母親都站在正中央，雙手垂在身體兩側，頭轉得太快，臉都模糊了。她看起來輕鬆又快樂。

在分完財產之後，母親打電話來，告訴我她把我要的東西都拿回來了：兒童版聖經、真言罐子、一隻玻璃製的憤怒小鳥、舊地球儀和寫著七宗罪的紙條。

「你們有討論為什麼最後只能三個人單獨見面嗎？」我問，但是母親說沒有，他們對此隻字未提，好像我應該鬆了一口氣一樣。

房子被賣掉、清空之後，她寄給我一箱其他人不要的東西。她說如果我不想要的話，扔了就行了。結果箱子裡面有外婆所有的舊聖經、她的發言稿和聚會上唱的歌、在家務學校寫下的菜譜、水晶花瓶、舊照片、一枝刻著外公名字的筆、她的紫水晶項鍊、好幾個胸針、從摩洛哥買的蛇皮包和她親自繡了花邊的手絹和杯墊，我馬上把這些都密封在袋子裡，這樣裡面就能保存住外婆家抽屜的味道。我早就知道裡面不會有任何的信件，因為在我二十歲出頭的時候，她曾打電話跟我說她把所有的信都燒了。

「我馬上就要死了，之後就不用你們去處理這種東西，」她說：「這樣最好。」

箱子最底下是一大疊剪報，裡面是過去十五年的報紙和雜誌，都是關於我的。這些應該都是外婆專門開車到科靈買的，因為瓦姆德魯普的報刊雜誌選擇十分有限。我已經開始想念她那充滿愛意的支持。我問自己，母親找到這些東西時會是什麼感受，在外婆留下的東西裡，以如此具體的形式。我上了電臺或者電視時，外婆總是第一個打電話來，讚揚我的表現，不管播出的時間多麼晚。每次我出書，外婆總是在發行之前就看完了，而且像我一樣期待書評。如果書評不好，她就說大家怎麼可能會拿那位書評家當一回事呢。

「如果我爸媽讀了我最新的採訪怎麼辦？」我聽到自己這麼問她。「我說了他們是怎麼做父母的，至少大致提到了。如果他們勃然大怒怎麼辦？」

「為什麼會大怒？」我能聽到她的回答。「你沒有說不符合事實的話，克利斯蒂娜。每一個字都是真的。你爸媽應該也能意識到。」

箱子的一側立著一本紀念冊，叫《外婆的故事》，我在二十八、九歲的時候在裡面寫了關於外婆的文章，還有我們之間親密的關係，並說出她對我而言是多麼關鍵的支持力量。我真想問問母親她有沒有讀過，但是我不敢。外婆對這篇文章愛不釋手，她把整篇文章複製下來，拿給所有的朋友看，但是今天的我其實根本就不確定當初把她捧上天的這些文字是否到位。至少外婆比我那時寫下的大聖人要複雜得多——一個沒有達到自己意願就快要死去的聖人。

「我在你外婆的舊食譜裡面還找到一個小小的黑色筆記本，」母親說：「可能你會有興趣，我把它夾在一本聖經裡面了。」

我找到那本小小的黑色筆記本。前幾頁都被剪掉了，剩下的紙張邊緣上都是斑駁的圓點，好像在悲傷中浸過。封皮背面是外婆那生澀的鉛筆字跡，「瑪麗・范勒森，逝於一九三三年六月九日。」右邊也是外婆的筆跡：

四月二十九日，週六
三十七點五
三十七點二
二百五十毫升牛奶
五十毫升奶油
三個小肉丸
三個華夫霜淇淋
半根香蕉
一塊麵包配草莓

四月三十日，週日
三十七點三
三十七點一
三百毫升牛奶
兩塊麵包配草莓
燕麥
紅粥

我現在和外曾祖母瑪麗在一起，手裡是她生命中最後的六個星期，她早晚的體溫，還有我那十七歲的外婆每天餵她吃的少量食物。一塊麵包乾、杏仁粥、魚、一塊餅乾、半個圓麵包、兩塊抹奶油的餅乾、一點水果，所有東西都吐出來了、穀物牛奶、一點奶油蛋糕、蘋果粥、又一點紅粥、又一點牛奶和奶油。我邊翻邊想；我親愛的外婆呀，你到底都經歷了什麼？

五月十六日，週二
三十七點一
三十七點六
一百五十毫升牛奶
一點菜花和豬肉
一塊半麵包配乳酪和蜂蜜
紅粥
半根香蕉，四分之一個柳丁
一杯熱可可

我翻到四十三年後我出生的那個日期：

五月三十一日，週三

三十八點一
三十八
一百二十五毫升牛奶
四百毫升奶油
米粉粥
半塊魚
一塊麵包
半個麵包乾

六月一日，週四
三十六點八
三十七點七
一百毫升牛奶
一百毫升奶油

六月二日，週五
三十八點一
三十八

六月三日，週六
三十七點七
三十八

六月四日，週日
三十七點四

外婆沒有寫下去，瑪麗可能在自己生命的最後八天什麼都沒吃。筆記本的最後是一個人匆忙的筆跡，上面寫著瑪麗一天上午、下午和晚上要滴八到十滴鴉片滴劑，然後後面是外婆可以給她吃的東西清單：

可可
卡門貝爾乳酪
早餐
魚
各種粥和麵食
蜂蜜
各種蔬菜
各種水果

各種牛奶，奶油和優酪乳
奶油！
糖！
杏仁餅
麥芽酒
布丁
交替吃麵包、餅乾和麵包乾

我一直把外婆和母親看作是對立的兩個人，但是我想她們其實在很多關鍵的地方都十分相像。兩個人的臉彷彿在我的眼前重疊：她們深色的頭髮，一樣的眼部構造，筆直的、深色的眉毛，一樣的鼻子，鼻孔明顯，還有她們不願說話時緊閉的嘴唇。因為當一切真的重要、真的有意義的時候，兩個人都安靜下來。我的眼前浮現出外婆，她坐在自己的椅子上，旁邊一張亂七八糟的茶几，一盞罩著百褶燈罩的檯燈，還有一杯咖啡，放在觸手可及的地方。

「那個時候得了腎臟癌都怎麼辦呀，外婆？」我問，儘管早已知道了答案。

「嗯，最後會做手術，」她說：「但是傷疤合不上，情況更糟糕，所以她就躺在床上。是我照顧她，給她換藥。」

「但是你不是才十六七歲嗎？那不是很痛苦的經歷嗎？」

「哎，我也不知道。」外婆說著伸手拿過咖啡。「你能不能再給我倒一點？還是我們再去煮一壺新的？」

漫長的特殊時期

外婆去世半年之後，醫生確認母親的乳腺癌細胞已經擴散到了肺部和背部，得接受進一步的治療。刺激性強的治療方法都被排除了，因為之前的化療已經破壞了她的心臟功能，現在只剩下溫和些的藥物化療。

「醫生建議我們出去討論一下，看看你媽是否想要接受進一步的治療。」父親在電話裡說。他聽起來好像天塌下來一樣。

「那你們討論了嗎？」

「沒有，沒有討論。」他說。「你媽對醫生說，沒有什麼好討論的，她想要活得越久越好，所以她決定吃藥。」

「她想活得越久越好？」

現在換成我聽起來好像天塌了一樣。

「是的，而且這是她對整件事情發表的唯一意見。」父親說。我想要把這條資訊和我認識的那個母親聯繫起來：她睡意昏沉地坐在椅子上，威脅說要自殺；一個人待在家裡，確定沒人想要她好過。她在外婆去世之後似乎好了一點，但是很快就又恢復了原樣。我試著每年打電話兩次以上的電話給她和父親，但是一直都是我主動，所以最後還是放棄了。現在可能她終於要翻開新的一頁了，或者翻開好幾頁，甚至一整本新書。可能她意識到了自己有一些想要在死前完成的事情，比如跟我和好。

「現在我們已經拿藥回家了。」父親說：「根據醫生說的，這個藥不會讓癌細胞變小或者消失，但是如果我們幸運的話，它們可以在或長或短的期間裡穩住癌細胞。」

「或長或短是多久？」

父親嘆了口氣。

「嗯，我們也問了，但是醫生說這個說不準，因人而異。你媽這藥得吃兩個星期，然後停一個星期。只要藥還起作用，就一直不能停。之後會發生什麼事也是無解，因為醫生不想也沒辦法回答之後是否還有其他治療的可能性，不知道這藥是不是最後的治療手段。」

「真是令人欣慰。」

「對呀。」父親說：「你聽得出來，不是很樂觀。」

之後我在網上查了一下，發現母親的藥一般可以把癌細胞控制三個月。「終點」這個詞就好像一位不請自來、嘰嘰喳喳的客人。所以應該就是說，母親會在幾個月之後死去，除非出人意料地出現了一種針對激素受體陽性的三陰乳腺癌及其擴散到肺部、後背、脊椎和肝臟癌細胞的藥物，可以無限期地吃下去。

「現在是跟死神面對面的時候了。」我對艾娜德說。她坐在客廳裡的八角窗下面，在沙發另一端準備寫一篇文章，寫的是一個叫狐猴臉部ＩＤ的臉部識別系統，如何說明馬達加斯加的人類學家分辨正在研究的群體裡的紅腹狐猴。她的身邊疊著一堆小狐猴的臉部特寫。

「我覺得該是時候開啟幾個月長的特殊時期了，得盡我最大的努力為母親好好送行。」我說。「我覺得，她應該在死之前知道自己的女兒是什麼樣的人。」

這話說起來比真相要好聽。實際上我是希望她能夠在跟我多接觸之後，更正對我的認識。我開始在腦海裡列長長的清單，上面是我能夠為母親做的、能夠給予她的東西，為了讓她接受我，然後接受艾娜德。這個希望感覺是如此熟悉，好像一件最舊的、全是窟窿的毛衣。對，它太小了，上面全是破損而且聞起來好像有過去火災留下的焦煙味，但是我清楚上面的每一捆毛線。艾娜德打量著那些狐猴，看起來就像是學生讓學校雇來的攝影師拍照，其中幾隻還忘了把葉子從嘴裡拿下來。

「聽起來不錯。但這不是為了你媽，而是為了你自己。」她說：「我猜不管怎麼樣，她死的時候，你都會很難過，但是如果你知道自己努力過，試過跟她和解，說不定會好承受一點？」

十年前母親剛生病的時候，艾娜德也說服了我去醫院看她，出院時也去了一次。道理是一樣的，如果她真的死掉的話，我知道自己已經朝她伸出了手。

「你應該要為自己考慮，而不是你媽。」她當時這麼說。但是那天在赫爾辛格的餐桌前吃午飯時，我坐在父母中間的老位置上，他們又一次肯定地說母親生病都是我的錯。他們看過了一篇又一篇文章，上面都說癌症是精神壓力所引起的，而我很清楚，母親這麼多年來都是因為我所以狀態才不好。自從那次之後我就再也沒辦法為了我自己而去拜訪他們。

「你覺得跟我媽的關係變好有可能嗎？」我問艾娜德，她挑起眉頭。

「她太奇怪了，我不會去猜測。」她說：「但是你可以試試。如果單獨去見她和你爸太費神，就不要去。反正你不要因為我不受歡迎就不去看他們。他們那樣對你，我就算這輩子都不認識他們也毫無怨言。」

「但是我一直夢想著你能在我媽死之前認識她，」我說：「不管她幹了什麼，她終究還是我媽啊。」

艾娜德滿懷愛意地看著我。

「不可能的，親愛的。」她用英文對我說。

「我知道。」

我的身邊疊著最近寫過書評的書，還有正在看的各種小說。岱芬・德薇岡的《無以阻擋黑夜》、琳・烏爾曼的《喧囂》、珍奈・溫特森的《正常就好，何必快樂》。這些年來，我和艾娜德有上以百計的夜晚坐在這裡，各占八角窗的一頭，一起閱讀、討論。

「我最害怕的是我爸把我媽未來的死也算到我頭上。」我說：「他們潑到我身上所有的指責和過錯已經太沉重了，我不知道如果再往上加，自己還能不能活下去。」

「嗯，我知道。」艾娜德說，她當然知道。她聽我一遍遍地講這些東西，直到句子變得赤裸，詞彙分離開來。我告訴她我現在打算把要求降低。艾娜德說在我父母這件事上，這個決定聽起來很棒。

「嗯，我設想的是去拜訪他們，然後不給他們任何機會能夠為了任何事情指責我。」我說。「我就在表面上像滑冰一樣，談論天氣和其他安全的話題。就像他們這些年都希望我做的那樣。這會是最瘋狂的偽裝，我不知道自己能不能裝下去，但是至少我們說的只是幾個月的事，所以我可以試試。」

獲准去拜訪母親就花了一個月的時間。每次我打去電話，她都比上次要虛弱，但是她不想見我。

「我為什麼不能去拜訪你們？」我問她還有父親，但是他們的回答就像我這一拳打在棉花上一般。

「我覺得沒什麼理由。」母親說。

「你媽覺得這個主意不怎麼樣。」父親說。

「不好說。」克莉絲汀說，她每個星期都去我父母家好多次。很快我就又帶著各種對母親的拒絕的解讀來回踱步。可能她在死亡的影響下根本沒有翻開新的一頁，而是幾乎翻回到了以前；或者她對我在她第一次化療的時候沒有去看她十分失望，現在就是在懲罰我；也可能她身體太虛弱了，沒法接受拜訪；或是比起見我她更願意去死。

「克里斯蒂娜為什麼不來看看？她不知道自己的媽媽生了重病嗎？」鄰居在城裡見到克莉絲汀的時候這麼問她。克莉絲汀把原話說給我聽，我當時幾乎就想立刻打電話給鄰居，叫她好好照顧自己的花花草草，因為她根本就不知道發生了什麼事。

最後我終於獲准去拜訪幾個小時。我坐在從尼堡到斯文堡的大巴上，感到一種極強的衝動，想要把面前的座位用尖銳的東西刺爛。這感覺就好像一種苦修。一個巨大的「對不起」用螢光筆標在過去的二十年上。對不起，我被生下來。對不起，我從家裡搬走，創造了自己想要的生活。對不起，我出櫃了，還是公開的。對不起，我拒絕一個人住，或者回家扮演自己單身。對不起，我跟外婆的關係太好。對不起，我沒有找到一份正常的工作，而是當了作家。對不起，做這個不是沒飯吃。

我一走進父母那安靜的白色玄關，就注意到一切都十分嶄新、乾淨。可能有人會以為他們上個星期才搬進來，而不是十年以前。為了跟母親的關係有所改善，我不能做的各種事情、說的各種話，還有要收斂的性格，都讓我的動作僵硬，呼吸短促。我把笨重的灰色冬衣和帶著圓點的圍巾放到他們的櫃子裡，那裡面的衣架都隔著相同的距離懸掛。我考慮了一下要不要把紅色的漆皮鞋也脫掉，但是最後還是穿著走進屋，因為裙子已經很低調了，無論如何我還是要能夠認出自己。

母親在一個昏暗小房間的角落裡，坐在她的椅子上。這個房間看起來是日常用的客廳。她纖細的手臂清楚地在高領毛衣下面顯露出輪廓，頭顱的形狀也只是被參差不齊的短髮虛掩著。帶著聲響的呼吸聲證明了她肺部有積水。各種藥物的味道刺痛著我的鼻子：奧施康定、化療藥片、安眠藥，還有一些液態的。我坐到擺在她身邊的父親的椅子上。她注意到我的包包，那是一個淺棕色的巴黎世家。

「是新的？」她問，然後用一種無力的方式咳嗽，好像就要被自己嗆死了。我試著像溜冰公主一樣輕輕帶過一切。是的，剛買的，是絕版的款式裡一種絕版的顏色，讓我想起軟軟的牛軋糖。我想要這個包很久了，最後終於找到了一個二手的，價格可以接受。幾個月以來我每天都在查看那個網頁，確保它還在。然後等最近一場演講的酬勞匯過來之後，我立馬就買下它。

我的眼前浮現出溜冰公主的模樣。她先是把手臂舉到頭上面，然後開始旋轉，過了一會兒便精疲力竭地倒在冰上。

「你摸摸看，」我把包包遞給母親。「是小羊皮的，很不錯吧？」

母親把包包舉到眼前，轉了幾圈，又看看裡面。我準備好了，她要開始批評一些我沒有注意到的地方。

「我想要這個包包，」她的聲音又尖又清晰，我笑了，說想再找這樣一個可不容易，但是我會努力幫她留意的。等一下……

我把手機拿出來，然後一一瀏覽網站。溜冰公主停在溜冰場中央，好奇地看著。

「這個包很像，」我給她看了一張照片。「是日常款的，比我的晚宴款要大一點，但是我猜顏色幾乎是一樣的。這個煤灰色的也很好看，你看。」

母親的嘴角往下拉了拉。她的身邊放著一罐空的黑加侖口味能量飲料和一包打開的面紙。

「不要，」她把我的包包往懷裡抱。「我就想要這款包。」

我又笑了幾聲，說我明白她的心情。

「我也很喜歡它。」我說，心裡瞬間覺得我們有了共同點。一個共同的任務：找包的任務。如果我認真搜尋，應該可以找到另一個顏色一樣的同款，讓她高興。

第二天我在去霍森斯演講之前，又路過她和父親的家。我站在門口穿上外套，正要走的時候，她又指著我的包，重新說了一遍自己的願望。

「我想要的，是你的這個包。」她說，我感到一股暖流在體內散開。

「你說的就是我這一個？」我問。好奇讓我的聲音變得尖細。這個包完美地掛在我的肩膀上，它是我擁有過的最完美、最特別的一個包。

「嗯，我也想要你的錢包。」她說，我找出自己那個四邊形的川久保玲錢包。是剛從一個英國網站上買來的。

「你說這個？」

「對，你能替我也訂一個嗎？」她問。我答應了她。在火車上，我把包包放到對面的架子上，感覺好像已經更像她的包包了。如果她得到了這個包包，可能就會更喜歡我，這個想法終結了我所有的遲疑。第二天我把保證書、單獨的巴黎世家，以及皮革保養乳裝在一起寄給了她。

母親第二天打來電話道謝，語氣聽起來跟往常一樣。她說想要付錢給我，或者我也可以把她不用的那些LV賣掉，然後她再補差額。我能聽出來，她更偏向後者。父親接過話筒，說母親因為那個包包十分高興。他的聲音很響亮，就像他開免持聽筒時一樣。

「你媽打開快遞的時候，一下就哭了，對吧，斯高烏太太？」他說，背景裡是母親的咳嗽聲，她說這個包讓她想起自己年輕時擁有過的那個。我答應為她把那些LV賣掉，沒有提到我要寫書、做講座，還要做每週的書評，工作量已經是別人的一點五倍。她把差額補上之後，我替自己買了那個推薦給她的煤灰色日常款。很漂亮，但是沒有我絕版的那款好看。

「等我媽走了，我就又能把包拿回來了，對吧？」我問艾娜德，她皺皺眉頭，說有可能。還有一種可能就是母親會想要把它像婚紗一樣帶進墳墓，或者她可能不會死，因為從她開始吃藥算起，已經過去了半年，而那種藥的一般效果只有三個月。目前來看她的癌細胞已經停止了生長。

我那張為了讓母親接受我（然後接受艾娜德）而可以做的、可以給的東西的清單，已經幾乎見底了，但是效果甚微。開始的時候還有過一個愉悅的階段，每次我發現了什麼適合她的東西，手心都開始發癢。這次她會高興的，這次她就能意識到我並不可怕，沒有故意毀了她的人生。然後當我一次次地發現禮物不對她的胃口時，心裡就會有一文不值的感覺。這次也不對，書太無趣，香水味道太衝，潤膚乳太特別，而且她也不用這一種。

但是我每兩個星期還是會坐火車或大巴去斯文堡，用自己成長過程中學到的最好的東西逗他們開心。然而當我提到艾娜德的時候，就好像朝這兩個人扔一顆球過去，而他們的手都背在後面，但我還是會提。我想到格林，奶奶告訴我的那個人。不管怎麼說，做他應該更加心碎吧。長大成人之後他一直都在拜訪父母，扮演單身，而我只是括起一個括弧，開啟一段特殊時期。但是我感覺好像還是把自己身上很重要的一部分留在了哥本哈根。每一次回去都要花上更長的時間把它找回來。

一個夏日，母親把一大桌的冷食搬到陽臺上，有沙拉、煙燻的鮭魚、海鮮和剛烤好的麵包。我想起父親一次次說過的話：「母親幫我們煮飯，她是這樣表達自己的愛意。」但是對我來說，他的解讀是否正確還是個謎。

「你不該做這麼多的。」我說，感覺自己就好像是她，在外婆做了某件事之後內疚起來。

「應該的，我感覺不錯，應該一起吃頓像樣的午飯。」她說，然後請父親打開我帶來的凱歌香檳，那是我坐在香檳酒委員會裡的報酬。「我根本打不開。」她說，然後把手掌攤開給我看，那麼紅，好多地方都破了皮，指尖開始有血跡。「腳更不行，」她說：「走路都有些吃力。我知道這是藥療的副作用，可是真受不了。我現在吃那麼多藥，也不知道喝這香檳行不行。」

艾娜德曾經想說服我不要把香檳帶去。

「他們不會感謝你的，」她那天早上說：「你一直試啊試的，但是沒有任何差別。」

我的肩膀垂了下去。香檳酒看起來都垂頭喪氣的。

「你的手腳完全沒辦法挽救了嗎？」我問。母親說她從醫院拿回來一些膏藥，但是覺得沒什麼用。我在那張能做的事情、能給的東西的清單上又添上了一點。現在最上面的一行是：「查查有沒有什麼辦法可以控制藥療的副作用。」

我坐在陽臺上，跟母親乾杯，杯裡是四分之一的香檳酒。我真想問問她，她對自己就要死去這件事有何感想，因為她真的就要死了，癌症第四期的所有資料都如此顯示。但是我害怕她開始哭著說是我造成了她的死亡，所以我只是跟她描述我正在寫的那本書，叫《七人島》，寫了七位藝術家被邀請到一個荒蕪的小島上工作，然後一個接一個地死去。我剛剛從瑞士城堡的文藝營回來，當時城堡窗外就是日內瓦湖，我每次在那裡跟他們視訊，都悄悄地在母親講話的時候存了截圖。我過去的十五年裡都沒有她的近照，除了在奧斯陸渡輪上的那張。但是在新的截圖裡，她在大笑，手舞足蹈，聽我講話的時候好像也很專注。從某些角度看她很像外婆。

「那個跟蹤你的男人呢？」父親問，我嘆了口氣。過去的幾年裡，有一個我不認識的男人輪流寄來的，不是威脅就是追求的手寫信件，而且越來越長。八十頁，九十頁。我每個星期都至少收到他的一封信，其中大部分都夾著木炭畫。上面是一張相同的尖叫的臉，絡腮鬍子，大睜著眼睛。他知道我和艾娜德結了婚，但是他寫到這不過是個巨大的誤會。「我沒有想傷人的意思，我一點都不反對蕾絲邊，但是你要和我在一起。」他那一整間公寓裡都是我的照片，這樣他可以時時刻刻地看著我。最近幾個月他開始幻想跟我生個孩子，也開始跟蹤我。「你在腓特烈斯貝公園裡漂亮的夾克下有豐滿的女性輪廓喔！」他前幾天寫道，「你看起來擁有豐滿的巨乳。你的乳汁不是應該註定被小孩吸吮嗎？我們的小孩？我沒有想要傷你的意思。我不是那種強姦犯。」

「你不害怕他嗎？」母親問，但是我還沒感覺到害怕。自從挪威街那個沒有特徵的男人之後，我身邊又出現了好多跟蹤者。這個男人是第五個，至少他還沒有開始威脅我說要把艾娜德殺死，像之前那個一樣。

「但是他要是攻擊你怎麼辦？」

「不會到那個地步的。」我說。如果他真的襲擊我，而我活了下來，我就會把一切都寫出來，我邊想邊又拿了一些菜。父母親從我住在這裡就沒有過問我的生活，所以對他們來講，聽到這件事應該很奇怪。也可能他們並不在乎，畢竟過去的十六年裡，我們之間隔了一條馬里亞納海溝。如果我們不討論它，它就不存在，只是我一直害怕我們之中有人會掉進海溝裡。我看著母親那破了皮的紅色雙手在努力撫平印著藍色格子的餐墊。

「我能看出來你的手情況很糟，但是除此之外，藥療還算成功吧？」我問，她點點頭。

「嗯，有可能是錯覺，但我覺得好像好多了，」她說。「我下個星期要去掃描，到時候再看看，但是我呼吸有比較容易了，後背也幾乎不痛了。頭髮也粗了一點，你看不出來嗎？我甚至覺得你來看我們能延長壽命。」

最後這句話對我來說是個天大的驚喜，我以為自己聽錯了，可能也真的聽錯了，因為現在她又開始談晴朗的天氣，還有我們等一下要吃的飯後甜點巧克力蛋糕。

回家的路上，我開始在火車上系統地搜尋該怎麼挽救母親那破損的雙手雙腳。那原來是種叫手足症候群的反應，是她做的那種藥物化療最常見的副作用。我在腦子裡對母親說，文學可能真的是一門奢侈的課程，在非洲根本不會教，但是至少我學會了如何閱讀大量的外國文字，系統性地過濾資訊。我並不像你以為的那樣無用，等著瞧吧。火車穿過西蘭島的時候我打電話給她。

「好，聽好了，」我說：「我找到了幾個英國和美國的癌症論壇，罹患乳腺癌的女人們在上面分享如何控制你這種藥的副作用。她們說，你要在每天上床之前在手腳上抹乳膏，然後睡覺的時候戴上薄一點的手套和襪子，一星期就能癒合。而且你知道嗎？好多吃你這種藥的人都吃了好多年了，其中一個人只吃很低的劑量，已經吃了七年。而且你醫生說的不對，這種藥不是只能把癌細胞控制住而已，而是可以讓癌症消失的，因為很多人都已經好了。你覺得自己感覺好了一點，可能就是因為癌細胞在變少。而且這藥也不用一直吃，很多人都寫她們在病情穩定住之後就停一個月，然後可以出去旅行。」

「真的嗎？」

母親聽起來比一分鐘之前要活躍兩倍，我感覺自己好像一位載著希望的使者。對我來說這個角色並不陌生，因為我已經為自己承載了這麼多年，但是為了癌症第四期的母親承載，完全是另一回事，尤其是我現在只有從網路論壇上看到的似是而非的消息時。但如果我想要她對我改觀，就不能坐在這裡，為了這些小事而糾結。

「我傳連結給你好嗎？」我問，但是她說不用，因為這方面的文章她希望讀得越少越好。在這一點上我們也是彼此的反例，因為我已經做好了要把所有資料都讀遍的計畫。

「但是你想要知道怎樣才能把副作用控制住，對吧？」我問，瓦爾比在窗外閃過，母親說是的。

「你得找專人來照顧你的腳，給你剪指甲，不然的話有留傷口的危險，很難癒合。」我說。

「而且你也得多吃維生素Ｂ６。我覺得醫院的資訊告知工作不怎麼樣，我覺得他們根本不知道把握時間，所以我打算插手，查查你的藥療如果沒有作用之後還有哪些可能性，這樣必要的時候你們可以給醫院壓力。你覺得怎麼樣？」

「我覺得不錯。」母親說。「提前做好準備是個好主意，這樣醫生不再提供治療的時候，我們可以提出自己的建議。其實我最害怕有這麼一天。想想如果我當初拒絕了藥療……而且那時候醫生不就是有點暗示我，希望我拒絕嗎？」

「如果那個醫生不盡職，我就在各大報紙上批評他。」我說：「不管怎樣，我將來一定會把你的抗癌歷程寫下來。這樣根本不行，明明就有這些優秀又昂貴的癌症療法，他們怎麼會這麼消極啊。有治好病人的理由，就應該拿出更多的熱情來，他們又不是辦喪事的。」

我站起身把行李拿下來，母親說她同意。

「你不用擔心，」我說：「我會保證讓你得到一切可能的治療。」

我穿過火車站中央，在那些被擠得滿滿的車架上找到了自己的自行車。最後一句話還在我的腦中迴蕩。

第二天母親開始使用我要她買的乳膏，才幾天手腳就完全恢復了。手足科醫師和維生素Ｂ６也都讓她漸有起色，三個月之後她被宣佈無癌。半年之後她要求醫生給她停半年的藥療，得到允許後，她和父親坐著頭等艙去泰國度了一個月的假。我從濺粉銷售員前女友口中，曾得知頭等艙在機場有專門的休息室，我把位置都傳給了我父母，這樣母親可以在安靜的環境中休息。她每次都傳給我很多的小愛心、笑臉、飲料和度假傘。

「真是奇怪了，所有人裡偏偏是我媽最喜歡發表情符號。」我對艾娜德說，她也同意。

「可能你媽在和世界中間有個介面的時候，能更好地表達自己。」她說。我指出，她現在也參與到我那小小的、跟母親相關的猜心大賽了。我很高興，因為我一個人玩得太久了，太孤獨。之後我給母親發去了很多的小愛心，祝她旅途愉快。

接下來的幾個月，我把網路上能找到的資料都查了一遍，找出過去十年裡醫生們關於激素受體陽性、HER2陰性乳腺癌癌細胞轉移的專業文章。作為承載希望的使者，我當然也要知道所有已經發明出來的療法和即將出現的療法，哪種已經得到了丹麥的認可、哪種可以嘗試或者申請試用、每種療法一般可以控制癌細胞多久、通常會有什麼副作用、如何控制住副作用以便盡可能久地採用這種療法。我的癌症治療文檔變得無比地長。

我跟朋友們講起母親的情況時，他們都說我真是花了巨大的精力，尤其他們都知道我還有各種其他的工作。

「我說實話也沒有想到會過這麼久，」我為自己辯解：「我以為我媽就剩幾個月了，才開始這段特殊時期，但是現在已經過去一年半，她還是無癌狀態。我當然希望她會用這段時間來和我翻開新的一頁，但她還像以前一樣，只是不再對我說那些難聽的話。她也沒說什麼讓我開心的話，可是我還是覺得獲得了勝利。我把標準降低了。現在我只想要說服我爸，別給她停奧施康定，雖然那是合成的鴉片。她吃這個藥的時候，不那麼焦慮，偏執也幾乎消失了。我覺得她好多年前就應該吃這種藥了。」

我的朋友們想知道，做個希望的承載者是否過於沉重，但是跟背著責備相比，輕了至少一半。我開始問自己，母親是不是整天都背著那些她自己並不想要的情緒。她現在看起來明顯不那麼憂慮，而父親的臉色則漸漸地暗沉下來，被所有的擔心和生活中實際的責任搞得精疲力竭：照顧母親、打電話、開車、協調各種事情。我覺得母親實際上更擅長生病，而不是做個健康的人。她現在不抱怨，只是安靜地坐在那裡，接受發生的事情。

而且她還是會一語驚人。外婆去世之後，農場被徵收了，土地被鋪平，就在她本來應該滿一百歲的那天，安娜-瑪麗和卡爾·彼得邀請一家人到他們的新房子裡一起吃飯。飯前母親坐在我身邊，對我的表哥說她內心平和，跟身邊的人也能友好相處。她只是輕輕帶過這麼一句話，但我真希望她可以把她的平和跟我分享一下，因為老天知道，一想到她，我的心中根本沒有平和可言。但她竟然這麼說。

這只是一件小事，但我一直咀嚼著，直到耶誕節。母親肺裡又開始積水，後背的疼痛也回來了。父親想要把她下一次的體檢和醫生會談提前到一月初，但是節日就像一棵早已立好的聖誕樹一樣杵在那裡。我們的交流總是圍繞著母親的各種病症，想要把它們像拼圖一樣拼在一起，但是病症越來越多。新的疼痛從肚子蔓延到腎臟，到食道，到後背，然後是頭暈、厭食症和疲倦。從根本上來說，想猜測母親的病就和猜測她的情緒驚人地相似。我在兩個領域都在努力，但是毫無進展。有一點很明顯：現在是面臨死亡的時候了。艾娜德放下手中的書，封面上寫著《鳥兒的智慧》。

「我今年可以單獨跟我爸媽過聖誕節，如果你那天想要去他們家的話。」她說。我伸出雙臂。她這句話在許許多多層面上做了妥協，我都放棄計算了。艾娜德點點頭。

「但是你要舉止得體，你爸媽想幹嘛就讓他們幹嘛。」我心裡想，能夠擁有她我是多麼地幸運。我們在一起十一年了，直到現在我才確信她是愛我的。當有需要的時候，她不會站在角落裡抱怨，而是做該做的事情。我想我對母親也要抱持同樣的態度。

「你們想跟我一起慶祝聖誕節嗎？」我問電話那頭的父親，我聽到母親在後面說想。從將近十八年前、我出櫃的時候開始，我們就沒有一起慶祝過聖誕節。他們一直沒有提，我也沒有，因為艾娜德不受歡迎。

離開艾娜德，讓她一個人待在哥本哈根比想像中的要難受，儘管聖誕節第二天我就會回來。我在火車上幾乎坐不穩。你們對我是死是活根本就不感興趣，我現在卻像德蕾莎修女那樣風一般的朝你們那裡奔去，我想道，感到那種想要用利器把前面座位刺爛的熟悉欲望又回來了。我想到自己跟英格爾分手之後的那幾年，聖誕節時無處可去。有一年我打電話給琪琪，她邀請了我，還有一年我打給瑪莉亞，她帶我去她在赫爾辛格的父母家。

耶誕節當晚母親很早就上床了，我和父親坐在那間小小的、昏暗的客廳裡，小酒桌上的紅酒杯擺在我們中間。

「母親不喜歡我給她的那瓶香水，我很難過。」我說，父親不解地看著我。

「她不是打開了嗎？」

「是，但是她先是說瓶子太大，然後又說味道太刺鼻，我已經挑選了能找到的最柔軟的花香。我知道藥療把她對樹和廣藿香的味覺扭曲了。」我說：「我就是覺得她不怎麼喜歡我。」

父親點點頭。

「你媽不擅長表達情感，」他說：「過去這四十二年裡她只告訴過我一次她喜歡我，而且還是在嗎啡的影響中。」

「那你確定她喜歡你？」

「我希望如此。」他說。我在心裡感到幸運，對自己說，幸好這只是一個特殊時期，不是很多年一直得這樣過。

「你媽和我說起你表哥馬丁才應該是我們的孩子，不是你。」父親說。我看著自己，量身剪裁的淡藍色羊毛裙、紅色的鞋子，竟然是這麼地多彩。馬丁跟我一樣大，在金融部門有一份好工作，住在哥本哈根市郊的公寓裡。他沒有孩子，就我所知一直一個人住。

「馬丁應該更適合我們。」父親說：「根據你所經歷過的家庭教育，我們怎麼樣也沒辦法理解你為什麼變成了這樣。」

「我也不懂，」我說，然後舉起酒杯。「乾杯！」

這應該是我乾過的杯中最奇怪的，我想道，這個耶誕節之夜也是。就是德蕾莎修女也都要累了。

「但是我們還是接受了現狀。」父親說，我伸手去拿一塊香草餅乾。

「我也沒有那麼差。」

「哦，不差嗎？」他說，然後在「哦」的前面加上了他著名的停頓。他在想自己的事情，我應該要害怕他到底在想什麼，但是這次我沒有。我驚訝地發現，父親對我人生有什麼態度對我沒有太大的影響。為什麼要有影響呢？我想道。我都不在乎他對其他任何事情的意見。

「嗯，我覺得我過得很精彩。」我說。而且這完全不是靠你，你和母親是這條道路上唯一真正的阻礙。

「你這樣想挺好，」他說。「我得說，沒有任何的孫子孫女，我很失望。我覺得家族就應該枝葉繁茂。」

我看到他的話飛過我，然後擊中了那四個疼痛娃娃，他們在窗邊掙扎著。

「我倒覺得這些基因沒有傳下去，是好事。」我說。然後往我們的酒杯多倒了些酒，心裡想著，他本來應該感到慶幸，他還有一個活著的女兒，而且還想跟他見面。「這種瘋狂停在我這裡是最好的。」

「我覺得我們現在不該把溝再往下挖更深了。」他喝了一口紅酒。我瞥一眼手錶，快十點了。如果我現在打電話叫一輛計程車，還能趕上十點半的大巴——如果大巴在聖誕夜還開的話。但是不管怎麼說，這都是母親的最後一個耶誕節了，如果她明天早上起來發現我不在，可能會很難過，所以我說，有好些事情我們都沒有談論過。我們可以裝作一切都沒有發生過的樣子，但是這不會讓那些事情消失，它們一直都能找到我。一直如此。

「是啊，你出櫃的時候，外婆支持你，那就是一場災難。」父親說：「完全破壞了你媽跟外婆的關係。」

「我想說的是，在獲得你們支持前，如果沒有外婆的支持，我可能也活不下去。」我說，然後把自己的句子又聽了一遍，覺得有些虛偽。小的時候，每次外婆宣佈對什麼事情感到失望時，我都會想：「你能用罪惡感控制母親，但是你沒法控制我。」那時的我還會嘲笑她：「你活該了吧。」但是實際上她還是用罪惡感控制了我。雖然我沒有按她的意願去做：去拜訪父母，假裝自己是異性戀，或是偽裝成單身——但是她給我的罪惡感如此強大，讓我無法做自己，幾乎無法存活下去。問題就是，具體來看，她對我終究是一份很大的支持。

父親說，重要的不是我沒有外婆的支持能不能活下去；重要的是外婆應該支持自己的女兒。

「如果你媽是蕾絲邊的話，外婆肯定不會接受。但是因為是你，她就明顯放棄了一切道德上的標準。」他說，然後給我遞來一塊餅乾。我感覺自己好像正在參與重建面對父母的那場舊戲。之前是在挪威街上，我的小公寓裡，有三位參與者，但現在一個病得太嚴重，過於疲倦，沒法參與，另一個在老生常談，第三個人則是困惑地看著。這些年來父親一點都沒有變。他到底把時間都用到哪裡去了呢？

「所以你堅持贊同你們當初的行為？」我問，父親點點頭。

「如果我沒有支持你媽，今天我們的婚姻就不可能還維持著。」他說，好像這句話就能把之前一切的論辯推翻，可能也的確推翻了。

「但是你們拋開我的時候，我還那麼年輕，」我說：「你對那個孤零零的小女孩就沒有一點關心嗎？」

父親困惑地看著我，說明明是我拋棄了他們。我知道他們沒辦法接受我是同性戀，好像我就應該不去做同性戀，而就年齡來說，他和母親也很好奇我為什麼十九歲就決定一定要搬出去住。

「其實開始上大學的時候搬出去很正常。」我說。但是父親沒法理解，他說我如果堅決要搬出去，就應該自己承擔後果。我看了看錶，十點多一點，實在沒辦法再繼續這樣的對話了，所以我爬上床，打給艾娜德，她大概對我重複說了上百萬遍，我爸瘋了，我是正常的。

第二天，我回家前一小時，和父母親坐在那間小小的客廳裡。微弱的亮光斜射進窗戶，疼痛娃娃投下了長長的陰影。整個上午，我和父親都假裝昨晚的對話沒有發生，儘管我腦海裡都是它。時間邁著碎碎的、不穩的步伐，就像母親一樣。腦袋裡的一個聲音說，我現在應該放棄那個延長母親壽命的計畫了，另一個聲音卻說這又不是她的錯。「在她面前要裝作什麼事都沒發生過。畢竟她沒有參與其中，她人當時正躺著睡覺呢。」我平靜地把發生的一切都摺疊起來，盡最大的努力把一切封存。午餐的時候我們談起父親的一個弟弟，自殺了，另一個弟弟就像我不認識的爺爺一樣，把自己喝掛了。還有我那個吸毒的堂姐，現在又開始戒毒了。談話現在轉向了外公的母親。我知道唯一一條關於她的消息，就是她在科靈有一家絲綢店，但是現在母親說我的阿祖濫用藥物。

「真的嗎？」

「嗯，我保證。」母親說。我脫口而出，說真是驚人。

「我一直都以為是我爸家族裡帶著各種成癮和自殺的基因，功能失調，原因不明。但是現在我有點懷疑。」我說。母親坐了一會兒，呆呆地望向空中，嘴唇緊閉。

「我小時候發生過那麼可怕的事情，我都不敢回憶。」她說，下巴在微微顫抖。說呀，告訴我是什麼，給我一個你變成這樣的解釋，說點什麼，讓故事更加自然：你的同學為什麼不去參加你的慶生會；你的父親為什麼暴怒後出走，然後你在母親躺在床上的時候，要出去把他帶回家。

「是嗎？」我說，然後身體往前靠。

「嗯，現在所有人都死了，都走了，馬上就能恢復原樣了。」母親說，我趕緊表示贊同。她不需要再考慮誰的感受，終於可以自由描述了，甚至可以說她現在處在一個有利的位置，因為她有一群聽眾，都豎起耳朵。但是她的眼神已經開始空白，如果我再問下去，她真的會開始哭，那就是我的過錯了。父親一下子站起來。

「有人想加咖啡嗎？」他問。

沒有，不如來點酒吧，我想。我驚訝地發現自己體內有一股憤怒的波浪在湧動。藍色、棕色、黑色，摻雜著舊海藻和垃圾，這時的母親伸出手去抽面紙，開始擤鼻子。父親在門邊，臉色很不好，我也站了起來。你用你那一直不停歇的哭哭啼啼控制我們，我想要大喊，你把自己騙到什麼地方去了？再過一個月你就滿七十歲了。打起精神，告訴我們發生了什麼事，而不是坐在這裡，暗示著一些我們到死也猜不到的東西。我走進屋子，開始打包。

在從斯文堡到尼堡的大巴上，我打給艾娜德，問她是否覺得我媽曾經可能遭到痛苦的性侵，讓她一生都受創，我列出自己那些脆弱的理由，但是它們至少可以把我這些年所有的遭遇都涵蓋其中，投上微弱的光亮，讓人更容易理解——等一下，我還有另一個理論：實際上這是一場受害者的奧林匹克競賽。一場爭奪最後一名的盛大比賽。想想我的外婆，應對疾病和不幸，她的方法就是病得更重、更不幸，最好是死去，這樣我們所有人就得把全部的精力都集中在她身上。可能母親現在也參與進來了，想贏得這場功能最失調家族的受害者奧林匹克競賽。

「我在樹林裡看到了討厭的東西，」艾娜德用一種好像老太婆的顫抖聲音，以英文說著。我笑了起來。

「你在說什麼？」

艾娜德把什麼東西掉到了地上，說了一聲「哎呀！茶灑出來了！等一下。」她幾乎沒辦法安靜地坐著，尤其不可能是在講電話的時候。瑪莉亞曾經貼切地描述過她：是個坐得有點過於舒服的女人。

「我又回來了，」她說。「你沒看過史黛拉．吉本斯的《難以寬慰的農莊》嗎？哦，沒有，你當然沒看過。這是我年輕時最高深的引用之一。」

我熱愛艾娜德那多得像星空般的引用，尤其是相當高深的那些。

「反正在《難以寬慰的農莊》中，有一位大嬸。」她說。「艾達．杜姆——還是叫什麼別的名字，不重要，但是她在書裡的唯一一句話就是她有時候會在樹叢裡看到某種可怕的東西。她一直重複這句話。」

「那她看到了什麼？」

「她沒講。」艾娜德無奈地說。我清楚知道她此刻的表情：一邊的眉頭挑起來，一邊的嘴角也是。「艾達．杜姆只是用她曾經看到的、沒說出來的東西控制住身邊的所有人，」她說：「這就是我針對你媽的一個小理論。」

大巴在歐勒停了下來，幾位穿著運動褲的年輕女孩走上來，她們都紮著緊緊的馬尾辮，坐到我前面，每張臉前面都舉著手機。

「所以理論上來說，你把我媽跟這個大嬸比較，她藉由自己那沒有說明的、可能不存在的童年創傷來控制身邊的人？」

「這可是你說的，不是我。」艾娜德說。

一月初，母親打電話來，說癌細胞確實在增長。最新的掃描結果看起來很不樂觀。

「醫生給了我泰莫西芬，」她說：「他說這是最後一種療法了，是真的嗎？」

「醫生給了你那該死的抗激素療法？」

我找出那長長的癌症治療檔案，點進母親至今還沒有接受的療法。還有一些，但是其中幾個是綜合療法，效果不怎樣，副作用一大堆。

「有一種靜脈療法，叫賀樂維。」我說：「你還沒有試過，但是針對你這種乳腺癌，丹麥承認這種療法。你可能會有掉頭髮的危險，而且會更累，但是手腳不會有影響。不過還會有感知障礙，我不知道你覺得怎麼樣。」

「聽起來可以，」母親說：「我的感知已經有障礙了，就像之前說過的，我想要接受一切可能的治療。我們該怎麼辦？」

我找出筆記本，請她把護士的電話留給我，然後寄去一張授權書讓她簽名，這樣我打電話的時候，就不會被他們那堆維護病患個資的廢話牽著走。

「你想說什麼？」母親問，我在畫了橫線的本子上塗鴉，說我想說的就是，她還沒有接受賀樂維，當然應該試試看。我們應該馬上就可以申請醫生會談，因為在我來看事態緊急。

「你覺得辦得成嗎？」母親問，我往樓下繁忙的街道看了一眼，一邊說她大概不知道有個搖筆桿出名的女兒能辦成多少事。

「如果最後沒成功，我會全部寫下來公諸於世。」我說：「你放心，我來搞定這次會面。我會跟著你去。」

一個星期之後，我和父母坐在醫生對面，我手裡是自己所有的調查結果：母親至今還沒有接受的療法、療法的效果、回饋、副作用和平均的空白期。

「我們今天來，是因為發現我媽至今還沒有試過賀樂維，」我說。「不能把抗激素療法換掉嗎？反正也不會有多大用處，換成賀樂維還更有可能幫到她。」

醫生挑起一邊眉毛。

「嗯，是一種可能性。」他的話有一半是說給我聽的，一半是給身後的醫學院學生。他仔細地看著母親。現在他會問她的體重是多少，我想，然後會說她的癌症已經太末期了，沒辦法接受更多的治療。

父母剛剛從歐登塞火車站接到我的時候，車子壞了。父親打給修車公司，我攙著母親，邁著極碎的腳步走進火車站，然後想跟她一起上電梯，上面比較不冷。但走了幾公尺後她停下來。

「我沒辦法呼吸，所有東西都在飄，我要暈倒了。」她說，我往四周看看。幾公尺之外有一家咖啡廳，但是我不敢鬆手去拿椅子，也不敢把她背起來，因為癌細胞讓她的骨頭變得如此脆弱，我害怕引起骨折。

「你必須走到那邊的咖啡店去，可以坐下來。」我說。我的聲音聽起來很平穩。「我抓著你哦。如果你暈倒了，我也能扶住你。不要害怕。」

母親坐到椅子上，但是接下來的一分鐘她都因為疲倦說不出話。我們看著彼此。她的嘴唇發白，那麼多層的衣服都沒法掩蓋她好幾個月以來都是靠喝能量飲料度日，其他什麼都沒吃，體重也不到四十公斤。她比在家裡的時候要虛弱太多太多，我真想抱住她，但是這一輩子她都在教我別動。我能為她做的唯一的事情，就是我現在在做的。

「我們就靠賀樂維了。」我說，她點點頭。

「嗯，要不然也不會長久了，」她說：「現在惡化得很快。」

醫生看了看錶，然後換上一張善解人意的臉。

「賀樂維的副作用很大，你知道嗎？」他問，護士在旁邊翻一份蒼白的文件。母親點點頭。

「嗯，你看我的女兒已經調查過了。」她說：「我看一下……副作用：感知障礙、掉頭髮、白血球數量減少、噁心、腹瀉。把文件給我吧，我只想盡快開始治療。」

醫生讓護士定了幾天後的一個時間，然後站起身。我叫住他。

「我媽做了那麼多次血檢，血管都被戳壞了。」我說：「每一次打針都是噩夢。我姑姑是護士，手法很熟練，但是她不在這家醫院上班。我看到說很多病人都植入了一個小注射座，可以通過這個做化療。等我媽要做靜脈注射的時候能不能也給她植入？」

醫生點點頭，說也可以為整個背部做保守的放療，能大幅度降低疼痛感。我看向母親，她也看著我。如果我沒看錯的話，她在微笑。

我想起國三的時候，我曾經和父母親去開家長會，坐在就像現在這樣的一張長凳上，那時桌子另一端是我的歷史老師。通常欺負我的只有同學，沒有老師，但是這個老師卻從學年一開始就對我很不好，不叫我的名字，而是一直叫我蠢貨。我們剛坐下來，母親就一拳打在桌上。

「你永遠不准再欺負她，聽到了嗎？」

她太憤怒了，身體都在顫抖。父親驚恐地看著她，我也是。我靠近歷史老師一些，聞到他身上有股酒味，是酒和焦慮的汗味。

「但是我……」

「什麼都別說。」母親靠近他。我在那之前和之後都沒見過她這個樣子。「只要別再欺負她。如果我的女兒哪天回到家，再告訴我你又叫她那個名字，我就直接去找校長，讓你待不下去。聽明白了嗎？」

歷史老師再也沒有欺負過我，後來我寫了一篇關於萊昂諾拉・克里斯蒂娜・烏爾菲特的作文，口試得了滿分的時候，母親也是這樣微笑著。你那個時候為了我站出來，今天我也為你站出來，我想道。此時父親弄好輪椅，這樣她可以直接從等待室被推到門外的計程車裡。

「現在只希望，我替你安排的療法不會讓你痛苦。」我說，但她只是看著我，眼中沒有擔憂，說沒關係的。她想要活下去，所以要抓住任何機會。我不認識坐在我面前的那個母親，也不會認識了，因為她三個月後就在斯文堡的安寧療養院裡去世。就整個來判斷，化療是起了作用，但是她的癌症太末期，身體沒辦法承受副作用，那保守的放療本來應降低疼痛，卻弄斷了她的脊椎。

母親去世一年後，我像當初承諾她的那樣，在一家著名的報紙上刊登了一篇關於她的癌症治療的長篇文字。我寫道，跟醫生的會面是整個過程裡最無用的一環，因此把我變成了希望的背負者，成了赤腳醫生，才能對一些簡單的事情有所了解，比如針對母親的這種乳腺癌有多少療法，一般有多久的效果，如何才能控制副作用。回頭看，我覺得各種昂貴的治療應該是縮短了她的壽命，毫無疑問讓她最後幾個月裡充滿了各種檢查，給了她一個萬分痛苦的死亡。「作為患者和患者家屬，知道什麼時候應該停止治療是萬般地困難，而那些有經驗的醫生，卻沒有提供太大的幫助。」我寫道，並且希望醫生們能夠跟患者提及關於死亡的話題。對病人來說，除了活得盡可能久之外，還有哪些重要的地方？她願意做出哪些妥協？她希望自己以什麼形式死去？

「因為我作為最親近的家屬，要決定我母親是要清醒著、忍受劇烈的疼痛離開，還是注射氯胺酮，無意識地步入死亡，實在是做不到。」這些話我在全國各種大型的醫務工作者集會上，說了很多遍。

「但是跟病人談論死亡不應該是患者家屬自己的責任嗎？」大廳裡照例有幾位醫生提出這個問題，我看了一眼裱起來的母親的黑白照片，是那時候她作為廚師長畢業的照片。照片在外婆去世之前，一直都擺在她的鋼琴上，她走了以後，母親確保我繼承了它。現在照片就放在我面前的演講臺上，這樣母親可以算是跟我一起。

「我知道，你們醫生的會談時間寶貴，但是最親近的家屬也可能有很沉重的理由，沒法跟病人開口講述死亡的事情。」我說：「我母親第一次生病的時候，指責我是她得了癌症的理由，我害怕她會把將來不幸身故也算在我的頭上，所以根本不敢跟她講這種事情。我為了延長她生命的努力都是為了想要她愛我，或者只是喜歡上我。」

每次我說起這些，就好像有一朵烏雲飄到腦子裡。我這一部分的故事不會因為受到一遍遍講述而變得輕巧，但我還是在講。

「我拿著自己從不同的癌症論壇上找到的資訊做了一半的調查，肯定是個非常討厭的患者家屬。」我說：「但是當你們遇到像我這樣的家屬時，請想一想，後面藏著的可能是各式各樣難堪的家庭故事。」

我和醫務人員聊得越多，對自己未來可能生病的恐懼就越低。我們聊過的內容中有很多暖心的東西，他們都懷著給予正確的治療、對病人及家屬給予支持的願望。所有人都覺得自己知道的不夠，都覺得自己不夠好。休息的時候，很多人會走上來近看我母親的照片。

「媽呀，你真像她！」他們說：「你們的眼睛和微笑都一樣，還有額頭，顎骨。你什麼時候出櫃的？」

當他們聽到是一九九七年的時候，都鬆了一口氣，點點頭，我知道他們會說什麼。

「過去二十年發生了太多改變，多幸運啊！」他們說，然後對我微笑。「不是嗎？」他們的眼神在問。「如今沒有父母會這樣處理這件事。」

「我的父母一直這樣待我，直到我母親二〇一五年去世。」我知道自己的這句話會把他們眼中的光給抹殺掉。「我每次公開講述自己的出櫃經歷，都會從各個年齡層的同志那裡收到來信，他們背負著同樣的、甚至更沉重的經歷。」

聽者看著我母親的照片，搖搖頭。他們說自己永遠也不會這樣做，而是會為了擁有一個像我一樣的女兒而驕傲。曾經這種話對我來說是一種安慰，但今天的我更想要讓所有人好好想一想，如果他們自己的孩子是同性戀，他們會如何反應。

「這話可能很難聽，但是如果你們之中有人覺得生出同性戀的小孩很可怕的話，我會建議你們好好思考自己是否想要一個孩子。」我說：「你們的孩子有一定的機率會是同性戀，而我經歷過的事情，不應該再發生。」

我想到在熱線中心接起的那個電話，那個兒子是同性戀的母親。當時我就在想，我要盡全力讓自己經歷過的事情，不再重現在另一個人的身上。那好像是對自己的一個承諾，而且我也一直銘記在心。

「如果你們擔心自己的孩子做同性戀會很辛苦，就不要讓他們辛苦的生活從你們開始。」我說。演講中沒有人問我是否後悔堅持給母親採用賀樂維藥療。還好沒人問，因為我的思緒會被完全打亂。我無法為自己的堅持而後悔。藥療沒有挽救母親的生命，她還是走了，但是我終於給了她一些除了手提包之外，她想要的、充實的東西：一種以藥療形式呈現的希望。直到去世前幾個星期，她還為此而心情愉快。

很多人都嘗試著說服我，說母親實際上是愛我的，因為所有母親都愛自己的孩子。這是自然規律。

「你媽只是不擅長表達。」他們說：「她當然愛你。」

他們的本意是想安慰我，我知道，但是這幾乎就像是在告訴我，我的經歷和感受無關緊要。現實是，我還是不確定母親是否喜歡我，但是她至少沒有不曾了解我就離世。相反，我卻要帶著對她的不解活下去。我常常想是否要去尋找那幾個很久很久以前就認識她的人，聽聽他們記憶中的她。但是就像艾娜德說的，不管我怎麼做，母親對我來說都會是神祕的。

安靜活著的人

母親去世兩年之後，艾娜德和我坐在父親的廚房裡吃復活節午餐。過去的半年，我每天寫稿子，從早上九點到半夜，一週七天，文字開始成型，像一本書了。出乎意料的是，我並沒有感覺疲憊，而是更加精力充沛，寫作、周圍的色彩和味道都更加清晰。從小我就背著這些故事，不時把它們拿出來，清除上面的灰塵，以便有一天可以寫下來，而且是一個細節都不會遺漏。現在我終於不用再背著它們了，這本書可以為我背著。

「我答應過告訴你我在寫什麼。」我對父親說，聲音比內心要平靜。他問過我幾次，我不知道該怎麼回答，所以一直都只是說等我對稿子有了一個大致的概念時，再告訴他。

「我寫的是我自己和我的人生，」我說：「我的成長，我出櫃的經歷，這些年我怎樣重新塑造了自己，母親的病還有離世，艾娜德和我，我的朋友，外婆，一切的一切。」

我每次試著想像這次的對話時，總有一個記憶片段會浮現腦海裡。幾年前在阿瑪費勒德路上，一個逆行的騎著自行車的男人朝我衝過來，他的眼睛大睜著，捲曲的頭髮直直地立起來，好像剛剛被雷擊中了一樣。他越來越近，盯著我的眼睛，然後張開嘴巴，開始尖叫。今天艾娜德堅持要租一輛車過來，如果父親變得暴怒，或者要跟我斷絕關係的話，我們可以迅速撤離。但是他只是平靜地把目光從煙燻鮭魚上抬起來，看向我。

「你為什麼要寫這個？」他問。我說至今為止我寫過五本關於不愛自己孩子的母親的小說，還有無家可歸的女孩，試著在異鄉重新塑造自己的身分和生活。其實這些都是我自己的故事，穿上了或多或少的偽裝，我沒力氣再玩這種換裝遊戲了。我不想在剩下的日子裡一直寫同樣的故事。

「嗯，我明白。」父親說。是嗎？我想道。你確定嗎？但是我只是說，我希望自己之後能寫些別的東西。父親點點頭。

「聽起來，寫這本書對你來說很重要，那你就寫吧。」他輕巧地說。我看向艾娜德，她看起來就像我一樣震驚。「我們對事情的經歷不同，」他說：「你跟媒體講的那些編造的故事，我反正是認不出來。」

過去幾年我常常想，我試圖透過媒體跟父母溝通的眾多嘗試效果甚微。我不知道他們看過什麼，沒看過什麼，做了什麼結論還是根本沒有去推斷，但是我沒問過他們，而是在交談的時候對這些事情閉口不談。如果我們不提，事情就幾乎沒發生過，只是事實明顯就在那裡擺著。

「我沒有在媒體上編造故事。」我說，父親冷冷地看著我。

「有，你編了。」他堅定地說，這時候艾娜德插進來。

「所有人對事情的感知都不同。」她說。我多麼高興她今天在這裡呀，我幾乎想為了她舉杯。父親點點頭。

「我有些擔心那些記者對這本書的描述。」他說。我也有同樣的恐懼。我不想看到自己的故事被削減成早報封面上哪種斗大的紅色標題。我也不想被人指控說謊，但是換個角度想，我以前被汙蔑過更糟糕的罪名，我還是活了下來。

「我把一切都小說化了，所以希望最後會以小說的形式呈現。我不確定這個類型叫什麼。」我說：「但是我覺得沒有必要撒謊或者杜撰，因為故事本身就很強烈。對，我把一些朋友和認識的人省略了，為了不讓裡面的人物過多；還把一些對話組合起來，確保流暢度；然後跳過了很多重要的事情，因為它們對這個故事來說不是那麼重要，比如我和艾娜德在各個大洲上的一次次旅行。」

事實是，我寫下了故事的一個版本，然後中途更多的版本擠了進來。但是寫書是一場漫長的篩選，是在所有故事的廢墟上創作。有些故事可以在字裡行間體現出來，或者在間歇中，在沉默中。

「我把幾位朋友和我不再見面的前女友的名字改了，」我對父親說：「你只是叫『父親』，沒有寫真名。我覺得你不用怕會被憤怒的讀者調查。」我寫的不是一本復仇的書，而是一本重生的書，因為這就是我在過去這些年裡做的事情：讓自己重生。

一切聽起來像施了魔法般的容易。幾乎會讓人以為我只要坐下來，這本關於重生的書就從指尖噴湧而出。過去的半年的確如此，但還是很艱難。我寫到母親、外婆和雪麗的時候，就好像是在重新經歷她們的死亡，我只希望自己能把那些段落刪去，這樣她們就可以繼續活下去。長久以來，書中的人物對我來說都是十分地鮮活，好比雪麗，她就像是現在坐在我身邊的艾娜德一樣，觸手可及。寫到童年在赫爾辛格的房子、大學宿舍和在挪威街上的舊公寓時，我不得不重新回到那些我已經掙扎逃出來、繼續前進的房間裡。但寫到外婆在瓦姆德魯普的房子時，我倒是十分懷念。外婆去世後，和父母親一起開車去拜訪的那天，我把整棟房子都拍起來。光是看那些照片就思緒萬千，其中一個重要原因是很多張裡面都有母親，她看起來很有精神，就在最後一次癌症復發的邊緣。

「天啊，我家人真是八卦啊！」我對艾娜德說。因為我處在一個進退兩難的境地：只要用到不是親耳從爸媽那裡聽到的話，全都是其他家人在祕密會談中告訴我的。這種困境令人驚訝地屢屢出現。「這事我只對你說。」外婆經常在告訴我父母親又做了或者說了什麼之前會強調一番：「我們不想摻進去。」而其他家人會說：「這件事不會傳出去吧？」但是現在就要傳出去了，因為我要麼只能把這本書闔上不寫，要麼就只能按照事實講述這個故事，包括一切吹到我耳邊、差點把我吹倒的微風。

「難道不是所有的家庭都在背後議論彼此嗎？」艾娜德問我。有可能，但是把閒話寫出去感覺還是一種沉重的禁忌。

「當然了，」艾娜德說：「的確是禁忌。但教訓就是不要跟作家講八卦，尤其是一位專門寫家族祕密的作家。」

一開始的時候她就告訴我，她在書中的形象由我來定。她讀完文本之後覺得很奇怪，但是她把我的文字看成一幅藝術性的畫像。我只希望我的家人和朋友也會抱著同樣的心態。

自從我搬離家裡之後，那個黑色的盒子就一直擺在櫃子的最上面，從沒動過，裡面是舊的信件、明信片，還有各種我無法扔掉也沒法再看的東西。在開始寫關於雪麗的段落時，我終於把盒子翻了一遍，找到她寫的英文歌詞，那是她死後我從她父母那裡得到的。它們給我的觸動比我其他的資料蒐集都要深刻。不是因為歌詞寫得多麼華麗，而是她對愛情的渴求在每個句子裡都能感受得到，而且我知道，這種渴求永遠也不可能滿足了。當她寫道「我對你來說只是個影子／你的目光直接穿透了我／你永遠也不會知道我的愛是真的／而且我覺得你永遠也不會知道／我愛上了你／如果你會知道」，就像同一時期我的日記一樣，只是我寫的是她，是我的女老師，而且無法把日記跟任何人分享。我想要把「我對你來說只是個影子」用在對我和雪麗早期的友誼描述中，但是段落變得過於沉重。這是一個很好的例子，有一些文字放在整本傳記完整讀過之後，才被充實了內容。

日記就好像是之前的我，那個年輕女孩寄來的信，寄到現在的我這裡，因為她要確保我擁有一切。當我找到那些列著自己認識並且可以信賴的人的名單時，心裡感慨萬分，同時滿懷感激，因為其中大部分人都陪伴過我，而且還在我的身邊。我對過去的自己，那個年輕、堅強的女孩懷著極大的尊重。多虧了她這麼多年來，一直坐下來給自己寫信，我才能夠在開始寫作的時候清楚知道自己的聲音。因為當初的她堅持了自己的生活，現在的我才擁有了我想要的日子。

「那我至少可以確保我的行為描寫正確，」父親說。在最近重溫了以前跟父母親的衝突之後，我對這點毫不懷疑，所以轉換了話題，問他對母親經歷過的那些不敢回憶的可怕事情是否有點頭緒。因為這件事我從二〇一四年的那個耶誕節就開始好奇，在書稿裡也一直思考。

「我不知道，」父親說，他看著玻璃櫃上面的一套銅鍋。「但是我猜吧，你可以推測你媽覺得可怕的事情……」

他停頓了一下，好像要確保句子被正確地說出來。

「……那些事情在你眼裡可能並沒有多可怕。」他說。

「所以你覺得……？」

「我只是猜的。」他說。那樣的話就像沒說一樣。

「最後一個問題，」我說：「外婆曾經提到，我出生的時候，母親有產後憂鬱症，是真的嗎？」

父親坐了一會兒。

「唔，你媽在你出生之前已經憂鬱了兩年。」他說。我自有記憶以來就開始探尋的問題，此時被削減成了一句話。

「真的嗎？」

「嗯，她待在家裡，誰都不見，只見我。但是她懷孕的時候，又快樂起來。我們讀了很多關於孕期的書，裡面都說孩子會順利出生，一切都會很順利，所以我滿心以為當然會這樣。」

「但是並不順利？」

父親的動作顯得有些無力。

「是的，並不順利。」他說：「有一天我下班回家，看到你媽懷裡抱著你站在廚房。她說還好我回來了，因為她正要把你放到烤箱裡面，那時你才半歲。」

出乎我的意料，這個故事並沒有給我太大的驚嚇。

「那聽起來是很嚴重的產後憂鬱。」我說，父親搖搖頭。

「我從來沒聽說過這些東西，沒人聽說過。你要知道，那時候是一九七六年，沒有人在談這些，我們也沒有做好生產準備。你媽對那次痛苦的生產沒有任何心理準備，她被劃開然後再縫上，簡直嚇壞了。」

你們還把責任都推到我的身上。你們說都是因為我叫得那麼厲害，母親在家裡的生活就是一場噩夢。還說我之所以沒有弟妹，就是因為我是這麼可怕的嬰兒，誰還敢再生。我努力想要挽回一切，成了世界上最容易帶的小孩。

「烤孩子。」艾娜德說，她的臉色十分蒼白。我問父親他發現母親過得這麼不好，是否有帶她去看醫生。父親在我們的酒杯中又倒了一些白葡萄酒。

「醫生？沒有，我們不談論這些事情。」他說：「那個時候還沒有給男人的產假，我們之中總得有個人賺錢，所以我就每天打好幾次電話回家，確保你還活著。」

我眼前浮現出赫爾辛格的那棟房子。長長的走廊盡頭，一間沒有暖氣的嬰兒房。我哭著坐在縫紉室的搖籃裡，母親在門的另一邊哭泣。我僅有的幾個嬰兒時期的記憶現在看起來好像是災難電影裡的鏡頭。我想要把時間往回撥，把我們兩個都救出來。

「所以你覺得，把我一個人留給母親是負責任的行為？」我問，父親搖搖頭。

「不是，但是後來好多了。」他說：「你媽用她自己的方式，變得很喜歡你，你開始講話之後，她很高興。你是她的一切。」

涉及母親的思緒，無論何時總是最沉重的。我突然想到，自己身上唯一還感覺完整的，就是我的語言和對自己能夠寫作的堅定信念。父親打斷了我的思緒。

「我會後悔……」他開了個頭，我等著。說出來，說你明顯能看到這個故事的不尋常。

「嗯，我們應該繼續待在腓特烈松的，你媽喜歡那裡，」他說：「我們當時也考慮過，你媽和我，但是赫爾辛格的地更便宜，所以就在這裡買了。實際上這是我到今天唯一後悔的事情。」

艾娜德的臉上出現了慍色。

「能不能讓我認真地問你一句，」她仔細看著我的父親：「你覺得英爾麗莎有沒有精神疾病？」

他的目光裡是實實在在的驚訝。

「沒有，我一點也不覺得。」他說。我試著提到母親對其他人的焦慮，她那些偏執的想像和對我是同性戀的劇烈反應，但是他搖搖頭。

「不，你媽完全正常。」他說。而這只能說明我的父親並不知道完全正常代表什麼，可能我也不知道，我想。不管怎樣，我用自己的一生和一整本書來試圖解讀自己的母親，好像她是個完全正常的人，儘管一件又一件的事讓她聽起來好像滿嘴廢話的童話人物和艾達．杜姆的混合體。

「你媽太奇怪了，我不會去猜她的意思。」艾娜德一次又一次地說，但是我還是一直嘗試，好像自己能否活下去都取決於此。我問父親，外婆是否在最初的幾個月來照顧我，就像她曾經說過的一樣。

「你外婆？」

父親看起來有點震驚。

「沒有，她才沒來過呢，一次都沒來過。沒人來。」

所以唯一知道母親的情況多麼嚴重的，就是父親，他沒有幫她，也沒有保護我，因為他不知道該怎麼做這些事情。讓我自己驚訝的是，我沒有感到憤怒，只是感到輕鬆，因為我聽到了一個能完全排除是我讓母親不快樂的故事。她在我出生之前就已經憂鬱很久了。

「但是我活下來了，這才是最重要的。」我說，眼前浮現出年輕時的自己。那蒼白的皮膚，鮮紅的嘴唇，長長的睫毛。「我履行了對你的承諾。」我想道。「我把一切都寫下來了。你滿意了嗎？」我看到那個年輕時的自己，帶著微笑，門牙之間的縫露了出來。

「你想在書出版之前讀一讀呢，還是算了？」我問父親，他說他願意讀。平靜得讓我覺得他的回應中有一種自豪。

親愛的英歌：

我真心希望您就是當初和我母親做朋友的那位英歌。她叫英爾麗莎．斯高烏，婚前姓施密特，在一九七〇年左右就讀於烹飪學校。我叫萊昂諾拉．克里斯蒂娜．斯高烏，是一位作家，也是她唯一的孩子。我的母親於二〇一五年四月因乳腺癌去世，罹癌十二年，我正要寫一部回憶錄形式的小說，裡面涉及到我們之間困難的關係。我的母親十分自閉，我很多年都沒有見過她，因為她直到過世都拒絕接受我和另一個女人結了婚的事實。最後幾年我們倒是有了一些聯繫，但是我根本不了解她。

我之所以寫信給您，是因為我有一張烹飪學校的畢業照片，您和我的母親坐在彼此身邊，在第一排散放著光芒。我不管是在其他照片上還是在現實生活中，都從未見過母親如此快樂。所以我很想了解那個時候的她，或者您記憶中的她。請問您有興趣告訴我嗎？

在成長過程中，我問起過您，因為您是母親提到過的唯一一位友人（除了她童年的另一位女伴之外）。我曾經想要母親聯繫你，但是她拒絕了。母親很怕人，只跟我和父親互動，再來就是療養院的同事，但是她和他們的交往頗為不順利。她一直在那裡的廚房做事，直到提前退休為止。我在赫爾辛格長大，我的父母於二〇〇四年搬到了斯文堡，父親現在還住在那裡。

如果您就是我母親認識的那位英歌，請透過我的電話或郵件聯繫，對此我將高興萬分。

最美好的祝福
萊昂諾拉

國家圖書館出版品預行編目 (CIP) 資料

有一種母愛不存在 / 萊昂諾拉．克里斯蒂娜．斯高烏 (Leonora Christina Skov) 著 ; 郗旌辰譯 . -- 初版 . -- 臺北市 : 遠流 , 2020.10
面 ; 公分
譯自 : Den,der lever stille
ISBN 978-957-32-8889-3(平裝)
881.557 109015439

有一種母愛不存在

作　　者：萊昂諾拉・克里斯蒂娜・斯高烏
譯　　者：郗旌辰
總 編 輯：盧春旭
執行編輯：簡伊玲
行銷企劃：鍾湘晴
封面設計：謝佳穎
內頁設計：Alan Chan

發 行 人：王榮文
出版發行：遠流出版事業股份有限公司
地　　址：臺北市南昌路 2 段 81 號 6 樓
客服電話：02-2392-6899
傳　　真：02-2392-6658
郵　　撥：0189456-1
著作權顧問：蕭雄淋律師
ISBN 978-957-32-8889-3

2020 年 10 月 27 日初版一刷
定價：新台幣 450 元（如有缺頁或破損，請寄回更換）

YLib 遠流博識網
http://www.ylib.com
Email: ylib@ylib.com